27 cours d'Estienne d'Orves 13001 Marseille
www.polar.jigal.com

Couverture : © JG
Directeur de collection : Jimmy Gallier

ISBN 978-2-37722-015-1

PATRICK CARGNELUTTI

PEACE
AND
DEATH

ÉDITIONS JIGAL

À mon père

À Marie

I saw the best minds of my generation destroyed by madness, starving hysterical naked…

(Allen Ginsberg - *Howl and Others Poems* - 1956 - City Lights Books)

PROLOGUE

« Pourquoi les gens qui s'aiment
Sont-ils toujours un peu cruels ? »
(William Sheller – « Un homme heureux »)

Lundi 9 janvier 2017
Résidence pour personnes âgées Les Lilas - 3 h 30

Tac-tac, tac, tac-tac, tac, tac-tac, tac…

Exaspérant et bruyant, ce déambulateur. Exaspérante, cette lenteur extrême.

— On voit rien ici. Faut allumer ! On a même pas pris de lampe de poche ou de bougie.

Et cette voix geignarde encore plus…

— Mais non, enfin ! Faites-moi confiance, on n'en a pas besoin. Je connais le chemin. Suivez-moi et tout se passera bien. Le noir est notre allié. Les veilleuses au bas des murs suffisent amplement à nous guider.

— Pffff, c'est loin. J'en peux plus et j'ai mal aux jambes et je suis fatiguée. Et j'ai faim.

— Chuuuut ! On y est. Vous voulez rentrer chez vous ou pas ? Alors silence !

— J'ai même pas mes lunettes. J'y vois rien. Et j'ai mal aux jambes, elles me brûlent.

— Je vais aller vous les chercher, vos verres, mais vous devez déjà vous cacher. Si on vous voit dans ce couloir, vous serez ramenée à votre chambre et adieu la sortie.

La clé tourne deux fois dans la serrure. Lentement afin de faire le moins de bruit possible. La lourde porte munie d'un groom puissant est dure à ouvrir, il faut lutter contre, pousser très fort, s'aider de l'épaule, peser de tout son corps endolori.

— Allez-y. Passez devant, je vais retourner prendre vos affaires. Laissez votre machin ici, je vous donnerai le bras. Il ne faut pas s'encombrer. Avancez tout droit !

— Mais je ne sais pas où je vais. Je vais tomber ! Et j'ai mal aux jambes, oh la la la la, je souffre terrible. Vous n'avez pas un sucre ? J'ai faim. Je vais avoir un malaise, je le sens. Tiens, ça y est, j'ai ma palpite qui commence ! Et comment je vais faire pour mes médicaments ? On a pensé à rien !

— Votre fille appellera le médecin quand vous arriverez. Elle s'occupera bien de vous. Vous me dites tout le temps qu'elle est gentille et dévouée. Ce n'est pas bien compliqué.

— C'est pas ma fille, je vous l'ai dit. J'ai les jambes en feu. On y arrivera jamais. Oh que j'ai mal… J'arrive plus à respirer. Tiens, ça y est, je vois des mouches ! Le docteur a dit, quand vous voyez des mouches, faut vous asseoir, il l'a dit…

— Calmez-vous ! Je m'occupe de tout. Je vous ramène ce qu'il faut tout de suite, j'en ai pour deux minutes. Nous y sommes, c'est gagné, bravo !

Un bruit d'effort étouffé. Un bras qui saisit un autre bras.

— Avancez juste un peu. Encoooore uuuun peuuu… Voilà c'est bien. Très bien même. Vous êtes dans un couloir, il n'y a pas d'obstacle. N'ayez pas peur, tenez-vous au mur. Oui, juste là, sur votre droite. Avancez, allez-y. Je vous rejoins. On a réussi, on y est presque. Guidez-vous sur la petite lumière verte là-bas. Continuez seule en prenant appui sur le mur. Parfait !

Un bras qui se dégage. Une légère poussée sur un dos. Un cri bloqué dans une gorge, à peine audible, qui gagne en intensité puis s'éteint net. Les *ploc* et *clac* sourds d'un crâne, de genoux et de coudes sur les marches en béton. Les *plaf* et *plof* de la chair rebondissant à chaque étape de la chute.

Puis le silence. Total. Rassurant.

Quelques secondes encore à guetter dans le noir que rien ne bouge. Qu'aucun pas précipité ne se dirige par là.

Les glissements de pantoufles qui traînent sur les escaliers obscurs, l'avancée à tâtons jusqu'en bas. Jusqu'à buter sur le corps désarticulé qui encombre le passage.

Une main tavelée palpe un cou flasque, recherche une carotide désormais inerte. Se pose sur la bouche pour sentir un souffle. Recommence sans hâte. Il faut vérifier. Tout. Deux fois. Savoir.

Rien.

La pénible et lente remontée commence alors, toujours à l'aveuglette, le pied hésitant, la respiration légèrement sifflante.

Enfin le palier. Un dernier regard vers le néant où seule la pâle lueur de la veilleuse vert et blanc « SECOURS » existe.

Des lunettes, sorties de la poche d'un gilet, tenues dans un mouchoir, jetées en bas des marches. Sans colère. Comme pour finir le boulot.

Reste plus que cette porte à rouvrir. Bien en essuyer la poignée. Surtout ne pas oublier le moindre détail. Les deux poignées. Intérieure et extérieure. Pas de bêtise de débutant. Pas à son âge.

Oh ! Ne pas omettre de déplacer le déambulateur et d'effacer, là aussi, ses traces.

Le cœur bat fort, la respiration est courte, son corps ne suit plus. Encore un peu, juste un peu. Il faut protéger l'essentiel, c'est la règle.

Ensuite, retrouver la chaleur des couvertures, la douceur de son lit.

Se rendormir enfin. Tranquille.

Pouvoir se dire : c'est fait.

Rencontrer

« All I want is to just have fun
Live my life like it's just begun »
(« Pushin' Too Hard » – The Seeds)

Chapitre 1

Lundi 9 janvier 2017
Résidence Les Lilas - Chambre 34 - 5 heures

Madame Colette Wensby ouvre les yeux alors que Nadia, l'aide-soignante de nuit, regarde sous le lit de sa voisine de chambre, constate avec étonnement son absence. C'est bizarre. Elle ne se souvient pas l'avoir entendue se lever alors que celle-ci la réveille toutes les nuits avec ses plaintes dès qu'il faut qu'elle fasse un effort. Quand elle ne l'appelle pas pour lui venir en aide.

— Que se passe-t-il ? réussit-elle à articuler dans un demi-sommeil.

— Vous ne savez pas où est Odette, madame Wensby ?

— Non, pourquoi ?

— Je ne sais pas encore, je la cherche. Rendormez-vous, il n'est que 5 heures. Ne vous inquiétez pas, tout va bien, dit Nadia en remontant les couvertures jusqu'au menton de la vieille dame qui ne demande qu'à repartir au pays où elle est si bien…

Chapitre 2

Lundi 9 janvier 2017
Appartement de Céleste Alvarez - 6 h 15

Obscurité totale. Une respiration ample comme seul bruit. Trois vibrations puissantes s'élèvent dans le noir. Un gémissement leur répond.

Une nouvelle salve résonne, toujours la même origine.

Des jurons, assourdis par l'épaisseur d'une couette, fusent. Une main exploratrice s'en extirpe et palpe l'espace à la recherche de l'origine du bruit incongru.

Les premières mesures de « Tommy The Cat » ont succédé au vibreur et résonnent en boucle depuis quelques secondes lorsque enfin les doigts fureteurs rencontrent l'appareil perturbateur de sommeil. Il a été jeté plus que posé hier soir sur la table de nuit, au milieu de mouchoirs jetables, de livres et d'un fouillis tout droit sorti de poches de pantalon ou de veste. Ils s'en saisissent, évitent par miracle le verre d'eau et la lampe de chevet jaune vif, slaloment entre les plis et replis de tissu et parviennent à bon port pour coller le téléphone contre une oreille.

— Ouais !

La voix est peu amène. Sa propriétaire a identifié celle de son interlocuteur et sait qu'il faut dire adieu à ses projets de grasse matinée…

— Céleste ?

— Non, c'est Babar, Céleste est sortie. Ben oui, qui veux-tu que ce soit ? répond la jeune endormie.

C'est Jean-Pierre, un brigadier-chef qui a la redoutable tâche de tirer du sommeil les OPJ lorsqu'une affaire réclame leur présence. Il fait toujours le service de nuit, c'est son domaine réservé depuis des années, la vie nocturne de la ville n'a plus aucun secret pour lui.

Céleste l'aime bien et lui aussi l'aime bien, du moins elle en a l'impression. Ils blaguent souvent ensemble ou se donnent des coups de main quand le boulot le nécessite.

JP a particulièrement apprécié la façon dont elle a passé les menottes à un petit délinquant qui s'énervait lors d'une intervention dans une des barres HLM de la ville.

C'était au tout début de son installation ici, à peine trois mois, donc.

Comme partout désormais, les quartiers à fréquenter avec prudence et circonspection ne manquent pas dans l'agglomération – principalement ceux qui sont cités, puis oubliés, par les grands appels aux élans de solidarité qui émaillent les discours de notables n'y ayant jamais mis les pieds qu'en période électorale. Les autorités demandent fermement à la police de mettre un terme aux trafics, assurent que tous les moyens seront mis en œuvre et qu'avec eux, tout va changer. Bien sûr... avec des effectifs en diminution et en faisant croire que chiffre et efficacité sont synonymes, on règle tous les problèmes. Sans compter l'état d'urgence et les barbus qui sont encore plus dangereux que les caïds...

Enfin, bref, ce soir-là, avec JP, elle a démontré qu'elle ne recule pas devant le danger, qu'elle sait prendre des décisions sans tergiverser et c'est tout ce qui compte.

Trois mois. Elle n'a pas eu le temps de s'ennuyer. À peine celui de meubler *a minima*, de bric et de broc, ce petit studio où elle passe dormir et, parfois – pas souvent – manger un plat surgelé réchauffé avec amour au micro-ondes et picoré en lisant les nouvelles ou en twittant sur sa tablette.

Elle aime flâner en ville, étudier les rues et les places, les squares, les recoins secrets, s'imprégner de l'ambiance générale...

Céleste se balade rarement sans un bloc et ses fusains. Elle invente la cité sous ses crayons, la sent vivre en la figeant sur le papier. Elle possède un don certain, pour saisir le charme et la lumière d'une ruelle ou l'insolence d'un immeuble récent qui phagocyte la beauté d'une placette bordée de maisons anciennes. Les personnages l'intéressent moins. Elle ne les intègre que presque contrainte, comme si les humains gâchaient la belle ordonnance des angles et des courbes, perturbaient la sérénité qu'elle puise dans les croquis d'extérieur. Elle s'y résout parfois, à grands traits pressés, fiévreux, pour en finir au plus vite.

Elle a connu quelques difficultés dans son affectation précédente, la première de sa carrière, loin, dans le Nord. Sa manie de se plonger dans un roman pour occuper les longues périodes d'attente qui constituent souvent le travail de flic lui a valu d'être surnommée l'Intello. Ça ne rate jamais. Un bouquin à la main ou des lunettes suffisent pour mériter ce sobriquet un peu méprisant de collègues qui s'usent les yeux sur des résultats de foot glanés sur les pages d'un quotidien spécialisé dans les exploits et déboires de multimillionnaires évadés fiscaux en culottes courtes. Heureusement qu'ils ne sont pas tous comme ça, loin de là. Ses courbes lui évitent déjà « la Bombasse », il ne faut pas trop en demander. Encore que ça ne les décourage pas tous de la frotter d'un peu près à l'occasion. Et de passer de l'Intello à la Gouine quand elle refuse d'aller boire un verre, l'heure de l'apéro venue.

Le Nord a été une rude expérience. Elle a souffert du climat et de la misère qu'elle y a découverts, pires que ce qu'elle imaginait. Une pauvreté sauvage, effrayante, inhumaine, secrétant la haine et la violence là où, il y a encore peu, la solidarité et l'entraide étaient la règle. La désespérance de l'inactivité et des friches industrielles avait remplacé les dures journées des mineurs et ouvrières des filatures, les échanges de coups de feu pour un territoire et les overdoses, les accidents du travail. Les luttes syndicales contre les plans sociaux et les démantèlements d'industrie avaient ressemblé à fort Alamo. Mourir en héros, les banderoles à la main, mais mourir quand même. Vendus par une finance qui avait dévoré tout ce qu'il y avait à prendre et abandonnait les reliefs de son orgie pour un nouveau charnier plus à l'est ou en Asie… Elle avait fait son boulot du mieux possible mais s'était empressée de demander son changement de décor dès qu'une opportunité s'était présentée.

Ses médiocres talents de cuisinière la conduisent trop souvent au fast-food, ses hanches et ses cuisses un peu lourdes en témoignent. Pas de doute, elle ressemble plus à un Rubens qu'à la Jeanne Hébuterne de Modigliani.

Les ayatollahs du bio et les curés de la minceur l'agacent, même si elle sait qu'ils ont raison. Pour le poids, il sera toujours temps de faire un petit effort quand elle sera décidée. Ce n'est jamais que le quinzième serment du même ordre qu'elle se fait en quelques mois ; un jour, à force, ça marchera…

Les murs nus, immaculés, attestent du peu d'intérêt qu'elle porte à son intérieur. Seul son carton à dessin indique sa passion pour l'art, ainsi que quelques babioles qui ne la quittent jamais depuis son adolescence qui ont été sorties des cartons et posées çà et là pour la rassurer. Elle parle peu de son amour de la peinture. Ce n'est pas courant les flics qui ont commencé par les Beaux-Arts, y ont même démontré de réels talents, avant de s'apercevoir qu'il est nécessaire de se nourrir tous les jours, de payer un loyer et que l'indépendance financière est une bonne chose. Alors, la mort dans l'âme, elle a changé radicalement d'orientation. Sa passion des polars a orienté son choix d'intégrer la police. Elle est persuadée qu'il est possible d'amender un système de l'intérieur.

C'est plus tenable ce blanc partout, pense-t-elle, ses yeux s'égarant sur les murs, ça lui file le bourdon. Son regard tombe sur les nombreux cartons de livres qui encombrent le sol. Le plus urgent peut-être ? Je m'y mets dès demain, se promet-elle, avant d'être ramenée à la dure réalité.

— On a besoin de toi vite fait, rue Thénaud. Une maison de retraite, Les Lilas. Je t'envoie l'adresse par SMS. Une patrouille t'y attend. Une mort suspecte.

— Putain, t'as vu l'heure ? Il est six heures et quart ! Elle est suspecte de quoi, la mort ? Y a un vieux qu'a clamsé ? Et ils ont besoin de quoi ? Ils ont perdu le dentier ? râle-t-elle.

Elle a une impression de gueule de bois carabinée alors qu'elle n'a bu que de l'eau minérale pour faire passer sa blanquette en barquette, dévorée sur le coin du canapé en zappant machinalement d'une connerie télévisuelle à une autre. Fatiguée, trop, sûrement. Le rythme est élevé au commissariat en ce moment et les vrais repos sont rares. Les effectifs sont décimés par les différentes affections hivernales et il faut très souvent pallier les absences en multipliant les heures.

— Je suis pas d'astreinte en plus, c'est Lefèbvre jusqu'à 8 heures ! Pourquoi tu m'appelles, moi ?

— Je sais bien, figure-toi. Il est déjà sur une bagarre d'ivrognes qui a mal tourné. Deux blessés. Il peut pas être partout. Alors je me suis dit que j'allais avoir le plaisir d'entendre ta douce voix au réveil.

— Connard !

Seul un éclat de rire lui répond.

Elle sort de sous l'avalanche douillette, fourrage dans ses cheveux en pétard, bouclés, emmêlés, impossible à domestiquer. Elle s'était couchée sans les sécher hier soir, trop crevée pour prendre soin d'elle, trop énervée pour dormir après un dimanche à enregistrer des plaintes et deux constatations de vol avec effraction dans des maisons particulières. Il y avait un gang motivé qui appliquait sans réserve les nouvelles lois et bossait le dimanche comme les autres jours de la semaine.

Ça va être mission impossible ce matin pour se coiffer. Et merde.

— Bon, sérieux là, reprend JP. Apparemment, y a une vieille qui a pas digéré une fricassée de marches en béton. C'est un peu lourd comme petit dej', tu sais, surtout à cet âge-là, rigole le flic, tout content de sa blague qui peine à dérider Céleste.

Il ne doit pas appeler du standard, pense-t-elle, les communications sont enregistrées, il ne parlerait pas comme ça sinon. Elle jette un œil à son écran, voit que c'est un numéro de portable qui s'y affiche. Le connaissant, il doit être en train de tirer sur sa clope dans la petite cour du commissariat. Elle l'entend tousser d'ailleurs.

— Ça va te tuer, JP, tu le sais ? Tu as une voix de crevard déjà.

— T'occupe pas de moi. Fonce ! Les gars vont pas t'attendre jusqu'à midi et Charvel va encore gueuler si on n'a pas un temps de réponse olympique. Et quand il est fâché, c'est nous qui prenons, alors magne-toi de sortir du pieu !

— Tu me paieras ça, JP !

Elle raccroche en maugréant et se lève. Pas la peine de pleurer, faut y aller.

Une douche, un café expresso – le thé, c'est trop long – des vêtements comme ils viennent, sa Clio, gyro, au radar et au GPS pour se téléporter vers la Résidence des Lilas.

Il gèle. La température clignote sur son tableau de bord pour lui signaler de faire attention au verglas. Elle a vu, merci. Elle a été sonnée par le froid en sortant de son immeuble. Ses doigts gourds ont eu des difficultés à remonter le zip de son blouson trop léger pour la saison. Mais elle n'avait pas réfléchi en attrapant ses fringues et il est trop tard pour songer à remonter chez elle se vêtir plus chaudement.

Chapitre 3

Lundi 9 janvier 2017 - 6 h 35

Les rues sont vides ou presque. Les trottoirs et la chaussée scintillent de milliards d'étoiles de givre sous la lumière de ses phares. Çà et là, un tas de cartons signale qu'un SDF a élu domicile sous un porche ou une entrée d'immeuble, havres illusoires accordant une intimité glacée, un fragile refuge pour y crever de froid et de solitude en silence.

Quelques employés matinaux emmitouflés, robots hagards, se pressent pour embaucher, traçant leur route à petits pas mécaniques et cadencés dans les panaches de fumée blanche de leurs expirations.

Céleste croise trois ou quatre autobus quasi déserts transportant bruyamment des silhouettes rencognées qui finissent leur nuit sur des sièges trop durs. Ils la ralentissent mais elle est en pilote automatique ce matin et ne pense même pas à insulter les chauffeurs.

Elle lorgne les boulangeries déjà emplies d'une clientèle avide de viennoiseries encore chaudes et de baguettes croustillantes qui font gronder son estomac. Pas le temps, merde ! Tant pis, elle se fera un peu moins engueuler à la prochaine visite médicale pour ses quelques petits kilos en trop. S'il croit que c'est facile, le toubib, avec leur rythme de dingue, d'avaler du sain et du fruité…

Elle prend la rue Thénaud par le mauvais bout et se tape en ronchonnant, le nez collé au pare-brise, toute la remontée des baraques de rupins entourées de haies et de grillages hostiles pour dénicher le numéro indiqué. Pas nécessaire d'ailleurs de se crever les yeux, un panneau de deux cents mètres carrés indique la RÉSIDENCE DES LILAS, une flèche rouge, en dessous du nom, pointe vers un imposant portail en fer forgé, vert bouteille, grand ouvert.

Une massive bâtisse fin de siècle – le XIXe, pas le XXe – trône tout au fond de l'allée centrale gravillonnée. Bourgeoise. Du tape-à-l'œil qui a dû voir passer cabriolets et Panhard, longues robes et chapeaux hauts-de-forme. Des murs de pierres blanches, un escalier genre Sissi impératrice mène à une porte double manifestement en chêne ou en autre chose... Elle l'ignore et s'en fout. Elle est pas ébéniste non plus. Elle est flic, c'est assez pour son bonheur. 6 h 50. Pas mal. Y avait moyen de s'arrêter pour un croissant. Fait chier.

Un lundi, en plus ! Dire qu'elle ne devait prendre son service qu'à midi. Un des rares jours où elle aurait pu paresser tranquille, s'offrir un petit-déjeuner copieux au bistrot en bas de chez elle avant de partir au gré de ses caprices traîner les rues et les avenues, nourrir ses esquisses de jolies pierres ou de solides demeures aux jardins rabougris par l'hiver. Elle ne dessine pas dehors quand la température est si basse, elle repère. Quelques photos prises avec son reflex, des détails architecturaux suffisant à guider son fusain lorsqu'elle est au chaud, assise sur son canapé, un thé à portée de la main, la radio en sourdine et la télé sans le son.

Inutile de ruminer sa frustration, maintenant qu'elle est là, il est temps de se mettre au boulot.

Chapitre 4

Lundi 9 janvier 2017
Résidence Les Lilas - Chambre 34 - 6 h 30

Colette Wensby dort profondément. Elle rêve. Pas réellement un songe d'ailleurs, elle vit avant-hier, revoit son passé comme un film en technicolor, c'est tout juste si le lion de la MGM ne rugit pas dès qu'elle clôt ses paupières. Toujours le même scénario, toujours les mêmes personnages et le même décor. Depuis des années. Depuis que…

Depuis qu'elle est arrivée le soir du 24 mars 1966 chez John et Jennifer Pinkerman, un ranch à une vingtaine de miles de Fallon, Nevada, tout a changé dans son existence. Elle sent la vie s'emparer à nouveau d'elle.

Son père avait raison, le changement d'air a eu un effet bénéfique sur son humeur et sa façon d'envisager son présent et son avenir. Pour le passé, il n'y avait plus rien à faire. Colette a souffert comme une damnée et son enfer avait commencé à la fin de l'année précédente lorsqu'elle avait appris le décès de Pierre, son frère jumeau. La nuit s'était abattue sur elle. Les larmes, la déprime, le silence et l'envie de disparaître avaient remplacé l'espoir, les projets d'études, les sorties entre copines et les longues discussions en famille…

La dépression qui la mangeait tout entière depuis la funeste nouvelle n'avait pas fui tel un moineau effrayé quand son père lui avait annoncé que son vieil ami John répondait favorablement à sa demande d'accueillir sa fille afin de tenter de lui faire vivre autre chose que l'atmosphère morose qui régnait au domicile familial. Loin de là.

Colette avait eu peur de trahir le souvenir de son frère, partir comme on déserte alors que lui… Des idées noires, envahissantes, ne lui laissaient aucun repos, la période précédant son départ avait été abominable.

Ses parents vivaient chacun leur deuil comme ils le pouvaient. Elle ne parvenait pas à s'intéresser réellement à son futur voyage.

La durée du séjour n'avait jamais été évoquée entre les deux hommes et elle n'avait même pas songé à poser la question. Plusieurs mois peut-être…

L'aéroport, les adieux avec ses parents, les dernières recommandations paternelles, une dernière étreinte avec sa mère, puis l'avion, le vol – les vols – la fatigue, la frayeur en voyant trembler les ailes au moment du décollage, elles qui semblaient pourtant si rigides et solides ; les hôtesses et les stewards souriants, un univers inconnu qu'elle n'a pas su apprécier, engoncée dans son chagrin et perdue de quitter sa famille pour la première fois. Atterrissage final d'une Colette fourbue à Reno-Tahoe International Airport. Contrôle du visa, du passeport par deux policiers peu amènes que la fatigue lui fait percevoir comme presque hostiles. Petit moment de panique, gorge serrée, avant d'apercevoir les Pinkerman venus l'accueillir, lui faisant des signes depuis le hall. Le périple prend fin dans la confortable et immense berline turquoise du couple compréhensif qui ne la presse pas de questions, ils auront tout le temps pour se raconter leurs vies.

Le ranch est très isolé, au beau milieu d'une plaine aride et sèche, le regard peut se perdre à l'infini dans toutes les directions. C'est tout le désert du Nevada qui entoure la belle et solide demeure avec les bâtiments agricoles et logements du personnel posés çà et là.

John et Jenny avaient dû espérer une belle descendance en édifiant leur résidence : cinq chambres, un salon immense dans lequel pourrait tenir toute la maison des parents de Colette, une cuisine ouverte comme elle n'en avait jamais vu. La jeune Française a mis plusieurs jours à se familiariser avec la disposition des pièces. Le silo et l'éolienne chargée de tirer l'eau du puits permettant d'abreuver le bétail au corral dominent le site. L'ocre de la terre éclabousse tout, le blanc des murs extérieurs en est recouvert, ainsi que les véhicules et les vêtements, sans oublier les arbustes et les herbes hautes que le vent ne parvient pas à dépoussiérer, ni les diverses plantes du jardin d'agrément sur lesquelles Jenny veille avec une attention quasi maternelle.

La maîtresse de maison se montre tout de suite sympathique et accueillante. Elle sait multiplier les attentions afin que Colette se sente intégrée au quotidien du ranch. Elle n'hésite pas à arpenter avec elle de nombreux miles dans les environs, allant même jusqu'aux confins de la Californie, n'économisant pas son temps. Colette accumule les clichés grâce au petit Instamatic 126 que ses parents lui ont offert. Elle se sent rapidement presque comme la fille de ce couple tant ils déploient de gentillesse à son égard. Elle ne cesse de les remercier.

John est un peu plus réservé mais tout aussi charmant que son épouse. Souvent absent, à parcourir de longues distances sur son mustang ou dans sa jeep à la recherche de bétail égaré, à se précipiter afin de réparer une brèche dans une clôture ou constater l'état des pâturages avant d'y amener les troupeaux. Il compense son manque de présence par la qualité de son écoute et la gaieté qu'il apporte en revenant de son travail, parfois accompagné de plusieurs ouvriers qui ont trimé des heures avec lui. La véranda résonne alors de rires et d'éclats de voix joyeux d'où émergent les préoccupations du jour qu'il va falloir finir par régler.

La chambre de Colette est vaste, elle n'a pas l'habitude d'avoir tant d'espace pour elle seule; la maisonnette de ses parents est agréable, emplie de ses souvenirs d'enfant, mais elle semble si minuscule comparée au ranch. Son lit, une armoire et un petit bureau, il n'y avait plus de place pour autre chose. Là, non seulement elle peut se prélasser sur un matelas *king size*, s'apprêter devant une coiffeuse, ranger ses vêtements dans un dressing dont elle n'occupe avec peine que le quart mais également prendre une douche directement dans la salle de bains attenante. Un luxe incroyable !

Jenny l'emmène partout, chez ses amies, en shopping, à la piscine ou lors de ses sorties entre filles comme elle appelle les déjeuners et dîners passés en compagnie d'Alice ou Sharon, des quarantenaires enjouées, un peu esseulées elles aussi dans les fermes immenses des environs et qui prenaient chacune de ces sorties comme une fête. La jeune Colette se sent bien ici. L'usage intensif de la langue lui a permis de réaliser des progrès gigantesques dans un anglais qui ressemble de plus en plus à celui d'un véritable habitant du sud-ouest des USA.

Tout son désarroi n'a pas disparu en un jour, la Française ressent encore parfois du vague à l'âme ou des moments de tristesse intense qu'elle s'emploie à cacher à sa famille d'accueil, prétextant un besoin de lire ou de se reposer afin de s'isoler dans sa chambre. Mais ces épisodes s'espacent de plus en plus et il lui arrive souvent de rire franchement aux plaisanteries de Jenny, aux anecdotes cocasses de John aux prises avec des vaches facétieuses ou aux pitreries d'ouvriers jouant les maladroits pour l'amuser.

N'ayant pas eu d'enfants, les Pinkerman ont adopté avec joie cette petite dont le visage laisse parfois deviner de sombres nuages mais au cœur simple et si enthousiaste de découvrir leur mode de vie. Ils sentent que l'avenir n'est pas si noir pour Colette et sont heureux de pouvoir l'aider à prendre du recul.

Les mois passent, la jeune fille s'habitue à la routine de la ferme et commence à avoir le mal du pays. Le ranch perd peu à peu son goût d'exotisme et de nouveauté, le manque de jeunes gens de son âge devient par moments difficile à supporter. Jenny et John sont fantastiques, agréables à vivre mais ils représentent plus, sans remplacer l'ancienne, une nouvelle famille que des amis.

Certes, Colette reprend goût à la vie, ses cauchemars se font plus rares et son horizon s'éclaircit, toutefois la bruyante agitation urbaine lui manque. Elle songe à rentrer en France, reprendre peut-être ses études, et commence à évoquer cette possibilité dans les longues lettres qu'elle expédie régulièrement à ses parents.

Ceux-ci sont ravis qu'elle aille mieux et n'opposent évidemment aucune objection à son retour. Ils lui demandent tout au plus de bien réfléchir et de leur revenir en pleine forme avec de beaux projets à mettre en œuvre. Elle répond reprise des études, peut-être, ou alors mise à profit de sa nouvelle connaissance de l'anglais, version américaine, dans une entreprise ou dans l'édition – elle se voit traductrice ou négociatrice pour une boîte d'import-export. Les idées ne manquent pas mais il lui faut être en France pour les mettre en application. Son imagination, en jachère depuis trop longtemps, s'emballe et s'enflamme, se perd dans les vastes plaines du Nevada.

Chapitre 5

Lundi 9 janvier 2017 - Résidence Les Lilas - 6h55

Aucune trace d'un véhicule de police dans le parc. Céleste est pratiquement à la porte de la résidence, quelques fenêtres éclairées *a giorno* indiquent une présence et une activité humaine – ou une négligence écologique manifeste – quand un gardien de la paix apparaît.

Elle s'arrête à sa hauteur. C'est Pascal Lherbier, le brigadier, responsable de la patrouille, celui qui a demandé à JP de la contacter. Il va l'entendre, ce con !

— Salut lieutenant. Ça caille, hein ? Merci d'être venue si vite, on est un peu emmerdés là.

— Qu'est-ce qui se passe de si terrible ?

Son ton est dix degrés en dessous de la température pourtant déjà polaire.

— Une vieille dame qui a été retrouvée morte en bas d'un escalier. Normalement, elle n'aurait jamais dû pouvoir y accéder et la porte qui s'ouvre sur cet escalier est fermée à clé. Y a peu de chance qu'elle soit remontée la verrouiller dans l'état où elle est. Vous allez voir, je trouve ça bizarre.

— Bizarre ? Genre pas naturel ?

— Genre, pas possible, à mon avis, lieutenant. Vous verrez vous-même. Pour accéder à la victime, il faut que vous fassiez le tour. La grande maison, c'est juste les bureaux. La résidence est derrière. Une construction bien plus récente. Vous allez trouver les voitures de patrouille juste à gauche. Le sous-sol sert de vestiaire du personnel, Damien vous en dira plus, il est resté là-bas. Je suis venu à votre rencontre, c'est pas évident de se repérer ici quand on connaît pas. Je vais filer un coup de main à mon collègue monté surveiller le couloir de la résidence, il doit avoir du boulot, dit-il, s'éloignant déjà.

Céleste enregistre les infos, oublie même de ronchonner, et laisse descendre sa Clio pour aller stationner à côté des véhicules de ses collègues.

Un vaste parking plus à droite contient déjà une dizaine de voitures. Certainement celles des employés qui doivent prendre leur service, pense Céleste, le travail doit démarrer de bonne heure ici.

— Salut Damien. Qu'est-ce qu'on a ?

Il fait bon dans ce sous-sol où elle a pénétré après avoir salué rapidement Charlotte, une bleue frigorifiée qui fait le pied de grue à l'entrée. Elle ouvre son blouson et sort les mains de ses poches. La blancheur des néons lui blesse les yeux après l'obscurité du dehors. Elle se promet de ne pas traîner. Ça va être vite réglé cette histoire. Un coup d'œil, le temps de taper son rapport et de classer l'affaire, elle sera peut-être sur ses dossiers urgents pour 14 heures.

— Bonjour lieutenant. Ben, on a ça ! lui répond le flic en pointant du doigt un corps blafard affalé en bas d'un méchant escalier de ciment.

Elle est passée sous le panonceau « Entrée du personnel », a enfilé un étroit couloir flanqué de portes étiquetées « Hommes » ou « Femmes » et est arrivée à cette sorte de petit sas où gît la femme décédée.

Éclairée par les lampes crues, la masse laiteuse de ses énormes cuisses dévoilées par la chemise de nuit à fleurs et une robe de chambre matelassée rose retroussées tranche avec la flaque brun rougeâtre qui s'étale sous son crâne. La mort, sans pitié, a poussé l'indécence jusqu'à mettre en avant le gros postérieur emballé d'une protection de la pauvre femme. Elle est presque obèse, ses pieds sont bleus, ses chevilles gonflées, ses jambes parsemées de varices violettes. Un Picasso de sa période la plus sombre au vu des quelques perspectives peu réalistes que prenaient les différentes articulations du cadavre, décide Céleste.

À l'autre extrémité du corps, en bas des marches, son visage tuméfié garde la trace de la frayeur éprouvée en chutant, la bouche ouverte en un rictus sur des dents rougies de sang. Le cou tordu permet au crâne de devenir parallèle aux épaules.

Des montures de lunettes cassées, des éclats de verres brisés et un mouchoir jetable sont éparpillés sur le sol au revêtement antidérapant bleu.

Céleste ne touche pas le cadavre. Elle jette un œil vers le haut, constate quelques taches brunâtres sur deux marches et aperçoit une porte close. Verte. Elle se dit que toutes ces couleurs ne vont décidément pas ensemble et qu'il faut faire abstraction du moindre sens de l'esthétique pour ne pas s'enfuir en courant. Mis à part les trois couleurs nationales perçues sur la victime, évidemment, patriotisme oblige, sourit-elle.

— Qu'est-ce qu'elle fout là ?

— Ah ça, pas la moindre idée, lieutenant. D'après ce que nous a dit le personnel, aucun pensionnaire n'a accès à ce niveau. L'issue que vous voyez à l'étage doit être impérativement verrouillée. C'est l'aide-soignante de service de nuit qui l'a découverte et qui nous a appelés, aussitôt après le SMUR. Il était 5h45. Elle avait fouillé tout l'étage sans la trouver et n'est venue ici que parce qu'elle avait besoin de quelque chose dans son véhicule.

— Pourquoi elle a pas donné l'alerte avant ?

— Elle pensait que sa patiente s'était endormie dans une autre chambre, voire dans une salle de bains ou des toilettes. Apparemment, ça arrive souvent que les petits vieux jouent les somnambules, partent en vadrouille et fassent les coucous dans le nid des autres. Comme c'est le moment le plus chargé de son service, elle n'a eu le temps de descendre par ici qu'une heure après avoir constaté l'absence de sa pensionnaire dans sa chambre. Elle a l'habitude, comme je vous disais, alors elle ne s'est pas affolée tout de suite. Elle a poursuivi sa ronde et ses soins, pensant la trouver en chemin. C'est qu'il y a soixante personnes à surveiller, elle a du boulot. Et c'est la saison des refroidissements et des virus, il y a toujours quelques gastros qui surgissent ici ou là, je vous fais pas un dessin…

— Et elle est seule pour tout ça ?

— Non, il y a une femme de ménage qui l'aide pour les changes, lave les sols et prépare les petits-déjeuners. Elle n'a pas le temps de s'ennuyer non plus.

— Elles sont encore là ?

— Oui, elles sont là-haut, elles vous attendent dans un des bureaux avec Fabrice. Quand on a vu le problème, le brigadier a demandé une patrouille en renfort. Surtout que le personnel de jour arrivait. Charlotte est restée avec les femmes le temps qu'elles se changent et Simon, un collègue de l'autre groupe avec les hommes, on les a ensuite fait passer par l'extérieur pour préserver les éventuels indices sur l'escalier. Ah, la directrice s'est pointée également. Une chieuse, je vous dis pas. Elle a fait un scandale parce que je lui ai interdit l'accès aux vestiaires. Elle a filé furax en gueulant que c'était honteux.

— Rien d'autre à signaler ?

— Le chef vient de partir rejoindre Fabrice.

— Je sais, je l'ai croisé en arrivant. Et sinon ?

— Le SMUR et les pompiers sont passés, y avait déjà plus rien à faire. Vu les circonstances, les toubibs ont laissé le corps en l'état. Ils sont tous repartis assez vite, un accident dû au verglas sur la nationale. Paraît que ça a cartonné dur.

— Bien. Parfait. J'appelle Lassale et le sub. Tu restes ici et tu demandes à JP de t'envoyer une autre voiture pour vous relever dès que ceux de jour seront en service. Je préviens la Scientifique aussi, voir s'il y a quelque chose à glaner. En attendant, personne ne passe ! Tu me la joues ligne bleue des Vosges, plus efficace que la Maginot en tout cas. Tant que j'y suis, dis également à JP de demander à Manu de me rejoindre ici. J'aurai besoin de lui pour les dépositions, dit-elle en tournant les talons.

Céleste Alvarez, mieux réveillée, sort dans le froid glacial du petit matin. Elle remonte à pied le sentier pavé qui mène à l'entrée de la résidence en se demandant ce que cache cette histoire à la Rouletabille. Elle est soufflée par la surface occupée par le nouveau bâtiment qui s'étend sous la lueur des réverbères. Une structure tout en aluminium et baies vitrées, aux lignes sobres et épurées, ultramoderne, qui jure avec l'antique maison qui accueille le visiteur à l'entrée des Lilas. Ça doit pas être donné là-dedans, pense-t-elle en se remémorant la tristesse des couloirs et les murs lépreux du mouroir où elle avait accompagné les derniers jours de sa grand-mère. Sale souvenir.

Chapitre 6

Mardi 7 février 1967 - Ranch Pinkerman - Fallon (Nevada)

L'après-midi tire vers sa fin. L'horizon commence doucement à rougir et la fraîcheur à tomber sur le ranch. Colette s'ennuie intensément dans ce coin de désert où seuls quelques buissons épineux, tout droit sortis d'un décor de western, balaient un morne et toujours ocre paysage. Elle suit mollement des yeux la valse erratique de virevoltants s'accrochant un instant aux pieds de cactus immenses qui jouent les chandeliers sans bougie avant de poursuivre, au gré des rafales de vent, leurs routes aléatoires. Que faire si ce n'est parier sur leurs prochains point de d'ancrage ? Les compter ? Elle n'en a pas le courage.

Assise sur le porche, à même les marches en bois de l'escalier, elle meuble nonchalamment son vide d'un article de *Life* dont elle serait bien incapable de donner le sujet si on l'interrogeait. Vêtue comme une vraie autochtone, Colette traîne tous les jours ou presque en jean et chemise nouée sur un t-shirt, toujours prête pour une balade à cheval ou une randonnée en jeep avec John ou Jenny, ne revêtant une robe que lorsqu'ils l'emmènent en ville, à Fallon, Reno ou Carson City. Elle a son propre hongre, Diamond, trois ans, un bai tirant sur le chocolat, doux et obéissant, qui ne rechigne jamais à partir en promenade. Les trois chiens, gardiens consciencieux, la connaissent bien désormais et n'aboient plus quand ils sentent son odeur ou lorsqu'elle passe devant eux, venant souvent quêter une caresse ou déposer une balle ou un bâton mâchouillés à ses pieds s'ils sont d'humeur plus sociable.

La radio diffuse un des derniers succès de Johnnie Wright, « Hello Vietnam ». Une de ces chansons qui faisaient froncer les sourcils de John, très préoccupé par ce conflit.

Il avait participé au débarquement en Normandie et pensait, à l'époque, risquer sa vie pour que le monde soit enfin en paix quand ils en auraient fini avec ces salauds de nazis. Il racontait souvent à la jeune Française ses souvenirs tragiques et ses espoirs déçus. Elle l'écoutait avec attention, retrouvant dans ses paroles un écho à celles de ses parents, les mêmes déceptions, les mêmes sentiments de trahisons multiples.

Quelques têtes de bétail paressent dans l'enclos, attendant, comme résignées, le camion qui les emmènera vers l'abattoir. On est vendredi, c'est le jour où Stan, le marchand de bestiaux, passe prendre les bêtes dont John Pinkerman a conclu le destin dans la semaine sur un marché des environs.

Février 1967, elle n'en revient pas, presque un an désormais que Colette est arrivée chez les Pinkerman ! Elle connaît les rituels immuables du ranch. Comme celui du lundi, la grande lessive de draps, celui du mercredi aussi, le grand ménage, jour où Jenny, Sally, la fille d'un fermier voisin qui vient de temps en temps pour quelques dollars apporter son aide, et elle-même, briquent la vaste maison de fond en comble pour aider Nola dans son impossible tâche. Et donc celui du vendredi qui voit certaines vaches désabusées partir pour ne plus revenir.

C'est René, son père, qui a organisé ce séjour, presque cet exil, après « l'événement » comme elle disait pudiquement, devant encore aujourd'hui réprimer ses larmes lorsqu'elle y pense et ne surtout pas le nommer. Son cœur se serre toujours autant, la douleur ne doit pas s'estomper, elle ne le veut pas, ce serait comme l'abandonner au néant.

Ses parents lui manquent, son père surtout auquel elle est très attachée. Cela fait quelques mois qu'elle songe à les retrouver, que des projets se succèdent dans sa tête sans qu'il y en ait réellement un qui émerge. Il va falloir qu'elle prenne une décision, elle le sait mais remet toujours à demain, pas vraiment sûre que la dépression et l'angoisse ne se saisissent pas d'elle à nouveau dès son arrivée dans la demeure familiale si chargée en souvenirs d'enfance, en images de jeux mais également en sombres émotions, lavée des larmes versées et du désespoir ressenti.

Résistant de la première heure – alors même que les instances du parti communiste étaient encore envasées dans le pacte germano-soviétique –, ouvrier d'imprimerie, René Colson s'était, dès 1942, spécialisé dans la confection de faux *Ausweise* qui trompèrent tant de patrouilles allemandes ou de miliciens, encore plus teigneux et soupçonneux que les troupes d'occupation. Bien moins polis également, quelles ordures ! Il n'en était pas plus fier pour autant. Il avait fait son boulot, comme il dit avec la modestie et l'humilité des héros ordinaires, dégoûté par les opportunistes qui avaient attendu la Libération pour tondre quelques femmes et s'ériger en sauveurs de la patrie.

René ne les avait jamais vus pourtant lorsqu'il posait des explosifs sur des rails, faisait le coup de feu contre des SS pour libérer des camarades ou récupérer des armes parachutées par les Anglais pour venir en aide aux FFI qu'il fallait prendre de vitesse si l'on voulait ravitailler en munitions et fusils les maquis FTP. Parfois combattre malheureusement aussi, dans une lutte fratricide, ces Gaullistes qui craignaient un armement trop massif des communistes.

Connerie !

C'était au cours d'une embuscade dans la campagne autour du Havre qu'il avait recueilli John Pinkerman, allongé à l'abri d'une haie du bocage. Ce parachutiste américain, envoyé avec son unité en mission de reconnaissance et sabotage derrière les lignes ennemies avant le débarquement allié, avait été cloué là par une balle allemande pas perdue pour tout le monde. Elle l'avait touché à la jambe et il ne pouvait plus suivre son groupe de combat. Le gars tentait de survivre et d'échapper aux hommes de la Wehrmacht excités qui ratissaient les champs alentour. La plaie était bénigne, une belle estafilade dans le muscle de la cuisse droite, juste suffisante pour lui interdire de tenir le rythme de la marche rapide imposée par son capitaine. René l'avait soigné, caché, nourri, Jeannette avait pris soin de lui, leur grenier était devenu sa chambre d'ami jusqu'au rétablissement total de Pinkerman.

Les deux hommes, bien que très éloignés idéologiquement – le seul mot de socialisme provoquait des poussées d'urticaire chez l'Américain, alors communisme et révolution, c'était même pas la peine –, avaient sympathisé et ne s'étaient jamais oubliés.

C'est ainsi que René avait eu l'idée, des années plus tard, devant l'incapacité de sa petite Colette à sortir de son chagrin, inquiet qu'elle ne fasse une bêtise, de demander à son ami John de la prendre quelque temps au ranch. Au moins, elle verrait du pays et parlerait anglais : il n'avait jamais rien compris à leur charabia, lui.

La ville libérée, il avait participé à quatre ou cinq réunions du comité de la résistance locale après l'arrivée des Américains. Direct et franc, il avait donné son avis sur ce qu'il fallait faire de cette liberté si chèrement acquise, puis était retourné à son militantisme syndical et au boulot. La politicaille, comme il disait, n'était pas pour lui, il vivait dans l'action, pas dans les interminables négociations, voire compromissions, entre différentes factions.

Puis vinrent les grandes grèves de l'hiver 47 pendant lequel il avait milité avec une énergie décuplée, le sentiment chevillé au corps de toucher au but, d'atteindre enfin quelque chose de grand, de frôler son rêve d'une société plus juste et égalitaire.

Avant que tout ne s'écroule encore une fois. La faute au terrible déraillement du Paris-Tourcoing, vers Arras, début décembre. Un train transportant, normalement, des gendarmes mobiles envoyés casser du prolo dans le Nord, saboté par des cheminots communistes. En fait de briseurs de grève, les wagons contenaient de simples voyageurs, il y avait eu méprise, ou désinformation par des gens qui avaient intérêt à salir le mouvement.

La bévue avait coûté cher. Quelques morts de plus dans une France qui en avait connu tant, c'était la fameuse goutte d'eau, celle qui avait fait déborder un vase empli d'indignation. Vingt cadavres qui allaient changer le cours de l'histoire.

Rien n'avait plus été comme avant après cette catastrophe, cette déroute du Parti. *On ne négocie pas pendant une insurrection,* ne cessait-il de dire alors en vain, les instances supérieures ne l'entendaient pas ainsi ; il avait mal encaissé le coup, celui de trop. Tel un boxeur fatigué, sa vaillance s'était peu à peu évanouie, sa foi dans la victoire du prolétariat comme endormie doucement pour ne plus jamais retrouver sa vigueur. Les Gaullistes, la CIA et le grand capital avaient eu sa peau et usé ses convictions du triomphe inéluctable de la classe ouvrière.

La rage l'habitait lorsqu'il évoquait cette époque, ses poings se crispaient sur ses cuisses. Il clignait des yeux, laissait refroidir son jus dans le verre en pyrex qui traçait des ronds sur la nappe. Le silence, lourd et collant, planait dans la cuisine, troublé par quelque mouche idiote qui finissait par s'engluer sur le ruban brunâtre suspendu au luminaire. Jeannette, sa femme, essuyait du bout d'un torchon à carreaux une tache imaginaire pour ne pas énerver son homme à le regarder de trop près tant il se mettait dans tous ses états lorsqu'il pensait aux trahisons et aux occasions manquées.

Elle y avait cru aussi, Jeannette, au début. Longtemps même. Moins fort peut-être, moins avec les tripes, ou pas avec le même ordre de priorité que son mari. Il y avait les petits à élever et la pitance à préparer à l'heure, la maison dont il fallait s'occuper, le linge, le marché à faire, les comptes à tenir et son travail de bénévole au Secours populaire.

Elle avait fait sa part aussi pendant la guerre, pris des risques fous, passé des messages ou des armes à la barbe des doryphores, plus intéressés à lorgner ses cuisses sous sa jupe relevée par le pédalage que par ses papiers. Ils puaient la sueur de la marche et la bière ou le vin ingurgités aux terrasses des bistrots la veille au soir. Morte de trouille, elle restait la plus avenante possible, sachant bien, leurs yeux brillants le montraient, que ce n'était pas son panier ou ses poches qu'ils désiraient fouiller de leurs sales pattes.

C'est qu'elle était jolie, Jeannette. Il lui en était arrivé des aventures, elle en frissonnait encore parfois en racontant. Des années de misère et de peur qui vivaient toujours dans ses cauchemars et la tiraient du sommeil dans un cri. Lui restaient les visages des amis tombés trop tôt, souvent bêtement ou trahis par un salaud, des otages qui défilaient dans les rues avant d'être collés au mur de la Poste et…

— Et 44 ! Quelle année ! racontait-elle souvent.

René toujours à courir à la mort, à lui seriner de ne pas s'inquiéter alors qu'elle n'était que tourments dès qu'il sortait ou que la pendule égrenait ses minutes de retard, lui toujours si ponctuel. Le moindre mouvement des aiguilles lui perçait le cœur. L'année de naissance de leurs bébés, l'année de la Libération, enfin, un nouveau départ, de nouveaux horizons, du moins le croyaient-ils.

Elle s'était aperçue qu'elle était enceinte fin septembre 43. Résultat, disait-elle en rosissant, de leur dernier week-end d'août, le dimanche 29 plus précisément.

René revenait d'une longue mission dont elle ne savait rien. Elle avait eu si peur. Toujours ses mystères… Elle comprenait bien qu'elle ne pourrait livrer à l'ennemi ce qu'elle ignorait, qu'il ne pouvait, ni ne devait, lui révéler l'objet de ses absences mais – elle en avait honte maintenant – elle avait même soupçonné une liaison tant les idées noires se bousculaient dans sa pauvre tête inquiète.

Ce dimanche donc, un déjeuner au bord de la Marne, les moustiques importuns, mais ni lui ni elle ne s'en préoccupait. Ils allaient fêter tous les deux la prise de Kharkov, le 23 août, par une Armée rouge qui avançait sur tous les fronts.

René l'avait appris le matin même, l'espoir renaissait. Staline bottait le cul d'Adolf et était parti pour aller le chercher directement à Berlin. La victoire enfin se dessinait et ce serait celle du socialisme…

Son homme était si enthousiaste, si joyeux après tant d'années d'angoisse, qu'elle avait eu envie de faire l'amour, là sur l'herbe, au risque d'être découverts, comme des gosses. D'ordinaire, jamais elle n'aurait osé mais ce jour-là, Jeannette n'avait même pas hésité.

Le plaisir fut certainement encore plus puissant que d'habitude, et, peut-être à cause de cette jouissance dérobée à la ruine et à la mort, Pierre et Colette avaient commencé à pousser dans son ventre, telle une revanche, un pied de nez à tous ceux qui répandaient l'horreur sur le monde.

Du moins, c'est ainsi que Colette l'imagine en mettant bout à bout les confidences de sa mère et sa propre imagination, les quelques rares anecdotes relatées par son taiseux de père et les légendes que s'inventent toujours les enfants en imaginant la vie de leurs parents.

Soudain, un nuage de poussière attire son attention, il trouble pour un temps la morne carte postale s'étalant devant ses yeux. Elle plisse les yeux, le soleil la gêne, il est juste dans l'axe du chemin.

Des touffes de chiendent bordent l'immense allée que le pick-up a empruntée. Instinctivement, elle attache ses longs cheveux bruns en une queue-de-cheval approximative, lisse le jean que Jenny lui a acheté à Carson City lors d'une sortie « entre filles », comme elle disait en français pour faire plaisir à Colette qui riait toujours à son drôle d'accent. Elle serre son gilet autour de ses épaules. Les quinze degrés ambiants ne sont tout à coup plus suffisants, elle frissonne.

Le véhicule freine devant la grange, brouillant toute vision d'un halo impressionnant de particules qui brillent dans les rayons lumineux.

Trois hommes en descendent. Des costauds. Enfin deux costauds, déjà, qu'elle identifie rapidement, puis le troisième, solide aussi mais moins noueux, plus délié. Plus jeune surtout.

Rick et David, elle les voit souvent au ranch. Des cow-boys sympathiques qui ont toujours un mot gentil à son égard. Un jeu de flirt innocent, presque obligé, qui les amuse et la fait se sentir acceptée. *Faudra v'nir danser,* Miss *Colette. Y'a l'vieux Dennis qui sort son violon c'soir au saloon. Va y'avoir du monde. Vous voulez bien être ma cavalière ?* Ou, *Mais elles sont toutes aussi jolies les filles en France ou ils nous ont envoyé la plus belle, les Frenchies ?* lançait David.

Ce à quoi son compère réplique systématiquement qu'elle doit absolument éviter de valser avec cet énergumène qui écrase les pieds de ses partenaires et n'est vraiment à l'aise qu'à cheval.

Elle plaisante avec eux, sourit de leurs reparties. Ça ne va pas plus loin mais ce n'est pas désagréable.

Un monde essentiellement viril mais Colette s'y sent à son aise, personne ne la méprise, bien que nul ne fasse particulièrement attention à elle non plus. Elle comprend de mieux en mieux la langue et ce damné accent traînant du Nevada, ces voyelles avalées et ces idiotismes que Jenny a dû lui expliquer patiemment.

Chapitre 7

Lundi 9 janvier 2017
Résidence Les Lilas - Chambre 34 - 6 h 45

Des bruits de cavalcade et de vives discussions dans le couloir la réveillent à nouveau. Elle ne bouge pas. Surtout ne pas sortir de sa douce torpeur. Elle entend des phrases précipitées, à voix basse, mais impératives et pressantes. Des pas qui s'éloignent, reviennent, des portes qui s'ouvrent et se referment.

Une exclamation. Presque un cri. Un « chut » autoritaire. Puis d'autres éclats de voix, plus loin, des sabots qui trottinent.

Colette ne veut pas sortir voir, elle n'en a pas le courage. Elle saura toujours assez tôt quel événement mérite tant de tapage. Et puis elle est si bien dans son lit. Il n'y a que là qu'elle peut totalement s'abstraire et ne plus trop sentir les multiples douleurs qui l'assaillent de façon de plus en plus aiguë au fur et à mesure que l'âge avance.

Elle se souvient comme elle était vive avant, comme son corps répondait bien à ses sollicitations, comme il s'était ému tout entier la première fois qu'elle avait vu Robert…

Chapitre 8

Mardi 7 février 1967 - Ranch Pinkerman

Le troisième, le jeune, par contre, elle ne l'a jamais vu dans les parages. Il faut dire qu'il y a beaucoup de saisonniers, de gens qui ne font que passer, se lassent très rapidement de la dureté du travail et partent voir si l'herbe est plus verte ailleurs.

Instinctivement, au milieu de ce brouillard de poussière, Colette sait qu'il n'est pas garçon de ferme. Il est différent des deux autres. Des boucles brunes recouvrent le col de sa chemise dont le dos trempé montre que le labeur a été rude cet après-midi. Son jean, déchiré aux genoux, et ses chaussures percées à plusieurs endroits, elle ne sait pourquoi, lui semblent magnifiques, lui rappellent « L'homme aux semelles de vent » et son paletot idéal qu'elle a tant lu au lycée. Elle regarde mieux, secoue la tête pour se remettre les idées en place, rougit et baisse les yeux lorsqu'elle s'aperçoit que l'inconnu la fixe, une main en visière posée sur son front.

Les gars s'emploient à vider le pick-up plein de matériel agricole. Du lourd. Ils se mettent souvent à deux pour chaque pièce et gémissent sous la charge.

Rick, le régisseur du ranch, organise le travail sans pour autant laisser sa part. C'est un bosseur, gueulard et pointilleux, il est juste avec ses ouvriers mais ne tolère pas la moindre incartade dans l'accomplissement des tâches. Ce qui explique en partie le turn over des employés. Ils sont nombreux à prendre leur sac après une journée ou deux dans l'exploitation, voire parfois moins. Il suffit d'une insolence, d'un ordre mal exécuté ou bâclé et l'affaire est entendue.

Elle se lève sans même y penser pour aller récupérer trois bières dans l'énorme réfrigérateur de la cuisine. Ça aussi, c'est un rituel. Ceux qui ramènent l'outillage ont droit à une Budweiser mouillée de buée pour soulager les courbatures qui scient les reins. Pinkerman y tient, ce petit supplément de travail mérite bien qu'il prenne quelques minutes pour discuter avec les gars de la pluie, du beau temps ou des derniers rodéos.

Chapitre 9

Lundi 9 janvier 2017
Résidence Les Lilas - Chambre 34 - 7 h 37

Colette voit que la petite et la grande aiguille sont toutes deux entre le sept et le huit à son petit réveil. Celui que lui a offert Philip il y a longtemps parce qu'elle se plaignait sans cesse de ne jamais savoir l'heure lorsqu'elle s'éveillait la nuit. Elle n'avait jamais voulu de montre. Un asservissement, disait-elle. Alors il était revenu avec ce cadeau, une reproduction des modèles anciens, pas un de ceux à affichage digital qu'elle déteste pour leur précision absolue toujours un peu angoissante, et le lui avait réglé et posé sur sa table de chevet, là-bas, avant, il y a longtemps…

Des talons qui claquent. Elle les reconnaît. C'est madame Chardonne, la directrice. Jamais elle n'est là à cette heure matinale. Il doit se passer quelque chose d'important. Le ton se fait plus ferme, plus urgent. Les gens qui discutent ainsi ne font manifestement pas attention au sommeil des pensionnaires. Une voix féminine inconnue semble donner des directives et savoir se faire obéir. Une femme forte, pense Colette. Il y a un mystère ici ce matin, rien ne se passe comme à l'accoutumée.

Elle ne veut pas y penser, décide que ce ne sont pas ses affaires et se laisse flotter entre deux mondes. Pas tout à fait coupée des bruits du corridor mais plus réellement là non plus.

Chapitre 10

Mardi 7 février 1967 - Ranch Pinkerman

Ce n'est pas parce que la famille Pinkerman était invitée à une noce qu'il fallait que les employés soient privés de leur traditionnelle bière de fin de semaine. Un mariage à Reno, la ville du divorce, Colette sourit à cette ironie. Autant il était facile de s'unir en quelques heures à Las Vegas, autant il était simple et rapide de se séparer définitivement à Reno, les deux cités avaient chacune leur filon pour attirer le touriste, amoureux ou lassé de la vie conjugale, sans se faire concurrence.

Elle n'avait pas souhaité les accompagner, la solitude ne lui pesait pas et elle avait besoin de faire un peu le point. Elle était restée avec Nola, la vieille bonne mexicaine, toute ridée et sans âge – dont elle ne comprend pas du tout le mélange d'espagnol et de mauvais anglais parsemé d'autres idiomes étranges aux origines incertaines – perpétuellement prête à se mettre en quatre pour rendre service. On ne sait jamais si ses mots, souvent inaudibles, sont aimables ou d'abominables malédictions venues de la nuit des temps, mais Nola emplit la maison par son pépiement et laisse un sillage mystérieux partout où elle passe. Peu importe le sens de ses diatribes, sa cuisine est fameuse et son sourire édenté fait passer tout le reste.

— Vous aimez bien Bob Dylan, *Miss* ?

Une voix un peu rauque et forte, fauve. Ni Rick, ni David. Colette en est convaincue, elle connaît leurs intonations.

— Pardon ? lance-t-elle en français, troublée.

— La musique, *Miss*. À la radio. C'est « It's All Over Now, Baby

Blue ». C'est Bob Dylan qui la chante. Vous êtes française ?

Il lui parle. À elle. Elle !

Peu avant, elle les avait vus se rapprocher de la terrasse d'une démarche fatiguée, leurs chaussures lasses levant la poussière derrière eux, les épaules voûtées comme écrasées de fatigue. La semaine avait dû être longue.

— Euh… Je n'écoute pas vraiment, à vrai dire. Mais oui, j'aime bien, ça change de la country, bredouille Colette.

Il est beau ce garçon. Non, pas beau, superbe.

Elle respire moins bien, avale deux fois sa salive, c'est rêche dans sa gorge. Elle lève les yeux, les baisse, ne sait plus comment se comporter pour cacher sa gêne. Dissimuler son émoi. Ne pas montrer ses joues qui, elle le sent, deviennent pivoine. Et les bruits de son cœur doivent s'entendre jusqu'au canyon à des miles à la ronde et faire rire les coyotes.

Les hommes parlent entre eux d'une vache rétive qu'il a fallu capturer de peur qu'elle ne se blesse contre la barrière qu'elle avait décidé de franchir, de l'eau qui manquait sur certaines sources et des ennuis que cela représentait pour l'élevage, de la flaque de sang trouvée sur le bord du chemin qui menait aux terres des Winslow. « Un veau sans doute, égorgé par des voleurs pressés de s'enfuir », affirme Rick en colère.

— *I'm Robert, Bob. And you're Miss ?*

— Colette.

Chapitre 11

Mardi 7 février 1967 - Ranch Pinkerman

Bam-bam, bam-bam, bam-bam… Elle sent son cœur contre ses côtes. Elle a la gorge serrée en répondant d'une voix de fausset. *Il va me trouver ridicule. Quelle conne !*

— *Nice to meet you,* Colette. Rick m'a embauché avant-hier pour un mois ou deux, le travail ne manque pas et j'ai besoin d'argent avant de reprendre la route.

— Ah ? Vous voyagez ?

Ben tiens, ça c'est original comme question à quelqu'un qui te dit qu'il reprend la route. Réplique de génie ma pauvre fille…

— *You could say that, yes.* Je vais où le vent me porte.

Il ferme son ample veste qu'il a remise après le déchargement du pick-up – il fait froid désormais –, puis porte la bouteille à ses lèvres. Colette ne peut détacher son regard du moindre de ses gestes, comme hypnotisée par le garçon qui vient d'investir sa vie sans crier gare.

— Bon, c'est pas tout ça, je vais prendre une douche et me faire beau, dit David en terminant sa bière. Il y a bal ce soir chez Richie, à Fallon. Je ne vous invite pas, *Miss*, Rick va encore vous dire des horreurs sur moi, rigole-t-il.

— Et moi ? Je peux vous y convier ? demande Robert en plantant ses yeux dans les siens.

— Ah ? Euh… Moi ? C'est-à-dire que… je ne sais pas… Je dois surveiller la maison, je ne pense pas…

— *Adelante*, murmure Nola en passant derrière elle, un sourire aux lèvres.

— *There you go then*, insiste le jeune homme. Le ranch est sous bonne garde. Je passe vous chercher vers 8 heures ?

Rick tape sur l'épaule de David et lui fait signe de le suivre. Le vieux cow-boy est tout sauf aveugle.

Chapitre 12

Lundi 9 janvier 2017
Résidence Les Lilas - chambre 34 - 7 h 45

Conciliabules. Talons. Injonctions. Courses d'un bout à l'autre du couloir. Le personnel de jour est certainement arrivé et ne devrait pas tarder à venir les réveiller. Mais rien ne semble se passer comme d'habitude aujourd'hui…

Elle entend frapper à la porte de la chambre voisine. Ce n'est pas le bref toc-toc matinal de Joseph ou Annie, les infirmiers qui passent voir si tout va bien avant de vaquer à leurs tâches et de laisser la place aux aide-soignantes pour les toilettes et l'habillage. Non, ça cogne sec et ferme.

Au tour de la sienne maintenant. Avant qu'elle ne puisse inviter l'inconnu à entrer, une jeune femme décidée, un peu forte, visage fermé sous de longs cheveux noirs grossièrement remontés en un chignon malhabile, blouson de cuir fauve, jean délavé et pistolet à la ceinture, s'introduit chez elle.

— Bonjour madame. Je suis le lieutenant Céleste Alvarez, officier de police judiciaire. Désolée de vous déranger aussi tôt. Ne vous inquiétez pas, je jette juste un œil, nous nous verrons plus tard pour discuter toutes les deux.

La policière lance un regard circulaire dans la pièce. Ses yeux ne s'arrêtent sur aucun détail en particulier mais semblent tout enregistrer.

— Juste comme ça, au cas où, vous n'avez rien remarqué d'inhabituel cette nuit ? Madame Leulliez, votre voisine, ne vous a pas réveillée ? Elle ne vous a rien demandé ?

— Non, je ne sais pas. J'ai vu qu'elle n'était plus là quand Nadia est passée. Je ne sais plus quelle heure il était. C'est bizarre, Odette me demande souvent de l'aider pour tout et, cette nuit, rien. Elle m'embête par moments, vous savez, elle est geignarde. Ne lui dites pas, hein ? C'est vrai qu'elle est souffrante, nous le sommes tous, arrivés à nos âges. Mais je pense qu'elle en rajoute parfois un peu, déclare la vieille dame sur le ton de la confidence, presque à mi-voix comme si elle avouait un secret honteux.

— Non, non, ne vous inquiétez pas. Croix de bois, croix de fer, je ne dirai rien. C'est entre vous et moi, rassurez-vous. Elle se balade souvent comme ça sans prévenir au milieu de la nuit ?

— Oh non ! pas du tout. Pensez-vous. Elle gémit toujours au moins une heure avant de se lever. Ses jambes, dit-elle, et son dos, ses pieds, tout y passe. Elle ne risque pas de faire des cabrioles, Odette, pouffe la vieille telle une collégienne sortant une bêtise.

— Ne jurez jamais de rien, madame Wensby, ne jurez de rien. Si vous saviez ce qu'on voit… Il y a longtemps que je n'ai plus aucune certitude, répond Alvarez, songeuse, plantant là une Colette intriguée.

Un jeune gardien de la paix arrive, essoufflé, signale à la flic l'arrivée d'un certain Lassale qui la demande.

— Ah merde ! Il a fait vite pour une fois celui-là. Tu me surveilles la chambre, je ne veux voir personne fouiner dans les affaires de la victime. Tu laisses juste entrer le personnel nécessaire aux soins de la petite dame.

Colette regarde sans vraiment les voir la policière quitter la pièce et son subordonné la suivre dans le couloir, elle est déjà repartie très loin.

Chapitre 13

Mardi 7 février 1967 - Ranch Pinkerman

Huit heures passées de dix minutes, Colette est dans tous ses états.

Il ne viendra pas. Elle en est sûre.

Il a dû trouver mieux qu'elle, ce n'est pas difficile avec les yeux qu'il a. Elle arpente le salon des Pinkerman en se rongeant les ongles, ce qu'elle ne fait que dans les situations d'extrême urgence. Nola va et vient également, un petit sourire amusé fendant son visage fripé, marmonnant toujours ses incantations étranges qui amusent tant la jeune fille d'habitude mais l'exaspèrent ce soir. Et puis, elle en a marre de ce décor de cornes de vache aux murs, de Stetson ayant appartenu à elle ne sait qui, de pierres apparentes, de ces poutres omniprésentes. Ses jambes tressautent lorsqu'elle s'assoit, elle se met à tourner en rond dès qu'elle se lève. Aucun appétit ce soir, elle a à peine touché à son repas, un nœud dans l'estomac empêche quoi que ce soit de passer, rien à faire.

Qu'est-ce qu'elle a cru ? Faut vraiment qu'elle ait perdu la tête pour imaginer qu'un garçon pareil s'intéresserait à elle. *Stupide. Tu te fais du mal pour rien. Va prendre un livre et oublie tout ça.* Elle feuillette un Life, le même que cet après-midi, ne le lit pas plus. Ses yeux courent sur les images mais ne les voient pas, glissent sur les articles sans parvenir à en comprendre le sens. Un brouillard de mots sans intérêt, de la bouillie pour chat. Elle tourne les pages avec rage, en déchire une à moitié, n'y prête pas attention.

Colette bout littéralement, un fatras d'émotions comme elle n'en a jamais ressenti lui ravage les entrailles.

— *Your caballero, Miss,* annonce Nola au milieu d'une longue tirade multilingue dont elle a le secret. La vieille a balancé ça mine de rien, sans lever la tête, en passant près de Colette les bras chargés de linge à plier. Juste un ton au-dessus du volume habituel de sa voix, pour marquer le coup.

Colette, stupéfaite, regarde la bonne qui continue son chemin sans plus lui prêter attention. Elle a rêvé ?

Un coup d'œil par la fenêtre : des phares viennent bien en direction du ranch par l'allée principale.

Son rythme cardiaque augmente considérablement, sa respiration devient courte, elle sent que tout son organisme entame une sarabande infernale qu'elle ne maîtrise pas le moins du monde. Son visage doit être livide, ses mains sont moites, une goutte de sueur froide se fraie un chemin de son cou au creux de ses reins. Tout se bouscule dans sa tête.

Un miroir. Vite ! Celui de l'entrée. Elle s'y précipite, se trouve moche, mal fagotée dans sa robe bleue qui écrase ses seins et la montre sous son plus mauvais jour. Ses longs cheveux bruns bouclés tombent sur ses épaules, elle n'a pas voulu les attacher, pensant pouvoir à tout moment se dissimuler derrière. Elle a eu tort, pense-t-elle. Et quelle idée de mettre ce gilet informe ! Ses mains lissent sa robe, tentent d'ordonner ses mèches, tirent, défroissent, triturent, s'énervent. Elle n'arrive à rien.

Des pas traînants, deux coups assurés sur la grosse porte en chêne. Elle va faire un malaise, elle le sent, elle en est certaine.

Elle peine à ouvrir, tourne la clé dans le mauvais sens, s'énerve, y parvient enfin et le regard qu'elle croise, la profondeur des yeux qui la fixent, la figent.

Elle sait, là, tout de suite, que rien ne sera plus jamais comme avant, que sa vie vient de basculer pour toujours dans un inconnu qui l'attire autant qu'il l'angoisse.

Chapitre 14

Lundi 9 janvier 2017 - Résidence Les Lilas

— Bonjour docteur Lassale, salue Céleste en voyant la silhouette filiforme du légiste penchée sur le corps de la défunte.

Il n'est plus tout jeune mais n'a pas un poil de gras, lui.

— Ah ! Lieutenant. Bonjour, bonjour. Dites-moi, c'est un drôle de petit-déjeuner auquel vous m'avez convié, je ne vous remercie pas. Quel début de semaine détestable ! Enfin, c'est mon lot.

Toujours à se plaindre pour plaisanter, mais il adore son métier et le fait très bien. Ses rares cheveux grisonnent et les lunettes qui tombent sur le bout de son nez lui donnent un petit air de professeur sévère, mais son sourire franc et sincère dément cette première impression. Il est d'un abord assez facile, même s'il est de notoriété publique qu'il est préférable d'éviter de le titiller trop longtemps.

Alvarez n'a jamais eu à s'en plaindre jusque-là. Il ne lui a pas fait remarquer, comme l'avait fait son odieux confrère du Nord, que son surpoids la mettait dans la top liste de ses prochaines clientes. Quel con ! Elle en frémissait encore de rage.

— En l'espèce, je ne vois pas trop ce que je peux faire pour vous éclairer. Cette malheureuse est manifestement décédée d'une, voire de deux fractures du crâne dont je sens les embarrures à la palpation. Je pense également que son rachis a morflé, ses cervicales doivent être en poudre si vous voulez mon avis. Et vous le voulez, me semble-t-il, sinon vous ne m'auriez pas invité à ce macabre spectacle aux aurores. L'index et le majeur de la main droite sont brisés ainsi que son tibia droit, ce doit être de ce côté qu'elle a heurté le sol pour la première fois, là où le choc a été le plus violent puisqu'elle était debout juste avant, elle est donc tombée de plus haut. Il n'y a pas trace de lutte évidente, ni de poignets ligotés ou de coups, autres que ceux normalement constatés lors d'un accident de ce genre. Mais on peut procéder à un examen plus approfondi au labo, évidemment.

— Rien ne vous fait penser à une agression ?

— Non, vraiment. Les hématomes que vous voyez sur ses cuisses et ses bras sont cohérents avec la chute qui a dû être brutale. Les quelques excoriations proviennent du frottement de l'épiderme sur le ciment : des éraflures tout au plus. Elle a vraisemblablement été tuée dès le premier choc sérieux qui a brisé soit le temporal soit l'occipital, je ne peux vous affirmer laquelle des deux fractures a précédé l'autre. Elle était morte avant d'arriver en bas, ça, j'en mettrais ma main au feu.

Comment diable cette femme est-elle arrivée en haut de ces foutus escaliers ? s'interroge Céleste. Elle n'a pas pu passer à travers la porte, tout de même.

— Vous n'avez rien trouvé sur elle ?

— Rien. Si ce n'est un morceau de sucre dans la poche de sa robe de chambre, ce qui ne va pas vous avancer à grand-chose. Elle n'était pas équipée pour partir en voyage, je vous l'assure.

— Elle est pourtant sortie de son lit, a ouvert ou s'est fait ouvrir cette foutue porte et elle est tombée. Ça, c'est indéniable.

— Certes, mais là, c'est à vous de jouer. Très honnêtement, pour moi, dans mon domaine de compétence, vu l'état des finances publiques et l'évidence, je ne vois pas l'intérêt d'ouvrir cette pauvre vieille dame, lieutenant Alvarez. Je l'examine plus complètement à l'IML et je vous envoie un rapport complet de mes observations. Après, vous déciderez de la suite à donner. Sur ce, certes, à regret, je vais vous laisser, mes patients râlent rarement mais j'ai un boulot de dingue en retard.

— Oui, oui, bien sûr. Merci docteur.

Céleste donne les ordres nécessaires au transfert du corps à l'institut médico-légal.

Les deux techniciens de la Scientifique poursuivent l'examen minutieux de la possible scène de crime. Des taches fuligineuses témoignent de leur traque d'empreintes, des petites marques jaunes sont disposées là où étaient les lunettes, les bris de verre et le mouchoir. Elle connaît ces collègues de vue mais ne sait mettre un nom sur leurs visages masqués.

Elle intervient rarement en premier et n'est pas là depuis assez longtemps pour identifier tout le monde.

Un homme, la cinquantaine sportive – décidément, ça manque de gros dans cette enquête, excepté la victime, se dit Céleste –, et une jeune femme, vêtus de combinaisons blanches qui les recouvrent entièrement, s'affairent dans la montée d'escalier. Pas une mèche ne dépasse. Des robots, pense-t-elle, se remémorant les petits androïdes de la même couleur qu'elle a aperçus dans une grande surface récemment.

Elle les observe quelques instants appliquer scrupuleusement le rituel des divers protocoles, pinceaux au bout des doigts, appareil photo pendant autour du cou. Ils travaillent silencieusement, méthodiquement, un sérieux à toute épreuve.

— C'est tout de même étrange, lieutenant, l'interpelle soudain la technicienne. Il n'y a qu'une seule série d'empreintes sur les poignées de la porte. J'ai fait l'intérieur et l'extérieur, même résultat. C'est pourtant un lieu de passage ici. Tout le personnel y circule obligatoirement plusieurs fois par jour. Il y en a une multitude sur la rampe, le mur, mais, sur la clenche, celles d'une seule et unique personne.

— Et je suis prête à parier que ce sont celles de l'aide-soignante qui a découvert le corps, réplique Céleste. Elle est encore là-haut. Vous pourriez vérifier tout de suite que nous en soyons assurées ? Cela signifierait évidemment que la poignée a été essuyée par quelqu'un qui ne voulait pas que nous trouvions ses traces.

Céleste est certaine de connaître cette technicienne, au moins son nom. Impossible de s'en souvenir, ça l'énerve. Elle n'ose pas lui demander mais la question lui brûle la langue. Juste pour apaiser son esprit.

— Pas de problème, j'ai fini ici. Je monte et compare tout ça. Ce ne sera pas aussi fiable qu'au labo mais je pense qu'on aura une assez bonne idée.

— Merci. Je serai à l'étage également. Il faut que je prenne quelques dépositions et entende la directrice ainsi que le personnel présent cette nuit. Un petit vieux aura peut-être remarqué quelque chose d'inhabituel, ils ne sont pas forcément tous gâteux. Tenez-moi informée dès que vous avez quelque chose de probant.

Perplexe, Céleste, fermement décidée à tirer ce mystère au clair, remonte directement par l'escalier libéré désormais des contraintes liées au travail de prélèvements. Le substitut lui avait demandé de le tenir informé, elle avait intérêt à avoir quelques éléments concrets à lui transmettre quand elle l'appellerait à nouveau tout à l'heure.

Pour l'instant, et avant toute chose, l'aide-soignante !

Chapitre 15

Mardi 7 février 1967 - Fallon (Nevada) - 21 h 30

Les rues de la bourgade sont exceptionnellement animées à cette heure. Quelques piétons en retard et endimanchés se pressent vers le brouhaha de la fête, le col des vestes remonté, la soirée est fraîche.

Robert et Colette ont peu bavardé durant le court trajet. L'autoradio est calé sur une station qui diffuse du blues et du jazz. La conversation avait roulé sur leurs goûts respectifs en matière musicale. Lui, plus au fait des dernières sorties, elle, un peu impressionnée par sa culture. Il lui explique les nouveaux groupes qu'il écoute sur des radios dont elle n'a jamais entendu parler, Grateful Dead, les Seeds, les Doors, Jefferson Airplane... Il s'anime en lui expliquant le be-bop, étrange onomatopée servant de nom à cette évolution du jazz. Be-bop, tel le bruit des matraques blanches sur les crânes noirs.

Même si elle connaît Nina Simone ou Duke Ellington, le reste des références du garçon la laisse admirative. Elle l'écoute attentivement, buvant ses paroles, le regard passant de son front sérieux et déterminé à sa bouche, remontant à ses cheveux lui tombant parfois devant les yeux, qu'il rejette hâtivement d'un geste si adorable de la main gauche.

Elle ne peut pas lui parler de grand-chose, surtout pas de Gilbert Bécaud ou d'Édith Piaf, ce qu'elle entendait chez ses parents, là-bas, si loin. Ils lui paraissent bien trop vieillots, ces artistes, et les yéyés français font pâle figure. Elle préfère ne pas aborder ses propres connaissances musicales.

Il s'est garé non loin du lieu du bal, une grosse Pontiac dégageant une place dans un nuage de fumée juste à leur arrivée.

Elle passe son bras sous celui de son cavalier et ils marchent ainsi jusqu'à la porte illuminée d'où s'échappent des rires, des bruits de verres qui s'entrechoquent, des cris d'ivrognes et de la mauvaise country.

Elle lève son visage un peu tendu vers lui. Mon Dieu qu'il est grand !

— *You*... Tou praifaires... marche a... petite peuu ? tente Robert, légèrement gauche tout à coup.

Surprise par cet effort du jeune homme de s'exprimer dans la langue de Molière, Colette tombe encore plus sous le charme.

— Oui, si ça ne... ne... te dérange pas. Je n'ai pas très envie de plonger immédiatement dans cette ambiance. Le ranch doit être trop calme, j'ai perdu l'habitude du brouhaha et de la foule.

— Je n'apprécie pas plus que ça non plus. Promenons-nous, on a le temps. Nous irons un peu plus tard, reprend-il, plus à l'aise dans sa langue.

Ils ne danseront pas. N'entreront jamais dans le saloon enfumé. Ne feront même pas mine d'y revenir. Ils le savent déjà tous les deux mais n'en discutent pas, c'est inutile.

Bob emmène Colette errer à pas lents dans les rues larges et laides de Fallon. Peu importe, le paysage n'a pour eux aucune importance. Ils devisent de tout et de rien, n'osant aborder les sujets trop intimes. Le tour de ce qu'il est convenu d'appeler le centre-ville est vite fait et ce ne sont pas les quelques boutiques sans attrait qui retiennent leur attention.

Sans se concerter, ils s'assoient sur un des bancs du petit parc bordant Main Street. Ils parlent à nouveau. Lui surtout. Elle, écoutant patiemment. Relançant parfois d'une question timide le discours passionnant du jeune homme qui ne se fait pas prier pour narrer son parcours et quelques anecdotes savoureuses ou effrayantes qui lui sont arrivées.

Celle où un fermier les a poursuivis, une fourche à la main, lui et son copain Andy, ils avaient alors une dizaine d'années et s'étaient goinfrés de fraises cueillies directement dans le jardin du furieux qui les insultait copieusement ; ou lorsqu'il avait fallu jouer des poings contre des durs de l'école qui avaient décidé de faire du chétif Andy leur souffre-douleur...

Robert n'hésite pas à se lever pour mimer les scènes, gesticule parfois, joue le dur ou la victime effrayée avec le même talent.

Il est drôle, Colette rit beaucoup, renchérit parfois, insiste pour avoir des précisions ou d'autres histoires encore. Elle est au spectacle, le jeune homme, dans le cône jaunâtre du lampadaire, est l'artiste pris sous le feu de la poursuite. Le parc municipal de Fallon devient Broadway. De temps en temps, il se pose sur le banc, mais si le récit l'excite, ses pieds tracent des signes cabalistiques dans la poussière grise de la petite allée, il tripote et martyrise sans y prendre garde une brindille ramassée ou mâchouille un brin d'herbe arraché négligemment à la pelouse déjà bien peu fournie.

Elle aime tout chez lui, il faut bien qu'elle se l'avoue. Elle est troublée, bien plus qu'avec aucun autre garçon qui l'a approchée. Les nuées de papillons multicolores et doux qui volettent dans son ventre sont là pour en témoigner. Colette a beau essayer de se persuader qu'il est un parfait inconnu, c'est comme si elle n'avait attendu que lui jusque-là.

Elle a l'impression d'avoir toujours su qu'ils avaient rendez-vous précisément ici. La cohérence et les sentiments ne font pas souvent bon ménage. L'impression dès qu'elle avait ouvert la porte des Pinkerman, que son existence était sur le point de se modifier radicalement, est de plus en plus prégnante.

La jeune fille ne cherche même pas à lutter, cette idée l'enthousiasme à un point tel qu'elle ne peut que céder à ses émotions...

Robert David Hamilton se révèle ce soir-là tout à fait singulier et charmant – bien qu'à l'opposé de tout ce que les parents et professeurs de Colette avaient essayé de lui inculquer en matière de morale et de respect du bien d'autrui.

Arguant d'obscurs philosophes dont la jeune fille n'a jamais entendu parler et peine à se souvenir du nom – Proudan, Prudon, elle ne sait plus, et d'autres, pas grave, elle lui redemandera un jour – il lui a expliqué tout de go, sans aucune honte, qu'il vit de rapines, s'emparant ici et là ce qu'il peut pour survivre. Ceux à qui il emprunte sa pitance ont plus que suffisamment, il ne les lèse donc pas réellement, se défend-il avec fougue lorsqu'elle lui rétorque que c'est tout de même malhonnête. Ce sont eux qui ont commencé à voler pour devenir aussi riches. Il a l'air si convaincu qu'elle ne le contredit pas, ne souhaitant pas le contrarier.

Parfois, lorsque le besoin s'en fait sentir, faute de cible intéressante, il travaille momentanément dans un ranch ou une usine selon où il trouve à embaucher, mais c'est en désespoir de cause. Il ne peut pas rester en place, la bougeotte et le besoin d'indépendance le reprennent rapidement. Ne jamais être attaché à un boulot, à un patron, à un lieu. Son rêve est ailleurs, il ne sait pas où encore, mais pas ici.

Pour l'instant, il veut aller en Californie et a pour cela quitté la maison familiale d'Enid, Oklahoma. Avec fatalisme ses parents n'ont pas cherché à l'en empêcher, ayant compris depuis des années qu'il était vain d'empêcher leur fils aîné de partir, aussi vain que de tenter de retenir l'eau d'un torrent avec la main...

— Pourquoi la Californie ? Et où ? demande-t-elle, intriguée par tant de détermination.

— Parce que c'est là-bas que ça se passe, lui répond-il. Ça bouge, des gens construisent un autre monde, j'en ai entendu parler. Je m'ennuyais tellement, tu sais, et, de toute façon, rien ne peut être pire qu'Enid. Je me sentais étouffer dans ce trou... Je pense aller à San Francisco pour commencer, Los Angeles ensuite peut-être, je ne sais pas encore, là où mes pas me portent. Je n'ai pas d'itinéraire ni de plan.

— Et tu repars quand ?

Colette sentait une boule acide lui monter dans la gorge en prononçant ces mots. Elle n'a pas voulu pousser plus avant, savoir ce qu'il peut bien « se passer » en Californie qui entraîne autant de désir chez Robert. Elle a eu peur qu'il la prenne pour une parfaite idiote.

— Je vais travailler encore une semaine ou deux, histoire d'avoir un petit peu d'avance et prendre le bus pour Reno. Une fois en ville, j'aurai d'autres occasions de me faire de l'argent.

— Et tu voyages toujours seul ? risque-t-elle.

Se maudissant aussitôt d'avoir posé la question.

Elle ne veut pas connaître la réponse. Elle sent les larmes lui monter aux yeux. Une angoisse terrible la traverse. Et s'il avait une coéquipière ? Une petite amie qui l'attend un peu plus loin ?

— Jusque-là, oui. J'ai parfois quelques compagnons qui font un bout de chemin avec moi mais ce n'est pas vraiment compatible avec la façon dont je gagne ma vie, lui dit-il gentiment avec un petit sourire narquois. J'ai très vite besoin de retrouver ma solitude pour m'approvisionner, je ne souhaite pas mêler quiconque à mes affaires.

— Mais... et moi ? Pourquoi me racontes-tu tout ça ? Tu n'as pas peur que j'aille te dénoncer ou que j'en parle un jour ou l'autre par inadvertance ?

— Je n'en ai aucune idée, tu as raison. Pourquoi ? Jamais je n'en ai parlé.

— À personne ?

— Non, promis. Je suis un solitaire par nature, tu sais. Je ne me livre pas facilement et je suis le premier étonné de tout ce que je viens de te dire.

— Ne t'inquiète pas. Je te jure solennellement de ne jamais te trahir.

Colette prend un air terriblement sérieux, met la main gauche sur son cœur, lève la droite. Robert éclate de rire.

— OK, je suis rassuré alors. Je ne vais pas croupir dans les geôles de Fallon. Et toi alors ? Je ne sais rien de toi ! Comment es-tu arrivée dans ce coin paumé ?

Elle lui narre alors son désœuvrement dans sa ville natale, sa vie monotone et sans réel but, son ennui et la proposition de son père d'aller aux États-Unis chez un vieil ami à lui, John Pinkerman. Elle évite d'évoquer Pierre, pas maintenant, pas ce soir.

— Rien d'extraordinaire, comme tu vois.

— Mais si… Encore, s'il te plaît. Allez. Explique-moi ta vie en France, je ne connais pas le monde, j'ai besoin d'apprendre comment les gens vivent ailleurs. Sur la route, à part quelques Mexicains ou Costariciens, je ne croise que des gens qui ont une existence semblable à la mienne. Toi, tu viens de France ! Je n'ai jamais rencontré quelqu'un qui vient d'aussi loin. Tu as de terribles secrets ?

Il se lève, imite la posture qu'a adoptée Colette peu de temps auparavant, prononce les mêmes mots, l'assure sur l'honneur de sa discrétion absolue.

C'est elle qui s'esclaffe à son tour. Ils reprennent leur conciliabule.

La jeune Française décide que, à son usage exclusif, désormais, il sera Rob, comme dérober, *to rob*. Ni Bob, ni Boby, ni quoi que ce soit d'autre.

Ils se remettent à rire, déjà plus que complices.

L'obscurité est désormais totale à l'écart des réverbères que des insectes noctambules assaillent. Quelques bruits, lointains, assourdis, leur parviennent parfois du saloon : des algarades d'hommes saouls, des cris de femmes, de la musique sirupeuse. Un pétard ou deux éclatent dans une ruelle, des jeunes gens se poursuivent en riant. Plus proche, dans un arbre du petit jardin public, une chouette doit guetter leur conversation, elle y met son grain de sel en lançant un hululement lugubre lorsqu'ils cessent parfois d'échanger pour mieux se découvrir du regard…

Trois heures. Ils ont parlé durant tout ce temps sans s'en apercevoir. Ils sont à moitié gelés. C'est Robert qui a donné le signal du retour après avoir jeté un œil à sa montre. Elle a acquiescé à regret, surprise de ce temps qui file sans prévenir alors qu'il s'étire si mollement quand elle est au ranch.

Le retour est plus silencieux que l'aller. La route défile sous leurs yeux, quelques rapaces nocturnes planant devant les phares du pick-up ajoutent de la poésie à la noirceur de la nuit. Çà et là, des cactus, des touffes d'herbes sauvages pour toile de fond, « I Had A Dream » de Howlin' Wolf en sourdine sortant du haut-parleur peine à couvrir le bruit du moteur.

Il a posé sa main sur la sienne, elle s'en souvient très bien. Ce n'est pas envahissant, pas du tout intrusif, juste rassurant, gentil, son cœur bat moins vite, elle respire mieux au contact de sa paume sur ses doigts.

Colette pense prince charmant, fleurbleuise, rêvasse, anticipe le baiser qui va inévitablement clore cette soirée, elle en est sûre, c'est comme ça... La voiture arrêtée dans la cour du ranch, comme Robert semble hésiter, c'est elle qui avance ses lèvres vers les siennes. Il ne peut pas en être autrement... C'est ce qu'elle a imaginé tout au long du trajet.

C'est le plus long et le plus délicieux baiser de sa vie.

Deux jours après, ils font l'amour dans la grange des Pinkerman.

Le lendemain, elle annonce à son amant qu'elle part avec lui s'il veut bien d'elle. Il rit, répond sans hésitation d'un OK joyeux et ils se lancent alors fougueusement dans la construction de châteaux en Espagne, là, dans ce coin perdu du désert du Nevada.

Chapitre 16

Lundi 9 janvier 2017 - Résidence des Lilas

Nadia, l'aide-soignante de service de nuit, a les traits tirés. Elle est manifestement épuisée par son travail et par cette tuile qui lui est tombée dessus au petit jour.

Céleste sent que cette femme d'une trentaine d'années, aux beaux yeux très noirs et à la lourde chevelure brune retenue par un bandeau, est à deux doigts de craquer. Elle est toujours en uniforme, bleu ciel pour la tunique courte, blanc pour le pantalon, des sabots de plastique aux pieds. Nerveuse, ses doigts tordent et détordent un malheureux trombone trouvé sur le bureau. Ses jambes tremblent en cadence ce qui agace prodigieusement la policière qui n'aime pas l'agitation dans son environnement. Son témoin lui fait penser à la pauvre gitane de Picasso dans sa période bleue, elle en a le désespoir et porte les mêmes stigmates sur le visage, ceux de celles qui ont déjà beaucoup souffert et qui n'attendent plus rien.

— Vous vous êtes aperçue de la disparition de madame Leuliez à quel moment ? Aussi précisément que possible. J'ai besoin d'un maximum de détails, vous comprenez ?

— Bien sûr que je comprends, je ne suis pas abrutie.

— Ce n'est pas ce que j'ai dit. Excusez-moi, je me suis mal exprimée. N'y pensez plus. Repartons d'un bon pied toutes les deux. Alors, s'il vous plaît, l'heure et tous les détails dont vous vous souvenez.

— Il était 5 heures, je l'ai déjà dit à vos collègues. Je faisais ma dernière ronde, Brigitte, l'ASH qui veille avec moi, était partie dans l'autre aile pour préparer les machines à café, elle allait me rejoindre ensuite.

— Vous pouvez me préciser ce qu'est une ASH, s'il vous plaît ? demande Alvarez, intriguée. Je m'y perds dans toutes ces dénominations. Même dans celles de la police, c'est vous dire…

— Agent des services hospitaliers. C'est vrai, je vous comprends, on pense jamais à expliquer, c'est tellement naturel pour nous, IDE, AS, ASH, se détend Nadia. L'ASH s'occupe de tout ce qui est hygiène des locaux, de faire chauffer les repas, préparer les petits-déjeuners.

— Femme de ménage donc ?

— Plus que ça, il y a beaucoup de protocoles à respecter en milieu médicalisé. Les ASH sont formés à plein de techniques particulières. Brigitte m'aide aussi, auprès des patients la nuit. Ce n'est pas son rôle mais souvent je ne peux pas manipuler les résidents toute seule. Et moi, je lui file un coup de main pour le ménage. On se débrouille avec le manque de moyens.

— Et là, elle n'allait pas avec vous ?

— Les chambres de ce côté sont assez faciles, il n'y a pas besoin d'être à deux, je prenais juste un peu d'avance. J'ai vu que le lit d'Odette était vide et j'ai demandé à sa voisine, Colette Wensby, si elle ne l'avait pas vue se lever. Bon, elle n'est pas superfiable, Colette : parfois ça va, mais y a des nuits où elle est totalement muette quand elle ne raconte pas n'importe quelles sornettes sur ses voyages en Amérique. Elle ne l'avait pas vue. Je ne me suis pas inquiétée plus que ça, c'est assez courant que les pensionnaires aillent vadrouiller dans les couloirs ou dans les chambres des autres. J'ai tout de même vérifié les toilettes, elle n'y était pas. J'ai donc continué ma tournée. Quand Brigitte est venue me rejoindre, je lui ai demandé si elle avait vu Odette mais elle m'a dit que non. On a pas mal de changes à faire…

— Des changes ?

— Oui, changer les couches, quoi. Il y a beaucoup d'incontinents dans l'aile sud. À cette heure-là, les protections de nuit sont pleines et on les retrouve souvent au bout du lit ou par terre. Les pensionnaires ont la peau fragile, mieux vaut intervenir avant qu'elle soit entamée, après c'est la croix et la bannière pour faire cicatriser. Bref, on a fait notre travail, c'est assez long, faut bien compter trois quarts d'heure, une heure quand ils sont tous souillés. Cette nuit, ça a été plus vite. Rien de spécial à signaler, pourtant, c'est vrai qu'Odette m'était sortie de la tête, quand ce n'est pas l'un qui est absent de son lit, c'est l'autre. Comme les portes sont fermées, on risque pas trop de les perdre. Enfin… normalement…

— Et ensuite ? Essayez de bien vous rappeler, l'encourage la policière.

Nadia semble réfléchir – le trombone entre ses doigts souffre encore un peu plus – puis reprend :

— Brigitte est repartie de son côté préparer les petits-déjeuners, faire chauffer le lait et lancer le café. Moi, je suis allée dispenser les quelques petits soins à réaliser tous les matins avant d'aller noter mes observations de la nuit dans les cahiers de transmission des quatre unités. Il était 5 h 40, j'ai regardé l'horloge dans la salle à manger en passant. C'est là que j'ai vu que mon portable allait tomber en rade de batterie et, comme mon mari m'appelle souvent avant de partir au boulot vers 6 h 30, j'étais ennuyée.

— Il vous appelle tous les matins ? s'étonne Céleste.

— Ben oui, on n'a pas le temps de se parler avant le soir quand il rentre, sinon. Il me dit si ma fille a bien dormi, ce qu'il a fait de sa soirée ou ce à quoi je dois penser, me demande s'il faut qu'il ramène quelque chose en rentrant. J'ai à peine deux minutes pour les embrasser en rentrant qu'il part déjà au travail, faut qu'il dépose la petite chez la nourrice, vous comprenez ? Ça nous fait un peu de rab.

— Oui, je comprends, c'est donc important ce coup de fil, continuez…

— Je suis partie vers les vestiaires chercher ma batterie auxiliaire. J'ai ouvert la porte donnant sur le sous-sol – elle était verrouillée, j'en suis certaine – et en allumant, j'ai vu un corps en bas des escaliers. Je me suis approchée et j'ai compris que c'était Odette. Elle n'avait plus de pouls et la mare de sang…

La jeune femme a un sanglot. Céleste lui pose une main sur l'épaule.

Le trombone est désormais entortillé autour de son index gauche, serré à en blesser la peau de sa phalange, le bout du doigt, étranglé, rouge cramoisi. Encore cette association de rouge, bleu et blanc songe Céleste, ce sont les couleurs de cette enquête. Maigret choisissait une boisson alcoolisée en entamant une de ces fameuses affaires, Alvarez, des couleurs. Chacun ses marottes, elle ne picole pas et ne peut jouer sur le terrain du glorieux commissaire du 36. Quand elle perçoit des teintes récurrentes durant ses investigations, une espèce de sixième sens la persuade qu'il y a anguille sous roche et que ça vaut le coup de se pencher sérieusement sur le cas.

— Prenez votre temps. Continuez quand vous pourrez, c'est très bien jusque-là. Vous êtes très courageuse. Je comprends combien ce doit être difficile pour vous.

— Ça m'a fichu un coup, vous pensez. J'en tremblais. Je ne comprenais pas comment elle avait pu arriver là. C'était atroce. Je suis vite remontée appeler Brigitte, puis j'ai téléphoné au SMUR, même si je savais que c'était trop tard, et à vous ensuite. Enfin, au commissariat.

— Et vous êtes absolument formelle, ça ne peut pas être vous ou votre collègue qui avez pu laisser cette porte ouverte par mégarde durant la nuit ? Une d'entre vous ayant pu ensuite la refermer avant que vous ne vouliez vous rendre dans les vestiaires ?

— Sûre ! Jamais on y touche. Une fois que nous sommes en haut, on en descend plus. Ou alors très exceptionnellement parce qu'on a oublié quelque chose dans notre sac ou dans une poche, voire dans la voiture. Et on prévient toujours le ou la collègue qu'on descend pour qu'il soit au courant qu'il est seul cinq ou dix minutes.

— Oublié quoi par exemple ?

— Je sais pas moi, des trucs, un livre, un médicament, une bricole... Mais c'est rarissime, je vous assure.

— Et la nuit dernière ? Aucune de vous deux n'avait laissé un quelconque objet dans son armoire ?

— Ben si, moi, je vous l'ai dit.

Nadia jette un œil du côté de Damien qui s'évertue à taper sa déclaration sur un ordinateur portable. Il soutient son regard mais affiche une parfaite neutralité. Il n'est qu'une pièce du décor, il sait que Céleste aime « travailler » ses témoins, seule. Il a déjà participé à deux enquêtes avec elle et connaît sa façon de bosser.

— Mais vous n'avez pas prévenu votre collègue que vous descendiez, me semble-t-il ?

— Oui, c'est vrai. J'ai commis une faute. J'aurais dû. Mais j'en avais pour deux minutes comme je passais devant. Brigitte était à l'autre bout, ça m'aurait pris trop de temps d'aller la prévenir pour une aussi brève absence... J'ai eu tort, je sais bien...

— Je ne suis pas là pour vous accabler, ne vous inquiétez pas. Mais mettez-vous à ma place, votre collègue a pu faire la même chose que vous au cours de la nuit sans plus vous mettre au courant que vous ne l'avez fait. Elle aurait, je dis bien « aurait », pu omettre de refermer à clef, s'en apercevoir après que madame Leuliez ait chuté et verrouiller plus tard en se souvenant de sa bévue, sans pour autant regarder dans l'escalier. Vous comprenez mon questionnement ?

— Oui, je comprends. Mais non, c'est pas possible. Déjà on passe toute la nuit ensemble pratiquement. Je lui file un coup de main pour laver les sols, on regarde la télé un peu, on mange toutes les deux, on sait même quand l'autre va aux toilettes. Il n'y a qu'au moment où je suis descendue que nous nous sommes séparées vraiment.

— Mais vous m'avez dit que vous aviez commencé votre ronde toute seule au début de notre entretien, non ?

— Oui, mais c'est toutes les nuits pareil. On fait ça pour gagner du temps. Brigitte ne s'est pas absentée plus longtemps que d'habitude, je peux le jurer sur la tête de ma fille ! s'emporte Nadia.

— Je ne vous en demande pas tant. Vous n'êtes accusées de rien, votre collègue et vous. Je vous force un peu à préciser les choses pour avoir une idée nette du déroulement de la nuit et de vos façons de travailler. J'ai un cadavre sur les bras qui n'est pas arrivé par magie en bas des marches et j'ai besoin d'y voir clair, même si pour cela je dois poser des questions qui fâchent ou dénicher des failles dans les témoignages. On est d'accord ? Oui ? Non ?

Céleste se fait autoritaire, sourcils froncés, ton un peu plus vif. Elle fixe l'aide-soignante qui baisse la tête.

— Oui. Excusez-moi. Je suis à bout. C'est ma troisième nuit de rang et c'est la plus dure. On récupère moins bien. Et ça en plus, c'est terrible. Je ne sais même pas si je vais garder mon boulot. Déjà que Chardonne est sur notre dos toute l'année, elle va piquer une crise, là, c'est sûr. Va y avoir du dégât.

— Oui, vous êtes épuisée, je le vois. Rentrez chez vous, reposez-vous. Je sais où vous trouver au besoin et ne vous inquiétez pas, je ne vais pas venir sonner à votre porte d'ici une heure. Pour votre directrice, je ne peux rien faire mais si aucune faute ne peut vous être reprochée, il n'y a pas de raison de paniquer.

— Merci, j'en ai besoin, surtout que je travaille ce soir.

Alvarez se tourne vers son collègue.

— Damien, tu me sors la déposition, s'il te plaît ? Merci.

Céleste patiente en silence, le temps que l'imprimante crache les deux feuilles, observant Nadia libérer son doigt du fil de fer, puis revient vers elle.

— Signez vos déclarations et vous pouvez partir. Désolée d'avoir dû vous retenir aussi longtemps. Bon courage pour ce soir, essayez de dormir.

— Au revoir lieutenant. Monsieur l'agent.

Nadia partie, Céleste se décide à affronter la directrice qui doit bouillir depuis un moment déjà. Auparavant, elle va passer voir Pascal qui a pris le témoignage de la collègue de l'aide-soignante. Elle n'en attend rien de transcendant, la jeune femme qui vient de sortir était honnête et formelle, elle ne mentait pas. À moins que cette Brigitte ait des choses à cacher ?

— Brigitte Cellier, cinquante-cinq ans, très choquée, une femme qui doit avoir déjà un fond anxieux à la base et si tu rajoutes le stress de cette nuit là-dessus, je te raconte pas. J'ai cru qu'elle allait se mettre les lèvres en charpie à force de se les mordre. Elle ne pouvait pas se ronger les ongles, elle n'en a déjà plus, raconte Pascal en parcourant la déposition de Nadia que lui a tendue Céleste.

— Leurs déclarations concordent en tout point, il n'y a vraiment rien à redire, poursuit-il. Ou elles ont fait un super boulot de coordination avant notre arrivée, à moins que ce ne soit un coup prémédité de longue date et qu'elles soient deux redoutables tueuses, mais j'y crois pas une seconde, il va falloir conclure qu'elles disent la vérité, ajoute le brigadier.

— Et ça ne nous arrange pas, conclut Alvarez, dépitée. Tu ne vas pas te coucher ?

— On peut rester encore un peu si tu as besoin ! Je suis de repos ce soir et ma femme va gueuler de toute façon vu l'heure qu'il est.

— Manu est arrivé ?

— Oui, il est dans le couloir là-bas. Il n'a pas voulu interrompre ton interrogatoire. Tu sais comme il est, discret et furtif, sourit le flic.

— Allez-y alors. Merci d'être resté, Pascal. N'oublie pas de remercier tes collègues également, vous m'avez donné un sérieux coup de main. Il est bien le petit Damien, tu trouves pas ?

— De rien, tu sais être là quand il faut aussi, toi. Ah oui, il est bien le gamin. Faudrait le pousser un peu pour qu'il finisse pas en bleu, ce serait con, il a des capacités.

— On s'y met dès qu'on a cinq minutes, il ne va pas s'en tirer comme ça, rigole la lieutenant en se dirigeant vers le bureau de la tumultueuse patronne des lieux.

Toujours dans son lit, Colette patiente. C'est long ce matin, personne n'est encore venu s'occuper d'elle, c'est tout à fait inhabituel, ils sont toujours tellement pressés ici...

Ce doit être cette jeune policière qui perturbe le service. Elle perçoit bien toute l'agitation dans les pas précipités qui arpentent le couloir, les voix inconnues des policiers qui doivent chercher la pauvre Odette, mais tout de même, il y a des limites !

Elle se décide péniblement à faire un tour aux toilettes, seule, alors qu'elle s'y rend d'ordinaire au bras de l'aide-soignante qui s'occupe d'elle. Ses jambes flageolent un peu mais la portent malgré tout jusqu'au but.

Soulagée, elle retourne se coucher, bien décidée à faire sa mauvaise tête. On la fait attendre ? Très bien. Elle ne dira pas un mot et n'aidera en rien, tant pis pour eux, il ne fallait pas mettre sa patience à rude épreuve, elle n'en a guère. Maugréant et renfrognée, la vieille dame ferme les yeux et retrouve une respiration calme dans son univers favori : sa vie passée.

Chapitre 17

Mercredi 15 février 1967 - Ranch Pinkerman

Robert n'a pas hésité, il a tout de suite manifesté un grand enthousiasme pour le projet de fugue de sa belle et n'a pas émis le moindre doute quant au fait de l'emmener vers son eldorado californien.

Ce soir, cela fait une semaine qu'ils se sont rencontrés. Ce soir, Colette décide que ce sera le dernier jour de sa vie d'avant Rob.

C'est vendredi, le jour du marchand de bestiaux, le jour où les liasses de dollars sont rangées dans l'armoire derrière le bureau de monsieur Pinkerman.

Le ranch est isolé, la crainte du vol y est nulle, un simple meuble suffit à protéger l'argent en attendant de l'amener à la banque de Fallon. Les ventes ont été particulièrement bonnes aujourd'hui et le patron s'est montré satisfait lors du repas. Les affaires tournent bien en ce moment. Il a même un peu abusé de la tequila, emporté par l'optimisme quant à la prospérité de sa propriété.

Colette ne dort pas. Elle attend patiemment que toute la maisonnée soit silencieuse. Les Pinkerman ronflent, elle les entend. Ils ont le sommeil lourd de ceux qui travaillent dur et ne doutent de rien. Colette s'en veut un peu, ce sont de braves gens, ils l'ont accueillie comme leur fille et ont toujours été charmants avec elle.

Elle allait pourtant si mal lorsqu'elle est arrivée…

Chez ses parents, avant son départ, elle avait songé à mourir, bien qu'aujourd'hui elle trouve cette idée stupide. Ses pauvres parents n'y auraient jamais survécu.

La souffrance imprégnant la maison lui était devenue insupportable, lui donnait la nausée, se cumulait à la sienne. Les silences obstinés de son père, rongé par la culpabilité, les larmes ininterrompues de sa mère, ses cris étouffés le soir dans son lit lorsque tout le monde était couché qui lui parvenaient à travers les minces cloisons.

Pierre. Son frère. Son jumeau, son autre elle, n'avait pas tenu sa promesse. Les photos sépia, au coin supérieur traversé d'un crêpe noir, lui rappelaient sans cesse son absence définitive dès qu'elle posait ses yeux sur elles. Il lui avait juré qu'il allait revenir et la faire encore rire avec ses facéties idiotes, ses grimaces et ses sourires radieux lorsqu'il avait réussi un bon tour. Une subite lubie l'avait saisi, comme une maladie virale, sans doute inoculée par une mauvaise fréquentation, elle ne savait. Personne ne l'avait jamais su, à vrai dire.

Une révolte adolescente qui parut dans un premier temps dirigée contre René, syndicaliste acharné et communiste militant : ces deux-là se défiaient à tous les repas. Jeannette, au milieu, tentant de ramener un semblant de paix civile le temps au moins d'avaler le rôti ou la soupe entre deux assauts.

Pierre était devenu défenseur intraitable de l'Algérie française, de la grandeur de la nation qu'il invoquait sans cesse des trémolos dans la voix. Las de ces querelles vaines, René avait mis un peu d'eau dans son vin, ne répondait plus que rarement aux provocations de son fils, en pensant que cette colère en lui allait se tarir comme une source par un été trop sec.

Rien n'y fit.

Pierre devint de plus en plus enragé. Il participait à des manifestations avec de sales types tout droit sortis des factions fascistes d'avant-guerre, des nostalgiques de Pétain, ou même pire, des anciens de la Milice, ne cachait plus son antisémitisme ou son racisme en général, son dédain pour la République ou la démocratie.

Au terme d'une ultime algarade avec René, il avait claqué la porte, s'était engagé dans l'armée et avait été embarqué bien trop vite de l'autre côté de la Méditerranée dans un conflit qui le dépassait.

Ses fanfaronnades contre l'autorité paternelle avaient pris corps, il était armé désormais et ne demandait qu'à se laisser manipuler par qui lui indiquerait une voie glorieuse conforme à ses rêves de grandeur.

Loin de reprendre conscience devant les horreurs des derniers jours de la guerre à Alger, il s'était acoquiné avec des militaires factieux, avait intégré l'OAS et ses commandos Delta, commettant un certain nombre d'actions dont Colette préférait ne pas connaître le détail.

Pas de véritable lettre, pas de coup de téléphone, la clandestinité avait définitivement coupé leurs liens. Ses parents, de loin en loin, recevaient des messages brefs indiquant qu'il était en bonne santé et qu'il pensait à eux, tous postés de Marseille, certainement par un des nervis affiliés à sa mouvance. Les courtes missives, elles aussi, se firent de plus en plus rares, il y donnait quelques indications sur sa position mais pas sur ce qu'il y faisait réellement.

Pris dans les convulsions de l'Afrique en pleine décolonisation, la fuite en avant de Pierre ne fut plus, après l'Algérie, que la longue errance d'un enfant perdu de la République. Il devint mercenaire, loua ses talents de tueur aux plus offrants des seigneurs de guerre locaux, participa aux combats au Katanga, et partout où il y avait de l'aventure, du sang et de l'abominable.

C'était certainement devenu son moteur, plus que l'argent qu'il devait dilapider aussitôt gagné car il n'avait rien laissé derrière lui.

Pierre avait été tué au Congo-Léopoldville lors du coup d'État de novembre 1965 qui avait porté Mobutu au pouvoir. Elle ne savait même pas quel jour exactement. Comment aurait-elle pu l'apprendre ? Personne ne lui dirait jamais.

Et qu'est-ce que ça changerait ? La terrible nouvelle avait été annoncée à la famille le 1er décembre par un membre d'une police, sans doute secrète, dont elle avait oublié le nom, terrassée qu'elle était par la réalité crue qu'elle avait pressentie depuis que Pierre n'était pas revenu d'Algérie comme il le lui avait promis.

La famille n'avait même pas eu un corps à inhumer, nul ne pouvait les renseigner sur l'endroit où reposaient les restes du soldat de fortune dont on avait juste rapatrié la plaque d'identification.

Déserteur, traître à la patrie, déshonoré par l'armée, condamné par la justice à perpétuité par contumace, Pierre Colson avait brûlé sa vie sur un coup de tête et était mort les mains rouges du sang de pauvres gens qui ne lui avaient jamais rien fait.

Colette lui en avait beaucoup voulu et ressentait parfois de la honte et de la colère à l'encontre de son frère qui avait tout trahi pour quelques idées nauséabondes, qui avait éradiqué toutes les petites joies de leur enfance.

Toute la famille était morte avec lui ce jour-là.

Jeannette avait définitivement perdu sa raison de vivre et sa légèreté, elle ne sortait quasiment plus, traînant sa misère partout où elle allait telles

les savates qui ne quittaient plus guère ses pieds. Ses larmes nuit après nuit creusaient des sillons sur ses joues, l'éclat de la vie avait déserté la prunelle de ses yeux.

Son père se mura dans le silence des dépressifs. Même lorsqu'il était là, il était ailleurs… Il tentait de s'occuper de sa femme, de faire comme si, mais ne parvenait pas à tromper grand monde.

Le chagrin de Colette était devenu la douleur de trop, celle que le couple ne pouvait supporter. C'était pourquoi René avait eu l'idée de demander à son vieil ami John Pinkerman d'accueillir sa fille pour quelques mois après que Colette avait perdu son emploi à la librairie. Ses absences répétées, causées par sa dépression, avaient lassé monsieur Rebart, son patron, vieil homme, au demeurant fort sympathique, mais qui ne pouvait indéfiniment attendre que Colette aille mieux…

Elle n'avait pas protesté, et avait commencé à préparer ses bagages dès que le projet avait été accepté avec joie par les Pinkerman.

Là ou ailleurs, son chagrin la suivrait, autant ne pas continuer à encombrer ses parents.

Dès le début, elle s'était plu au ranch. Le ciel de Fallon, souvent lumineux, empli d'un jaune d'œuf éclatant, la changeait tant de la grisaille de son enfance et des mornes journées d'automne que n'égayaient que trop rarement une émission de télé ou une sortie en ville, lui avait mis du baume au cœur.

Et puis, maintenant, Rob ! Pour la première fois, l'image de Pierre s'estompait. Elle ne peut s'empêcher de s'en vouloir…

Mais plus rien ne compte vraiment, elle enfouit ce souvenir douloureux dans un recoin de sa tête, se promet de le garder intact. Même la certitude de perdre à jamais le respect de ses parents en commettant ce qu'elle s'apprête à faire ne la retient pas. C'est trop fort, trop violent, trop bruyant dans sa poitrine et dans sa tête, rien ne peut la forcer à renoncer.

Il n'est plus jamais question de se passer de lui, de sa peau, de son rire et de ses grands yeux étonnés quand elle lui raconte les mille petites histoires de son enfance française. Ce serait se renier.

Ils ont fait l'amour toutes les nuits depuis dimanche dernier, elle passe plus de temps dans la grange que dans son propre lit et sait que rien ne pourra plus les séparer. Elle aperçoit souvent le pauvre garçon se traînant dans l'exploitation, manquant de sommeil, harassé par la tâche, mais immanquablement présent à leurs rendez-vous nocturnes. Elle s'en veut de le priver ainsi de repos mais ne peut se passer de lui. Colette ne supporte plus les interminables journées qui s'étiolent indéfiniment entre leurs rencontres.

Elle n'a plus goût à rien, Nola et Jenny essaient bien, vainement, de la solliciter pour la sortir de sa torpeur oisive, mais rien n'y fait... Jenny se plie en quatre pour la distraire, craignant que sa jeune invitée ne sombre à nouveau dans la dépression. En fait, Colette cache avec soin, sous des dehors mélancoliques, la joyeuse effervescence intérieure qu'elle ressent à l'idée de partir avec Rob.

11 h 30. Il est temps. Elle retire prestement la chemise de nuit qu'elle a dû passer pour ne pas éveiller les soupçons. Depuis son arrivée au ranch, Colette a pris l'habitude de prendre sa douche après le dîner et de se vêtir pour la nuit avant de venir passer la soirée sur le canapé du salon.

Elle en a fait de même ce soir, nerveuse, agitée, impatiente, mais gardant un visage impassible afin de ne pas attirer l'attention de ses hôtes. Et de cette fouine de Nola qui sent plus qu'elle ne voit. Elle est persuadée d'ailleurs que celle-ci marmonne davantage qu'à l'accoutumée depuis le début de la semaine dans un sabir toujours aussi impénétrable. Comme nul n'y prête attention, Colette s'est peu à peu rassurée et a renoncé à décrypter les sentences compulsives de la furtive servante.

Un jean, un pull. Que du pratique qui permette de courir le cas échéant. Elle a préparé secrètement un sac à dos avec quelques affaires indispensables, laissant derrière elle son énorme valise et les deux sacs qu'elle avait en arrivant. Elle n'est plus attachée à rien d'autre qu'à Robert, le reste se remplacera, au besoin il le volera pour elle.

Cette perspective l'excite au plus haut point, elle sourit malgré la peur qui lui étreint le ventre. Elle descend les escaliers sans allumer, à pas de loup. Les marches craquent parfois à certains endroits, elle sait les éviter mais cela demande un luxe de précautions et ralentit sérieusement son rythme.

Tapie derrière la porte d'entrée, Colette respire à peine. L'oreille aux aguets, elle se concentre pour entendre le son le plus infime.

Dehors, à part quelques coyotes qui se battent pour une charogne, les sempiternels hululements et de vagues coassements de crapauds, le silence règne. Il lui semble percevoir le bruit de son cœur qui tambourine de plus en plus rapidement. Un son sourd, étouffé, comme les lignes de basse que lui avait expliquées Rob en disséquant pour elle un morceau de jazz qu'elle avait aimé.

Un grattement sur le bois la fait sursauter. C'est tout juste si elle ne crie pas, quelle idiote ! Elle ouvre précautionneusement après avoir tourné la clé qui reste toujours dans la serrure et laisse entrer Robert, son index sur ses lèvres. Ils ont répété la scène vingt fois, la jeune fille sait ce qu'elle a à faire. Saisissant la main de son amant, elle l'entraîne lentement, à travers l'obscurité du salon, vers le bureau de Mister Pinkerman.

Le jeune homme n'hésite pas, on sent l'habitude. Il extrait de la poche de son pantalon un petit nécessaire en cuir et y puise quelques menus outils.

En deux minutes, la pauvre sécurité de l'armoire a rendu les armes sans un bruit. La porte du meuble grince légèrement lorsqu'il l'ouvre, ils suspendent tout mouvement le temps de constater qu'ils n'ont éveillé personne. Rien. Ils patientent encore un peu. Prennent le temps de s'embrasser tendrement. Un baiser chargé de toutes les peurs et de toutes les excitations. Un baiser comme elle n'en avait jamais rêvé...

Rob allume une minuscule lampe de poche, Colette n'en a jamais vu d'aussi riquiqui, nerveuse comme elle est, ça la fait pouffer. Elle s'empresse de couvrir sa bouche de sa main. Les billets sont là, empilés sagement dans le casier. Le jeune homme prend tout, à quoi bon faire à moitié, les Pinkerman sont riches, ils s'en remettront.

Il entasse l'argent dans un sac en toile qu'il gardait dans la poche arrière de son jean, fait signe à sa compagne que le moment est venu de filer. Celle-ci cueille une clé sur le panneau de liège accroché derrière la porte du bureau et se dirige lentement vers le hall d'entrée.

Ils sont dehors, enfin. L'air est frais, la jeune femme frissonne, l'adrénaline ne suffit pas à lui tenir chaud. Aussi rapidement que l'absolu silence le réclame, ils se rendent à l'autre bout du ranch, un mile au moins à pied, chercher un vieux pick-up – garé dans une remise isolée – servant à poursuivre le bétail jouant la fille de l'air. Colette sourit à cette ironie.

Tout préoccupés qu'ils étaient à ne pas se faire remarquer, ils n'ont pas entendu en quittant la maison l'indistinct et incompréhensible murmure s'élevant d'une bouche édentée. Deux yeux noirs, illuminés d'un éclat de plaisir, les observent depuis la fenêtre de la cuisine.

Exténués, le cœur au bord des lèvres, ils sont enfin parvenus à leur but. Le véhicule est là. Sale, couvert d'une croûte de poussière ocre qui ne permet plus de voir sa couleur rouge sang. L'habitacle pue la sueur rance, le fauve et le vieux tabac de mauvaise qualité que fument les *rancheros*. Quelques bouteilles de bières roulent sous leurs pieds.

Colette tousse, éternue, l'atmosphère est encombrée de particules qui brillent dans le faisceau de la lampe lilliputienne que Robert a extirpée de son jean. Maintenant qu'ils sont assis, presque à l'abri, ils contemplent leur fabuleux butin : cinq mille magnifiques dollars !

Ce n'est pas le moment, ce n'est pas le lieu, mais ils ne peuvent pas résister, c'est de la folie pure, pourtant l'envie est trop forte. Les billets remballés dans le sac de jute, leurs mains s'égarent, défont les boutons, tirent sur les étoffes rudes et trempées de sueur, s'insinuent, caressent, palpent. Leurs langues se cherchent. Ils oublient l'inconfort et l'odeur repoussante des sièges. Colette s'assied comme elle le peut sur les cuisses de son amant et le guide en elle.

C'est bref, intense, irrépressible.

Ils jouissent tous les deux comme ils ne l'ont jamais fait, dans un corps à corps qui tient de la lutte tant leurs muscles sont tendus et douloureux, leurs ongles plantés dans les chairs.

La jeune fille s'écroule, haletante, en larmes, dans un éclat de rire, sur l'épaule de celui pour qui elle a tout quitté, tout risqué.

— Et maintenant ? demande-t-elle, les vêtements rajustés tant bien que mal.

Elle a repris sa place sur le siège passager, Rob la regarde longuement.

— *And now ? Let's go to California, shall we ?*

— *Yes*, mon chéri, *let's go* ! lance Colette, son beau visage illuminé par le bonheur.

Cahin-caha, ils sortent du désert pour rejoindre la route de Reno. Ils doivent faire vite, atteindre un bourg rapidement, voler une autre voiture et quitter l'État avant que la famille Pinkerman ne soit éveillée et lance l'alerte.

Prudente, elle a laissé un mot afin de prévenir Jenny qu'elle n'a pas été kidnappée. Une lettre d'excuses, pétrie de sincères regrets que cela se termine ainsi, les remerciant de leur gentillesse et expliquant comme elle le pouvait, maladroitement, son geste et sa fugue. Elle les supplie de lui pardonner pour l'argent, qu'elle les remboursera dès que possible, quand sa situation se sera stabilisée. Elle ne sait plus les mots qu'elle a jetés sur le papier à fleurs que lui avait acheté sa mère.

Elle ne pouvait pas faire moins que de leur épargner le tourment de se demander ce qui avait pu lui arriver…

En plus, Rob lui avait expliqué qu'un enlèvement provoque automatiquement l'intervention du FBI et que changer d'état ne les protégerait alors pas. Une enquête fédérale leur serait probablement fatale…

Chapitre 18

Lundi 9 janvier 2017 - Résidence Les Lilas

L'équipe du matin a déjà entamé son service lorsque Céleste déboule dans le couloir de l'aile nord qui mène au bureau de la directrice.

Une sorte de chariot muni de quatre gros sacs de toile de diverses couleurs – bleu, gris, jaune et un rayé, bleu et blanc, tous retenus par un anneau en métal et se fermant par des couvercles en plastique blanc pour l'instant relevés à la verticale – lui barre le passage et déborde de linge sale. L'énorme sac-poubelle noir, fixé à l'avant, bien rempli à cette heure, accentue encore son encombrement. Elle s'apprête à le contourner lorsqu'elle s'arrête net.

Une longue trace brunâtre barre le passage, elle a été déposée là par le pied d'un papi nu comme un ver, déambulant sans but, et ne laisse guère de doute sur l'origine de sa pigmentation. Alvarez fronce le nez. L'odeur âcre d'ammoniac et d'excréments macérés la saisit à la gorge, elle en suffoque à moitié. La vache ! Faut s'accrocher, pense-t-elle.

Une aide-soignante, toute mignonne, blonde et élancée, arborant un badge indiquant qu'elle se prénomme Julie, la salue. Céleste lui rend son sourire poliment et lui demande comment elle parvient à s'y retrouver dans tout ce fatras de contenants divers.

— C'est l'habitude, vous savez. Ce n'est pas bien compliqué non plus. Regardez, dit-elle en désignant la face intérieure d'un des couvercles. Tout est indiqué sur la feuille, il n'y a qu'à suivre. Au bout de deux jours, on ne fait même plus attention. Le gris pour la literie, le jaune pour le linge de corps, le bleu pour les couvertures et dessus-de-lit, le rayé pour ce qui est plus délicat. Ensuite, on ferme avec la bande à pression que vous voyez là et le tout part dans le camion pour la blanchisserie industrielle qui nous le ramène nettoyé. Les odeurs aussi, on s'y fait, vous savez... à force...

— Je ne sais pas comment vous faites, lui répond une Céleste dégoûtée mais impressionnée par la patience de la jeune fille qui empêche gentiment un grand-père de fouiller dans un des sacs pour récupérer une chemise de nuit fleurie qui manifestement ne peut pas lui appartenir.

— Non, non, non, ce n'est pas possible, monsieur Lestrand, non, ce n'est pas à vous du tout. Vos vêtements sont sur votre lit. Vous n'allez pas mettre une chemise de nuit, tout de même ?

Le petit vieux, mince, comme séché sur pied, ayant pour tout costume un maillot de corps blanc, s'énerve à tirer vainement de ses doigts noueux d'arthrose sur le morceau de tissu qui dépasse de la masse nauséabonde, bredouillant quelques explications incompréhensibles. Son teint vire rapidement au cramoisi.

La main gantée de vinyle bleu de Julie décroche enfin la prise de son patient et le reconduit vers la porte de sa chambre. Rouge, blanc, bleu, ça continue, plus de doute désormais, c'est une affaire...

Elle a ses couleurs définitives, ce n'est pas un accident, songe Céleste, en bonne irrationnelle, ne retenant que ce qui lui convient dans toute la palette exposée de ce couloir. Elle possède cet instinct qui ne la trompe pas, un mélange de pensée magique et de flair qu'elle affirme infaillible...

S'il y a des signes récurrents de couleurs, il y a matière à enquêter. Point.

— Allez, monsieur Lestrand, vous voyez bien que nous avons de la visite ce matin... Une dame en plus ! Vous ne devez pas vous promener tout nu dans le couloir, que va-t-elle penser de vous ? le raisonne-t-elle, jetant un regard pétillant de malice à la lieutenant qui lui fait un clin d'œil en tournant les talons.

Elle croise quelques pensionnaires, hommes et femmes, qui semblent en meilleur état mental que le client de la petite Julie, habillés, rasés ou apprêtés, ils se dirigent vers ce qui semble être la salle à manger tout en la dévisageant sans oser l'interpeller. Le flingue, sans doute, pense-t-elle, ça refroidit les moins hardis ou les plus lucides.

Une infirmière – ou ce qui y ressemble pour Céleste – poussant un chariot à médicaments, incite la petite troupe à rejoindre les tables, n'oubliant pas au passage de l'observer sournoisement de haut en bas, apparemment déçue que la policière ne fasse pas cas de son apparition.

Le bureau de madame la directrice, comme le lui a signalé une mamie sympathique, se trouve dans l'ancienne maison de maître. Céleste passe une porte vitrée et se retrouve dans une atmosphère feutrée, loin de l'agitation bruyante des couloirs et des salles, dans un hall moquetté de beige, aux murs de pierres apparentes décorés de reproductions de croûtes de mauvais goût: scènes de chasse à courre, portraits de personnages en tenue d'apparat, mièvreries pompeuses qui invariablement mettent Alvarez au supplice. C'est une honte d'accrocher ça, tout de même. Limite un crime, même si ce n'est pas encore dans le Code pénal.

Le bureau n'est pas compliqué à dénicher, la porte est ornée d'une plaque « DIRECTION », clinquante, aux reflets cuivrés du plus bel effet. Céleste frappe deux coups secs. Attend. Rien. Toque à nouveau un peu plus fort, ce qui provoque l'apparition brutale d'une femme manifestement énervée qui lui lance un « Qu'est-ce que c'est? » rageur.

— Lieutenant Céleste Alvarez, officier de police judiciaire. Madame Chardonne?

La cinquantaine entretenue, tailleur noir sur un chemisier pourpre, collier de perles et broche camée assortie aux dormeuses s'agitant à ses lobes, trop maquillée, le chignon châtain bétonné sur le haut du crâne, la directrice au visage anguleux détaille un instant la policière d'un air peu amène.

Elle paraît se demander s'il n'y avait que ça à lui envoyer au commissariat. Une moue circonspecte accompagne la revue de détails des courbes généreuses et de la carte barrée de tricolore que Céleste lui présente.

Ça ne commence pas bien du tout, mais alors, pas du tout. Cette excitée va se calmer ou ça va partir en vrille, se dit Céleste.

— Oui, oui, bien sûr. Veuillez m'excuser, je suis à cran ce matin. Quelle affaire! Mais quelle affaire! On n'a jamais eu ça ici. Je vous assure, ça m'a mis un coup lorsque j'ai reçu ce coup de fil de Nadia aux aurores... J'étais pétrifiée, sans voix. J'ai bien cru que j'allais faire un malaise, mon mari était très inquiet. Il a même hésité à me laisser prendre le volant, il voulait m'accompagner. Mais, comme je dis toujours, quand on a des responsabilités, il faut les assumer. Vous devez en voir de belles, vous aussi?

— C'est moi qui aimerais vous poser quelques questions, madame, assène la policière.

— Mais oui, évidemment. L'émotion, vous comprenez sans doute. Asseyez-vous, je vous en prie. Désolée pour cet accueil, je suis souvent dérangée par des pensionnaires égarés et ma secrétaire n'est pas encore arrivée, minaude-t-elle, rouge de confusion, en rangeant nerveusement quelques papiers qui encombrent sa table de travail.

Hé ben, si elle accueille comme ça les pauvres vieux qui se trompent de direction, je me demande comment elle traite le personnel. Ça ne m'étonne plus que cette pauvre veilleuse de nuit soit aussi inquiète pour son poste…

Céleste s'assied sur une chaise assez inconfortable face au fauteuil directorial où madame Chardonne prend place.

— Pour l'instant, ce n'est pas une affaire, c'est juste un décès suspect. Ne précipitez pas les choses. Y a-t-il besoin d'une enquête approfondie ? Je ne sais pas encore et c'est ce que je vais essayer de déterminer, mais laissez-moi un peu de temps.

— Bien sûr, je comprends tout à fait. Mettez-vous à ma place, je suis toute retournée, ceci explique mon accueil un peu vif. Je vous prie une nouvelle fois de m'en excuser.

La compréhension semble l'alpha et l'oméga de cette femme. Elle la met à toutes les sauces.

— Ne vous inquiétez pas, vous êtes tout excusée. Dites-m'en un peu plus sur cette madame Leuliez, s'il vous plaît. Depuis combien de temps elle est dans votre établissement, si elle a de la famille, si elle a quelque chose de particulier par rapport à vos autres pensionnaires ?

— J'ai sorti son dossier justement, annonce la directrice en désignant une pochette en carton bleu vif posée devant elle. Elle l'ouvre et parcourt les documents, fait un résumé pour Alvarez qui pose les coudes sur ses genoux, attentive et concentrée, les yeux fixés sur Chardonne qui semble de plus en plus mal à l'aise sous ce regard perçant.

— Odette Leuliez est parmi nous depuis le 17 septembre 2008. Elle a été placée ici par sa filleule, madame Caroline Pierret, née Le Ster. Odette présentait un diabète insulino-dépendant et était incapable de gérer seule son traitement, une infirmière passait à son domicile trois fois par jour. Tout se passait à peu près bien jusqu'à ce qu'elle la retrouve dans un coma hyperglycémique.

La directrice bat des paupières, sans doute afin de souligner la gravité des faits. Devant le peu de réaction de son interlocutrice, légèrement vexée, elle reprend :

— Odette était très gourmande et se gavait de chocolat ou de sucreries qu'elle faisait rapporter à son domicile par sa petite voisine, son aide ménagère refusant de lui en ramener en allant faire ses provisions de la semaine. Ce coma était gravissime et la pauvre femme a failli y laisser la vie. Les médecins n'étant pas favorables à la laisser retourner seule chez elle, madame Pierret nous l'a confiée à sa sortie de l'hôpital, après l'avoir gardée quelque temps à son propre domicile pour finalement s'apercevoir que ce n'était pas gérable.

Couplet sauveuse du monde gériatrique en détresse. Céleste la laisse se répandre pour ne pas la brusquer tout à fait.

— Son mari et elle travaillent, ils sont absents toute la journée et Odette dévalisait les placards ou fuguait. Elle a été retrouvée plusieurs fois errant sans but dans la rue, parfois à moitié dévêtue ou pieds nus. Une place venant de se libérer aux Lilas, Odette a pu en bénéficier et depuis elle menait une vie paisible dans la structure. Il fallait perpétuellement surveiller son alimentation et, je dois l'avouer, fouiller ses poches pour récupérer les morceaux de sucre qu'elle chipait sur les tables au moment du petit-déjeuner. Ou les petites parts individuelles de confiture dont elle était friande également, ajoute-t-elle aussitôt, comme si cette précision changeait toute sa déposition.

— Et sinon ? demande Alvarez, laconique.

— À part ces menus détails, communs à nombre de nos pensionnaires, Odette ne posait pas de problèmes particuliers. Je ne peux pas vous dire qu'elle était très agréable, elle se plaignait sans cesse de douleurs réelles ou imaginaires aux jambes et au dos. Des explorations ont été réalisées à la clinique sans rien révéler de l'origine de ces douleurs. Elle était âgée et souffrait des maux de la vieillesse un peu plus bruyamment que certains de nos résidents.

— On a une place aussi vite chez vous ? Il n'y a pas de liste d'attente comme dans les autres institutions ?

Céleste se souvenait des difficultés qu'avaient eues ses parents pour placer sa grand-mère et de la pénurie de lits dans les services aptes à l'accueillir.

— Disons que les époux Pierret font partie de la très bonne société locale : monsieur travaille dans la finance, un haut poste, et connaît personnellement quelques administrateurs des Lilas, ça aide. Vous savez ce que c'est, lâche Chardonne d'un air entendu.

— Je ne le sais que trop bien, malheureusement. Même si je fréquente plutôt la mauvaise société, celle qui n'a de haut que l'étage de la tour où on l'a parquée et des noms qui effraient les employeurs, vous savez ce que c'est, n'est-ce pas…

Chardonne hausse les épaules, agacée. Une flic gauchiste, on aura tout vu, vraiment. Elle reprend d'un ton pincé :

— Enfin, bref, un hasard, triste hasard, certes, un décès, mais un lit s'est libéré à ce moment, j'ai pu en faire bénéficier madame Leuliez.

— À ce propos, avez-vous prévenu les Pierret de la mort tragique de madame Leuliez ?

— Je voulais voir avec vous, je ne sais pas comment on procède dans ces cas-là, ce n'est pas habituel, heureusement. Quelle histoire…

— Je m'en charge alors. Donnez-moi leurs coordonnées. Ils habitent dans le coin ?

— Oui, 12, rue Degas, tout à côté de la place Hugo. À peine cinq minutes d'ici.

— Je vois. Sinon rien qui puisse laisser penser que quelqu'un lui en veuille… Pardonnez-moi…

Céleste se dresse de son siège, contourne le bureau sous le regard ahuri de Liliane Chardonne et remet d'aplomb un paysage maritime dont les différents pastels de vert et de bleu tranchent sur la peinture brique.

— Je ne supporte pas un cadre de travers, désolée, dit-elle en regagnant sa chaise.

Elle vérifie en fermant un œil la bonne horizontalité du tableau, satisfaite, elle se rassied.

— Même si ce n'est pas de beaucoup, ça m'agace et m'empêche de me concentrer.

— Je comprends, balbutie la directrice médusée.

Elle se promet d'en toucher deux mots à son amie Sylvaine, l'épouse du chef de cabinet du préfet. Cette rustre se croit tout permis !

— Pour répondre à votre question, non, rien ne permet de penser qu'Odette Leuliez avait des ennemis. Et qui, grand Dieu, serait assez enragé pour venir agresser cette pauvre femme dans notre établissement en pleine nuit ? Non, vraiment, c'est inconcevable. Le personnel aura commis quelque négligence ou un détestable accident, je ne vois pas d'autre explication. Ne vous égarez pas, lieutenant, il n'y a pas de règlements de comptes aux Lilas. Mais tenez-moi au courant de vos investigations. S'il s'avère qu'il y a eu faute, je dois prendre les sanctions qui s'imposent…

— Jusqu'à preuve du contraire, c'est à moi d'en juger, madame. Et si ça ne vous fait rien, je suis déjà pourvue en chefs de toutes sortes, je n'ai à en référer qu'à eux et eux seuls !

La directrice stupéfaite n'a manifestement pas l'habitude qu'on lui réplique de la sorte, elle est outrée. Le téléphone de Sylvaine va sonner rapidement, c'est certain désormais. Cette grosse effrontée va le sentir passer. Elle parvient à grand-peine à refréner l'envie de lui hurler de sortir de son bureau.

— Bien sûr, lieutenant. Vous me demandiez mon opinion, je vous la livre sans ambages, n'y voyez aucune incitation à ne pas faire votre travail, réussit-elle à dire, le rouge aux joues.

— Auriez-vous l'amabilité de me faire une copie du dossier de la défunte, je vous prie ? Je vais en avoir besoin pour mon rapport et même un peu plus si le procureur décide de diligenter une enquête pour homicide.

À cette éventualité, le visage de Chardonne passe au blanc blafard et elle bredouille un « Certainement, lieutenant » à peine perceptible.

Céleste prend brièvement congé, annonce que son adjoint passera dans la matinée récupérer les pièces et sort, laissant madame la directrice dans un très grand désarroi.

Rouge brique du mur, blanc du visage de la directrice, bleu du dossier… Encore et encore ce pressentiment…

Profondément enfoncée sous ses couvertures pour ne rien entendre, Colette ne perçoit plus rien des bruits habituels des matinées agitées de la maison de retraite, ni de ceux tout à fait exceptionnels des policiers qui vont et viennent. Il faut dire qu'elle est loin de la résidence et de son agitation. Elle voyage instantanément dès qu'elle ferme les yeux. Derrière ses paupières closes, la scène qui se déroule est infiniment plus sonore, un déferlement de décibels qui explosent dans une atmosphère enfumée…

Chapitre 19

Mercredi 28 février 1968 - Los Angeles - Bar Rock City

Les spectateurs se pressent vers la lumière, Sky Saxon vient de lancer le premier cri, rauque, animal, dès son entrée en scène, un court instant après que les lumières se soient éteintes. Il surgit des coulisses en courant, se jette sous les *sunlights*, offrande sauvage et brutale.

Les verres de bière s'entrechoquent, les gens s'interpellent en hurlant, des filles crient à s'en arracher la gorge, perturbant les lourdes volutes âcres sorties de shiloms rougeoyants.

Colette est bousculée, écrasée contre des corps inconnus. Poussée vers la droite par un type vêtu d'une peau de mouton retournée qui pue encore le suif. Une pinte dans chaque main, il recule sans prêter attention à ce qu'il peut bien écraser sur son chemin, elle résiste, s'arc-boute, puis finit par céder pour se retrouver face à une rousse totalement allumée qui l'embrasse gentiment sur la bouche et lui dit qu'elle l'aime avant de faire de même avec son voisin, ravi de l'aubaine.

Pushing too hard on meeeeee, guitare un peu folle, métallique, batterie syncopée, voix hallucinée, vagues incessantes dans la foule extatique, la jeune Française cherche Rob, parti les ravitailler en boisson.

Ils avaient beaucoup fumé d'herbe avant de venir à ce concert. Se promenant sur la plage, ils ont été invités à prendre part à une fête improvisée par un groupe de hippies un peu dingues. La petite crique où ils avaient chanté et dansé toute l'après-midi est proche du Rock City où se produisent maintenant les Seeds. Rob ayant envie de les voir sur scène depuis longtemps, ils n'ont pas hésité quand ils ont vu l'affiche.

Elle a un peu perdu la notion du temps, flotte dans un espace mouvant, prise sans cesse de fous rires inextinguibles. Elle n'est pas inquiète, pas effrayée, elle a l'habitude des mouvements du public, de la chaleur infernale des salles bondées, elle est chez elle partout désormais.

Elle a beaucoup changé en un an, s'est aguerrie au cours de leur vie aventureuse et libre.

Ses robes se sont allongées, ont fleuri, pris des teintes mauves, rouges ou jaunes qui rehaussent son bronzage, ses cheveux se parent de foulards multicolores et de perles, ses poignets s'ornent de bracelets de cuir et de cuivre, ses doigts de jolies bagues aux énormes agates vertes et bleues, des rangs de colifichets pendent à son cou.

La petite Française perdue dans un ranch isolé au milieu du désert du Nevada est devenue plus sûre d'elle, plus mature. Elle parcourt avec assurance l'immense cité des anges, anonyme, le nez chaussé de petites lunettes rondes aux verres fumés.

Colette aime assister aux performances de poètes amateurs et artistes undergrounds déclamant de longues tirades électriques dans lesquelles des androïdes mangent des lunes vermeilles avant de s'accoupler à des femelles de métal rouillé répandant la désolation sur le monde. Ou quelque chose d'approchant. Elle ne saisit pas souvent le sens profond que certains spectateurs semblent percevoir avec des airs pénétrés à ces envolées absconses, elle est loin d'être persuadée qu'il y en ait un d'ailleurs, mais apprécie l'ambiance décontractée de ces petits lieux de culture originaux.

La lecture l'accapare aussi, elle dévore tout ce qu'elle trouve de la *Beat Generation*, avale Hemingway, Dos Passos, Truman Capote, visite les galeries minables et provisoires où de jeunes peintres exposent ce qui sera peut-être inabordable demain, ou jeté à la poubelle, elle n'est pas assez calée pour anticiper ce genre de chose.

Elle reste des heures à écouter des groupes débutants se produire aux coins des rues ou dans des bars pourris surpeuplés.

Quelquefois, la nuit venue, elle ôte toutes ses parures, passe un jean et un t-shirt sombres, redevient souris grise et part avec Rob pour ne revenir qu'au matin, épuisée mais ravie de s'en être encore tirée sans accroc.

Elle a appelé plusieurs fois ses parents qui n'ont que peu goûté – c'est un euphémisme – son départ et, particulièrement, les circonstances de celui-ci. Le vol surtout. Ça, son père n'a pas apprécié du tout. Les premiers échanges avaient été vifs...

— Mais qu'est-ce qui t'a pris ? Qu'est-ce qui a bien pu te passer par la tête ? Tu imagines la honte pour nous ? Comme si nous n'avions pas déjà trop souffert avec ton frère, il a fallu que tu te comportes comme la dernière des idiotes, et comme une voleuse en plus ! Pour partir avec le premier venu ! Un vagabond, un traîne-savates qui va sans doute profiter de toi… Et, quand il en aura assez, tu sais ce qu'il va faire ? Tu le sais ?

— Mais, maman…

— Tais-toi ! Tu as perdu le droit à la parole dès l'instant où tu nous as trahis, nous et les Pinkerman. Ton père est atterré par ton comportement, il n'y a jamais eu personne de malhonnête dans la famille. On n'a pas toujours eu ce qu'il fallait à manger mais on s'est battus pour l'obtenir, on a lutté. Mais je ne vois pas pourquoi je te dis tout ça, je perds mon temps. Retourne au ranch, rends l'argent pendant qu'il est encore temps, avant que ce ne soit la police qui te colle en prison, c'est tout ce que tu mérites de toute façon. File t'excuser, faire amende honorable, John te mettra dans le premier avion et l'affaire sera close. Je ne te demande même pas de dénoncer ce voyou, il sera bien assez tôt sous les verrous…

— Ne compte pas sur moi, je ne retournerai pas chez les Pinkerman !

— Alors débrouille-toi et ne viens pas pleurnicher lorsque tu croupiras dans une cellule.

— Papa est là ?

— Tu ne crois tout de même pas qu'il a envie de te parler ? Il t'adressera à nouveau la parole lorsque tu auras montré que tu sais reconnaître tes erreurs et remis bon ordre dans le bazar que tu as semé. Je ne sais pas qui est ce brigand et ce qu'il a pu dire pour te rendre folle, mais ne compte plus sur nous pour quoi que ce soit tant que tu seras sous sa coupe.

L'apaisement était venu, lentement, les coups de fil s'étaient faits moins brutaux, les dialogues moins âpres. Colette expédiait toujours de nombreuses lettres, des « par avion », toutes légères dans leurs enveloppes bleutées. Les réponses de ses parents s'étaient peu à peu étoffées et René était passé d'un silence obstiné à un début de communication, il en arrivait même à grommeler quelques syllabes au téléphone ou glisser quelques phrases dans les missives de Jeannette.

Colette avait un peu embelli les choses, Robert travaille, il a un salaire, ils sont rentrés dans le droit chemin…

Elle a inventé toute une pseudo-existence d'employé modèle afin de les tranquilliser et de renouer le contact. Jusqu'à ce bel aveu de René qui lui a chaviré le cœur…

— Tu me manques, ma fille, a-t-il dit un jour, provoquant quelques larmes chez Colette.

Elle a enfin réussi, tout finalement peut s'arranger.

John et René se sont mis d'accord pour qu'il n'y ait pas de plainte déposée, René s'engageant à rembourser son ami aussi bien pour le larcin que pour la voiture. John l'avait récupérée en assez bon état et il ne reste donc que la somme que John Pinkerman a généreusement minorée de moitié pour ne pas prendre à la gorge celui qui l'avait sauvé durant la guerre. Colette s'est bien gardée de reprendre son père quand il lui avait rappelé le montant de la somme qu'il pensait devoir. Elle a juste insisté pour régler elle-même cette dette.

— Robert travaille dur, il gagne bien sa vie, nous pourrons bientôt envoyer l'argent aux Pinkerman, je te le jure.

— Et que fait ce garçon ? interroge René d'un ton un peu méprisant.

— Il est vendeur dans un très grand magasin, il n'y en a pas de pareil en France. Tu verrais ça, des piles et des piles de marchandises de toutes sortes, tu peux tout acheter. Rob est très polyvalent, tu sais, c'est un garçon épatant, je suis sûre que tu l'adorerais. Son patron est un chic type, il lui laisse prendre des initiatives qui se révèlent souvent payantes. La Californie est en plein *boom*, il suffit de s'en donner la peine pour réussir, papa, invente Colette, un peu confuse de mentir avec autant de facilité.

— Mouais… N'essaie pas de me vendre le patronat américain, il n'est pas mieux que le nôtre. Tout ça, c'est rapaces et compagnie.

— Oh mais Robert n'est pas patron, papa, il est de gauche aussi. Il faudrait que vous parliez tous les deux, vous vous entendriez bien, je n'ai aucun doute là-dessus.

— Prends soin de toi, ma chérie, je t'embrasse. Appelle plus souvent, ta mère se fait un sang d'encre quand elle voit les manifestations contre la guerre du Vietnam, elle a peur que tu ne prennes un mauvais coup. Les flics n'ont pas l'air de plaisanter avec leurs matraques chez les Amerloques.

— Promis, papa, dès que je peux. Je vous embrasse tous les deux très fort, vous me manquez… Pardon encore pour tout ce qui s'est passé, je le regrette sincèrement, je suis désolée…

— Ah la la, les femmes amoureuses, bougonne son père en raccrochant.

Jeannette non plus n'est pas parvenue à réellement se fâcher contre sa fille, même si elle l'a sermonnée plusieurs fois sans mâcher ses mots. Elle a trop peur de la perdre tout à fait sur ce continent inconnu et d'hypothéquer l'espoir de la revoir un jour…

Colette le sent bien, en profite un peu, et sait manipuler avec subtilité son père pour atténuer les chocs et arranger les choses.

Dire qu'elle n'avait jamais osé lui raconter la moindre craque durant toute son enfance, persuadée qu'il s'en apercevrait dès qu'elle ouvrirait la bouche...

Dans un premier temps, après quelques errances entre Reno et Bakersfield, ils ont subsisté en subtilisant monnaie et provisions dans les maisons campagnardes isolées, parfois, rarement, dans les riches demeures bourgeoises des quartiers excentrés des petites villes. Colette et Robert ont vécu dans des motels et des abris de fortune, quelques mois – quatre, si ses souvenirs sont exacts – avant d'atterrir dans un petit appartement, tout ce qu'il y a de plus simple, de Newton Beach, situé au second étage d'un immeuble bariolé où se croisent des gens de tous les horizons, de toutes les cultures, à la cage d'escalier envahie d'odeurs parfois exotiques et appétissantes, parfois beaucoup moins.

C'est là qu'elle s'est ouverte au monde et aux autres. À leur arrivée, pendant quelques semaines, Robert sort seul le soir afin de visiter nuitamment quelques villas des beaux quartiers lorsque le besoin d'argent se fait sentir.

Il s'est mis en cheville avec un prêteur sur gages de Santa Ana pour qui le recel n'a aucun secret. Celui-ci prend toute la marchandise rapportée, ne chipote pas, ne refuse pas souvent un objet et paie mieux que la plupart de ses confrères. Avec réticence, craignant toujours pour elle, Robert avait malgré tout accepté d'emmener sa compagne lors de ses expéditions. Elle a dû pour cela clairement faire savoir qu'ils partageraient désormais tout et qu'il était hors de question qu'elle reste à se ronger les sangs pendant qu'il prenait seul tous les risques pour leur survie.

Elle exagère énormément en parlant de survie d'ailleurs, ils vivent largement et ne se refusent rien. Mais ils sont tombés d'accord pour se promettre d'être associés en tout, amants, complices. Ils se laissent rarement aller à boire ou fumer plus que de raison comme à ce concert ou à la fête qui l'a précédé, Robert n'aime vraiment pas perdre le contrôle. Il craint ce qui peut advenir quand il n'a pas toutes ses facultés.

Parfois, ils prennent leur vieille Chevrolet, en règle, bien à eux, et partent tous les deux pour le désert avec une petite provision de champignons magiques que son compagnon sait se procurer lorsque la vie leur semble moins belle, plus grise sous le soleil californien. Ils sont malades à chaque fois, une demi-heure après l'ingestion, vomissent souvent, surtout elle, plus fragile que lui, mais après... après... Ils s'allongent sur le sable, les yeux dans les étoiles, et embarquent vers les galaxies tout à coup accessibles.

Colette danse d'étranges chorégraphies silencieuses, nue dans le vent froid de la nuit, chamane hallucinée au regard de feu, son guerrier vient la rejoindre, dévêtu également, leurs deux corps s'harmonisent au Grand Tout, là où le temps se contracte avant de s'étirer à volonté...

Demain, à l'aube, ils partiront pour San Francisco, ont-ils décidé, il est temps de bouger, de voir d'autres cieux. Los Angeles est une trop grande métropole, un agglomérat de villes sans centre ni faubourg, dangereuse, truffée de bandes violentes et rivales, de communautés qui se haïssent. Les émeutes de Watts, en 1965, n'ont été que la partie visible de l'iceberg, les luttes interraciales sont quotidiennes, créant un climat malsain dans la cité.

Ils ne s'y sentent plus tellement en sécurité pour y opérer. Il existe un ensemble de codes des différents territoires à respecter qu'il est périlleux de ne pas appliquer.

Colette entonne à tue-tête le refrain de « Can't Seem to Make You Mine » avec le public lorsque Robert la rejoint, essoufflé, sentant la bière et la sueur. Il lui fait signe de le suivre à l'extérieur, mimant la fatigue extrême. Il en a marre et veut se retrouver un peu au calme, dormir quelques heures avant de prendre la route. Il a attendu en vain d'être servi et a préféré renoncer devant la file d'attente au bar qui ne semblait pas diminuer après un quart d'heure de patience.

Leurs affaires sont emballées et prêtes à être chargées dans la voiture, il leur faut dormir quelques heures avant de prendre le West Side Fairway vers la ville aux quarante collines et sa prétendue douceur de vivre. Le receleur de Robert lui a donné un bon contact là-bas, rien ne devrait vraiment changer en ce qui concerne le business.

Au pire, il trouvera lui-même, ils ne sont pas inquiets.

Chapitre 20

Lundi 9 janvier 2017 - Résidence Les Lilas

Un grand échalas aux oreilles ornées d'écouteurs marche en direction de Céleste, les yeux et les doigts sur l'écran de son smartphone. Obnubilé par ce qu'il examine, il passe devant elle sans la remarquer, ce qui est un tour de force tout de même, pense-t-elle. Elle tend le bras et l'agrippe par la manche, le faisant sursauter.

— Hé !

— Salut Manu. Tu te promènes ?

Jean-Bernard Manuzolli a échappé de peu à Jean-Bé mais il n'a pas pu éviter Manu.

— Euh, ben non, je te cherchais justement.

— Tu es vraiment le limier du siècle, toi ! Tu viens de me croiser à vingt centimètres sans m'apercevoir ! Je sais que je suis frêle mais quand même, faut pas déconner, rigole Alvarez que la distraction légendaire de son jeune collègue met toujours de bonne humeur, enfin, presque toujours. Il peut arriver que ça l'agace prodigieusement aussi, mais pas aujourd'hui.

C'est un gaillard de près de deux mètres, blond roux, de beaux yeux noisette et les joues parsemées d'éphélides qui se perdent dans une espèce de barbichette plus ou moins entretenue, là encore, ça dépend des jours. Toujours vêtu de son trio infernal, sweat noir à capuche, jean, baskets, auxquels s'ajoute la parka vert pomme les périodes de grand froid comme ces temps-ci, de la musique assourdissante dans son sillage et une propension marquée à ne pas être atteint par son environnement qu'il traverse d'un pas régulier et d'une humeur égale quelles que soient les circonstances extérieures.

Lieutenant dans le même groupe mais plus jeune et moins ancien dans le métier que Céleste, il se place volontiers sous ses ordres et son apparente nonchalance ne l'empêche en aucune façon d'être un excellent enquêteur d'une endurance remarquable. Il ne va peut-être pas super vite, mais il ne s'arrête pas en route et est bien plus doué qu'elle pour fouiller sur le Net.

Ces deux-là ont tout de suite sympathisé, sans pour autant devenir amis – leurs centres d'intérêt étant bien trop éloignés – mais ils travaillent très bien ensemble. Alvarez débusque, Manu suit et examine minutieusement tout ce que sa collègue a pu lui signaler. Et ça fonctionne très bien ainsi.

— Oui, mais là, je lisais mes notes, ça compte pas. J'allais t'attendre devant le bureau de la directrice, je pensais pas que tu en avais déjà terminé avec elle.

— Tu jouais pas plutôt à dézinguer des cochons de l'espace à l'aide d'oiseaux énervés pour être aussi absorbé ? Je t'ai déjà dit que ça allait te rendre dingue, le taquine-t-elle.

— Mais non. Mes notes, je te jure. J'ai fait le tour du personnel, histoire de pas t'attendre idiot. Pascal m'a briefé sur l'affaire avant de partir se pieuter. J'ai interrogé les soignants que j'ai pu croiser, sans trop insister. RAS. Personne ne sait rien, n'a rien vu. Odette Leuliez n'a rien de particulier comparée à l'ensemble des pensionnaires, elle râlait souvent, était plaintive mais il existe bien pire apparemment dans la maison. Les soignants étaient tous au lit quand la victime est tombée ou a été poussée et ceux de service ce matin se préparaient à venir bosser lorsque le corps a été découvert. Pas grand-chose à gratter de ce côté-là si tu veux mon avis.

— Pas mieux avec la directrice et l'aide-soignante de nuit et sa collègue. Faudra les réentendre toutes les deux, mais elles étaient exténuées, j'ai préféré les laisser aller dormir. Elles remettent ça cette nuit normalement, si elles ne sont pas trop traumatisées pour venir prendre leur service.

— Réentendre ? Tu comptes pas classer ?

— Je sais pas, Manu, je sais pas. Je sens un truc, me demande pas quoi, je ne saurais pas te l'expliquer, mais cette mort n'est pas claire du tout. J'y crois moyen à l'accident. Je vais appeler Mathieu et voir avec lui, mais j'aimerais bien continuer à fouiner un peu.

— Encore tes trucs de couleurs qui se répètent ? Comme dans l'affaire Dutilleul ?

— Et tant d'autres… Ne t'avise pas de te foutre de moi, je te l'ai dit, ça marche à tous les coups, mécréant !

— Oh non, tu me connais. C'est quoi le cocktail cette fois-ci ?

— Tu verras bien, je garde ces informations top secrètes pour moi, dit Céleste, passant un doigt sur ses lèvres comme pour les sceller.

— Okay, rigole Manu. Sinon tu sais que Mathieu a prévu une intervention ce soir ?

— Oui, j'en ai entendu parler. On verra bien ce qu'il me dira. Je l'appelle tout de suite. En attendant, tu as ton ordi dans ton sac à dos ?

— Ben oui, comme d'hab, tu sais bien.

— Parfait, alors tu me fais une recherche dans nos fichiers sur le personnel présent cette nuit dans l'établissement, sur la victime et sur la belle madame Chardonne, tiens, tant qu'on y est, elle m'intéresse. Tu vois ce que ça donne et tu viens me raconter tout ça. Je vais aller faire un tour au réfectoire, prendre la température. Après avoir fait le point avec notre chef bien aimé, je file chez la filleule de la victime pour lui annoncer le décès. C'est à deux pas, ça devrait être vite fait. On se retrouve ici dans une heure, ça te semble raisonnable comme délai ?

— On va faire avec, t'inquiète, lance Manu en s'éloignant de son pas caractéristique à la recherche d'un coin tranquille et d'une connexion wifi.

Céleste appelle donc le capitaine Mathieu Charvel, un solide quadra qui ne tergiverse jamais lorsqu'il a quelque chose à dire ou à faire. Ils ne s'entendent pas trop mal parce qu'Alvarez s'arrange pour ne pas lui marcher sur les pieds et est appliquée dans son boulot. Elle peut compter sur lui et lui sur elle, c'est le secret d'une bonne collaboration.

— Charvel ! entend-elle dans le récepteur.

— Salut capitaine. Je t'appelle à propos de mon enquête sur le décès suspect aux Lilas. Tu as été mis au courant, non ?

— Oui, oui, une vieille qui est tombée dans les escaliers, c'est ça ?

— C'est surtout la façon dont elle est arrivée en haut desdits escaliers qui pose problème. En bas, on en a une idée assez précise.

— OK, oui, j'ai vu. Alors ? Ça donne quoi tes premières constatations ?

— C'est bizarre. Cette histoire de porte, de clé, très étrange. Je sens qu'il y a un truc mais je n'ai pas encore grand-chose pour étayer mes sensations. Je crois qu'il faut approfondir.

— Merde ! Ça m'arrange pas. J'ai besoin de toi et Manu ce soir. Je vous veux dispo à 20 heures ici. On doit aller taper une livraison derrière les tours du Colombier, on a eu des infos, ce n'est pas aux Genêts finalement, ils changent de crémerie toutes les cinq minutes ces gaziers-là. Me faut du monde. Et il y a la préparation aussi. Je te laisse jusqu'à midi pour te faire une idée et vous rentrez. Si nécessaire, tu y retourneras, mais on peut pas rater l'opé de ce soir pour une mauvaise chute, les Stups bossent là-dessus depuis trois mois, le divisionnaire me tue si ça foire.

— Oui, pas de problème. On dégage à midi. Je te raconte en rentrant. À tout'.

Chapitre 21

Samedi 14 septembre 1968 - San Francisco

Le visage de Robert est décomposé, soucieux, il avance, les mains dans les poches de son jean, absent au monde qui l'entoure. Une jeune fille et un homme, tous deux crâne rasé, vêtus d'une sorte de robe safran, tentent de l'accoster, renoncent devant son manque de réaction et l'évitent au dernier moment sans qu'il s'en aperçoive. Pas plus qu'il ne voit le SDF, ronflant sur le trottoir qu'il manque de heurter, parvenant au dernier moment à passer à dix centimètres de ses pieds.

Il descend rapidement la longue pente qui mène à l'océan sous un ciel gris et lourd de nuages ronds comme des ballons de baudruche emplis d'eau, sombres et menaçants, qui rechignent à crever. Il revient de la cabine publique proche de son domicile, celle qu'il squatte une demi-heure de temps en temps pour un coup de fil à ses parents. Ce n'est pas si souvent, une ou deux fois par trimestre. Il donne des nouvelles, en prend, parle de ceux qu'il connaît, des vieux qui sont morts et des jeunes qui, comme lui, ont pris leurs sacs et sont partis voir ailleurs s'il n'y avait pas un coin plus passionnant qu'Enid, Oklahoma.

Bien entendu, pas question de donner d'indication sur son activité, il travaille ici et là, trouve toujours une histoire à raconter, des anecdotes fantaisistes survenues à des collègues, des scènes le mettant aux prises avec des clients pénibles, d'autres sympathiques ou stupides, des réprimandes reçues de la part d'un patron irascible. Il a un vrai talent et finit parfois par se prendre au jeu et pourrait y croire lui-même tant il incarne ce petit vendeur de grande surface ou l'ouvrier d'usine qu'il est censé être. Il s'anime souvent dans l'étroitesse de la cabine, heurte les parois de ses coudes, s'attire les regards inquiets de passants se demandant qui peut bien être cet énergumène gesticulant ainsi dans son bocal.

Sa mère lui a annoncé des nouvelles qui l'ont totalement retourné.

Il pénètre dans leur appartement de la 32e avenue, non loin du Lincoln Way descendant vers le Pacifique.

Même s'il répugne à l'admettre, Colette et lui se sont installés confortablement dans cet immeuble coquet et ont investi les trois pièces qu'ils louent pour un loyer conséquent dans ce quartier relativement chic. Le couple s'active assez souvent à la nuit tombée dans les maisons désertées et récolte largement assez d'argent pour bien vivre. Les riches villas ne manquent pas en dehors de celles, inaccessibles, des stars, les dollars s'entassent et, sans mener une existence luxueuse, ils ne regardent pas à la dépense.

Après les mois de galère du début de leur vie commune, cela fait du bien. Ils ne se privent pas, mangent souvent dehors, sortent beaucoup et se gâtent l'un l'autre.

Proudhon et sa philosophie – que Colette a appris à découvrir – s'éloignent de plus en plus du discours de Rob. Elle évite d'ailleurs soigneusement le sujet. Elle n'a pas envie que ses jambes le démangent à nouveau, pas envie de tout quitter encore une fois, surtout pas en ce moment.

Elle est enceinte et finit son sixième mois. Son ventre la handicape et son compagnon part donc seul désormais à la nuit tombée.

Colette ronge son frein en l'attendant. Elle n'a pas vraiment le cœur à sortir sans lui et préfère tourner en rond dans l'appartement plutôt que d'aller se balader ou visiter une expo. Elle se raisonne autant qu'elle le peut, tout va du mieux possible depuis qu'ils ont emménagé à San Francisco.

Ils ont eu de la chance, Freddy, le contact indiqué par le prêteur sur gage de Los Angeles, s'est avéré aussi fiable et sérieux que promis. Roublard, sans doute, mais efficace, il jauge vite la marchandise et offre un prix tout à fait correct sans prendre les gens pour des imbéciles.

Quelques poussées d'adrénaline à signaler, parfois, lorsqu'une patrouille de police passe non loin de là où ils opèrent, les lumières bleues et rouges s'infiltrant par les fenêtres, les cœurs qui battent dans le plus grand désordre, les souffles courts en attendant que le véhicule s'éloigne pour pousser le ouf de soulagement final.

La demeure n'est pas toujours aussi vide d'occupants qu'ils le pensent, non plus. C'est arrivé deux fois, sans dommage : ils ont dû déguerpir avant que les habitants ne sonnent l'alarme. Les risques du métier…

Tout va trop bien même, au point que parfois Rob paraît s'ennuyer, même s'il ne le dit pas franchement.

— Un peu, concède-t-il tout au plus du bout des lèvres lorsqu'elle l'interroge, un peu las de cette presque routine, comme si l'aventure et les vastes espaces lui manquaient.

Colette s'alarme de le voir dépité. Elle a toujours tellement peur de le perdre.

— Que se passe-t-il ? Tu es tout pâle, s'inquiète-t-elle en le voyant entrer avec son masque couleur soucis.

— J'ai téléphoné à ma mère, ça fait un bout de temps que je ne l'avais pas contactée et je me demande maintenant si j'ai bien fait. Elle m'a transmis deux mauvaises nouvelles. Une nous concernant tous les deux, l'autre un peu plus personnelle. Tu veux laquelle ?

— Peu importe, je m'en fiche, parle, tu m'angoisses…

— *Okay, honey, okay*. D'abord, elle m'a annoncé que mon ami Andy Walton a été tué non loin de la base de Da Nang deux jours après son arrivée au Vietnam. Un obus de mortier sur la position avancée qu'il gardait avec un autre gars de son régiment. Deux jours. Il n'a même pas eu le temps d'avoir peur ou de combattre. Il a juste sué sang et eau durant les mois d'entraînement pour se volatiliser à peine en poste.

— Andy ? LE Andy ? Ton meilleur ami depuis le jardin d'enfants ?

— Oui, lui. Nous devions partir ensemble, tu te rappelles, je t'en ai parlé ? Ça ne s'est pas fait parce qu'il a rencontré cette fille, Patty, et qu'il a préféré trouver du boulot à la scierie pour vivre avec elle. Mais ça n'a pas tenu, ma mère ne sait pas pourquoi. Après, il a changé, s'est mis à picoler, a perdu son job. Et puis il a déconné apparemment, une histoire de bagarre dans un bar. Il était ivre et le type a été gravement blessé, un accident stupide. Andy a passé un marché avec le procureur, a dû s'enrôler pour éviter la prison. Et voilà, le résultat, il aurait mieux fait de purger sa peine. Deux jours. Tu te rends compte ?

Colette est atterrée. Elle pose sa main sur le bras de Rob, une caresse réconfortante, ou du moins qui tente de l'être. Elle laisse s'écouler quelques secondes puis pose la question qui lui brûle les lèvres :

— Et l'autre nouvelle ? Celle qui nous concerne tous les deux ?

— J'ai reçu une convocation officielle chez mes parents. Je n'ai pas d'autre adresse, tu sais bien. D'après le papier que je lui ai demandé de me lire, je dois rejoindre le premier bureau de recrutement pour être incorporé. Comme je suis officiellement sans job et sans famille à charge, j'ai le privilège d'être sélectionné pour la grande boucherie asiatique.

— Épouse-moi dans ce cas ! Marions-nous, tu auras une famille et ils te ficheront la paix. À moins que tu ne veuilles pas ?

— Ça ne marche pas comme ça, *honey*. Je n'étais pas marié au moment où la convocation a été envoyée. Il y a plein de gars qui partent à Vegas pour des cérémonies bidon afin d'éviter le Vietnam. Mais les recruteurs ne sont pas dupes. Et ils vont fouiller, vouloir connaître mon emploi, savoir pourquoi je n'ai jamais payé d'impôts et comment nous avons obtenu tout ce que nous avons. Je pense que ce serait encore pire que la fuite comme solution...

La bouche de Colette s'arrondit en un O muet, les larmes montent à ses yeux. Elle croise ses mains sur son ventre, s'aperçoit qu'elle tremble de tout son corps.

— Je ne vais pas y aller, ne t'inquiète pas. Hors de question que j'aille risquer ma peau pour des marchands d'armes ou tuer des types qui ne m'ont jamais rien fait.

— Oh non, non, non, non, pas question, tu as raison, je ne veux pas. Il faut te cacher. Changer d'identité, de pays, je ne sais pas...

— De pays, oui, je n'ai pas trop le choix.

— Mais ? Je viens avec toi ? Tu ne me laisses pas toute seule !

— Bien sûr que tu viens avec moi. Reste à décider où et comment. Le sud ou le nord, je ne me sens pas trop de filer sur un autre continent sans espoir de retour et, surtout, je ne vois pas comment nous y prendre pour trouver un navire... Et les aéroports sont dès maintenant à exclure.

— Le Mexique alors ?

— Pas assez loin, *sweetie*. Je me ferais traquer aussi là-bas, il nous faudra descendre bien plus bas, jusqu'au Brésil, le Chili ou l'Argentine. Et encore, le gouvernement américain est partout chez lui dans ces pays... Nous devons étudier toutes les possibilités ! Je sais qu'il y a des associations qui aident les déserteurs ou ceux qui refusent l'incorporation comme moi, je vais tenter d'entrer en contact avec l'une d'elles.

— Et le Canada ? demande Colette. Ce n'est pas très loin et plus stable politiquement. Enfin, j'ai l'impression, non ?

— Pas mieux que le Mexique, les chasseurs de primes me pisteront de la même manière de l'autre côté de la frontière. Et puis le FBI va lancer un mandat international, les flics de tous les pays qui coopèrent avec les États-Unis auront ma photo. On n'a aucune chance de s'en sortir, à moins d'aller vivre dans une cabane dans le Grand Nord et je me demande bien comment on pourrait survivre là-bas. Je ne me vois pas chasser le castor ou la loutre à travers un trou percé dans la glace de la rivière gelée. Même si tu serais très jolie en squaw, une robe en peau d'élan, une plume d'aigle dans les cheveux, réussit à plaisanter Robert, tentant de détendre l'atmosphère.

Il s'aperçoit bien que sa compagne se décompose au fur et à mesure qu'ils passent en revue les solutions auxquelles ils pensent.

Colette ne rit pas, son visage reste fermé. L'ombre de son frère passe. Lui aussi avait fui, pourchassé pour désertion. Elle déglutit difficilement, ses mains s'agitent sans raison, elle se sent oppressée, perçoit comme un mauvais présage la résurgence du visage de Pierre à cet instant. Pourtant un début d'espoir germe dans son esprit.

— J'ai peut-être une idée. Ne te moque pas, dit-elle en chassant d'une chiquenaude la main qu'il a posée sur son ventre. Tu ne sais pas la chance que tu as de m'avoir, attends un peu. Je ne veux pas te donner de faux espoirs. Je dois téléphoner à mes parents pour vérifier. Essaie de ton côté de trouver une filière d'aide aux déserteurs. Courage, mon chéri, on est ensemble, on va s'en sortir, j'ai confiance, assure Colette en l'embrassant.

— Tu ne vas pas me laisser comme ça sans me dire à quoi tu penses tout de même ? implore-t-il, mimant des pleurs.

Elle finit par rire devant ses singeries, malgré l'inquiétude qui l'étreint toujours.

— Tu attendras ! fait-elle, faussement sévère.

Puis reprenant son sérieux :

— Il me manque trop d'informations pour que mon projet soit présentable. Mais j'ai autant hâte que toi de savoir s'il est réalisable.

— On a un peu de temps encore, tu sais. L'armée n'a aucune idée de l'endroit où je me trouve. On va déjà amasser un peu d'argent et réfléchir à ce qui est le mieux pour nous. Moi aussi, j'ai confiance, on va y arriver, à nous deux, tout est possible.

Rob sait toujours en peu de mots lui insuffler du courage et de l'espoir. Sa parole est rare mais jamais légère quand le sujet est important. Cela suffit à la rassurer ; s'il y croit, elle aussi.

Chapitre 22

Lundi 9 janvier 2017 - Domicile de Caroline Pierret - 8 h 30

Un coup d'œil à son smartphone, pas de SMS, pas d'appel en absence. Il est tout juste 8 h 30.

Céleste n'a pas confiance en son appareil qui en a subi de dures et décide parfois tout à fait unilatéralement de couper sa sonnerie ou de changer de fuseau horaire. Réparer ou changer ? Elle hésite. Manu la charrie sur l'obsolescence de son « engin », comme il dit, mais elle n'a pas très envie de dépenser une somme folle pour un truc encore plus bourré de gadgets dont elle n'a pas l'usage.

La maison des Pierret n'est pas difficile à trouver dans cette rue tranquille où les constructions sont sagement alignées comme à la parade, numéro bien en vue, sans végétation ou détritus pour gêner le regard. Même les arbres, de vénérables érables taillés impeccablement, semblent avoir conscience de leur devoir de respectabilité face au privilège qui leur est accordé d'ombrer des trottoirs bordés de telles demeures.

Il fait toujours aussi froid dans la pâleur d'un jour qui hésite à se lever comme s'il n'avait pas envie d'affronter la température et le vent. Même l'inévitable promeneur de chien, indispensable élément de décor urbain, est absent, seuls quelques conteneurs verts d'ordures ménagères aux couvercles non rabattus témoignent d'une activité humaine récente dans cette rue.

C'est Caroline Pierret elle-même qui ouvre la jolie porte en verre et aluminium.

Un coup de sonnette a suffi. Alvarez était-elle attendue ? La filleule a-t-elle été prévenue par la directrice ?

Agréable, souriante, blonde, coupe au carré, entre quarante et cinquante ans, une robe de chambre bleu canard de belle qualité resserrée autour de sa poitrine afin de se protéger du froid. Elle examine deux secondes la carte professionnelle qu'exhibe la lieutenant avant que son visage passe au blanc malaise et que sa main en coupe ne se porte à sa bouche. Elle pousse un petit cri puis questionne, effrayée :

— La police ? Il est arrivé quelque chose à Bernard ? Il a eu un accident, c'est ça ? Je lui avais dit d'être prudent avec ce verglas avant qu'il ne parte, ce matin. Que s'est-il passé ?

Ses yeux brillent de larmes contenues.

Vu sa surprise, Chardonne ne l'a pas prévenue d'une éventuelle visite de la lieutenant ni du décès de sa marraine, Céleste a sa réponse.

— Je ne sais pas qui est Bernard, madame Pierret, mais je peux vous assurer qu'il n'a rien à voir avec ma visite.

— Ah bon ? Mais... En quoi puis-je vous être utile ?

— Pourrions-nous entrer, s'il vous plaît, il fait particulièrement froid et nous avons plusieurs choses à voir toutes les deux ?

— Oui, oui, bien sûr, entrez, excusez-moi, c'est vrai qu'il gèle.

C'est debout dans un hall cossu que la policière annonce à cette femme, en usant de toutes les précautions possibles, le décès d'Odette Leuliez et les circonstances qui ont amené à l'ouverture de quelques investigations. Elle conclut en lui présentant ses condoléances. La filleule s'effondre en larmes, deux émotions aussi vives à la suite, c'en est trop pour elle.

Entre deux sanglots, elle invite Céleste à la suivre dans un salon contigu luxueusement meublé, s'installe sur un sofa bordeaux faisant ressortir la pâleur de son teint puis invite de la main Alvarez à prendre place sur le fauteuil coordonné qui lui fait face.

— Je ne suis même pas habillée, constate-t-elle en tordant un mouchoir en papier dans ses mains. Je ne travaille pas le lundi et j'en profite pour dormir un peu plus longtemps. Je descendais juste l'escalier lorsque vous avez sonné.

— Je comprends, navrée de perturber ainsi votre jour de repos, croyez-le bien, et je m'associe à votre chagrin, mais il va me falloir tout de même vous ennuyer avec quelques questions. Les circonstances de la mort de votre marraine méritent d'être examinées et j'ai besoin de certains éclaircissements. Je ne vais pas vous embêter longtemps.

Caroline Pierret renifle, se mouche, tamponne ses yeux, ses mains tremblent légèrement, elle est vraiment en proie à un terrible chagrin. Ou alors elle peut viser l'oscar à Hollywood, songe Céleste qui ne quitte pas des yeux un petit tableau qui lui fait penser à une reproduction d'un Odilon Redon aperçu dans un de ses livres d'art. Un dessin très sombre, au milieu d'autres œuvres de goût mais plus colorées, tranchant magnifiquement sur le mur écru.

— Vous pensez qu'elle a été assassinée ? Qui donc aurait pu commettre un tel acte ?

— Pour l'instant, je ne pense rien, madame, je me renseigne sur la victime pour éclaircir certaines zones d'ombre. Rien ne corrobore l'hypothèse d'un crime à ce moment de l'enquête. Vous semblez très affectée, vous étiez proches toutes les deux ?

— Très proches, oui. Ma marraine a beaucoup compté dans ma vie et dans celle de ma famille. C'était une amie véritable pour ma mère et elle nous a énormément aidées après la mort de mon père. J'étais toute petite, même pas un an.

— Aidées comment ?

— Ma mère était effondrée, elle en a fait une dépression terrible qui a duré trois mois. Odette m'a prise chez elle et m'a traitée comme sa propre fille – elle n'avait jamais pu avoir d'enfant et s'était attachée à moi dès que mes parents lui avaient proposé d'être ma marraine. « Ta seconde maman », disait-elle souvent et c'était vrai. Ensuite maman a repris la boutique – mes parents étaient commerçants – et elle devait souvent travailler tard ou partir en voyage prospecter des fournisseurs. C'était Odette et son mari, qui était directeur d'agence bancaire, qui me gardaient, c'est elle qui me faisait faire mes devoirs le soir ou réciter mes poésies. Je lui dois énormément. Elle a toujours été d'une gentillesse absolue avec moi et comme une grande sœur pour maman. Ça m'a désolée de ne pouvoir la garder avec nous lorsqu'elle a été si malade, je ne m'y suis résolue que lorsque le médecin m'a expliqué que je la mettrais plus en danger qu'autre chose et qu'elle serait mieux protégée dans une structure comme les Lilas. Il se trompait bien, apparemment… Comme je regrette aujourd'hui !

Les sanglots redoublent et Alvarez hésite à poursuivre la discussion. Elle tente de trouver des paroles apaisantes :

— Je comprends, mais il ne pouvait pas prévoir. Ce qui s'est passé cette nuit est tout à fait inhabituel, c'est aussi pour ça que je suis là.

— Je ne peux pourtant pas m'empêcher de culpabiliser. C'est une terrible nouvelle. Odette était âgée, je sais bien qu'elle était malade et qu'il fallait s'attendre à une mauvaise nouvelle un jour ou l'autre mais pas comme ça, si brutalement, annoncée par la police.

— Votre mère est décédée, je suppose, vous en parlez au passé ?

— Oui, maman a été victime d'un accident vasculaire cérébral massif en août 2006. Les médecins n'ont jamais pu la ranimer. Elle est tombée comme une masse dans la réserve, le temps que l'employée la découvre, il était trop tard.

— Et votre époux ?

— Bernard est à son travail à cette heure, il dirige un gros cabinet d'assurance et de placements. Nous n'avons pas eu le bonheur d'être parents non plus. Toute cette grande maison vide, ça me déprime parfois...

À nouveau larmes, hoquets et mouchoirs en papier tortillés. Elle fait vraiment peine à voir...

Entre deux sanglots, elle demande une nouvelle fois si Céleste pense qu'on a volontairement fait du mal à sa marraine.

— Je ne sais pas, madame, c'est ce que j'essaie de déterminer. Je ne peux pas vous répondre pour l'instant. De votre côté, vous ne voyez pas qui aurait pu en vouloir à madame Leuliez au point de lui faire du mal ?

— Grand Dieu non, pas du tout ! Odette avait beaucoup changé après son veuvage, de dynamique et joyeuse, elle était devenue geignarde et déprimée, parfois un peu agaçante avec ses radotages incessants et ses plaintes, mais de là à la tuer, c'est inimaginable. Oh, mais je ne vous ai même pas offert un café ou un thé ! Je suis désolée. Cette nouvelle m'a tellement bouleversée que je ne sais plus où j'en suis.

— Ne vous inquiétez pas, j'en ai pris un avant de venir et la journée va encore être longue, il ne faut pas me surcharger en caféine trop tôt. Et vous-même, vous travaillez ?

— Oui, j'ai repris le magasin à la mort de maman, je ne me voyais pas rester à la maison toute la journée. J'aurais mieux fait, ma marraine serait encore de ce monde, j'aurais eu le temps de m'en occuper après son hospitalisation...

— Ne vous accablez pas, ça ne sert à rien, madame Pierret. Malheureusement, cela arrive, même quand on prend toutes les précautions.

— Vous avez sans doute raison, je suis sous le choc, je ne raisonne pas très logiquement.

— Je vais vous laisser. Merci pour votre témoignage, je vous tiendrai personnellement informée des développements de l'enquête.

— Où... où est-elle ? Je peux la voir ?

— Le corps a été transporté à l'institut médico-légal pour un examen plus approfondi...

— Une autopsie ? s'étrangle-t-elle.

La pauvre femme est sidérée.

— Non, pas du tout, rassurez-vous. Le médecin légiste va juste pouvoir examiner avec soin les plaies et nous pourrons ainsi être certains que le décès est bien consécutif à la chute, sans autre intervention extérieure. C'est de la routine. Pourriez-vous passer demain matin au commissariat pour officialiser votre déposition, s'il vous plaît ? Disons vers 9 heures ? On ne vous retiendra que le strict minimum, juste une histoire de procédure, désolée de devoir vous infliger tout ça.

La commerçante accepte, promet qu'elle sera là à l'heure, qu'elle passera avant de se rendre au travail. Elle a cessé de pleurer, seuls ses yeux de lapin russe témoignent du chagrin qu'elle vient d'éprouver.

Alvarez prend brièvement congé, non sans lorgner longuement le Redon qui lui fait de l'œil depuis le début de l'entretien, constate que ce n'est sans doute pas une reproduction mais un original et que les autres tableaux sont tout aussi vrais et de belle facture, sans pour autant en identifier les auteurs. Décidément, le pognon a de bons côtés tout de même…

La portière de sa Clio à peine refermée, son portable vibre. Un message de Manu. Rien de bien passionnant dans les curriculums qu'elle lui a demandé d'examiner. Ce n'est pas de ce côté-là qu'elle trouvera ses réponses…

Pourtant, elle sent quelque chose de pas clair dans cette chute, reste à savoir quoi…

Le bordeaux du sofa, le bleu de la robe de chambre, la blancheur de la peau de Caroline Pierret…

Chapitre 23

Lundi 9 janvier 2017 - Résidence Les Lilas - 8 heures

Julie, notre jeune aide-soignante récemment embauchée, peine à installer madame Wensby dans un fauteuil roulant.

Elle doit être bouleversée, la pauvre, ce matin, pense-t-elle. Pas moyen de lui faire mettre un pied devant l'autre, et elle a dû lui faire sa toilette au lit alors que Colette se débrouille très bien toute seule les autres jours.

Malgré son insistance, les multiples tentatives de diversions, la vieille dame reste impassible. Pas opposante : inerte et mutique.

Les vêtements du jour sont préparés sur le dossier d'une chaise. Sous-vêtements blancs, une robe bleu marine, un gilet bordeaux. Julie la complimente, lui dit que ces teintes lui vont à ravir mais n'obtient pas un sourire, à tel point que la jeune fille hésite à appeler Annie, l'infirmière. Son inquiétude grandit sur l'état de santé de la vieille dame.

Elle renonce devant une telle force d'apathie. L'emploi du temps immuable des Lilas est sens dessus dessous, il faut faire avec, quitte à sacrifier le sacro-saint principe de conservation de l'autonomie des résidents.

C'est pourtant une mamie facile, d'habitude, avec qui Julie aime travailler et jouer parfois. Elle sait bien que l'infirmière ne va pas apprécier que Colette soit amenée ainsi au petit-déjeuner : « Mais qu'est-ce que je vois ? On se fait promener comme une princesse ce matin, madame Wensby ! On fait sa paresseuse ? Et l'autonomie alors ? Enfin voyons,

Julie ! » Elle va y avoir droit. Mais tant pis ! On verra plus tard. Sa patiente doit avant tout manger, le reste n'est pas vital.

Elle a mis un drap plié sur le siège du fauteuil afin de prévenir toute inondation au réfectoire, l'essentiel est sauf. C'est ce qu'on lui a appris au centre de formation : cerner les priorités, prendre les bonnes décisions.

— Allons-y, Colette ! Nous ne sommes pas en avance, le café va être froid et Geneviève va encore rouspéter.

— Ça va pas, madame Colette ? s'inquiète Paulo, son voisin de table, étonné par l'étrange attitude de la vieille dame.

Il a l'embonpoint joyeux et la barbe généreuse, des miettes de pain et des gouttes de café y ont trouvé refuge.

Paul Devois, ancien peintre en bâtiment – « le roi de la barbouille » comme il se définit – a, certes, la plaisanterie un peu lourdingue et le sous-entendu gaulois, mais c'est un brave homme. Veuf, des enfants au loin, une famille absente, l'ennui comme seule compagne lorsqu'il vivait encore chez lui, il a retrouvé la joie de vivre depuis son intégration aux Lilas. Sans problème personnel, il se mêle avec application des affaires des autres, s'empresse auprès des plus tristes, tente de se rendre utile sans prendre garde qu'il en devient souvent importun.

Il remplit d'autorité les bols de toute la tablée d'un jus noirâtre qu'il arrose généreusement de lait. Comme tous les matins, il va se faire attraper par Geneviève qui veille sur les repas des pensionnaires, mais il est incorrigible. Elle va encore le sermonner, lui dire de s'occuper de lui-même, qu'il a déjà bien assez à faire avec ça, et gnagnagna : il l'aime pas, celle-là ! Il sourit à sa voisine, essaie comme il peut de lui transmettre un peu de sa bonne humeur envahissante…

— Ah là là, monsieur Devois s'est encore mêlé de ce qui ne le regarde pas ! Combien de fois faudra-t-il vous dire que c'est mon travail de servir le café ? Vous allez me brûler quelqu'un un jour ! Si ça continue, je demande à madame Chardonne de vous mettre à une table tout seul ! C'est ça que vous voulez ?

Penaud, Paulo baisse la tête.

Elle ne plaisante pas, la Geneviève. Il se souvient de Louise, reléguée tout au fond du réfectoire parce qu'elle avait tendance à manger son déjeuner et celui des autres. Il ne moufte pas, vaut mieux laisser passer l'orage…

— Alors ma pauvre Colette, vous êtes tard ce matin, ça a dû vous chavirer tout ce remue-ménage. Vous semblez toute perdue… Il faut vous nourrir un peu, vous allez nous faire un malaise sinon, encourage la femme de service, compatissante. Ne vous laissez pas embêter par votre voisin, si vous avez besoin de quelque chose, appelez-moi !

À peine Geneviève a-t-elle tourné les talons que Paulo, rebelle à toute autorité, beurre une tartine pour sa voisine, immobile devant son bol.

— Faut pas vous laisser aller comme ça. Ça la fera pas revenir. Je vous mets de la confiture ?

La vaisselle s'entrechoque, les tables commencent à être débarrassées, les couverts cliquettent. Geneviève et deux aides s'activent à ramasser les pots maintenant vides.

— Allez-y, faut manger maintenant, s'obstine Paulo. Ne restez pas le ventre vide, ça va être long jusqu'à midi ! Surtout avec tout le bazar qu'il y a aujourd'hui, on sait pas à quelle heure va être servie la soupe…

Des chariots passent, couverts de grands bacs carrés en plastique où déposent, table après table, qui les bols, qui les assiettes ou les pots, les couverts prenant place dans de plus petits contenants. Tout cela sera enfourné dans l'énorme lave-vaisselle qui crache plus de vapeur qu'une locomotive de jadis. Il fait une chaleur humide et désagréable dans l'office, le personnel est contraint d'ouvrir la porte donnant sur le parc pour avoir un peu d'air frais. Certains en profitent pour enfiler un gilet à la hâte et sortir sur le pas de la porte fumer une cigarette en douce, avant de reprendre le travail qui ne manque pas : les lits à faire, le linge à trier, les sols à laver, les résidents à s'occuper et, déjà, le repas de midi dont il faudra compter les parts qui vont être livrées…

Ce matin, les commentaires vont bon train et l'affaire de cette nuit remplace les habituels cancans. Chacun, la mine sombre, donne son avis, son hypothèse, ses certitudes, les diverses supputations n'ont guère plus de consistance que les panaches et volutes des fumeurs frigorifiés.

Au même moment, dans la chambre de la victime, des aboiements parviennent aux oreilles de Céleste. Sans doute du refuge de la SPA aperçu au coin de la rue en arrivant aux aurores. Ça doit être l'heure de la bouffe pour les clébards aussi, y a pas de raison. Heureusement que les vieux sont souvent durs de la feuille, pense-t-elle, pas terrible comme voisinage.

Elle soulève du bout de ses doigts gantés les draps et couvertures de la victime, la marque jaunâtre au milieu du matelas lui fait tordre la bouche. Pas de doute quant à l'origine. Elle laisse retomber la literie trop vite, en prend plein le nez, se baisse pour examiner rapidement la table de nuit, doutant fortement de trouver les réponses à toutes ses questions à l'intérieur du petit meuble, rempli jusqu'à la gueule d'un fatras non identifiable, sans une fouille en règle qui attendra un peu plus tard. Elle a du monde à interroger avant et compte sur ces entretiens pour avancer dans ses investigations.

Geneviève passe un coup d'éponge sur la table tachée de café et parsemée des reliefs du petit-déjeuner. Elle tente également de solliciter Colette avec son bol de café désormais refroidi. Celle-ci consent à en avaler quelques gorgées avant de détourner la tête. Inutile de s'acharner, elle n'ouvrira plus la bouche, la femme de service les connaît bien, ses vieux, elle les comprend même sans qu'ils prononcent une parole. Elle reprend son torchon pour terminer son ouvrage.

La jeune aide-soignante est venue récupérer Colette qui ne montre toujours aucun signe d'intérêt pour ce qui l'entoure. Le visage impassible, elle daigne néanmoins se lever du fauteuil et se diriger, soutenue par le bras de Julie, vers les toilettes. Celle-ci l'encourage.

— Plus que quelques pas, madame Wensby. Nous y sommes presque, encore un petit effort, c'est beaucoup mieux que tout à l'heure, voilà, c'est parfait, bravo, vous voyez quand vous voulez.

Cahin-caha, la soignante parvient à installer la vieille dame sur le siège, mais reste à côté de la porte non verrouillée, elle craint un malaise, sa protégée est bien pâle et paraît si fragile…

Elle la réinstalle dans le fauteuil, ne voulant pas la fatiguer par une trop longue marche.

— Je vous amène au salon, je crois que vous aimez vous installer devant la fenêtre. C'est très beau aujourd'hui, il a neigé, juste un voile posé sur le décor, les arbres sont blancs de givre. Bien sûr, cette météo est un tantinet plus embêtante pour nous, je ne vous raconte pas le temps que j'ai passé à gratter mon pare-brise ce matin. Enfin, bon, c'est la saison aussi, je vais pas faire comme les journaux qui s'étonnent qu'il fasse froid en hiver et chaud en été.

Hélée par une de ses collègues, l'aide-soignante quitte Colette non sans lui avoir assuré qu'elle repasserait la voir très vite.

Chapitre 24

Vendredi 20 septembre 1968
San Francisco - Appartement de Robert et Colette

— Dis oui, allez, c'est une superbe chance que nous avons là ! Robert, mon chéri…

— Répète-moi doucement tout ça. Calmement. Que je comprenne bien. Je réfléchis en même temps à tout ce qui ne va pas dans ce plan tombé du ciel.

— Alors… Mon père m'a suggéré que nous venions en France. « *Personne ne viendra vous chercher ici* », m'a-t-il dit, et, là-dessus, il n'a pas tort, avoue.

— C'est vrai mais il faut arriver jusqu'à là-bas, traverser le pays déjà, l'océan ensuite, ne pas se faire prendre… Beaucoup de risques. Et comment on fait une fois en France ?

Rob n'a pas dit non immédiatement, Colette est ravie, elle s'attendait à un refus plus net.

— Il se charge de te fabriquer de faux papiers aussi vrais que s'ils sortaient de la préfecture. Tu sais qu'il est typographe et que c'était un excellent faussaire pendant l'Occupation. Ses laissez-passer semblaient sortir tout droit de la Kommandantur et ses cartes d'identité directement des autorités de Vichy. Il a gardé quelques connaissances, des résistants comme lui, qui ont accès aux formulaires officiels. Un autre de ses vieux camarades, un syndicaliste du port, peut nous trouver un bateau pour traverser l'Atlantique en passagers clandestins et nous aider à débarquer très discrètement. Je le connais depuis que je suis toute petite, c'est quelqu'un de fiable. Ensuite, mes parents nous prennent en charge le temps que nous nous retournions. Reste à trouver comment passer au Canada et arriver jusqu'au port de Québec. C'est là que tu dois trouver des contacts et c'est la partie la plus délicate du voyage. Voilà. Tu en dis quoi ?

Elle a tout débité d'une seule traite, presque sans reprendre sa respiration. Elle veut tant le convaincre qu'elle ne lui laisse pas le temps d'émettre le moindre doute, de trouver les failles de son scénario.

— Que c'est une belle histoire mais qu'il y a beaucoup d'inconnues par rapport à un simple passage au Mexique, quitte à aller jusqu'au Guatemala ensuite, voire plus loin vers le sud. Mais je pense que tu as envie de te rapprocher de tes parents, surtout avec le *baby* qui doit arriver et je comprends. Le chemin va être interminable jusqu'à Québec, il faut traverser des milliers de miles, ton état n'est pas compatible avec tout ça, monter en fraude sur un bateau, trouver des complicités... Il va aussi nous falloir beaucoup d'argent, nous en avons un peu mais une cavale coûte cher, on ne sait pas ce qui peut se passer.

— Mon état ne change pas entre le sud et le nord et traverser le Mexique ne serait sans doute pas une sinécure, peut-être même bien plus dangereux que le Canada. Nous avons un peu le temps, l'armée ne sait pas que tu es à San Francisco, on peut réfléchir encore, mais c'est une nouvelle option.

— C'est vrai. Tu as raison. Reste que je pourrais partir seul et tu pourrais me rejoindre plus tard, c'est juste moi qui suis recherché, pas toi. Tu pourrais prendre le train, l'avion...

— Tu te fous de moi ? Tu crois que je vais te laisser partir comme ça ? Que je vais attendre bien sagement que tu me fasses signe ? Jamais ! Tu m'entends ? Jamais ! Tu te souviens de ce que je t'ai raconté sur mon frère ? De la façon dont je suis arrivée dans ce ranch où je t'ai rencontré ? Tu crois que c'est oublié ? Je ne peux pas te regarder partir et espérer te revoir un jour parce que tu m'auras assuré que tout se passera bien et que tu triompheras de tous les obstacles et patati et patata. Ne me redis jamais ça ! Si tu pars sans moi, pas la peine d'essayer de me joindre ensuite, je ne serai plus là et tu ne me reverras plus de toute ta vie. Et je suis sérieuse, tiens-toi le pour dit !

Colette est furieuse, écarlate, les veines de son cou sont gonflées, sa voix, forte, tremble, ses mains frappent la table pour ponctuer ses sentences. Elle fixe Robert d'un regard noir. Il ne répond pas, il sait qu'il faut laisser passer l'orage, qu'il l'a effrayée bêtement et qu'il fera comme elle le désire parce qu'il ne veut pas la perdre. Mais Colette est lancée, la tempête n'est pas calmée :

– Tu ne m'aimes pas ? Tu ne tiens pas assez à moi pour me faire confiance ? Tu penses que je vais traîner, geindre, me plaindre ou te retarder ? Que le fait que je sois enceinte est un handicap ? Mais je préfère perdre cet enfant avec toi que l'avoir sans toi. C'est toi et moi, nous deux, toujours ! C'est l'unique chose qui compte à mes yeux. Tu es méprisant à mon égard... Tu m'humilies en pensant que je suis un fardeau dans ta fuite ! Va-t'en si tu veux, mais pars tout de suite ! Ne perds pas ton temps en parlottes qui ne me convaincront pas...

La gorge lui brûle, les mots sortent plus difficilement, elle hoquette, sanglote en finissant sa diatribe, les larmes inondent ses joues.

Robert, penaud, se lève, s'approche doucement et l'enlace de ses grands bras. Colette niche sa tête au creux de son épaule, pleure, renifle, se laisse tendrement bercer par son amant qui lui murmure des paroles rassurantes en lui caressant les cheveux.

Manifestement, elle a gagné la partie, il se rend sans condition, capitule devant la violence inattendue de cette réaction...

Le plan est rapidement bouclé : il va tenter de trouver une filière, amasser un trésor de guerre qui leur permettra de couvrir les frais et aléas du voyage. Rob a le regard sombre, perdu dans le vague, il est inquiet. Tout peut arriver sur une telle distance, n'importe quoi, et c'est la guerre qu'il a aux fesses maintenant, plus seulement le risque de se faire arrêter et de passer quelques mois en prison.

Il y a le bébé aussi. Autant de miles dans l'inconfort d'une voiture, les cahots de la route, le bateau ensuite, dans quelles conditions ? Et la peur, tout au long, les risques d'accidents et d'arrestation plus ou moins musclée...

Ses doigts se perdent dans les boucles brunes de Colette qui a cessé de pleurer mais reste blottie contre lui, ses bras fins autour de son torse. Il sent sa chemise se mouiller là où est posé son visage et s'en veut de lui avoir fait autant de peine. Elle a raison, c'est eux deux ou rien. Désormais, ils vont se battre pour rester libres.

Qui aurait parié sur leur rencontre ? Impossible de gâcher une chance pareille.

Dans les trois semaines qui suivent, Robert multiplie les sorties nocturnes, visite parfois deux ou trois villas, magasins ou entrepôts par nuit. Il s'épuise, ne dort presque plus. Ses journées sont consacrées à trouver les moyens de parvenir jusqu'à Québec sans encombre et monter sur ce fichu cargo dont il ne connaît ni le nom ni la date d'appareillage. Le défi est de taille. Colette ne peut le suivre dans ses expéditions et l'aide de son mieux en gérant tout ce qui est domestique, elle continue de mettre au point le plan avec son père, ravi de pouvoir enfin espérer revoir sa fille et devenir grand-père par la même occasion.

Il a remué ciel et terre pour ranimer son ancien réseau, uniquement ceux dont il est absolument certain.

Pour les papiers, René a reconstitué un petit atelier dans la cave de sa maison, trouvé du matériel et s'exerce pratiquement tous les jours à en fabriquer avant de les présenter à son vieux copain André qui travaille à la préfecture et l'aide à se perfectionner, travaille avec lui les techniques usuelles pour vieillir le document. Les papiers trop neufs entraînent toujours la suspicion des pandores.

Marcel, l'ancien docker, a de son côté bien avancé. Le cargo s'appelle le *Sunny Boy*. Il sera à Québec le 25 octobre pour charger et repartira le 28 aux alentours de minuit. Le prix du passage, exorbitant, est fixé à 2000 dollars, payable pour moitié avant l'embarquement et moitié à l'arrivée.

Colette va envoyer l'argent par mandat à son père et c'est Marcel qui va régler la première partie de la somme lors de la prochaine escale du *Sunny Boy* en France, juste avant son départ pour le Canada.

Tout semble en ordre de ce côté-là.

Robert, de son côté, a déniché une filière intéressante qui épaule les déserteurs comme lui, tentant l'aventure vers le nord.

Son contact se nomme David, c'est tout ce qu'il sait. Ce type est impossible à joindre autrement que par téléphone. Il lui a fourni un itinéraire, quelques précieux conseils et surtout leur a trouvé, dit-il, un passeur pour entrer dans la zone portuaire de Québec et parvenir jusqu'au cargo. Enfin, normalement. Dans ce genre de périple, rien n'est jamais acquis. Robert doit l'appeler le 25 octobre à midi pour avoir confirmation et connaître les détails de l'opération.

Ce flou l'agace. L'Américain n'aime pas le brouillard dans lequel ils vont s'enfoncer. Plus de trois mille miles sur la Transcanadienne en huit jours maximum ! Parvenir à quitter les États-Unis sans se faire repérer. Sans compter les mille autres miles à effectuer avant pour parvenir au rendez-vous fixé à Sumas, contraints de rouler parfois sur des routes secondaires. Encore plus dangereux ceux-là, puisqu'il y est recherché. Traverser la frontière par des chemins forestiers avec une voiture qui n'est pas prévue pour…

Ils n'ont pas énormément d'atouts, bien des zones d'ombre subsistent dans ce plan achevé à la va-vite à cause de la date butoir du départ du bateau.

Le jeune Américain doute parfois, se dit qu'il ne le sent pas, craignant pour la santé de Colette. Il n'en parle pas à sa compagne, elle lui ferait une nouvelle scène et il céderait de toute façon.

Elle est rayonnante malgré l'anxiété naturelle liée à la situation précaire qui est la leur. Elle s'active, prépare les bagages, complote avec son père, trace des plans, imagine des itinéraires et des aventures routières et maritimes et semble, si possible, encore plus amoureuse et passionnée.

Lui ne dit pas grand-chose, il est trop fatigué pour ça. Il vole, revend, engrange de l'argent et dort mal le peu de temps de repos qu'il s'accorde. Pas vraiment de cauchemars, non, des réveils fréquents, un sommeil agité et peu réparateur. Tant et si bien qu'il préfère parfois se lever et regarder Colette s'agiter et l'entendre jacasser plutôt que d'affronter son insomnie solitaire.

La décision est prise, ils partiront le 16 octobre, au petit matin, devraient passer la frontière après un large détour destiné à éviter Seattle, parvenir par des routes secondaires, voire tertiaires, et des chemins de fortune à entrer au Canada en évitant par l'ouest une petite ville nommée Sumas. Ensuite, ce sera l'interminable ruban vers Québec. Ils sont parvenus à engranger quelque 10000 dollars. De quoi voir venir. Juste quelques derniers billets à récupérer chez son fourgue et ils pourront enfin partir définitivement. Là encore, rien ne va se passer comme prévu.

Chapitre 25

Jeudi 26 septembre 1968
San Francisco - Appartement de Robert et Colette

— Tu as pensé aux gants ?

— Mais oui, ne t'inquiète pas, soupire Colette. Tu es si stressé en ce moment, tu en arrives à me troubler. C'est comme ça qu'on pousse l'autre à la faute. Tu me fais confiance ou pas ?

Le « Of course I do » marmonné ne la convainc pas. Elle est certaine qu'il profitera de la moindre occasion pour vérifier en douce que le sac à dos contient bien tout ce qu'il faut.

Colette le sermonne tendrement. Il lui a laissé, ce soir, le soin de préparer son matériel et c'est un bel effort pour un maniaque de la précision comme Rob.

Pourquoi y avait-elle tant tenu ? Aucune idée, le désir lui en était venu dans l'après-midi et ne l'avait plus lâchée. Une lubie de femme enceinte ? Sans doute. Une envie un peu puérile de partager, malgré tout.

— Et puis comme ça, je serai un peu avec toi puisque je ne suis plus en état de t'accompagner. Au moins je participe.

Bien sûr, elle sourit en prononçant ces mots, pourtant il sait sa compagne peinée à chaque fois qu'il part seul, anxieuse jusqu'à son retour, maudissant cette grossesse les séparant provisoirement lors des sorties de rapines. Elle a hâte que tout cela soit terminé pour reprendre, avec lui, leurs virées nocturnes.

Tout ensemble, tout le temps ! Telle est leur devise et elle ne s'applique plus...

Colette y voit un mauvais présage, une espèce de menace qui pèse sur leur couple. L'éducation rationaliste paternelle ne résiste pas à l'irruption de la pensée magique. Elle traque les signes du malheur, les identifie partout : moins elle est sereine, plus il y en a. Peu à peu elle se persuade de leur véracité, de leur force prédictive et le poignard du doute et de la peur s'enfonce alors plus loin encore dans son ventre, la laissant tremblante jusqu'au retour de Robert.

Chaque soir où son homme la quitte, elle revit le départ de Pierre, pas moyen d'expulser les idées noires de son esprit, elles planent toujours plus nombreuses telles des vautours tournoyant au-dessus d'une charogne.

La visite de ce soir est une commande de son receleur, un boulot tout bête à exécuter rapidement : une adresse, deux portes à ouvrir, pas de gêneur, un beau paquet de fric en liquide, sur lequel il estime qu'un cinquième lui revient, et pas mal de bijoux qu'il lui rachètera à dix pour cent du prix estimé. Après négociations, Robert gardera tout le liquide et remettra l'ensemble des bijoux pour cinq pour cent de leur valeur. Il n'aime pas les comptes d'apothicaire, c'est plus simple comme ça. Il n'est pas à quelques dollars près et discuter avec Freddy est toujours un casse-tête infernal. Chaque cent concédé semble lui arracher les tripes, ce qui agace particulièrement le jeune cambrioleur.

Il espère que son fourgue ne s'est pas trompé, les coups trop beaux et simples ne courent pas les rues, celui-ci ne lui dit rien qui vaille mais il n'avait pas eu le courage de le refuser. Tout s'était décidé en quelques minutes, la veille au soir, alors que Robert était venu chez Freddy récupérer le solde d'une affaire de la semaine précédente.

— Un boulot facile pour un mec comme toi, Bobby, juste au-dessus d'un commerce de lingerie, fermé en soirée évidemment, et des bureaux sur les deux étages supérieurs. Personne pour te déranger. Tu entres, tu prends, tu sors et viens voir ton pote Freddy pour lui livrer sa part du gâteau. Elle est pas belle, la vie ? Tu peux même te rincer les mirettes sur les dessous de ces dames avant d'y aller. Après, je te recommande de pas trop traîner, les rues sont peu sûres quand on trimballe autant de cash...

— T'excite pas ! Comment sais-tu qu'il y a tout ce que tu dis dans cet appartement ? Qui habite là ?

— Je ne peux pas te le dire, secret des sources, tu sais ce que c'est. Tu me fais confiance ou pas. Si tu ne le fais pas, je trouve un autre mec pour le coup, c'est pas ça qui manque ici. Tu me suis ou pas ? Si c'est non, je te donne pas l'adresse et on se quitte bons amis, on continue à bosser ensemble, ça change rien. À toi de voir, Bobby. Je suis pas ton patron ni ta mère, t'es libre. Décide-toi vite tout de même, c'est à faire pour demain soir. Je viens juste d'avoir le tuyau, tu es arrivé pile pour que je te le propose.

— Combien ?

— Au minimum dix mille en billets verts et les bijoux, je ne sais pas, mon gars m'a dit vingt mille mais je demande à voir. La joncaille, on sait jamais si c'est vendable ou pas en l'état, peut y avoir de gros frais de transformation et c'est toujours ma pomme qui raque quand il y a des retouches à faire avant de mettre en vente. Vous, vous vous en foutez, vous arrivez, vous tendez la main et la refermez, et c'est l'ami Freddy qui se débrouille avec tout l'aspect commercial de l'affaire.

— Arrête, tu vas me faire pleurer, je sais à quel point tu souffres. Donne-moi l'adresse et ce que je dois savoir, je m'en occupe.

L'immeuble se situe dans un renfoncement, comme si les autres constructions de la rue avaient fait un pas en avant sans le prévenir et que lui était resté en retrait.

C'est une bonne chose, son intrusion sera plus discrète.

L'entrée est dans la zone non éclairée par les réverbères, la boutique de lingerie à sa gauche. À droite, une agence de voyages propose des paysages de rêve sur des bateaux de croisière resplendissants, embarquant des passagers aux sourires éblouissants accueillis par des hôtesses et des stewards aux uniformes impeccables. C'est du moins ce que présentent les affiches qui tapissent la vitrine auxquelles Robert n'accorde aucune attention.

Il se faufile le long de la devanture de l'agence, se place devant la porte. Serrure tout ce qu'il y a de plus simple pour un crocheteur averti comme lui, muni de ses quelques outils. Il travaille à peine une minute avant d'obtenir le petit claquement libérant le pêne et de se glisser dans un couloir obscur.

Pas question d'appuyer sur la minuterie, c'est à tâtons qu'il parvient sans encombre au pied de l'escalier. Marche après marche, lentement, n'y voyant que par la très faible lueur distillée par un vasistas, il arrive enfin sur le palier du premier. Il ne bouge plus. Écoute, attentif au moindre son.

Rien, à part son souffle légèrement accéléré. Freddy n'a pas menti, mis à part les faibles échos provenant de la rue, aucun bruit ne vient des étages. Il pose son oreille contre la porte. Patiente, cinq, six minutes.

Rassuré, il s'apprête à sortir son petit nécessaire, s'appuie sur la poignée et manque de s'étaler de tout son long dans l'entrée de l'appartement dont la porte n'est pas verrouillée.

Bonjour la discrétion ! Il se rattrape comme il peut à un portemanteau qui cède sous son poids et le précipite cette fois à au sol pour de bon dans un fracas terrible. C'est une première, jamais ce genre de mésaventure ne s'est produit au cours des dizaines de délits qu'il a commis.

Des propriétaires insouciants ou distraits, oubliant de fermer, il avait déjà eu cette chance, mais débarquer ainsi en fanfare, jamais.

Il se relève, essaie de respirer calmement pour apaiser les battements de son cœur et parvenir à entendre si une quelconque alerte s'est déclenchée, s'il est en danger. Il allume la petite lampe torche qui l'accompagne toujours et constate les dégâts. Pas grand-chose à vrai dire, par rapport au raffut provoqué : un peu de plâtre a sauté de la cloison et le truc moche en ferraille, auquel étaient suspendus une veste et un gilet, gît un peu plus loin sur le carrelage gris. Les murs tendus de tapisserie bordeaux sont agrémentés de toiles dont Robert n'identifie pas les auteurs mais qui lui semblent de belle facture.

Il passe le salon cossu, la salle de bains, la chambre, tombe enfin sur le bureau où selon le receleur doit se trouver le magot espéré.

Un canapé occupe le fond de la pièce, un bureau remarquable, manifestement travaillé par un ébéniste de talent, et une sacoche au pied de ce joli meuble. Il l'ouvre, y découvre une sorte de grosse bourse en velours pesant un bon poids. Elle contient un enchevêtrement de bagues, bracelets, colliers, boucles d'oreille. Or et pierres précieuses, le jackpot !

Rob ne perd pas de temps à détailler. Même cinq pour cent de cet assortiment doivent représenter une belle somme. Il repère tout de même une très jolie bague. Celle-là, ce sera pour *my sweetie*, je m'accorde un petit extra, sourit-il.

Les tiroirs ne livrent rien d'intéressant, des papiers, de petits objets sans importance : coupe-cigares, trombones, élastiques, crayons. Fébrile, il se demande où peut être le cash promis. S'il ne déniche pas le pactole promis par Freddy, il se sera fait avoir dans les grandes largeurs avec ce pourcentage au rabais sur tout ce qui n'est pas de la monnaie.

C'est en scrutant tout l'espace dans le faisceau de sa lampe qu'il découvre enfin ce qu'il cherche dans un petit coffre, à moitié dissimulé par des livres, la porte béante, garni de trois belles liasses de billets de vingt, cinquante et cent dollars. Elles rejoignent les pièces d'orfèvrerie dans son sac, il ne compte pas, ce n'est pas le moment.

Décidément, tout est OK ce soir, il devrait laisser un mot de remerciement au propriétaire, songe-t-il, facétieux.

Un dernier coup d'œil pour s'assurer de ne rien laisser de précieux, ce serait trop bête. Il parcourt la pièce. Une sensation qu'il ne définit pas immédiatement s'empare de lui. Un effluve ! C'est ça. Il inspire profondément plusieurs fois.

Il perçoit l'odeur douceâtre et métallique qui baigne l'atmosphère, en cherche l'origine, voit la tache sombre sous le sofa qui imprègne le tapis.

Robert contourne la banquette et bute sur les pieds d'un cadavre, face contre terre, dont le sang s'écoule encore de deux plaies toutes rondes au milieu du dos.

Robert ne sait pas comment il est parvenu, sitôt sorti de l'appartement, jusqu'à la boutique de son fourgue pour lui remettre le sac contenant les bijoux. Celui-ci lui jure qu'il ignore tout mais qu'il va se renseigner dès cette nuit et lui enjoint de passer demain afin d'en savoir plus. Ils en profiteront pour solder les comptes, Freddy a un client qui attend la marchandise, l'affaire devrait être conclue très vite.

Rob tempête, furieux, il accuse son comparse de l'avoir envoyé sur un casse pourri, le ton monte. Le receleur fait profil bas.

— Tu sais bien, Bobby, je suis réglo, je te ferais pas un coup pareil ! proteste-t-il.

— Je viens demain, tu as intérêt à en savoir davantage, menace Rob, très en colère.

Colette qui l'attendait, blêmit en voyant son regard et le presse de tout lui raconter. Veut-il un thé ? Un verre d'eau ? Un scotch ? Non, il ne souhaite que souffler cinq minutes et se soulager en lui expliquant tout dès qu'elle le laissera parler. Elle s'assied et l'écoute, anxieuse à l'extrême.

Robert ne lui cache rien et n'essaie pas de minimiser la tragédie de cette nuit.

Il peut être inculpé de meurtre si la police recueille un témoignage ou découvre un indice qu'il aura laissé là-bas sans y prendre garde. Il est voleur, lui, pas assassin ! Ce n'est pas du tout la même chose. Il ignore tout ce à quoi il faut penser dans ce genre de situation, et ne veut pas le savoir.

Il s'embrouille, s'emporte contre Freddy qui va devoir s'expliquer, lui dire pourquoi il l'a envoyé dans un piège pareil…

Colette le rassure, l'embrasse, le calme comme elle le ferait pour un enfant affolé.

Petit à petit, Robert se reprend, décide de se rendre chez son fourgue comme convenu afin de tirer cette histoire dramatique au clair.

Ce sera impossible.

En parvenant, peu après le déjeuner, aux abords de la boutique de Freddy, il est stoppé net dans son élan par de nombreuses voitures de police… Il s'aperçoit que les flics s'agitent dans tous les sens, entrent et sortent de l'échoppe, communiquant entre eux par radio.

Se renseignant auprès des badauds, il apprend tout et son contraire, rien de fiable en tout cas. Les uns supposent une tuerie – au moins dix morts pour qu'il y ait autant de poulets dans une si petite scène de crime – d'autres en supputent un seul et plusieurs blessés. Le nombre, le sexe, les circonstances, tous divergent, mais tous sont prêts à jurer que leur version est la bonne. Ce n'est pas ici qu'il apprendra la vérité.

En essayant de rester le plus discret possible, Robert aperçoit un brancard, recouvert d'une housse mortuaire, être sorti de chez Freddy et chargé dans un fourgon. Apparemment, il n'y aurait donc qu'une seule victime et tout porte à croire que le receleur ne lui rendra jamais de comptes.

Une priorité s'impose : trouver des explications à ce sac de nœuds.

Reste à imaginer comment.

Les nouvelles circulent vite dans le petit milieu de la cambriole, un peu de patience et il parviendra bien à glaner des infos moins aléatoires que les divagations de cette foule de curieux tenue à distance par des policiers en uniforme.

Des cris fusent sur sa gauche. Ce sont des journalistes regroupés près de la vitrine, essayant de glaner quelques photos ou de récolter des renseignements auprès des deux inspecteurs qui fument une cigarette et boivent un café. Tout ce petit monde semble se connaître et discute de part et d'autre de la fragile frontière de plastique. Les questions et les plaisanteries, parfois de mauvais goût, jaillissent des rangs de la presse.

Quelques reporters retardataires, à peine éjectés des voitures qui les ont amenés, écartent sans ménagement badauds et collègues pour se faire une place aux avant-postes. Ça râle, quelques insultes, une bousculade, Robert en profite et se mêle à eux.

La pagaille est telle que nul ne lui demande quoi que ce soit. Pressé entre un rouquin vociférant et un obèse suant et soufflant tentant de prendre des clichés dans la cohue, il a juste le temps d'utiliser sa main tel un bouclier pour parer le coude du représentant du *San Francisco Today* – celui-ci crie assez fort le nom de son canard pour que tout le quartier soit au courant – qui va percuter son estomac.

Soudain le brouhaha augmente, les corps se pressent, toutes les têtes se lèvent, les questions sont tout à coup hurlées pour couvrir celles du voisin…

— Messieurs, un peu de calme !

L'officier du SFPD* chargé de la communication vient de faire son apparition sur le pas de la porte. Il agite les mains pour inciter le groupe à se calmer, il ne parlera pas avant que le silence ne soit rétabli, annonce-t-il. Les « Chut ! », « Silence ! » et plus efficaces « Fermez vos gueules ! », proférés par les journalistes eux-mêmes, produisent leur effet et le flic peut enfin faire sa déclaration.

Dès les premières paroles, Rob sent monter l'angoisse.

Le policier débite son allocution, reste froid, factuel. Chacun de ses mots frappe Rob comme un coup de poing.

Le corps de Freddy a été découvert ligoté sur une chaise. Il porte de nombreuses marques de sévices abominables : jambes fracassées, doigts écrasés, visage massacré, et a été achevé d'une balle de .45 dans la nuque. Du travail de pro. Une vengeance à l'évidence.

— Ce type a dû fâcher quelqu'un d'important pour avoir mérité une telle punition, assure un journaliste au visage de dur, Lucky Strike au bec, à un autre plus jeune qui prend des notes sur un carnet à spirale.

Le jeune voleur parvient difficilement à avaler sa salive, Freddy n'était pas son ami mais tout de même, le choc est rude. L'échange se poursuit et, sans trop y prêter attention, les renseignements infusent dans son cerveau.

Son laïus terminé, l'officier ne répond à aucune interpellation. Il rentre aussitôt dans la boutique du prêteur sur gage.

Les journalistes parlent désormais entre eux d'un cadavre découvert cette nuit qui serait celui du comptable d'un caïd local : Lester Williams. Ce n'est peut-être que le premier épisode d'une guerre de clans comme il s'en produit de temps en temps dans le Milieu et ce règlement de compte n'en serait qu'un second ? Robert sent confusément que c'est précisément de SON mort dont il est question !

Sa vie – et donc celle de Colette – est en grand danger. Il imagine en frémissant tout ce qu'un gangster peut inventer pour se venger d'avoir été dépouillé. Corps torturés, tabassés, violés, jetés pour finir dans l'océan les pieds coulés dans du béton…

En traînant quelques heures dans certains bars louches où après deux ou trois verres la faune a la langue bien pendue et ne rechigne pas à propager les dernières rumeurs qui circulent, le jeune cambrioleur va se faire une idée plus nette du fil des événements.

*San Francisco Police Department

Le coup sur lequel Freddy l'a mis ressemble à s'y méprendre à une manipulation dont il ne parvient pas à démonter les rouages, mais le receleur s'est fait balader autant que lui, il en est certain. Le corps qui gisait dans l'appartement a plus que probablement été abattu par un rival du dénommé Lester Williams et le meurtrier, ou son commanditaire, a monté toute une machination afin que ce meurtre apparaisse comme un vol ayant mal tourné. Le but réel de tout cela était donc d'éliminer l'homme que Robert avait trouvé allongé derrière le canapé…

À moins que ce ne soit Williams lui-même qui ait souhaité se débarrasser discrètement de son employé ? Mais pourquoi avoir laissé autant d'argent sur place ?

Pour détourner les soupçons ?

Robert se noie dans toutes ces suppositions.

Colette, lorsqu'il lui résume le résultat de ses cogitations, parvient à lui faire admettre que posséder la clé de cette énigme ne changera rien pour eux. Il faut juste éviter d'être relié aux meurtres par la police ou au vol par les gangsters. Analyser les risques avant de paniquer et prendre le temps d'organiser leur fuite correctement.

Elle dit vrai, bien sûr, Robert en est convaincu. Il manque parfois de sang-froid et Colette parvient à le raisonner lorsqu'il part dans tous les sens comme aujourd'hui.

C'est en essayant de revendre les bijoux que Freddy s'est fait repérer. Le mafieux avait dû faire passer le mot dans la pègre de lui signaler la mise sur le marché des pièces dérobées. L'officine de Freddy étant située non loin du tribunal, une bonne partie des clients du prêteur sur gage devait être redevable à un ponte comme Williams ou pensait toucher une bonne prime pour un tel renseignement. Les bijoux avaient sans doute brûlé les doigts du pauvre fourgue qui avait précipité sa mort en les proposant aussi vite et aux mauvaises personnes…

Rob frémit en songeant aux dernières heures de Freddy, ça avait dû être atroce.

Fort heureusement pour lui, son fourgue ne le connaissait que sous le pseudonyme de Bobby. Il n'avait pas son adresse et ne possédait aucune information compromettante.

Il allait falloir changer d'air, l'armée plus le milieu, c'était trop pour un seul homme. L'atmosphère de San Francisco était soudain devenue toxique et il n'y avait qu'une seule solution : prendre le large. Ils ne pouvaient plus se permettre de rater le rendez-vous avec le cargo, il était temps de s'organiser.

Chapitre 26

Lundi 9 janvier 2017 - Résidence Les Lilas - 9 h 30

Il n'est pas loin de neuf heures et demie lorsque Céleste gare sa Clio devant l'escalier principal de la maison de retraite. Elle a les doigts gras du beurre des croissants qu'elle n'a pas manqué de s'acheter sur le trajet du retour. Elle s'est goinfrée d'un petit-déjeuner digne de ce nom, une indécence lipidique, sur le parking d'un fast-food, le tout arrosé d'un café au lait triple dose. Un bonheur solitaire englouti en quatrième vitesse, Alvarez venait de prendre une revanche éclatante sur la frustration calorique ressentie au petit matin. Passer devant toutes ces boulangeries ouvertes sans s'arrêter avait été un vrai crève-cœur. Satisfaite, le jean plein de miettes, elle s'extrait de sa voiture lorsqu'elle perçoit la vibration de son téléphone.

— Manu ?

— Oui, j'ai besoin de savoir si tu arrives bientôt, le toubib est dans son bureau et j'ai pensé que tu voudrais peut-être l'entendre avant qu'il commence sa visite, ça risque d'être un peu plus délicat quand il sera avec ses patients. Il paraît qu'il a pas mal de boulot et il est attendu à son cabinet dès qu'il a fini aux Lilas. Je lui dis quoi ?

— Que j'arrive. Je suis à la porte, je suis là dans deux minutes. Le temps de vous trouver.

— Passe le bureau de ta copine la directrice, c'est deux portes plus loin sur la droite, tu peux pas te gourer, c'est écrit dessus…

— Comme le Port-Salut, je sais. Va falloir te renouveler, garçon, mon père la faisait déjà celle-ci et il la tenait de son père à lui, rit-elle en raccrochant avant de foncer à petits pas pressés vers l'imposante résidence.

Le docteur Jamnet est chauve, c'est indéniable, même s'il laisse pousser une longue mèche sur sa tempe gauche qu'il plaque tant bien que mal sur le sommet de sa tête pour tromper son monde. Céleste le catalogue illico dans la catégorie « vieux beau pathétique ». Lui la reluque de haut en bas d'un air professionnel mais ce n'est pas une pathologie qu'il cherche, il vient de la classer sous l'étiquette « imbaisable », elle le sait – ça lui arrive souvent – et s'en fout, à force…

Vêtu de tweed bleu sur un pantalon gris, le médecin lui tend une main molle lorsque Manu fait les présentations. Elle ne mérite manifestement pas plus que cette portion congrue de politesse à ses yeux. Quinze kilos de moins, elle est certaine qu'il lui expliquait tout le métabolisme et l'anatomie, lui proposait même un dîner pour plus de détails. Tant pis, elle se fait une raison, ce n'est pas pour ça qu'elle est là.

— Sans trahir le secret médical, pourriez-vous me dire s'il vous semble possible qu'Odette Leuliez se soit déplacée seule jusqu'à cette porte du sous-sol ?

— Médicalement parlant, rien ne s'y oppose : elle n'était pas paralysée, pouvait se servir de ses jambes et je l'encourageais souvent à le faire davantage. Un peu d'exercice physique est tout à fait recommandé chez des personnes de cet âge et bon pour le diabète dont elle souffrait. Sans compter que la marche ne pouvait qu'être bénéfique, vu son surpoids, son cœur et son système circulatoire.

Là, il ne peut s'empêcher de jeter un bref coup d'œil aux hanches de Céleste qui fronce les sourcils. Il commence à la courir, le toubib, avec ses allusions.

— Mais… ? le devance-t-elle.

— Mais cette patiente était très réticente à se mouvoir seule, plaintive malgré les antalgiques que je lui faisais administrer. Le peu que je sais sur son comportement habituel laisse à penser qu'elle était plus encline à demander de l'aide pour chaque déplacement. Bien plus que son état général ne le nécessitait. Cela n'a rien d'extraordinaire, vous savez. Nos vieux se sentent seuls la plupart du temps et aiment profiter d'un peu de compagnie dès qu'ils le peuvent. Cela passe souvent par une demande de soin ou d'aide pour des gestes qu'ils pourraient accomplir. C'est une gageure quotidienne de l'équipe paramédicale de veiller à leur conserver une part aussi importante que possible d'autonomie. Surtout quand la tête suit encore comme c'était le cas en l'occurrence. Pour résumer, l'appareil locomoteur fonctionnait, le reste suivait mais le moral et la volonté manquaient manifestement, et comme je ne suis pas du genre à gaver mes vieux d'antidépresseurs pour les stimuler artificiellement... Ça les tue, ces cochonneries, ils sont déjà tellement polymédicamentés qu'on n'a aucune idée de ce que toutes ces molécules peuvent bien produire comme interactions une fois ingérées.

— Comment ça, vous n'avez aucune idée, demande Manu, un peu inquiet des cinq comprimés qu'il a dû avaler pendant huit jours pour soigner une angine rouge il y a deux semaines.

— À partir de trois spécialités prises simultanément, on n'a plus aucune certitude sur les effets désirables et indésirables produits. Chaque molécule est testée mais pas l'ensemble des cocktails possibles et imaginables, de sorte qu'après deux ou trois lignes sur une ordonnance, à part l'expérience du praticien, c'est *terra incognita*.

— Ah ben ça alors ! Pourtant ma grand-mère en avait au moins dix, des spécialités, comme vous dites et...

— Oui, bon, ça va, Manu. On n'est pas là pour ton aïeule non plus. Revenons à notre victime s'il vous plaît. Selon vous, docteur, elle aurait pu mais pas voulu ou n'aurait même pas essayé donc ?

— À mon avis, non. Et pour quoi faire en plus ? Il n'y a que la nourriture qui la faisait se bouger seule d'après ce qu'on m'a rapporté. Ce couloir mène à l'opposé de la salle à manger. Madame Leuliez n'était perdue ni dans le temps ni dans l'espace. Elle faisait parfois des pics glycémiques importants qui m'inquiétaient et j'avais pris des renseignements auprès de Geneviève, omnisciente sur les travers alimentaires des pensionnaires, qui m'avait confirmé que ce n'était pas l'efficacité du traitement qui était en cause mais bien les mauvaises habitudes et la malice de la patiente.

Jamnet feuillette ce qui semble être des résultats de bilans biologiques, modifie une ordonnance, frotte son gros nez en remontant ses lunettes. Manifestement, il s'impatiente et ne comprend pas trop ce qui peut bien pousser cette flic à le retenir, il n'a pas que ça à faire et des morts, il en a vu d'autres.

Céleste devine son agacement, s'amuse à le voir vouloir paraître occupé pour lui faire comprendre que l'entretien a assez duré et qu'elle ferait bien de lui foutre la paix.

— Elle ne vous a jamais fait part de craintes particulières, d'éléments qui vous auraient paru étranges, une peur, une appréhension vis-à-vis d'un membre du personnel ou d'un autre résident ?

— Ha ha ha ! Si vous saviez le nombre de patients qui m'annoncent leur assassinat prochain par telle ou telle aide-soignante ou infirmière, par leur voisin de chambre ou leur partenaire de balade, vous pourriez mettre la moitié des pensionnaires en prison immédiatement, rigole franchement le médecin. C'est tous les jours, à chaque visite que j'en reçois des plaintes bizarres et des dénonciations circonstanciées mais tout à fait fantaisistes. Si vous avez le courage de faire le tour des patients et recueillir leurs doléances et suspicions, je vous souhaite bien du plaisir, lieutenant ! Maintenant, si vous voulez bien m'excuser, j'ai quelques vivants qui ont besoin de moi tant qu'ils le sont encore, je vais donc vous laisser. Je ne pense pas pouvoir vous aider beaucoup dans cette enquête. C'est certainement un malheureux accident, regrettable. Pour ce qui est de la vie quotidienne de madame Leuliez, je vous conseille de vous adresser au personnel paramédical, c'est lui qui vit avec les patients, pas le médecin…

Le docteur Jamnet se lève soudain, les salue d'un signe de tête et sort, les laissant plantés là, muets.

— Ben on n'est pas vraiment plus avancés, si ? ose Manu.

— Si, quand même. On sait qu'elle n'avait pas tendance à cavaler seule la nuit sans motivation.

— Et ça t'aide à y voir clair, ce renseignement ?

— Peut-être, il ne faut rien négliger, Manu, jamais. Allez, viens, on a encore du monde à voir et pas beaucoup de temps. Dans deux heures, il faut qu'on dégage, Charvel va nous pourrir si on est à la bourre. On va aller faire une perquise sérieuse dans la chambre de la victime et on verra bien si quelque chose nous tombe sous les yeux, ou sous les doigts. C'est moi qui déconne ou il matait mon cul avec réprobation, ce toubib ? T'as pas trouvé, toi ?

— Meuhhh non, penses-tu, quelle idée bizarre, le mannequinat te tend les bras dès que tu en auras marre de jouer les Sherlock avec moi, rétorque le plus sérieusement du monde Manu qui peine à ne pas éclater de rire.

— Je t'ai déjà dit que tu es vraiment con ?

— Oui, souvent, très souvent, Céleste, je t'assure, s'esclaffe-t-il franchement alors.

Chapitre 27

Mardi 15 octobre 1968
San Francisco - Appartement de Robert et Colette

Le cœur un peu serré, Colette a trié ses affaires. Hors de question de s'encombrer, de toute façon ils ne pourront pas monter à bord du cargo avec tout un déménagement. Un sac à dos chacun, une valise pour elle, Robert en portera deux.

Il y a tant de souvenirs qui encombrent les meubles et les placards de leur appartement qu'elle perd un temps infini en hésitations. Elle emballe, déballe dix fois les mêmes vêtements ou objets, l'excitation du départ, cette nuit, ne l'aide pas à mettre de l'ordre dans ses pensées.

Stop ! De la rigueur et de l'organisation, décide-t-elle soudain, un peu exaspérée de voir que rien n'avance vraiment. Trois tas distincts : ce qu'elle est sûre d'emmener, ce qu'elle laisse sans regret et ce qui peut éventuellement faire partie du voyage en fonction de la place restante une fois l'indispensable soigneusement plié et rangé dans les bagages.

Il est déjà plus de 20 heures ce 16 octobre et Robert, parti faire le plein et acheter quelques provisions pour la route, devrait déjà être rentré. Elle a toujours tellement peur qu'il ne revienne pas…

Il peut très bien faire une mauvaise rencontre : des sbires de ce Williams, un indic qui le dénoncera, se faire arrêter par une patrouille ou un service de sécurité plus zélé que les autres, qu'en sait-elle, mille dangers le guettent. Elle le sait doué et malin, il n'empêche, des bouffées d'angoisse lui mangent régulièrement le ventre et lui coupent le souffle.

Colette a réussi à joindre son père par téléphone hier et, de façon détournée, il lui a confirmé que l'argent était bien arrivé et que ses copains et lui les attendaient. Tout va bien de ce côté-là.

Les deux fuyards ont réparti leur fric dans plusieurs caches, ne gardant sur eux que le strict nécessaire pour parcourir tous ces miles : nourriture, boisson, carburant, motels, aléas compris. L'esprit empli de toutes ces pensées, Colette avance plus vite, tranche sans plus tergiverser : oui, non, peut-être.

Elle termine de bourrer les sacs et valises lorsque Robert arrive, sourire aux lèvres sur son beau visage fatigué. Il l'embrasse, contemple son travail et la félicite pour son efficacité.

— J'ai eu David au téléphone. Un type va nous attendre non loin de Sumas, à l'embranchement entre Clearbrook Road et Swanson Road. J'ai tout noté sur la carte, ce n'est pas si compliqué à trouver. Il sera là tous les soirs à partir du 17 jusqu'au 20 de onze heures du soir à une heure du matin. Il nous guidera afin que nous traversions la frontière sans problème. Ensuite, il suffira de suivre la Transcanadienne jusqu'à Québec, *honey*.

— Tu ne dois pas le recontacter plus tard ? Pour l'embarquement ?

— Si, mais nous serons déjà au Canada. Le plus important pour le moment, c'est de quitter le pays et parvenir avant le 28 au port.

Ils mangent léger, ce soir, anxieux et un peu tristes malgré tout de quitter leur chez-eux. Certes, partir à l'aventure ne leur déplaisait pas autrefois, mais ce n'est pas du tout le même registre. Les enjeux sont maintenant autrement plus vitaux que d'échapper à un propriétaire ou un shérif, ils fuient parce qu'ils ont peur pour leurs vies.

Ils prennent la route le 16 octobre alors que le soleil se lève à peine.

Les paysages défilent, les forêts succèdent aux champs labourés et aux fermes isolées, les patelins perdus aux villes plus imposantes ou aux banlieues moroses : Redding, Medford, Salem.

Un détour pour contourner Portland et toujours les mêmes successions ennuyeuses qui les conduisent jusqu'à Seattle qu'ils évitent par la 405 et Redmond avant de longer le Pacifique pour le quitter à Bellingham et se diriger enfin vers Sumas et leur lieu de rendez-vous. Colette conduit un peu lorsque Robert est trop épuisé mais elle n'a pas de permis et ils évitent de prendre ce risque, préférant perdre une heure pour lui permettre de récupérer sur un parking quelconque que de voir tous leurs efforts réduits à néant pour un banal contrôle routier. Leurs cœurs battent plus fort lorsqu'une voiture de patrouille attend le contrevenant sur le bord de la chaussée ou passe à toute allure, sirène hurlante et gyrophare en action.

Ils dorment dans des motels inconfortables et bruyants, le sommeil haché par les bruits de la circulation intense sur cet axe, les lits tremblants au passage des énormes trucks emplis jusqu'à la gueule de grumes fraîchement coupées, mangent dans la voiture ou dans des gargotes peu ragoûtantes semées aux abords de la route, en compagnie d'autres voyageurs abrutis par les miles et les odeurs de gasoline. La pluie ne les épargne pas, le froid non plus. Ils écoutent de la musique, papotent de tout et de rien, évitant soigneusement de parler de ce qui leur fait peur et d'aborder les questions auxquelles ils n'ont pas de réponse.

Ils parviennent ainsi, sans encombre, au lieu du rendez-vous, le 18, non, le 19 puisqu'il est minuit trente. Un pick-up Ford vert sombre, crotté de boue et de feuilles mortes, les attend, les roues engagées dans l'herbe du bas-côté. Le coin est désert, il ne peut y avoir de doute, c'est pour eux.

Un homme, petit, trapu, un Stetson sur des cheveux longs, gris et gras, en descend, éclairé par les phares de leur voiture. Une grande cicatrice barre son visage du dessus de l'œil droit au bas de la joue gauche.

Un autre, que Colette distingue mal à cause de l'obscurité, reste immobile sur le siège passager et ne semble pas s'intéresser à ce qui se passe autour de lui.

Le premier s'approche de leur Chevrolet d'une démarche chaloupée de cow-boy d'Hollywood. Elle rirait presque de cette caricature de John Wayne si la situation n'était pas aussi anxiogène. Elle frissonne à la place, ce type ne lui dit rien qui vaille, ce lieu ne lui plaît pas, elle a mal à la tête et la peur fait gargouiller son ventre.

— Ne bouge pas, je vais voir, dit Robert en plaçant une main sur la sienne. Ne t'inquiète pas, je suis sûr que ce sont les gars dont David m'a parlé. Il ne m'en a annoncé qu'un, mais il a dû venir avec un copain à lui. Quoi qu'il arrive, ne sors pas de la voiture. Pour une fois, écoute-moi.

Il l'embrasse, s'extrait de son siège et va à la rencontre de son probable guide.

PARTIR

« Freedom's just another word for nothing left to lose »
(« Me and Bobby McGee » - Kris Kristofferson et Fred Foster)

Chapitre 1

Lundi 9 janvier 2017 - Résidence Les Lilas - 9h50

Avant de passer la chambre d'Odette Leuliez au peigne fin, Céleste et Manu, attirés par une voix chaude et sympathique, s'arrêtent un instant devant la salle du kinésithérapeute. La porte est grande ouverte et Marc Dablet – c'est du moins le nom indiqué sur la plaque – solide trentenaire au corps d'athlète, leur fait signe d'entrer alors que, curieux, ils l'observent en train d'aider un petit vieux à trottiner une dizaine de pas. Enthousiasmé par la réussite de son patient, il l'encourage à grand renfort de bravos et autres félicitations claironnés dans l'oreille du champion qui doit être un peu sourd.

Le kiné est en pantalon de ville et porte une blouse trois-quarts aux poches surchargées de stylos, trombones, papiers, sticks publicitaires servant de réglettes et autres bricoles multicolores sans doute pour la plupart inutiles. Ses lunettes rouges, reliées à un lacet jaune fluo, pendent sur sa poitrine, se disputant l'attention de l'observateur avec une chaîne en argent à gros maillons qui s'agite à chaque mouvement. Il a le teint du gars qui vient de passer une semaine à glisser sur des skis et qui a eu la chance d'avoir du beau temps. Céleste distingue même le halo plus clair autour des yeux.

Les présentations faites, Manu s'informe : la victime faisait-elle partie des résidents qu'il suit dans la structure ?

— Oh oui, et ce n'était pas une cliente facile, vous pouvez me croire ! Je ne devrais pas dire ça après ce qui lui est arrivé, la pauvre, mais c'était une tête de mule. J'en ai quelques-uns qui ne sont pas commodes mais, elle, c'était le pompon.

— À ce point-là ? racontez-moi ça, insiste le flic.

— Lui faire marcher sans son déambulateur les cinq mètres que vous m'avez vu faire parcourir à monsieur Perviaud à l'instant, c'était un combat d'une demi-heure. Les autres exercices que je pouvais lui proposer ne l'intéressaient pas plus. Elle ne pensait qu'à manger, se plaindre et était manifestement clinophile.

— Elle était clino quoi ? s'exclame Céleste.

— Pardon, l'habitude, excusez-moi. Elle aimait rester au lit et demandait à ce qu'on l'accompagne dans sa chambre dès qu'elle sentait qu'il y avait moyen de convaincre le personnel présent qu'elle avait ses fameux malaises qui n'en étaient pas. Ceux-ci survenaient systématiquement lorsqu'il n'y avait plus de sucreries à sa portée. Nous en avons souvent discuté en réunion d'équipe soignante et tout le monde était d'accord. Pourtant, elle arrivait assez souvent à ses fins. À l'usure, quand le personnel n'en pouvait plus de ses gémissements, il s'en trouvait toujours un ou une pour craquer et soulager tout le monde, autres résidents inclus, des plaintes agaçantes d'Odette. C'est long un après-midi, vous savez, ça pèse sur les nerfs deux heures de pleurnicheries continuelles, les meilleures résolutions tombent à ce régime-là. Je ne leur jette pas la pierre. Même dans cette salle, au bout de trente minutes, elle m'usait, Odette, et j'étais heureux de voir arriver le suivant ou la suivante.

Manu et Céleste approuvent, ils en ont vu assez défiler des gardés à vue qui geignent et pleurent, clament une innocence que tous les faits démentent. Ils soliloquent, se frottent les yeux, reniflent, se tordent les mains, les prennent à témoin de l'injustice qui leur est manifestement faite…

La patience n'est pas vraiment le fort de Manu qui peste et tempête devant tant de mauvaise foi ou de mensonges morveux. Il s'emporte, tente de convaincre qu'il est inutile de nier ou de lui jouer du violon, qu'il n'est pas né d'hier. Ce qui a souvent pour résultat d'amplifier les jérémiades et provoquer des arguties encore plus sottes de la part de ses interlocuteurs.

Alvarez, quant à elle, se munit souvent de son bloc d'esquisse pour affiner les détails d'un buisson d'hortensias, la ligne d'une bordure de soucis ou les pavés d'une ruelle sous la pluie. Elle laisse glisser les sanglots hypocrites et les larmes de crocodile, pose une question laconique à la moindre accalmie, reprend l'ombre d'un tilleul au gémissement suivant. Sans un mot, sans un geste en direction du suspect, elle attend que la fatigue les assèche avant de poser papier, fusains et d'entreprendre enfin sérieusement l'interrogatoire. Elle peut réitérer autant de fois que nécessaire, personne ne l'attend et le tiroir de son bureau regorge de barres chocolatées et de biscuits. Il recèle de quoi tenir un siège et le prévenu le comprend vite à ses dépens.

Paradoxalement, c'est souvent elle qui obtient des aveux avant son collègue.

Et puis il y a les insolents, les matamores, les durs, les j'm'en-fous, les salauds-de-keufs. La technique ne varie pas, elle fonctionne tout aussi bien, le silence est bien plus redoutable qu'une avalanche d'injures et de menaces comme ils en entendent quotidiennement dans leur entourage. Ce silence-là, ils le chargent de toutes leurs angoisses, des peurs les plus anciennes et se torturent à coups de gamberge.

L'imagination est un fauve affamé qui dévore celui ou celle qui la libère à mauvais escient.

— Pour vous, il n'y a aucune chance que madame Leuliez ait décidé, seule, en pleine nuit, d'aller se balader ? Sans son déambulateur que nous n'avons pas retrouvé, de surcroît...

— Absolument impossible, je n'y crois pas un instant. Surtout pour se rendre dans la direction opposée à la salle à manger. Elle n'était pas confuse, savait exactement où elle voulait aller et ce qu'elle désirait y faire. Si vous l'avez trouvée là où elle était, c'est que quelqu'un a su la persuader d'y aller et l'a aidée à y parvenir, j'en suis convaincu. Ou alors faut construire une basilique à la place de cette structure, il y a eu un miracle !

— C'est bizarre que le personnel de nuit ne se soit pas alarmé de son absence dans ce cas, vous ne trouvez pas ?

— Pas vraiment, je ne suis pas surpris. Moi-même, j'ignore comment la plupart des pensionnaires passent les heures où je ne les vois pas, je ne sais s'ils dorment et comment, ou s'ils sont agités, sauf cas exceptionnel qui m'est signalé lorsque le sommeil a été si mauvais qu'il compromet la séance prévue avec moi. Il y a les dossiers de chaque résident, évidemment, mais je ne pense pas que les soixante cas soient examinés à chaque prise de service. Enfin, je suppose, il vaudrait mieux demander aux personnes concernées. Moi, je suis un peu à l'écart de la vie quotidienne des différentes unités, je n'en sais que ce que j'apprends en discutant avec les soignants qui accompagnent mes patients. Il faut vous rendre compte de ce que c'est que dix heures à parcourir ces couloirs et surveiller le plus possible tous les pensionnaires en sachant qu'il y en a bien une bonne vingtaine qui décide que le coucher du soleil est le meilleur moment pour s'agiter... Ah, excusez-moi, voilà Simone, dit-il en se levant brusquement à l'arrivée d'une très vieille dame toute ratatinée au fond d'un fauteuil.

Elle a le cou presque entièrement recourbé vers l'avant, faisant presque reposer son front sur ce qui avait dû être l'emplacement de sa poitrine. Ses doigts, recroquevillés dans des positions impossibles, un tas de sarments de vignes séchés par un été de canicule, tremblent sur les accoudoirs et Céleste ne parvient pas à saisir ce qu'elle ne cesse de marmonner.

— Simone est une star, claironne le kiné. Pensez, LA centenaire des Lilas, ça mérite tous les privilèges !

La lieutenant fait signe à Manu qu'il est temps de dégager, Dablet s'est mis à brailler et sa façon de bêtifier avec sa copine lyophilisée, manifestement sourde, la met mal à l'aise. Elle se demande bien ce que peuvent être ces drôles de privilèges qui réclament de se ratatiner lentement et de façon douloureuse jusqu'à ressembler à une feuille de papier chiffonnée.

— À bientôt peut-être ! lance-t-elle à l'attention du kiné qui ne fait déjà plus attention à eux, tout occupé qu'il est à désentortiller les bras de l'ancêtre emmêlés dans son giron.

— Au revoir, ajoute Manu, sans plus obtenir de réponse.

Chapitre 2

Samedi 19 octobre 1968
Non loin de la frontière USA - Canada - 00h30

— *Hi*, murmure l'homme en portant la main à son chapeau. Vous avez fait bonne route ?

— *Hi*, répond Robert, tendu, en hypervigilance. Pas mauvaise. Vous nous attendiez depuis longtemps ?

— Ce qui était prévu, *man*, pas plus, pas moins. Il est trop tôt pour traverser cette nuit, on va aller casser la croûte. Vous allez vous reposer un peu dans notre cabane, vous et votre dame. C'est à deux pas d'ici. On passera la frontière à l'aube, entre 5 et 6 heures, c'est le moment où tout le monde est fatigué, les paupières sont lourdes et la motivation s'est évanouie au cours de la veille. Je vois que tu es bien inquiet, mon gars. C'est ma sale gueule qui t'affole ?

— Euh non, pas du tout, je n'ai pas l'habitude de la clandestinité et je suis sur mes gardes.

Robert se campe sur ses deux jambes, il se redresse et prend une attitude qui, sans passer pour agressive, affirme qu'en cas de bagarre, il sera là et que ce ne sera pas si facile. Le couteau de chasse fixé à la ceinture de l'homme et la bosse faite par son arme sous sa veste n'aident pas à apaiser l'instant.

Le type n'en tient pas compte, il ne semble pas avoir perçu le changement.

— Ça, fait le passeur, en désignant sa cicatrice, c'est à une baïonnette chinetoque que je le dois. Enfin, à son propriétaire. Paix à son âme, le pauvre gars, il a eu moins de chance que moi. Ma balle lui a perforé le foie. La guerre, je connais, c'est pour ça que j'aide des jeunes comme toi à l'éviter quand je peux. Je m'appelle Clifford Stoddart, annonce l'homme en tendant une main que Robert, un peu rassuré, saisit.

— Robert Hamilton, et ma compagne, c'est Colette, bredouille-t-il, en se retournant, même pas surpris de constater que celle-ci n'en a encore fait qu'à sa tête et se trouve juste derrière lui.

Elle lève la main pour saluer l'homme qui soulève son Stetson grisâtre d'un pouce.

— Dans la voiture, c'est mon vieux pote, Elias Haywood. Il s'excuse de ne pas être venu à votre rencontre mais une mine lui a fauché les deux guibolles dans cette sympathique région du Hamgyong du Sud, près d'un patelin nommé Incheon. Lui aussi sait ce que c'est, vous voyez. Il peut plus courir mais ses yeux fonctionnent toujours à merveille et il m'est très utile comme vigie quand je conduis.

Rob, bouche ouverte, ne sait plus trop quoi dire, il se sent un peu coupable de ses craintes en arrivant. Maintenant, tout lui paraît suspect. La méfiance a remplacé l'insouciance juvénile.

Même s'il ne veut pas partir combattre dans la touffeur de la jungle, il sait désormais que sa vie peut s'arrêter tout aussi rapidement ici et entraîner Colette dans son tombeau.

— Te bile pas, ça fait tout le temps ça au début, on a l'habitude. C'est pas l'tout, mais ça caille, on part devant, vous nous suivez, vers le nord, toujours, quelques miles et on est à la maison. Je connais personnellement un lapin rôti à point qui doit nous attendre. Allez saluer mon copain et on y va.

Elias, un faux air de jeune homme étonné et une barbe de cinq jours, ouvre sa portière pour les accueillir. Colette a un moment d'hésitation, presque un mouvement de recul, en voyant les deux prothèses abandonnées sur le tapis de sol du véhicule. Un peu plus taciturne que son coéquipier, il leur désigne ses fausses jambes et leur explique qu'il se débrouille en fait très bien tout seul pour ses déplacements et que c'est déjà ça. Robert et elle comprennent, en le voyant armé, qu'il reste dans le véhicule en couverture au cas où Clifford tomberait sur des gens dangereux. Pas seulement comme sentinelle mais également comme sniper occasionnel. Ces deux-là se complètent certainement depuis longtemps et se font une confiance aveugle.

— On ne risque rien alors avec vous, plaisante Rob, plus de danger…

— Détrompe-toi, mon gars, la zone frontière en est truffée, de dangers, dit-il. Des contrebandiers, bien sûr, mais ils font leur business sans s'occuper de toi tant qu'ils ne se sentent pas menacés. Par contre, avec l'augmentation des désertions, les chasseurs de primes grouillent d'un côté et de l'autre. Il y a des pros, qui sont redoutables parce que malins et connaissant tous les trucs, mais il y a aussi les abrutis sans cervelle qui sautent sur tout ce qui bouge en espérant du cash. On m'a causé aussi de plus en plus d'anciens soldats démobilisés qui ne savent plus comment retourner à la vie civile, qui se reconvertissent dans la traque aux jeunes comme toi. Ils savent pister, ces salopards, et ce n'est pas simple de leur échapper quand ils sont sur votre dos. Par contre, y en a pas mal qui sont devenus moitié dingues dans la jungle et ne font plus la différence entre des recrues récalcitrantes et les Viets. Mais vous inquiétez pas, Cliff et moi, on est les trois à la fois : des pros, des abrutis – enfin, surtout lui – et des ex-Marines barjots. Vous risquez rien, ajoute-t-il en désignant du menton la carabine posée entre ses moignons.

Robert se retient d'ajouter à cette liste déjà bien trop longue les sbires anonymes qui doivent le pister, personnellement, pour entrer dans les bonnes grâces de leur salaud de chef.

— En route, beugle Clifford qui ne semble pas craindre d'ameuter qui que ce soit.

La cabane, comme leurs hôtes appellent la jolie maisonnette – un empilement de rondins typique de la région – où ils font un sort au garenne délicieux, est propre, chaleureuse et rassurante. Une salle assez vaste pour qu'ils s'y posent tous, sobrement meublée d'une grande et lourde table de pin, de cinq chaises dépareillées, d'un buffet et d'une espèce de sofa. Dans l'angle, un escalier monte vers un étage où doivent se situer les chambres.

Elias est pensionné et rend de menus services aux gens des environs pour subvenir à ses besoins, Clifford travaille parfois pour une scierie quand le besoin d'argent se fait sentir, chasse et trappe – braconne, pense Robert – le reste de son temps. Ils ne sont pas bien riches mais semblent satisfaits de leur existence. Un vieux couple, avec ses habitudes, ses coups de gueule certainement aussi, mais le fond solide d'une amitié indéfectible, presque de la tendresse, diagnostique Colette.

Elle se sent épuisée, ses yeux se ferment épisodiquement et elle peine à suivre la conversation des trois hommes. Le mobilier est rustique et solide, pas de bibelots ou de livres, une bonne odeur de pin et de fumée qui lui permet de se détendre enfin. Elle lutte pour ne pas paraître impolie mais sa tête se pose sur l'épaule de Robert et c'est comme à travers une couche d'ouate qu'elle entend vaguement Clifford raconter leur histoire.

— El et moi, on s'est jamais vraiment quittés. On est nés et on a grandi ici, dans le même bled, et on a été à l'école ensemble. On a dragué les mêmes filles et reçu les mêmes coups de pied au cul quand on faisait des conneries. On s'est pris d'admiration tous les deux pour les gars qui avaient débarqué en Normandie ou à Iwo Jima en regardant les actualités d'avant film quand on allait au cinéma. Les images étaient belles, en technicolor et tout ça... on les voyait défiler, fiers et admirés, la foule qui applaudissait, tu vois ce que je veux dire... Alors, à dix-huit ans tout juste, toujours tous les deux – on a quinze jours d'écart, à croire que nos vieux faisaient la course à savoir qui aurait le premier un gosse –, on s'est engagés dans les Marines. Tiens, regarde !

Clifford retire à demi son gros pull en laine bleue et exhibe son biceps tatoué de la célèbre devise – *Semper Fi* – en arc de cercle, surmontant l'insigne de son régiment, un losange bleu orné de cinq étoiles blanches et du chiffre 1, blanc également, où est inscrit en lettres rouges Guadalcanal du haut jusqu'en bas, complété en dessous par le surnom de la division, *The Old Breed*.

— Putain qu'on était fiers tous les deux, ajoute El, s'abstenant malgré tout de découvrir le sien. On allait bouffer le monde, on était la liberté en action. Bon, on a commencé tout de même par en chier pendant l'entraînement et par prendre quelques sévères bitures avec lendemains qui déchantent.

Avisant Colette qu'il pense endormie, il précise également les vertus de l'uniforme « en ce qui concernait les demoiselles » appuyant sa sortie d'un solide clin d'œil égrillard qui fait sourire Robert.

Manifestement, celui-ci n'écoute pas vraiment attentivement. Colette le sent tendu contre elle, il pense sans doute à la route qui les attend, et à ceux qui sont à leurs trousses.

Il sait bien qu'il augmente ainsi le danger en ne disant pas toute la vérité mais, ils en ont discuté dans la voiture, les deux hommes ne voudront peut-être plus les aider s'ils ont toutes les données. La présence de gangsters dans le paysage change considérablement la donne. Ces types-là ne demanderaient pas d'explications avant de tirer, ils en sont certains.

— Tu risques plus de leur courir après, lance son compère en riant.

Une seconde de flottement pour Robert qui rit franchement à son tour après qu'Elias laisse retentir son rire évoquant une voiture au démarreur cassé.

— Tout ça pour te dire, continue Clifford reprenant son sérieux, que le barda dans le sac à dos, le fusil en bandoulière et le casque lourd sur la tête, nous voilà partis rejoindre les troupes de la 1ère Division de Marines sous commandement de l'ONU en Corée. On pensait qu'on n'avait peut-être pas tout raté en étant trop jeunes quand les Alliés ont foutu une avoinée à Hitler. Imbéciles que nous étions ! À peine débarqués en octobre 1950, nous sommes engagés immédiatement dans les combats pour reprendre Séoul, puis, fin novembre, par un froid de loup et des conditions terribles, envoyés à la fameuse bataille du réservoir de Chosin. Ça a été une boucherie qui a duré, pour nous, une quinzaine de jours environ. Et autant de nuits. Du 27 novembre au 11 décembre. On était submergés par les Chinois, il en arrivait de partout, et malgré les pertes que nous leur infligions, ils ne reculaient pas, bien au contraire. Ça pétait de tous les côtés. Sang et chairs sur la terre dure comme de la pierre, tu en avais plein les rangers et les narines, tu pataugeais dedans, couchais dedans, bouffais au-dessus. C'était plus du cinéma et t'avais pas envie d'applaudir, crois-moi, juste la chiasse qui te brouillait les tripes et ne te lâchait plus. Tu passais ton temps à faire connaissance avec des types qui disparaissaient aussitôt de la circulation dans une gerbe de cailloux et de ferrailles brûlantes. Le pire, je crois – tu me dis, El, si t'es pas d'accord – c'était le bruit. Infernal. À te rendre sourd, à te rendre fou, le sentiment d'être enfermé dans la grosse caisse d'un drummer épileptique en pleine crise.

Elias hoche la tête. Il plisse le nez à ces souvenirs, tire une longue taffe du mégot qui pend au coin de sa bouche. Il semble loin de cette pièce, comme s'il espérait capter un détail dissimulé dans le tableau que dépeint son pote.

Robert, les yeux dans le vague, le menton appuyé sur un de ses poings, acquiesce de temps en temps, relance d'une question, fait préciser un détail, mais il n'a pas cet enthousiasme que Colette lui connaît lorsqu'il écoute un récit qui le passionne. Il n'ose pas trop bouger de peur de déranger sa compagne qu'il pense endormie et cache son anxiété en triturant quelques fils invisibles tirés de son pull-over gris.

— C'est El qui a calé le premier, sur ce coup-là, il ne m'a pas attendu. Une mine dans un champ de ruines qu'on venait de reprendre à l'ennemi, un gros boum, et il s'est pas relevé. Moi, j'ai tenu trois jours de plus, jusqu'au 5 décembre et ma rencontre inopinée avec la baïonnette d'un furieux qui m'a sauté dessus au détour de ce qui restait d'un bâtiment de ferme. J'ai eu le bon réflexe, pas lui, et voilà. Hôpital, rapatriement et tout le tintouin. Triste bilan. Près de 4200 Américains, jeunes et pleins d'avenir ont laissé leur peau dans cette horreur, presque dans l'indifférence générale. Sans compter les gars comme nous qui traînent toujours leur misère comme ils le peuvent. On n'avait même pas le temps de s'occuper des morts, ni eux, ni nous. L'a fallu aller les récupérer après, les pauvres. L'opération Glory, comme ils l'ont appelée. Échange de cadavres avec les Coréens du Nord. Plus de 13000 corps pour eux, tu te rends compte, mon gars ?

Un silence pesant des tonnes suit cette dernière déclaration. Les deux passeurs fument des cigarettes qu'ils roulent eux-mêmes, leur fumée brouille les contours de la pièce. La cheminée envoie un feu d'artifice épisodique lorsque les flammes mordent dans la résine des mélèzes ou font craquer les branches des bouleaux, coupés depuis des années, qui flambent telles des allumettes. Les tasses de café se remplissent et se vident rapidement, excepté celle de Colette qui n'y a pas touché depuis longtemps. Robert, manifestement impressionné, même s'il n'a écouté que d'une oreille le drame vécu par les Marines, se mord la lèvre inférieure. L'inquiétude ne l'a pas quitté de la soirée et ne s'apaisera sans doute pas dans les jours à venir.

— Résultat final ? Tu le sais sans doute, le 38e parallèle est redevenu la ligne de démarcation entre les deux Corées comme il l'était avant cette guerre, ajoute Elias. Tu comprends maintenant pourquoi on est un peu énervés contre les va-t-en-guerre et les marchands de canons qui se font des sous sur le dos des gamins ayant des envies de gloire et de beaux uniformes ?

Clifford désigne soudain Colette du menton et propose à Robert de l'allonger sur ce qui ressemble à un canapé bricolé bien qu'apparemment confortable. Celle-ci ne dort pas, somnole juste, mais se résout à aller se reposer un peu avant le départ qui doit avoir lieu dans deux heures maintenant.

Les hommes n'en finissent pas de discuter, tenus éveillés par la caféine et l'excitation des évocations du passé pour Cliff et El ou par l'angoisse qui tenaille Robert.

Chapitre 3

Lundi 9 janvier 2017 - Résidence Les Lilas - 10 heures

— On cherche quoi exactement, Céleste ?

— Je n'en sais rien. Aucune idée. On cherche à savoir s'il y a quelque chose à chercher, je dirais. Tu vois ce que je veux dire ?

— Pas vraiment mais je vais faire avec. Je te laisse sa table de chevet, je prends la penderie.

— Non, pas celle-là, c'est celle de sa voisine de chambre, j'ai vu l'aide-soignante prendre un gilet pour la dame qui était encore là. Charmante d'ailleurs. Ce qu'elle m'a dit corrobore ce que racontent tous les autres. La victime était une emmerdeuse qui ne pensait qu'à bouffer et ne pouvait lever le petit doigt sans réclamer de l'aide. Elle ne devait pas être facile à vivre tous les jours…

— Dommage, y a des choses intéressantes dedans.

— Ah bon ? Quoi donc ?

— Ça, par exemple, répond Manu en exhibant une trousse en cuir recelant une panoplie de petits outils forts utiles pour crocheter les serrures de toutes sortes, pour peu qu'ils soient mis entre des mains expertes.

— Ben merde alors ! Mais qu'est-ce qu'elle fait avec ça ?

Céleste est bouche bée devant la découverte tenue du bout de ses doigts gantés par son collègue aussi ébahi qu'elle.

— Tu crois que…

— Attends, j'appelle Fauvet. C'est elle qui était là ce matin pour la Scientifique, elle a quand même dû examiner la serrure, s'il y avait eu le moindre doute, j'en aurais été informée, ou alors ça va gueuler, crois-moi.

La policière sort son smartphone de sa poche, active ses doigts sur la surface lisse et brillante, attend quelques secondes et s'enquiert de la disponibilité de la technicienne dont le nom vient de lui revenir en en parlant à Manu. Quel soulagement, ce petit oubli continuait à lui démanger la cervelle depuis qu'elle l'avait vue. Fallait juste arrêter d'y penser, ça marche à tous les…

— Oui, allô ? Alvarez. Pourriez-vous me confirmer que la serrure de la porte menant au sous-sol des Lilas n'a pas été crochetée, s'il vous plaît ?

— Mmmm… oui… OK… Vous en êtes sûre donc ? Inutile de demander un examen plus poussé ?

Manu, pendant ce temps, continue de farfouiller, en essayant de ne rien déranger dans les étagères et va de surprise en surprise. Il ouvre des yeux grands comme des soucoupes, impatient que Céleste finisse son coup de fil, tel un gosse qui a hâte de montrer à sa mère la magnifique coquille d'escargot trouvée dans le jardin.

— Non, non, OK, ça ira, merci, je voulais juste votre confirmation, merci, ajoute la lieutenant, songeuse, avant de passer son pouce sur l'écran pour couper la communication.

— Alors ?

— Alors, rien. Elle est sûre et certaine que c'est bien la clé prévue à cet effet qui a servi à ouvrir et fermer. Elle a examiné le tout très minutieusement et aucune écorchure caractéristique d'un bricolage, même par un artiste de la cambriole, n'apparaît, même à la loupe. Donc, ta découverte est étrange, singulière dans les affaires d'une vieille dame respectable, mais ne résout pas notre problème.

— Et c'est pas tout en plus. Viens voir un peu par là ! C'est plus qu'étrange, elle est très particulière ta vieille dame respectable, rigole Manu en sortant un shilom en terre cuite et quelques bijoux de pacotille qui lui rappellent furieusement ceux qui ornaient les hippies qu'il a pu voir dans le film *Woodstock*.

— Ben quoi ? Tu penses que tous les vieux ressemblent aux caricatures qui en sont faites ? Faut te mettre au goût du jour, mon petit Manu. Elle avait vraisemblablement un peu plus de vingt ans en 68 cette femme, elle a pu connaître autre chose qu'Yvette Horner ou Maurice Chevalier. Et tu vas pas la coffrer parce qu'il y a suspicion de consommation de substances prohibées, si ? Elles doivent avoir dépassé largement la date de péremption en plus, s'amuse Céleste.

— Tout de même, ça m'étonne, je m'attendais pas à trouver ce genre de truc dans une maison de retraite.

— Je vais creuser un peu son histoire dès que j'ai cinq minutes. En attendant, repose tout comme tu l'as trouvé et on fouille ce que nous devions fouiller, pas autre chose. Prends une photo tout de même de ce que tu as déniché. On ne sait jamais, mais on ne saisit pas et rien sur le rapport.

Vingt longues minutes de recherches plus tard, les deux enquêteurs n'ont pas progressé d'un iota. Ils découvrent largement de quoi remplir une brouette avec toutes les portions individuelles de confitures, les sucres, les morceaux de pain sec ou de fruits moisis, les bouts de gâteaux ou les bonbons, parfois déjà un peu sucés, dissimulés absolument dans tous les recoins de la table de nuit ou des étagères, sous les vêtements, dans les poches ou divers contenants, jusque dans sa trousse de toilette. Rien qui ne soit propre à les éclairer sur les circonstances du décès d'Odette Leuliez. Quelques lettres, vieilles photos et cartes postales d'une banalité affligeante, une médaille pieuse et deux bagues emmaillotées dans une chemise de nuit de flanelle. Maigre récolte. Le temps file et l'énigme est toujours entière. Alvarez est dans la nuit la plus complète.

Chapitre 4

Samedi 19 octobre 1968 - Cabane de Clifford et Elias - 5h30

C'est Elias qui réveille tout le monde. Finalement les hommes aussi se sont assoupis.

Colette s'étire, une barre lui cisaille le dos mais sa tête ne la fait plus souffrir. Elle a encore sommeil, bâille, ses yeux ne parviennent pas tout à fait à s'ouvrir. À regret, elle secoue Rob qui dort encore, bouche ouverte, affalé sur sa chaise, se demande comment il a fait son compte pour ne pas s'écrouler sur le rude plancher de la cabane.

Le feu s'est peu à peu éteint, ne rougeoient plus que des braises allumant parfois quelques brandons noircis que Clifford enfouit sous la cendre. Pas la peine de le réactiver, ils partent tous et ce n'est pas prudent de laisser l'âtre en activité.

La cafetière passe de main en main, une seule ne suffit pas, il est tout juste 5h30 et ce n'est pas sur le soleil qu'il faut compter pour les éveiller. Personne n'a faim, le lapin est à peine digéré, les estomacs de jeunes fuyards sont noués par l'appréhension, ceux des vétérans se réservent pour le solide casse-croûte prévu au retour.

Le froid est mordant et cruel. Il saisit Colette, pourtant emmitouflée dans son lourd manteau de laine et un châle la couvrant jusqu'au nez. Le plan de bataille est vite dressé, il leur suffit de suivre au plus près le pick-up et surtout de faire attention aux ornières qui peuvent être profondes et fatales à la Chevrolet qui n'est pas faite pour le parcours qu'entend prendre Clifford.

En y allant doucement et en prenant toutes les précautions nécessaires, ça devrait passer. Ne pas s'arrêter sans motif plus que valable, ne pas klaxonner s'il y a un problème, lever la main suffit, Haywood ne les quittera pas de l'œil.

Les adieux se font là, brefs, emplis d'émotion, devant la petite maison où ils ont passé quelques heures, sinon vraiment réconfortantes et reposantes, du moins pleines d'une chaleur humaine qui leur manque depuis le départ de Frisco.

Rob met le chauffage à fond, frotte ses mains gelées l'une contre l'autre puis sur ses cuisses avant de lancer le moteur tandis que Colette essuie tant bien que mal la buée qui s'est formée instantanément lorsqu'ils ont pénétré dans l'habitacle. Le givre que le jeune homme a gratté avec l'aide de Cliff s'est transformé en une poudre légère que balaient les essuie-glaces, qui avec la ventilation au maximum créent un tintamarre les empêchant de parler pendant un bon moment.

Le jeune Américain, attentif, est tendu, les mains crispées sur le volant, il ne perd pas une seconde de vue les feux arrière de ses passeurs. Les amortisseurs fatigués de sa guimbarde mettent leurs dos à rude épreuve et les mains de Colette ne quittent pas son ventre. Ici ou là, un cahot plus violent que les autres la fait gémir ou crier de surprise, les yeux de son compagnon, jusque-là fixés sur le Ford, se tournent alors instantanément vers elle qui le rassure en posant sa main sur sa cuisse dont elle sent les muscles contractés à l'extrême. Une chaleur bienvenue baigne maintenant la voiture et ils peuvent baisser cette maudite ventilation qui leur met les nerfs à vif depuis le départ.

— Ça me fait de la peine de ne pas les avoir avertis, lâche enfin Robert sans quitter des yeux le chemin de terre serpentant le long d'une forêt de résineux qu'ils suivent depuis deux ou trois miles. Ils ne comptent plus, chaque pouce de terrain est difficile à gagner et les épuise, tant par la pénibilité de la conduite qu'il réclame que par le fait qu'il les rapproche de cette frontière espérée et redoutée.

— Avertis de quoi, mon chéri ?

— Tu sais bien, Williams, les tueurs probablement à nos basques, tout ça... Le danger est grand pour eux aussi, c'est moche de ne pas les prév...

Il n'a pas le temps d'aller plus loin que la jeune femme le coupe.

— Mais non, ne dis pas n'importe quoi, enfin, voyons, mon cœur... Ils ne nous auraient peut-être pas aidés si tu leur avais dit. Et depuis quand, dis-moi, le besoin d'honnêteté te dévore-t-il ? Écoute-moi : dans quelques miles, nous serons au Canada, c'est la première étape, il faut absolument que nous y parvenions par n'importe quel moyen. Les scrupules ne nous aideront pas, jamais.

Elle s'enflamme, ses joues se teintent en rouge colère, pas du tout le même que le beau rubis qui embellit ses pommettes lorsqu'elle vient de jouir.

Colette parle plus fort que nécessaire, son compagnon n'insiste pas. Elle voit bien qu'il se retient pour ne pas envenimer la conversation et lui jette un regard furibond. Il n'a pas dû apprécier sa sortie, tant pis, elle ne le laissera pas tout gâcher.

Robert pense à ce qu'il pourrait lui répondre sans la brusquer lorsqu'un sinistre frottement et une immobilisation brutale coupent court à tout échange et arrachent un cri de surprise à sa compagne. Moteur calé, ils voient les feux arrière du pick-up s'éloigner. Robert envoie un grand coup de poing, aussi inutile que douloureux pour ses phalanges, dans le volant.

— *Fuck, fuck, fuck* ! On est tombés dans une ornière trop haute pour le gabarit de la voiture.

Il se retient à grand-peine de lui reprocher cette inattention qui va peut-être leur coûter cher. Ce n'est pas le moment, même s'il est furieux qu'elle l'ait distrait à ce point… Il serre les dents pour ne pas exploser à son tour et sort de l'habitacle pour constater les dégâts et attendre les passeurs. Il voit très vite qu'il ne pourra rien faire tout seul, le bas de caisse touche le sol et insister ne pourrait qu'endommager encore plus la voiture.

Il a fallu une demi-heure d'efforts et de manœuvres savantes à Clifford pour sortir la Chevrolet de son trou.

Arrimée à l'attache-remorque du Ford, sous le guidage attentif et précis d'Elias, pas moins de six essais échouent sous les jurons de plus en plus virulents des hommes et les cris de déception de Colette, frigorifiée et de plus en plus angoissée.

Confuse également d'avoir conduit Rob à planter cette maudite roue dans ce fossé au milieu du sentier.

La septième tentative est la bonne et déclenche des hourras retenus par la crainte d'alerter quelque patrouille inopportune. Le risque n'est jamais nul leur répètent les ex-Marines. Même au petit matin, on n'est jamais à l'abri d'une reconnaissance déclenchée pour une tout autre raison que leur présence. Précaution et silence sont les maîtres mots d'une traversée réussie, a même conclu Clifford d'un air sentencieux quelque peu ridicule mais qui n'a pas fait rire les amoureux.

Le miniconvoi peut s'ébranler à nouveau, les deux fugitifs sont fatigués, mais un peu soulagés…

Un léger bruit à l'avant droit de la voiture inquiète Robert qui fait signe à Cliff de l'attendre. Il n'y connaît rien en mécanique et préfère avoir un avis compétent. La moue du passeur ne le rassure pas, il semble qu'un cardan soit touché, ce n'est pas forcément dramatique mais impossible d'y faire quoi que ce soit ici et maintenant.

Ils décident de continuer malgré la proposition d'Elias de faire machine arrière et de prendre le temps de réparer correctement ce qui peut l'être. Colette serre le bras de Robert pour qu'il refuse, elle veut quitter le pays au plus vite.

Prudemment, lentement, ils suivent le pick-up jusqu'à une fourche et tournent à gauche vers une route enfin bitumée. Clifford leur fait signe du bras de venir à sa hauteur.

Une fois qu'ils y sont parvenus, Colette baisse sa vitre et l'ex-Marine lui annonce qu'ils sont au Canada, leur souhaite bonne chance et leur crie de continuer tout droit jusqu'à la prochaine bourgade où ils trouveront comment parvenir à la Transcanadienne. Le pick-up ralentit, les mains de ses occupants s'agitent, puis ils sont seuls. Le cœur un peu battant, peinant à prendre conscience de la réussite sans trop d'anicroches de leur plan, les deux amoureux n'ont plus qu'à parvenir à temps à Québec.

Ils laissent Abbotsford sur leur gauche pour suivre les panneaux Kilgard qui les mènent directement à la Transcanadienne. Plus qu'un tout petit peu moins de trois mille miles et ils seront à Québec…

Chapitre 5

Lundi 9 janvier 2017 - Résidence Les Lilas - 10 h 30

Les mains de la vieille dame se serrent un peu plus fort sur les accoudoirs de son fauteuil. *Mes questions la dérangent ou elle souffre ?*

Alvarez ne sait pas trop par quel bout prendre un tel témoin, elle n'a pas l'habitude et préfère de loin les petits voyous insolents qui font son quotidien. Au moins, avec eux, c'est clair, tout est dans le rapport de force ou l'utilisation de la ruse. Brailler plus fort qu'eux ou leur foutre la trouille par l'ampleur des sanctions encourues tels Charvel et Manu ou se taire, laisser flotter le doute et l'angoisse comme aime le faire la lieutenant avec de très bons résultats.

Avec cette mamie, il va falloir trouver autre chose pour obtenir quelques explications sur son attirail de monte-en-l'air. Elle semble scruter le paysage, au loin, les pupilles fixes, son beau visage strié de ridules reste de marbre malgré les sollicitations. Seuls ses yeux semblent vivre intensément, il y brille une lueur étrange. Céleste essaie de trouver l'objet de cette attention soutenue. Le pavillon du concierge, pourtant bien banal, les chênes imposants frigorifiés qui le bordent ? Les oiseaux qui se battent ? Le chat insolent, queue en l'air, marchant en cercles concentriques, lentement, mine de rien, de plus en plus près des moineaux inconscients qui se chipotent quelques miettes jetées là, certainement par un des vieux pensionnaires ?

Qu'est-ce qui peut bien éclairer ainsi le regard d'une femme ayant toutes les apparences de la mort ?

— Madame Wensby, vous souvenez-vous de ce qui s'est passé cette nuit ? Quelque chose, un détail, n'importe quoi… s'épuise Céleste en vain.

Elle n'y croit plus vraiment, mais elle s'en voudrait de ne pas avoir tout essayé.

Elle l'a interrogée dix fois sur sa trousse en cuir et les ustensiles qui la garnissent. Rien. Pas un froncement de sourcil ni un signe d'inquiétude. Impassible et muette. Il y a quelque chose qui ne colle pas avec la charmante vieille dame qu'elle a rencontrée brièvement au petit matin. Ce n'est plus la même personne, plus du tout.

Elle va devoir retourner voir ce médecin pour lui extirper quelques renseignements sur cette patiente versatile. L'âge n'explique pas tout. À moins que ce soit lié à une pathologie quelconque dont elle ne sait rien.

Elle a tenté la plaisanterie à propos du shilom et des signes *peace and love* découverts par Manu, lui demandant, complice, si l'herbe était bonne à cette époque, avouant avoir déjà testé celle d'aujourd'hui et en avoir craché ses poumons. Ce qui est la stricte vérité, d'ailleurs. Bon, elle a persévéré et finalement réussi à apprécier un petit joint de temps en temps pour se détendre après une journée difficile, mais elle ne va tout de même pas confier ça à un témoin principal, fût-il mutique.

Céleste tente de secouer légèrement la main crispée. Elle ne dort pas pourtant ! Pas les yeux grands ouverts. Pas comme ça, ça n'existe pas. Elle reprend des couleurs même, ses pommettes sont écarlates.

— Madame Wensby ? Vous m'entendez ?

Elle remue en douceur le fauteuil qui oscille légèrement… Sans résultat.

Dépitée, Alvarez regarde en direction du parc. Ne sachant plus que faire.

Un tapis de plumes sur la neige, le chat a disparu. Une autre scène de crime, songe la lieutenant. Les oiseaux se sont évaporés aussi, seules deux pies ramassent elle ne sait quoi, sereines et hautaines. Sans doute les reliefs du buffet froid du félin. Ce n'est pas un matou qui va les effrayer, elles sont d'un autre calibre que l'imprudent qui a été croqué. Bien qu'elle se défende de toute superstition, Céleste est secrètement rassurée qu'elles soient en couple, ça porte bonheur, contrairement à un seul individu, signe de mauvais œil.

Des histoires à sa grand-mère espagnole qui en avait toujours pour toutes les circonstances de sa vie de petite fille, croisant les doigts dans la poche de sa blouse ou jetant du sel par-dessus son épaule, suivant la nature de la menace surnaturelle supposée par son *abuelita* Alvarez. Elle se demande si elle ne se laisse pas gagner par l'atmosphère surréaliste des Lilas, ce n'est pas son genre ce type de réflexion. Elle est flic, merde, pas poète ou chamane.

Sans y prendre garde, elle a secoué un peu plus le bras du fauteuil.

Le sang de l'oiseau, le bleu du ciel, le blanc de la neige, se concentrer sur son enquête, retrouver une dynamique, reprendre la main. Un camion estampillé du sigle d'une blanchisserie industrielle s'en va vers le portail, un ouvrier passe sur un petit tracteur tirant une remorque emplie de branchages, quelques-uns se perdant sur le chemin. Elle se voit bien esquisser ce décor, assise à la fenêtre, paisiblement, au chaud…

Annie, l'infirmière, surgit à ses côtés. Céleste est surprise, son esprit musardant, comme entraîné par celui de son témoin muet. Je suis crevée, songe-t-elle, c'est rare que je me laisse surprendre ainsi. Heureusement que c'est dans une maison de retraite, dans la rue, c'est à éviter.

Elle consulte rapidement son téléphone, 11 h 15 et elle n'est pas vraiment plus avancée.

— Je dois amener madame Wensby en salle de soins, elle a quelques bobos à panser tous les deux jours. J'en ai pour une vingtaine de minutes, je peux demander à quelqu'un de vous la ramener dès que j'aurai fini si vous le souhaitez ? Elle n'a pas l'air bien aujourd'hui, ça lui a sans doute causé un choc cet accident…

— Comment vous savez que c'est un accident, vous ? réplique Alvarez, agacée par ce qu'on essaie de lui faire avaler depuis l'aube.

— Oh non, non, je n'en sais rien. On sait pas non plus si c'est autre chose, faut pas vous énerver. Chacun son boulot, moi, j'ai des soins à faire et c'est prioritaire. Regardez comme elle a les joues écarlates, m'étonnerait pas qu'elle ait de la température. Alors excusez-moi, mais je fais mon travail, s'indigne Annie.

C'est une bonne fille, gentille et serviable, mais faut pas non plus la chercher trop longtemps. Ils se croient tout permis, ces flics ! Déjà qu'elle a ramassé une prune en allant faire des courses mardi dernier pour deux malheureuses minutes en double file, ce n'est pas pour se laisser emmerder sur son lieu de travail !

— D'accord, allez-y, elle ne paraît pas en mesure de m'apprendre grand-chose de toute façon. Vous pensez qu'elle peut jouer la comédie ? Je ne parviens pas à me faire une idée.

— Je suis pas devin, moi. Colette, elle est pas toujours là. Parfois elle surprend tout le monde par sa mémoire, parfois, elle sait plus où sont les toilettes. Ça change vite…

— À cet âge-là, oui, je sais, c'est ce qu'on me serine depuis des heures.

— Ben c'est que c'est la vérité alors, cherchez pas plus loin ! balance l'infirmière en s'éloignant, poussant le fauteuil et Colette qui ne pipe toujours pas mot.

La lieutenant la suit un moment, à la recherche de Manu qu'elle a chargé de recueillir encore quelques témoignages auprès de résidents ou de membres du personnel qu'ils n'ont pas encore eu l'occasion d'interroger. Sait-on jamais, au point où ils en sont, il faut tout essayer, elle ne se décide pas à classer par dépit un dossier où elle renifle un drôle de parfum.

Elle tombe dessus au détour d'un couloir alors qu'elle allait se résoudre à sortir son portable pour sonner le rassemblement.

Les épaules voûtées, mains dans les poches, il est en contemplation devant une porte béante. Elle s'approche sans l'interpeller et se place à côté de lui, ne provoquant pas la moindre réaction.

Un vieillard d'une maigreur effrayante, le visage émacié, bouche grande ouverte comme s'il cherchait à aspirer tout l'air disponible dans la pièce malgré les tuyaux placés dans ses narines lui apportant sans aucun doute de l'oxygène, râle doucement entre deux quintes de toux grasse qui le secouent douloureusement, vu les gémissements qu'il pousse ensuite. Des oreillers et traversins sont disposés pour le maintenir en position semi-assise, ses paupières battent constamment sans jamais s'ouvrir en totalité. Il est pâle à faire peur, grisâtre même. Ses pauvres mains décharnées, couvertes d'hématomes violets et de pansements, tremblent au-dessus des draps. Des câbles le relient à un moniteur qui bipe plus ou moins régulièrement, deux poches de perfusion pendent à la potence se dressant sur la tête du lit médicalisé. Triste spectacle d'une vie qui s'achève dans la solitude. Le pauvre homme est tout recroquevillé, ses genoux osseux pointent sous la couverture.

— Qu'est-ce que tu regardes ?

— Mon avenir, Céleste, et il ne me plaît pas, je t'assure.

— Quoi … ?

— J'ai demandé à l'aide-soignante pourquoi il n'est pas hospitalisé. Moi, je n'y connais rien mais son état me paraît nécessiter des soins très intensifs.

— Et alors ? Elle t'a dit quoi ?

— Qu'il va mourir très prochainement, à l'hôpital ou ailleurs, et qu'au moins ici, il est entouré de personnel qui le connaît, dans un lit le plus confortable possible alors que dans un service d'urgence, il risque de claquer tout seul dans un couloir, abandonné sur un brancard parce qu'il n'y a pas de lit disponible dans un service de médecine ou autre pour le prendre en charge. Comme il est là, il y a toutes les chances qu'il fasse le tour des hostos de la région et revienne à la case départ après un long voyage en ambulance parce qu'il aura été refusé partout. Il n'est pas malade, elle m'a dit, il meurt, ce n'est pas la même chose. Ça se soigne pas. Elle m'a foutu le cafard, j'ai comme un coup de blues.

— Je comprends, mais viens, éloignons-nous, ça me gêne, c'est pas le zoo non plus, t'es pas en visite. On va fermer cette porte.

— Non, ne fais pas ça, l'arrête Manu. C'est pas moi qui l'ai ouverte. Ça permet au personnel de jeter un œil en passant... Il n'y a que des personnes alitées dans cette aile et beaucoup de travail, mais, tu t'en doutes, pas assez de personnel, malheureusement.

— Je compatis. Et sinon, du neuf ? Tu as interrogé le personnel ?

— Pas vraiment en fait. J'ai suivi mon instinct et il me tapait sérieusement sur l'épaule depuis la fouille de la chambre de la victime, figure-toi. Et, crois-moi, il sait ce qu'il fait parce que tu vas être soufflée.

— Allez, accouche, te fais pas prier ! On n'a pas le temps de jouer, on devrait même être partis.

— Ta charmante vieille dame, cette Colette Wensby, ben y a un truc pas clair du tout.

— Ah bon ? Et quoi donc ? Tu m'énerves quand tu es comme ça, c'est pas possible !

— Elle n'existe pas !

Chapitre 6

Lundi 21 octobre 1968
Fort MacLeod - Province de l'Alberta - Canada

Tout se passe bien jusqu'aux alentours de Calgary, lorsque Rob aperçoit au loin des gyrophares en travers de la chaussée. Un accident ou un contrôle quelconque, il ne veut pas prendre de risque, aussi emprunte-t-il la première bretelle de sortie, se perd dans l'immense ville et se retrouve sur la highway numéro 2 en direction d'Alderside.

Colette consulte la carte achetée dans un motel où ils ont dormi et propose de prolonger le détour par Fort Macleod puis de prendre la 3 vers Medicine Hat pour retrouver enfin la Transcanadienne. La route est bonne et ça n'allonge pas tellement la distance à parcourir, une soixantaine de miles tout au plus, ils ne sont plus à ça près.

Rob n'est pas de bonne humeur, énervé d'avoir dû quitter le trajet qu'il avait prévu, mais sans discuter pour ne pas enclencher une dispute, il suit les préconisations de sa compagne.

Dans l'inconfort de l'habitacle, tous deux ont le dos cassé, les jambes ankylosées par les longues heures passées à rouler. Ils mettent la radio qui devient vite agaçante, l'éteignent jusqu'à ce que le silence devienne pesant, la rallument pour chercher désespérément une station passant de la musique écoutable ou des infos autres que locales. Les fréquentes demandes d'arrêts pipi pour Colette qui, même s'il ne le dit pas vraiment, énervent Robert. Elle le sent bien, ce qui la rend irritable et, parfois, elle l'avoue, injuste. L'atmosphère est électrique.

Ils avancent malgré tout, un œil sur l'interminable langue de bitume qui paraît ne pas finir de les avaler, un autre dans le rétroviseur, le cœur partant en vrille dès qu'ils aperçoivent deux fois un même véhicule. Les petits accrochages qui s'ensuivent ne dissipent pas la morosité de Colette. L'un voit une Pontiac rouge, l'autre une Dodge de la même couleur, le ton monte un peu, jusqu'à ce que le véhicule, suspect de contenir les sbires de Williams, les double à toute allure…

Ces quelques frayeurs inutiles et les patrouilles de police routière plombent l'ambiance entre les fugitifs.

Entre-temps, le petit cliquetis provoqué par l'inattention de Robert à la frontière s'intensifie encore et ajoute un peu plus de lourdeur à l'intérieur de la Chevrolet. C'est à l'occasion d'un plein d'essence à la sortie de Fort MacLeod qu'un mécanicien en salopette, adossé à la pompe, maigre et crasseux comme un chien des rues, une main fourrageant dans sa tignasse rousse, jette négligemment au jeune Américain qu'il va avoir un problème.

— Y a un cardan de pété dans ta caisse, bonhomme. Tu vas pas aller loin comme ça. Moi, j'dis ça, j'm'en fous, j'peux pas t'réparer, j'ai pas c'qui faut. Mais tu vas tomber en rade au milieu de la route d'ici pas longtemps, tu peux m'croire. C'est p'têt même pas la peine qu'tu fasses le plein, elle le boira pas si tu fais rien pour arranger cette saloperie de cardan, des sous foutus en l'air, *yep*…

Sur ce, il crache un jus noirâtre à ses pieds, remet sa casquette et dégage nonchalamment en mâchouillant vers son bastion vitré afin d'encaisser la monnaie d'un routier obèse et rougeaud qui s'impatiente.

Colette a l'impression d'être dans un vieux film. Elle entend presque la musique stressante de circonstance qui accompagne souvent ce genre de scène. Rob est sombre, dépité, il rumine l'augure délivré par l'épouvantail et pèse leurs chances de le faire mentir.

Ses connaissances en mécanique sont nulles, il ne s'y est jamais intéressé et n'a pas suivi son père lorsque celui-ci entreprenait de bricoler le tracteur familial ou sa vieille Ford, il a toujours préféré courir les prairies et les forêts au cambouis sur les mains. Pour lui, la voiture est au mieux un outil, un moyen de parcourir des kilomètres, pas un objet de culte comme c'était souvent le cas pour ses copains.

Ils ne peuvent pas se permettre d'aller chercher un garage, ils ne connaissent personne et sont pressés, le jeune homme n'a aucune idée du temps nécessaire à la réparation, en imaginant que le garage sur lequel ils tombent ait la pièce, ce qui relèverait du miracle.

Ils ne tergiversent pas longtemps, la situation ne s'y prête pas. Il leur reste encore plus de 2000 miles à parcourir en sept jours. Impossible de penser rallier le port dans ces conditions, avec une voiture qui peut les lâcher à tout moment, voire les envoyer dans le décor avec toutes les conséquences imaginables.

Il met pour cinq dollars de carburant, ajoute quelques friandises cueillies sur un présentoir et paie à la Cassandre rouquine qui tourne sans relâche sa chique entre ses gencives dépourvues ou presque de dents et qui prend leur argent sans ajouter un mot à la condamnation prononcée à leur arrivée.

Ils lui en sont presque reconnaissants. Penser que la mythologie décrit la fille de Priam comme une très grande beauté fait sourire Colette, en même temps, le mécano crado ne peut pas être elle puisqu'ils ont cru sa prédiction…

Ils mettent ensuite le cap sur la petite ville de Lethbridge, la cité la plus proche de la station-service.

Robert gare sa guimbarde fatiguée dont le train avant claque de plus en plus le long du trottoir d'une voie abandonnée dans un espace pratiquement désert, uniquement occupé par quelques vieux entrepôts et d'anciens ateliers désormais en ruine. Elle n'ira pas plus loin. Après avoir vérifié avec soin qu'il n'oublie rien à l'inrérieur, il s'éloigne et se poste sur le bord de la chaussée, lève le pouce en espérant qu'une âme charitable vienne à passer.

Il a déposé Colette peu de temps auparavant, ainsi que tous leurs bagages, dans un motel isolé à quelques miles de la sortie est de Letherbridge. Elle a ronchonné, supplié, revendiqué, boudé, mais, pour une fois, il s'est montré intraitable et l'a convaincue, usant tout à la fois de force baisers et tendresse autant que d'arguments plus concrets, qu'il lui fallait absolument être seul pour trouver un autre véhicule et qu'elle serait plus utile à garder les valises sans compter qu'il serait bénéfique pour elle de se reposer un peu. Ils n'auront guère le loisir de s'arrêter dans les jours à venir, le temps commence à presser, ils ne savent pas quelle météo ils vont rencontrer et ne connaissent pas les aléas de la route. Les jambes gonflées par les trop longues périodes immobiles ont finalement eu raison des récriminations de Colette.

C'est à bord d'un énorme camion que Rob – pris en stop – débarque dans la zone industrielle de la commune tranquille de la province d'Alberta.

Il traîne de longs moments du côté de Bluefox Boulevard, use ses chaussures de marche à longer les magasins industriels et les dépôts de matériaux divers.

Le temps est frais et sec, heureusement. L'activité est réduite et peu de ceux qui s'affairent dans le coin semblent prêter attention à ce jeune piéton incongru. Il faut dire qu'il se concentre à se fondre dans le décor.

Il lui faut trois heures, trois heures interminables, pour enfin trouver ce qu'il est venu chercher. Il ne croit ni en Dieu ni aux miracles mais ce petit homme au chapeau ridicule et au nœud papillon noir sur une chemise blanche ressemblant à ce qu'il est certainement, un représentant en plein travail, est ce qui peut le plus se rapprocher d'une intervention divine en sa faveur…

Le type laisse ouverte la portière de sa Valiant bleu clair aux reflets métalliques, moteur tournant, stationnée à la diable devant la porte vitrée d'un petit local. Il ouvre son coffre et en tire de lourds cartons qu'il s'échine à porter par deux. Vu comme il ploie le dos et les jambes, ceux-ci doivent peser des tonnes. Robert s'approche discrètement mais rapidement, l'attaque d'un serpent sur une souris inconsciente du danger.

Il est désormais assez près pour observer qu'il ne reste que deux colis dans la malle arrière, c'est sa dernière chance, il faut réagir tout de suite.

Le cœur battant à cent à l'heure, la sueur au front, tendu à s'en faire mal aux muscles, il attend que l'homme se saisisse de son ultime fardeau, espérant que nul comparse compatissant ne vienne le décharger de ce dernier voyage.

Il respire de plus en plus fort, se brûle les yeux à fixer l'entrée de la boutique, fait porter le poids de son corps sur sa jambe droite lorsqu'il constate que c'est bien Nœud Papillon qui s'empare du reste du chargement. Rob attend qu'il pousse du pied la porte entrouverte, disparaisse à l'intérieur, pour se couler derrière le volant, enclencher la marche arrière et démarrer en faisant hurler les pneus, avant de virer tout de suite à droite.

Il se gare quelques centaines de mètres plus loin, ferme le coffre grand ouvert qui ne s'est pas rabattu comme il l'escomptait lors de sa fuite brutale, jette le gobelet de café et les papiers qui encombrent l'espace entre les deux sièges, chausse ses lunettes de soleil, puis file aussitôt rejoindre Colette.

Le temps de charger la voiture et ils poursuivent leur route. Hors de question de passer une nuit dans la région.

Colette est ravie, la Chrysler est bien plus confortable que l'antique Chevrolet, elle peut étendre ses jambes lorsqu'elle occupe la banquette arrière et lire confortablement pour passer le temps.

Elle est Dean Moriarty, parti à la recherche de son père, et elle lance des regards attendris vers la nuque de son Sal Paradise qui fait avaler les miles à leur nouveau véhicule. Elle a décidé de relire, une fois de plus, *Sur la route*, c'est de circonstance.

Le phrasé de Kerouac, ses ruptures brusques, ses récits de nuits orgiaques rythmées par le jazz, sa fascination, quasi sexuelle, pour les musiciens atteignant le hit, l'abus d'alcool, d'herbe, d'espace l'enivrent. Ce roman peuple ses longues rêveries quand elle oublie par moments le lent lamento de la circulation, leurs ennuis, les menaces qui pèsent parfois comme les dalles de granit sur les tombes des cimetières, l'empêchant de respirer confortablement. La réalité n'est jamais trop éloignée toutefois, la chaîne qu'elle fixe autour du cou est trop courte pour permettre d'oublier le piquet auquel elle est reliée.

Robert a réussi à joindre David, ils ont fixé le rendez-vous. Il leur reste trois jours pour être à Québec, trois jours et deux nuits et plus de 1 100 miles à voir défiler les paysages divers mais monotones comme tous ceux qui bordent les grands axes, à s'arrêter quelques heures afin de se laver, se restaurer et que son compagnon dorme comme une brute, écrasé de fatigue alors qu'elle veille, attentive, prête à le réveiller au moindre son suspect…

Son ventre est souvent douloureux, elle n'en souffle mot à Robert, ne parle pas des quelques pertes sanguinolentes qu'elle efface bien vite de ses culottes savonnées à la hâte dans les lavabos douteux de leurs rares étapes pour ne pas le soucier davantage, pour ne pas qu'il renonce. Des riens. Quelques taches, tout au plus, et de rares contractions douloureuses qu'elle encaisse en serrant les dents, sachant que Robert s'alarmerait au moindre gémissement.

Si ce bébé ne peut pas les accompagner jusqu'au bout, elle n'en fera pas une maladie, c'est qu'il ne doit pas en être ainsi. Elle ne l'a pas désiré, advienne que pourra. Rob, seul, compte, il faut le mettre à l'abri, trouver un lieu sûr et stable où ni l'armée ni Williams n'iront le lui prendre. Il est sa vie, pas ce fœtus qui occupe son ventre et qu'elle ne connaît pas. Elle n'a pas pu aider Pierre, elle était trop jeune, trop immature pour le convaincre, elle l'a perdu. Jamais plus elle ne fera la même erreur.

27 octobre. Demain ils seront au port. Demain, elle part vers la France avec son chéri. Demain, tout peut s'arrêter. Seront-ils attendus ? Passeront-ils toutes les barrières qui ne doivent pas manquer dans une zone portuaire aussi fréquentée ?

La radio crachote par intermittence « For What It's Worth » des Buffalo Springfield, puis des bulletins météo, des infos, d'autres musiques… Elle capte mal. Il pleut sans discontinuer. Le claquement des gouttes l'agace encore plus que le silence.

Colette aperçoit de nombreux panneaux indiquant des communes aux noms à consonance française. Le moment de vérité approche, elle en est soulagée et totalement paniquée à la fois. Les grondements des convois de semi-remorques gigantesques font trembler leur frêle voiture. Elle frémit encore et encore à chaque policier posté sur le bord de la route. Robert a changé les plaques d'immatriculation mais sait-on jamais, un contrôle inopiné est toujours possible. À moins que l'équipe de tueurs lancée après eux veuille expédier la besogne et décide de vider les chargeurs en les doublant.

Elle s'épuise à anticiper, à prévoir, à en être presque en apnée lorsqu'ils sont dépassés par une automobile qui les suit depuis déjà deux ou trois minutes. Elle se concentre sur le chauffeur, note mentalement tous les détails, comme si ses vains efforts pouvaient empêcher quoi que ce soit de se produire…

Chapitre 7

Lundi 9 janvier 2017 - Résidence Les Lilas - 11 h 20

— Pardon ? Comment ça, elle n'existe pas ? Qu'est-ce que tu racontes ?

— Attends, ne t'emballe pas. Je t'explique. Pendant que tu essayais d'interroger cette madame Wensby, j'ai décidé, ne serait-ce que par acquit de conscience, de suivre mon intuition avant d'aller voir si je trouvais de nouveaux témoignages. Je me suis un peu renseigné sur cette femme auprès de Julie, tu sais, la jeune aide-soignante…

— Ben tiens, pour les besoins de l'enquête, évidemment, le taquine Céleste.

— Exactement ! Pour les besoins de l'enquête et pour rien d'autre, tu me connais, sourit-il.

— Oh que oui, justement.

— Oui, bon, c'est pas le problème. Ça t'intéresse ou pas ?

— Évidemment, te fais pas prier, vide ton sac !

— J'ai donc questionné Julie à propos de l'ancienne profession de cette dame, innocemment, comme ça, genre curieux du passé des résidents. Ça ne lui a pas été trop difficile de m'en parler parce qu'apparemment, ta cliente aime se raconter en long, en large et en travers. Elle radote pas mal et sait captiver son auditoire lorsqu'elle en a un. Cela arrive parfois les après-midi où personnel et résidents jouent ensemble aux cartes ou au scrabble. Quand elle est en forme, ta Colette est imbattable à ce jeu. Elle est lettrée et garde un esprit très vif. Paraît qu'elle claque des scores impressionnants avec des mots que les autres pensionnaires ne savent même plus lire quand ils les ont sous les yeux et qui écœurent les soignants, obligés de consulter le dictionnaire avant de valider.

— Tu m'étonnes vraiment, là. T'es sûr qu'on parle de la même ? Je n'ai pas pu en tirer un son, moi…

— Oui, certain. Elle présente aussi des périodes où elle est plus réservée ou très renfermée comme aujourd'hui. Ça arrive. Elle s'isole et il n'y a rien à faire pour la dérider.

— Quoi d'autre ? Du concret, s'il te plaît.

— Figure-toi qu'elle tenait une librairie et ce jusqu'en novembre 2014 où un accident vasculaire cérébral l'a contrainte à cesser ses activités. J'ai donc cherché vite fait sur Internet, mots-clés de base : Wensby, librairie, toute la région… que dalle ! Rien, pas de site, même ancien, pas une seule mention dans les pages jaunes ou blanches, ce qui aujourd'hui est tout de même étonnant, tu en conviendras. Même si tu n'exerces plus, il est très rare qu'il n'y ait plus aucune trace de toi quelque part si tu as eu une activité publique quelconque. J'ai donc été contraint d'aller de nouveau trouver cette charmante Julie…

— Ô combien charmante !

— Pfffff… Arrête un peu. Donc, je suis retourné lui expliquer que j'avais besoin du nom de jeune fille de Wensby pour mon rapport et que ce serait sympa de m'aider et que si je devais aller au secrétariat, ce serait autant de temps perdu…

— Abrège, on n'en a plus, du temps !

— Euh… oui, tu as raison, bref, elle a regardé vite fait dans son dossier de soins, c'est Colson. Colette Colson. Re recherche, et là, bingo ! Il y avait bien une boutique de livres à ce nom, « L.A. Librairie », un clin d'œil à Los Angeles, je pense…

— Ben t'as raison de préciser ! L.A., Los Angeles, merci, je n'aurais jamais fait le rapprochement toute seule.

Manu hausse les épaules et fait une grimace à sa collègue.

— Ben je m'adapte au personnel féminin dans la police, se moque-t-il, faussement indifférent aux yeux courroucés de Céleste.

— Je continue : le magasin, donc, spécialisé dans la littérature US d'après ce que j'ai lu mais pas seulement, on y trouvait des disques, tout aussi américains et il faisait également office d'atelier d'imprimerie. En fait, il y avait deux boutiques l'une à côté de l'autre, romans et musique dans l'une, faire-part et tracts publicitaires dans l'autre. C'est d'ailleurs toujours le cas même si les fonds de commerce ont été loués. Madame est encore domiciliée au 40, rue Picasso, certainement au-dessus des commerces. Elle s'occupait des bouquins et, apparemment, c'est son père qui gérait, au tout début du moins, l'atelier d'imprimerie, j'y reviendrai plus tard. Mais je n'ai pas trouvé une seule référence à ce nom de Wensby, nulle part.

— Et alors ? Ça prouve quoi ? Il faisait certainement autre chose son mari, je ne sais pas quoi. Ce n'est pas extraordinaire, ta découverte, pas la peine de me faire sauter le cœur comme ça, je suis fragile, moi…

— Et si je te dis que son père est mort de façon très étrange deux ans après l'ouverture des commerces ? Ça va pour ton palpitant ? Tu ne défailles pas ? Je peux appeler l'infirmière si tu veux, ou le médecin, c'est le bon endroit pour avoir tes vapeurs…

— Imbécile !

Alvarez donne une tape sur la main de son collègue qui fait mine de la recueillir dans ses bras.

— Mort comment ? Qu'est-ce qui est mystérieux ? Vite, vite, on est à la bourre !

— Il a été assassiné, ça, c'est sûr. J'ai trouvé plusieurs articles dans les journaux et il y a eu enquête. Pas eu le temps de fouiller plus avant, ni de tout lire en détail. J'ai vu l'heure et je me suis dit que j'examinerai l'affaire plus tard, puis je suis tombé en arrêt sur le vieux monsieur agonisant…

— Et encore Julie, non ?

— Oui, mais par hasard, elle sortait de la chambre, c'est comme ça que j'ai remarqué ce pauvre homme.

— Bon, le problème, c'est que tout ça n'a rien à voir avec notre affaire. On n'investigue pas sur elle, mais sur les circonstances de la mort de sa voisine de chambre. On ne peut pas la suspecter d'avoir embarqué la victime sur son dos avant de la balancer dans les escaliers, l'autre faisait deux fois son poids, le proc va me rire au nez, et Charvel me coller à l'accueil du commissariat.

— Pas la porter, mais, peut-être, l'entraîner ?

— Et pourquoi donc ? T'as un mobile ? Une raison quelconque que cette petite vieille qui tient à peine debout se transforme en tueuse impitoyable ?

— Mais non, pas du tout. Faut tout de suite que tu exagères. Je n'ai pas dit ça. Elles ont tout à fait pu faire une escapade ensemble. Une idée à la con, comme des gosses, faire un tour en pleine nuit, main dans la main, chercher de la bouffe ou sortir au clair de lune, va savoir ce qui peut leur passer par la tête quand elles déconnent comme celles et ceux qu'on a vus depuis ce matin. La promenade a mal tourné, bing, Odette a basculé, est restée en bas et l'autre mamie ne dit plus un mot parce qu'elle se rend compte de ce qui est arrivé et pense qu'elle va avoir des ennuis. Comme des mômes qui se referment sur leur secret quand ils ont fait une grosse bêtise. C'est plausible, non ?

— Et la porte ? Qui l'a ouverte ? Qui l'a fermée ? Tu te souviens que c'est pour cette bizarrerie qu'on est là tous les deux ?

— Je n'ai pas encore réponse à tout, je le reconnais, mais avoue que, la clé mise à part, ça se tient. Puisque Leuliez ne savait pas faire un pas toute seule, c'est qu'il y avait forcément quelqu'un avec elle cette nuit dans le couloir, et il est probable que ce soit sa voisine de chambre.

— Mais, enfin, comment le fait que son père soit mort assassiné et que tu ne connaisses pas la profession de feu son mari te conduisent à penser qu'elle a quelque chose à voir avec ce qui s'est produit ici la nuit dernière ? Je ne pige pas comment tu relies ces éléments ensemble.

— L'instinct, le pif, le flair, appelle ça comme tu veux, je m'en fous, mais je le sens, je peux pas t'expliquer encore pourquoi mais je suis sûr qu'il y a un lien.

— De toute façon, je ne classe pas. On a plus le temps, faut vraiment filer si on ne veut pas que Charvel nous fasse les gros yeux. Je vois avec lui et le proc pour garder le dossier sous le coude.

Chapitre 8

Octobre 1968 - Transcanadienne - Non loin de Québec

Quel temps ! Colette et Robert n'en peuvent plus de traverser des rideaux opaques d'eau. Leur humeur s'en ressent, tout est flou, comme voilé à force de grisaille. Les violentes averses se succèdent pratiquement sans interruption sur l'Est du Canada depuis trois jours.

Ils sont en retard, ce qui n'arrange rien, ont même craint de se retrouver seuls au rendez-vous. Pas de beaucoup. Une heure. Mais ils sont en territoire inconnu et ne savent pas s'ils peuvent compter sur ce Pierre qui doit les attendre. La proximité de l'embarquement leur procure une sensation curieuse de hâte mêlée de crainte.

Colette, morose, s'ennuie, s'inquiète et surveille. Elle ressemble à un suricate, sentinelle perpétuelle, responsable de la survie du groupe, la plus petite étourderie et le prédateur triomphe…

Robert est plus nerveux depuis que les longs alignements de bâtiments industriels et de pavillons de banlieue ont remplacé les immensités sauvages aux reflets orangés des forêts d'automne. Il n'est pas bougon, non, moins prévenant seulement. Les doigts plus crispés sur le volant et moins volubile aussi. Il ne chante plus avec la radio. Ses yeux, fixés sur le bitume, ne se tournent plus aussi souvent vers elle pour lui sourire. Colette en a été chagrine au début.

Elle comprend bien la culpabilité qu'il éprouve de les avoir entraînés, elle et sa grossesse qui la fragilise, dans cette fuite un peu folle, mais elle peine à trouver les mots ou les gestes pour le rassurer.

Ils sont passés de l'insouciance joyeuse et romantique aux préoccupations les plus anxiogènes sans avoir eu le temps de retrouver vraiment leur souffle. Tous ces événements se sont enchaînés et percutés telles des boules de billard lorsqu'un champion casse le triangle et que tous les numéros explosent aux quatre coins du tapis. Impossible de faire tranquillement le point, tous leurs coups sont forcés, imposés par la nécessité.

Bien sûr, elle se doit de reconnaître que l'appréhension de l'inconnu l'habite également et qu'il lui est difficile d'en faire abstraction.

Ils n'ont jamais été aussi proches physiquement aussi longtemps, coincés dans l'espace minuscule d'un véhicule, et pourtant autant éloignés l'un de l'autre.

Du plus loin que Colette se souvienne, elle a toujours été secrète, introvertie, et se réfugie volontiers très loin à l'intérieur d'elle-même lorsqu'un problème paraît la dépasser. Bien sûr, enfant, il y avait son frère auquel elle pouvait se confier, mais, en grandissant, ses problèmes de fille ne l'intéressaient plus beaucoup et elle ne goûtait pas toujours les passions adolescentes de Pierre pour le sport ou les chicanes entre garçons.

Le décès tragique de son frère n'a rien arrangé, la jeune fille s'est recroquevillée davantage, ne laissant plus passer grand-chose de ses émotions, une fois les larmes taries et le chagrin moins voyant.

Elle a retrouvé un peu de joie de vivre chez les Pinkerman, le dépaysement a agi comme son père l'espérait. Puis les deux ans écoulés depuis la rencontre avec Rob ont sans doute épuisé son crédit d'enthousiasme aveugle et de bonheur sans tache. Elle ne l'avait guère écorné jusque-là mais l'a généreusement dilapidé depuis.

Pierre avait été son compagnon de jeu, la personne la plus proche d'elle, son confident. Si bien qu'après son départ, Colette était restée trop farouche et indépendante pour se faire des amies à la vie à la mort auxquelles on peut tout dire. Trop timide et réservée pour devenir leader en quoi que ce soit, la jeune fille se savait jolie mais les garçons ne se pressaient pas autour d'elle. Ils semblaient pressentir une sorte de frontière dont le franchissement s'avérerait redoutable, nécessitant une débauche d'énergie qu'ils n'étaient pas persuadés de posséder. Elle conservait cette barrière malgré la défection de Pierre, il n'y avait que lui qui avait accès à son territoire intime où nul autre n'était le bienvenu.

Avant le drame, il y avait bien eu Daniel tout de même. Gentil et mignon.

Ils avaient découvert ensemble le baiser et la douce caresse de la langue de l'autre, la peur au ventre d'être surpris par un voisin ou la concierge, excités pour les mêmes raisons, pelotonnés sous les escaliers qui menaient aux étages de l'immeuble de l'adolescent.

Cette anecdote, Colette avait bien pris garde que Pierre ne l'apprenne pas, il en aurait fait des gorges chaudes des semaines durant, moqueur comme il était. Elle devait avoir treize ans, tout au plus. Mais pas grand-chose à ajouter à son CV amoureux.

Ce n'est pas un regret, elle ne voyait pas l'intérêt d'être en contact avec les autres. Tout au plus meublaient-ils un décor qu'elle traversait, mine de rien, le nez en l'air avant la disparition de Pierre. La tête basse depuis, soulagée de ne pas attirer l'attention. Jusqu'au ranch des Pinkerman et l'apparition de Robert !

Là, ça avait été son feu d'artifice. Jamais elle ne se serait crue capable d'un tel éclat. Le coup de tonnerre dans un ciel, non pas serein, mais loin d'être aussi gris qu'auparavant.

Elle redoute d'ailleurs d'avoir encore à se justifier lors de leur arrivée en France. Son père n'a pas dû digérer l'affront fait à son ami John malgré l'aide qu'il leur a apportée et les paroles d'apaisement au téléphone.

René va-t-il apprécier Rob ? Il a tout pour lui plaire, rebelle et franc-tireur, bien que loin des idéaux qui animaient la jeunesse de ses parents, et c'est un voleur, il faut bien appeler les choses par leur nom. Ça risque de coincer.

Elle sait bien qu'il va falloir faire profil bas, subir probablement les remarques peu amènes de son père tout en lui présentant son compagnon sous le meilleur jour possible.

Ensuite, lorsqu'ils se connaîtront, tout ira bien, elle en est persuadée. René a toujours le verbe percutant, la longue expérience des négociations syndicales et le goût de la petite phrase assassine qui fait basculer l'auditoire de son côté ou cloue le bec de l'adversaire définitivement. Il a beaucoup perdu de sa superbe et de son agilité avec la mort de son fils mais certainement pas tout son mordant.

Ses parents sont de braves gens, compréhensifs, la laissent mener sa vie. Elle les aime sincèrement et s'en veut de les avoir blessés.

Même si son père est un peu plus rigide et sévère que sa mère, ce n'est pas un méchant homme et il comprendra. Il a ses principes comme il dit. Ils ont tant souffert de la guerre, c'est un peu comme si toute leur substance vitale y était restée, attachée à ceux qu'ils y ont perdus, aux horreurs abominables et à la peur ordinaire qui faisait le quotidien de ces années maudites…

Elle est une enfant du désastre et ne peut pas se détacher de cette vérité. Elle vient du ventre de sa mère mais aussi de celui d'une humanité qui a convulsé comme jamais, jusqu'à franchir les ultimes limites de la barbarie.

Et aujourd'hui, c'est l'amour de sa vie que l'on veut envoyer poursuivre la folie furieuse, les massacres de masse, comme si personne n'avait rien appris, rien compris. Comme si l'argent et la politique avaient effacé toutes les hontes…

Elle en a les mains qui tremblent. Comble de malchance, il a fallu que Rob cambriole la maison de ce truand qui les tuera sans hésiter s'il parvient à les débusquer, lui ou un de ses affidés.

Tout tourne mal, elle en ressent une rage intérieure dévorante, s'imagine volontiers devenir tigresse et écharper ces salauds de ses griffes, les éventrer de ses crocs acérés.

Et feuler. Oui, c'est ça. Feuler à s'en arracher la gorge pour montrer qu'on ne touchait pas aux siens, jamais ! Ses poings se crispent sur ses cuisses, ses ongles tracent les signes de la colère à l'intérieur de ses paumes, elle ne perçoit pas la douleur.

Elle est un fauve et se bat pour sa vie.

Chapitre 9

Lundi 9 janvier 2017 - Résidence Les Lilas - 11 h 30

Manu file devant. Céleste, pensive et moins rapide, traîne quelques mètres derrière son collègue qui balance ses grandes jambes, sacoche en bandoulière, indifférent aux petits vieux le regardant, intrigués par cet équipage, ou au personnel affairé à amener tout ce petit monde vers les salles à manger.

L'heure du déjeuner arrive comme le flic, à grands pas. Alvarez trottine en tentant de classer tous les éléments de ce dossier étrange où rien n'est banal malgré les apparences. Elle ordonne ce qu'ils ont recueilli en trois catégories dans son cerveau bouillonnant : la chemise rouge qui contient l'ensemble des faits et renseignements à vérifier d'urgence, telles les découvertes bizarres de Manu sur le commerce de madame Wensby – même si elle n'a aucune idée de l'utilité de celles-ci mais bon, troublant tout de même et elle aime bien savoir – la chemise blanche recèle tout ce qui est avéré et ses interrogatoires et, la bleue, tout ce qui ne dépend pas d'elle comme les constatations et rapports de ses collègues ou du légiste.

Quelque chose ne va pas dans ce foutoir, elle le sent, bleu, blanc, rouge, partout, tout le temps, c'est un signe qui ne trompe pas pour la policière. Ces couleurs présentes depuis ce matin clignotent comme une alarme devant ses yeux.

— Lieutenant ! Lieutenant !

Céleste se retourne et se retrouve nez à nez avec Annie. Elle n'a pas entendu le *clac clac* de ses sabots de plastique sur le sol alors que l'infirmière lui court après depuis le bout du couloir.

— Oui ? dit la flic d'un ton pas très aimable en se retournant.

Céleste n'a pas oublié le ton pincé de tout à l'heure et, sans être vindicative, elle n'aime pas trop qu'on l'envoie sur les roses quand elle fait son boulot, même si c'est elle qui avait commencé.

— C'est juste pour vous dire que Colette a retrouvé la parole. Elle n'est pas bien du tout quand même, je vais la montrer au médecin, elle est fiévreuse et tousse beaucoup. Il ne faut pas lui en vouloir pour tout à l'heure, parfois, elle ne sait pas trop où elle est. Si vous voulez l'interroger, je crois que c'est possible maintenant.

— Aïe. C'est que je n'ai plus le temps, là. Je dois partir.

— Vous êtes juste à côté de la chambre, si vous tournez à gauche, c'est trois portes plus loin sur votre droite. On s'y perd aussi nous parfois, c'est tellement grand ici.

— Elle vous a parlé de quelque chose pour cette nuit ?

— Oh, non, rien du tout. C'est parce que vous aviez l'air si ennuyée ce matin… Excusez-moi, au fait, d'avoir été un peu sèche, c'était le moment des soins et on est débordées, alors ça agace. Et, pour tout vous dire, je me suis ramassé une amende mardi dernier, pour deux minutes de stationnement là où il ne fallait pas, et je ne l'ai pas encore digérée.

— M'en parlez pas, ils m'énervent aussi ces vautours.

Annie la regarde, interloquée.

— Ce sont des privés maintenant qui gèrent les parcmètres et autres avaleurs de sous. Les mairies sous-traitent, la justice routière n'est plus rendue par la République mais par des officines se goinfrant sur le dos du mouton automobiliste. Même nous, on n'arrive plus à les faire sauter, les contredanses, ou alors faut vingt volumes de paperasse pour expliquer le pourquoi du comment.

Céleste sort son téléphone et appelle son collègue depuis longtemps disparu dans le dédale de la résidence.

— Ben qu'est-ce tu fous ? Je suis sur le parking, on a dix minutes pour rentrer à la taule !

— Pars devant, ne m'attends pas. Tu diras à Charvel que j'ai crevé ou que je me suis fait enlever par des Martiens sous tes yeux et que tu n'as pas pu me sauver. Dis lui aussi que ces E.T. sont sympas et qu'ils vont me relâcher très vite, qu'il n'envoie pas le GIGN ou le RAID. J'arrive, un petit truc à voir.

Elle coupe court aux protestations de son correspondant d'un rapide coup de pouce et pense que c'est tout de même pas mal de pouvoir faire cesser les récriminations d'un simple geste du doigt. La vie serait si simple si ça marchait dans toutes les circonstances…

— Allons-y, je vous suis, intime-t-elle à la soignante éberluée par ce coup de fil un peu surréaliste.

Lorsqu'elles parviennent à l'entrée de la chambre, elles ralentissent en tendant l'oreille, manifestement il y a une conversation téléphonique en cours. Annie passe la tête dans la chambre et sourit.

— Elle est au téléphone. Ce doit être son fils. Il me semble que c'est son anniversaire aujourd'hui, il est né le même jour que le défunt père de Colette, je suis sûre que c'est au tout début de l'année. Patientez deux secondes, ça ne dure jamais longtemps. Ils ne s'appellent pas fréquemment ces deux-là, ce serait dommage de leur gâcher cette occasion. Vous direz à votre chef que les petits hommes verts vous ont gardée à l'apéro parce qu'ils vous trouvaient rigolote, plaisante Annie. Je vais devoir y aller, moi, par contre, je dois distribuer mes médicaments et faire mes contrôles glycémiques avant le déjeuner. Peut-être à plus tard si vous revenez dans les parages.

— Sans doute, oui. Merci de m'avoir prévenue pour madame Wensby. Et excusez-moi aussi pour cet échange un peu tendu, je suis parfois soupe au lait quand ça ne tourne pas comme je veux !

Elles échangent un sourire, l'infirmière se dépêchant déjà vers ses tâches. Céleste s'avance jusqu'à apercevoir Colette tenant le combiné d'un téléphone sans fil.

— Quand comptes-tu pouvoir venir ?

— …

— C'est trop tard, ça ne va pas. Il faut que tu viennes aussi vite que possible et fasses ce que je t'ai demandé. *Howl*, c'est facile, tu te rappelleras ? Ne cherche pas à comprendre, rends-moi ce service, c'est tout. Passe me voir quand ce sera fait. Et bon anniversaire, mon fils.

— …

— Je compte sur toi, je t'embrasse. N'oublie pas, *Howl*.

La vieille dame appuie sur le logo rouge afin de mettre un terme à la discussion. Elle est plus volubile que quand Céleste l'a quittée, il n'y a pas de doute. La lieutenant, cogne deux coups secs à la porte entrouverte et la pousse. Colette laisse échapper un petit cri de surprise et l'appareil tombe sur ses genoux.

Chapitre 10

Dimanche 27 octobre 1968 - Saint-Apollinaire (Québec) - 20 h 50

Pierre Devigneau a une bonne grosse bouille de type sympa qui ne prend rien réellement au sérieux. C'est à la fois rassurant et inquiétant.

Il s'est assis sur le siège passager à côté de Robert, dégoulinant et haletant d'avoir couru les quelques mètres qui séparent leurs deux voitures. Une odeur prégnante de chien mouillé a immédiatement envahi l'habitacle. Brun, cheveux longs laissant des traînées qui forment des rigoles sur les épaules de sa grosse veste verte. Barbe fournie et longue, moustaches, trapu, un sourire plein de dents jaunies et une belle voix basse. Il les a cueillis sur le parking d'un petit restaurant de la rue de l'Église dans la commune de Saint-Apollinaire où il patientait dans sa Ford blanche bousculée par le vent en rafale.

Saint-Apollinaire. Un patelin situé à la sortie de la Transcanadienne où ils sont finalement arrivés vers 20 heures. Colette a à peine eu le temps de contempler les jolies pierres ocre qui constituent le plus gros de la façade de l'édifice donnant son nom à l'artère, un clocher blanc, une grosse porte rouge bordeaux, le tout solidement planté sur une pelouse soignée.

— Stationne ton char, on va aller souper. Chu tanné d'vous attendre. Y frette et y mouille drôle ce soir, les a-t-il directement accueillis juste après être sorti en courant de sa voiture pour venir frapper à leur carreau.

Colette traduit le peu qu'elle a compris à Robert qui la regarde d'un air ahuri. Il apprend peu à peu le français, mais, face à Pierre, ses mots singuliers et son accent, il est perdu.

Sans regret, après avoir essuyé au mieux leurs empreintes, ils ont transbahuté leurs sacs dans le coffre de la Ford, abandonnant la Valiant, clé sur le contact, là où ils se sont garés, pile sous l'immense pancarte « Bienvenue » du resto que Pierre a désigné au téléphone quelques jours plus tôt. Colette est nerveuse : à partir de maintenant, leur sort dépend à nouveau d'autres personnes, ce Pierre, les marins du cargo, elle sait que c'est une obligation mais leur cocon se fissure, leur indépendance aussi.

La Transcanadienne a finalement eu raison de leur optimisme et l'angoisse de l'embarquement qui les attend ajoute encore à l'ambiance oppressante qui baigne la Chrysler Valiant au bout du rouleau qui leur a permis de terminer leur odyssée.

Cela fait plus de deux jours qu'ils ne peuvent se dégourdir les jambes et respirer un peu d'air frais et rien n'indique une amélioration dans les jours qui viennent. Panneaux et plaques de rue en français font incidemment du bien à la jeune femme. Comme un avant-goût de France, un apéritif bienvenu pour lui donner du courage.

Cette traversée la terrifie. Elle se voit confinée à fond de cale, au pain sec et à l'eau, bien loin de l'émerveillement d'enfant de son départ de l'aéroport en France.

Pierre a été impeccable. Gentil, accueillant, compréhensif, s'excusant presque de ce lieu de rendez-vous à l'écart du grand axe national. Il souhaite, explique-t-il, de la discrétion avant tout.

À cette heure-là et vu la météo, ils ne risquent pas d'être le principal sujet de conversation du lendemain dans le bourg. Si, au pire, un quidam s'y aventure, il foncera, tête basse, vers sa destination sans autre objectif que de se protéger de la flotte s'infiltrant à l'intérieur de ses vêtements les plus étanches.

Les conducteurs des véhicules, eux, sont plus concentrés à traverser le mur d'eau qui dégringole sur la chaussée qu'à observer ce que peuvent bien fabriquer les passants qu'ils devinent alentour.

Colette, tassée sur la banquette arrière, ne sait pas encore quoi penser du Québécois. Elle hésite à lui laisser le bénéfice du doute. Néanmoins, elle lui est reconnaissante de toutes les précautions prises. Il a fait exactement ce qui était le mieux pour eux. Mais elle ne peut pas s'empêcher de craindre quelque complicité entre Williams et la pègre canadienne.

Ils ont mangé tranquillement. Enfin, les deux hommes ont dévoré. Elle a juste chipoté sa salade, l'estomac noué. La faim l'a quittée depuis quelque temps.

La conversation roule sur les élections présidentielles aux États-Unis, les options sécuritaires et guerrières de Nixon, fieffé filou, qui semble promis à la fonction suprême, les manifestations qui gagnent en ampleur partout à travers le pays, la répression de plus en plus sauvage…

Pierre parle de son Québec, des espoirs nés de l'arrivée au pouvoir de Pierre Elliott Trudeau, espoirs que tout le monde ne partage pas. Pierre et ses amis le trouvant bien trop libéral pour réellement changer les rapports sociaux dans le pays. Il fait partie de ceux qui rêvent de l'indépendance du Québec, a travaillé sans relâche à fonder le Parti québécois, né quelques jours auparavant, le 11 octobre. Il s'enflamme dès qu'il enfourche son sujet fétiche, convaincu que l'avenir lui donnera raison.

Le Canadien a fait servir une nouvelle tournée de café. Ils ont largement le temps, a-t-il expliqué, le port est à vingt-cinq miles et l'embarquement prévu entre 1 h 30 et 2 heures cette nuit. Une soixantaine de minutes de trajet, même avec les conditions atmosphériques actuelles, et peut-être une vingtaine supplémentaires pour atteindre le *Sunny Boy* et ils seront à bord.

L'entrée dans la zone sécurisée du port sera la partie la plus délicate. Il leur faudra passer un grillage – Pierre s'est muni d'une pince coupante et s'occupera de lever l'obstacle –, se faufiler le plus silencieusement possible entre des cargaisons en attente, ne pas parler, ne pas trébucher.

Les vigiles font leur ronde vers 1 heure et ne repasseront pas avant 4 heures, mais il est toujours possible de faire une mauvaise rencontre. Ils ont encore un peu de temps et, avec un minimum de précautions, rien ne semble pouvoir les empêcher de parvenir à bord.

Chapitre 11

Lundi 9 janvier 2017 - Résidence Les Lilas - 11 h 35

— L'infirmière m'a dit que vous étiez souffrante, madame Wensby ? Rien de grave, j'espère ?

Colette attrape le combiné de sa main droite légèrement tremblante, arrange machinalement les mèches grises qui se sont échappées de son chignon. À l'évidence, elle n'est pas très à l'aise, note Céleste sans le lui faire remarquer, pas la peine de la braquer encore et de subir une nouvelle séance de mutisme obstiné.

— Je ne pense pas, merci de vous en inquiéter. Un petit refroidissement, c'est de saison. Parfois un méchant courant d'air s'engouffre dans les couloirs par une porte mal fermée et comme il fait très chaud dans la résidence, on s'enrhume vite. Nous, les vieux, on est fragiles.

— Une porte mal fermée comme celle qu'a empruntée votre voisine de chambre la nuit dernière, par exemple ?

Les dents se plantent instantanément dans la lèvre inférieure. La vieille dame a l'air d'un enfant pris les mains dans le pot de confiture.

— Je ne sais pas, bredouille-t-elle, je n'étais pas là. J'ignore tout de ce qui a pu lui arriver. Je ne connais même pas les circonstances exactes de cet accident. Je… je… j'entends des bruits de couloir mais c'est tout.

— J'ai vainement tenté de vous interroger ce matin. Il n'y a pas eu moyen de vous extirper un mot, comme si vous n'étiez pas là. Vous vous souvenez de ça ?

— Euh… non, excusez-moi, madame la policière. Ce sont malheureusement des moments d'absence qui arrivent depuis que j'ai eu cette attaque cérébrale, je ne me suis jamais tout à fait remise. La rééducation a été longue, j'ai eu une mauvaise grippe l'hiver qui a suivi, enfin, bref, vous savez, la machine n'est plus neuve et quand une pièce lâche, le reste suit. Depuis, j'alterne des périodes où je ne suis pas si mal, paraît-il, pour mon âge, et d'autres où je ressemble apparemment aux pauvres déments que je croise dans cette maison qui ne savent même plus où ils se trouvent. Ça me fait peur. J'ai parfois des bouffées d'angoisse et, je l'avoue, des moments de déprime quand j'en prends conscience. C'est laid de vieillir, lieutenant, abominable. On ne se sent bien que lorsqu'on a moins mal que la veille. Chaque journée qui passe n'est plus encore une d'abattue, comme disait mon pauvre père naguère, mais une de moins à vivre. Ma vie est peuplée de fantômes. Eux et moi avons des souvenirs communs, avons vécu ensemble. Ici, je ne connais personne vraiment, ceux que je croise ne se souviennent pas souvent de moi le lendemain, tout est à refaire, souvent plusieurs fois par jour. Ils me fatiguent, si vous saviez. Oh, il y a le personnel, bien sûr, Annie ou la toute mignonne Julie, et même Joseph qui est drôle et charmant, mais ils ne disposent que de peu de temps, on leur demande tellement que je m'en veux de les ennuyer avec mes radotages…

— Vous ne radotez pas du tout, madame Wensby, je vous assure. J'aimerais revenir vous voir dès que je pourrai, vous voulez bien ? Pas pour vous embêter, rassurez-vous. Afin de clarifier quelques détails qui me semblent encore obscurs… Mon chef m'attend et je vais déjà me faire houspiller. Vous allez avoir de la visite, peut-être ?

— Pourquoi me dites-vous ça ?

— Le coup de fil. Lorsque je suis entrée, vous raccrochiez juste, vous en avez même fait tomber le téléphone…

— Ah, oui. Non, c'était mon fils. Il m'appelle toutes les deux semaines habituellement, mais aujourd'hui c'est spécial. C'est son anniversaire, alors il déroge au sempiternel rituel du premier et du quinze.

— Il ne passe pas vous voir ?

— Il ne peut pas, pensez-vous, il habite en Suisse. À Genève.

— Effectivement, ce n'est pas la porte à côté. Une belle ville, j'y suis passée plusieurs fois en me rendant en Italie. Cossue. Il travaille dans la finance ? Je vous demande ça parce que dans ma tête, Suisse et banques sont presque synonymes.

Alvarez n'interroge pas, fidèle à ses façons de faire, elle devise, papote et laisse venir en douceur. Il lui paraît capital, elle ne sait pas encore pourquoi, de mettre cette femme en confiance.

— Presque. Je suis d'accord avec vous, j'ai les mêmes clichés qui me viennent quand j'évoque la Confédération, je songe plus aux coffres-forts qu'aux edelweiss. Il y a beaucoup d'argent là-bas. Philip est marchand d'art et vend à de riches amateurs des toiles qui ornent les superbes demeures qui bordent le lac. Il possède une galerie qui a pas mal de succès et soutient quelques artistes prometteurs.

— Belle réussite professionnelle alors, vous devez être fière de lui, comme toutes les mamans.

— Vous pensez vraiment que toutes les mères ont de bonnes raisons d'être fières de leurs rejetons ? Vous devez en mettre en garde à vue ou en prison tous les jours, des fistons chéris ou des filles adorées, non ? On élève ses enfants comme on peut mais ils ne nous appartiennent pas, je pense, ils sont seuls responsables de leurs succès ou de leurs échecs. Je dois vous paraître insolite mais je n'ai jamais réellement eu la fibre maternelle. Philip a principalement été élevé par ma mère, j'avais du travail avec la librairie et aucun goût pour pouponner. Ces appels téléphoniques sont une sorte de convention entre mon fils et moi…

— Il n'a pas d'enfant ?

— Non, il n'en a pas et je ne suis pas une grand-mère frustrée. Ces histoires de se perpétuer me sont totalement étrangères, je n'y vois aucun intérêt. La vie est une expérience individuelle, formidable, fantastique, tout ce que vous voulez, ou lamentable, miséreuse, terrible, peu importe, mais pas reproductible ou transmissible génétiquement. Je suis tombée enceinte, je suis allée jusqu'au bout parce que je n'ai pas eu le choix, voilà tout. Je respecte celles et ceux qui font un choix différent, cela ne me regarde pas, je vous explique juste ma position très personnelle.

— Votre mari pensait la même chose ?

— Oh, Rob…

Le regard de Colette se met à briller, il semble porter au loin, elle suspend un instant sa réponse.

— Il vivait tellement fort et tellement vite que cette question n'a jamais dû avoir le temps de se poser pour lui. Il a voulu que j'aille au bout de ma grossesse parce qu'il y avait trop de risques avec les autres solutions à l'époque, pas par désir d'enfant. Il m'aimait moi et moi seule, comme moi je l'aimais, passionnément, exclusivement. Philip n'a jamais eu sa place entre nous, le pauvre.

Le portable de la policière vibre, vibre, vibre, reprend dès qu'il cesse une seconde. Elle se décide à y jeter un œil.

— Merde ! Oh, pardon, excusez-moi madame Wensby, je suis très très en retard maintenant. Je repasse vous voir très bientôt. Désolée mais là, je vais avoir droit à une belle remontée de bretelles.

La lieutenant se retourne et sort de la chambre pratiquement en courant, il est déjà plus de midi.

Colette sourit, elle imagine cette solide jeune femme se faire sermonner par un chef gros et gras, moustachu en diable et à la voix tonitruante. Une scène de vaudeville ou de bande dessinée. Elle peine à respirer, pousse en gémissant sur ses pieds afin de se mettre en position assise contre ses oreillers.

— Passez quand vous voulez, lieutenant, moi je vais me reposer un peu, murmure-t-elle.

Mais il est bien trop tard, Céleste est déjà sortie de la résidence et fait vrombir le moteur de sa voiture.

Chapitre 12

Lundi 28 octobre 1968 - Port de Québec - 1 h 05

Inquiète, Colette scrute l'obscurité liquide. Maintenant qu'ils approchent des quais, le rideau de cordes qui les noie lui fout les jetons. Les halos spectraux des réverbères, dévoilant çà et là la masse imposante des silos chargés jusqu'à la gueule de maïs ou de blé, ne rendent en rien le décor plus pimpant. Bien au contraire.

C'est maintenant, dans les minutes à venir que la partie va se jouer. Robert et elle le savent, quitte ou double, liberté ou prison sur un coup de cartes biseautées.

— C'est pas si pire finalement, ce déluge, tu comprends-tu ? Même s'il complique un peu la job pour nous orienter. On voit rien, mais les vigiles non plus, braille Pierre pour se faire entendre par-dessus le crépitement de la pluie sur la carrosserie.

Peut-être qu'il pourrait également réduire le volume de sa radio qui crache *Québec Love* depuis une poignée de minutes. Charlebois s'époumone dans ce qui ressemble un duel à qui fera le plus de vacarme avec le Québécois.

« Y fait soleil même si ça pleut
Même si ça pète même si ça tonne »

Tu parles ! pense Colette.

Pierre, lui, persiste à gueuler plus fort que les haut-parleurs pour se faire entendre.

La jeune femme est saoulée par le bruit, nerveuse, presque agacée par ce type qui s'arrange pour avoir un accent effroyable qu'il parle français ou anglais. Elle ne devrait pas, il est là pour les aider, il risque gros aussi mais l'anxiété la gagne, elle en devient injuste. Elle en est consciente, ça n'empêche. Il l'énerve ! Le verdict est définitif maintenant.

Elle a envie de pisser aussi, sa culotte et ses collants épais qui roulent sur son ventre, déjà bien rebondi, ajoutent à l'inconfort des sièges en skaï. Elle crève de chaud dans sa robe de lainage et cet air saturé d'humidité. Elle se sent moite, sale, tente de s'allonger le plus possible, occupe toute la place à l'arrière afin de soulager la pression sur sa vessie.

Aucun virage. Elle se laisse gagner par l'idée qu'ils roulent sur un boulevard qui ne mène nulle part, une droite infinie qui passe par deux points imaginaires, la géométrie et le ronronnement du moteur se mêlent avec des résultats étranges et quasi hypnotiques. Ça fait mille ans qu'ils avancent sans changer de direction, elle ne voit pas le bout du chemin. Plus ils approchent, plus le but lui semble inaccessible. Lumière, ombre, murs, ruelles, lumière, voiliers montés sur cales, ombre furtive d'un chat courant se réfugier sous une coque en travaux, bruit, radio, réclames, grognements indistincts des voix de ses deux compagnons, la tête de Colette bourdonne.

C'est un peu sa faute s'ils en sont là aujourd'hui.

Enfin, sa faute, il ne faut rien exagérer. Elle a essayé d'expliquer à Robert qu'elle n'en voulait pas de cet enfant. Ils s'étaient même un peu disputés à ce sujet, avant même qu'elle sache si elle était réellement enceinte. Elle s'en souvient comme si c'était hier. Il revenait tout juste d'une visite chez son fourgue auquel il avait livré le butin de la semaine précédente – des montres et des bagues – rien d'exceptionnel, mais un peu d'argent tout de même. Elle l'avait cueilli dès la porte passée, il en avait été saisi. Il était resté silencieux quelques secondes avant de lui parler.

— Tu es sûre ?

Robert prend cet air un peu dubitatif qu'il affiche lorsque Colette raconte des particularités françaises qu'il a du mal à imaginer ou comprendre.

Elle se rend compte qu'il ne sait pas trop comment réagir, essaie d'anticiper la réaction qu'elle attend de lui. Elle voit passer sur son visage toutes les mimiques de circonstance comme s'il les essayait dans un magasin d'expressions faciales et souhaitait son avis avant de se décider pour un modèle ou l'autre.

— Aussi sûre que possible, je n'ai jamais eu trois semaines de retard. Une semaine, dix jours, mais pas autant. Mes seins sont douloureux, ma température ne baisse pas et je me sens toute bizarre, énervée, excitée. Je le sais, c'est suffisant pour moi.

— Mais tu ne vomis pas le matin, tente-t-il, la faisant rire – mais pas un éclat joyeux, un éclat presque moqueur. Et on a fait attention tout le temps, tu sais bien.

Comme s'il y avait quelque chose à négocier, un bureau des plaintes où un fonctionnaire tatillon vérifierait les déclarations et pourrait remettre les choses dans l'ordre parce qu'il a bien constaté que les plaignants ont respecté le mode d'emploi de la vie à la lettre et que ce qui les frappe est injuste.

— Il n'y a que dans les films que les femmes commencent à avoir des nausées cinq minutes après être tombées enceintes, mon chéri. Dans la vraie vie, c'est beaucoup moins fréquent. Ma mère n'a jamais eu de nausées, ma tante non plus, ce n'est pas un signe. Je vais aller au dispensaire pour en être certaine mais il n'y a pas beaucoup d'espoir que ce soit négatif. Cette méthode Ogino n'est sans doute pas infaillible et souviens-toi le nombre de fois où nous avons joué avec les limites…

— D'espoir que ce soit… négatif ? Tu n'en veux pas ?

— Vouloir, pas vouloir, ça ne se résume pas à ça un enfant… C'est toute la vie qui change et je ne sais pas si j'ai envie que la mienne soit bouleversée par un ou une inconnue. Je t'ai attendu longtemps et ce bébé se met entre nous. Il va nous éloigner.

— Mais non, pourquoi tu dis ça ? Pourquoi nous séparerait-il ?

— Comment je vais faire pour traîner mon gros ventre les soirs où nous sortons ensemble ? Et s'il faut courir ? Comment je ferai ensuite quand il aura besoin de quelqu'un tout le temps avec lui ? Il m'exclut de nous, ce gosse, il m'éjecte de notre monde où je suis si heureuse. Jamais on a dit qu'on en voulait un, jamais. Je ne sais pas ce qui s'est passé, j'ai pris ma température tous les jours, nous avons fait attention tout le temps et il faut que ça nous arrive à nous ! C'est injuste !

— Calme-toi, attends, rien ne sert de s'énerver.

Robert la prend dans ses bras, caresse ses cheveux, embrasse sa tête doucement. Il la cajole, elle sanglote.

— Jamais je ne te laisserai derrière, nous allons trouver un moyen. Je ne veux surtout pas qu'il t'arrive quelque chose et l'avortement me fait peur. J'ai lu des choses horribles là-dessus, des filles qui se vidaient de leur sang ou mouraient dans d'atroces souffrances, victimes d'une infection. Nous ne connaissons personne ici et ce n'est pas facile de faire confiance à la va-vite pour quelque chose d'aussi vital.

— Les femmes meurent aussi en accouchant, s'obstine-t-elle. Et tu ne réponds pas à ma question, tu éludes comme d'habitude ! Tu veux partir seul le soir ? Retrouver ta tranquillité d'avant ? Tu veux te débarrasser de moi ?

Les sanglots redoublent, la chemise du jeune homme en est toute mouillée.

— Pas du tout, enfin, *honey*, jamais je ne voudrais me passer de toi ! Ce n'est même pas imaginable. Il y a tout de même des parents qui travaillent, y compris la nuit, et qui ont des enfants, non ? Tu seras embêtée quelques mois, je suis d'accord, mais ensuite, nous trouverons un moyen, une baby-sitter, je ne sais pas…

— Tu en veux ou pas de cet enfant ? Je ne sais toujours pas ! lui lance-t-elle sèchement en relevant la tête, les joues toutes humides, le nez dégoulinant.

Ses yeux rougis lançant des éclairs de colère. Elle crie presque, sa voix tremble.

— Pas plus que ça, en fait. Tu me suffis amplement, je n'ai pas besoin de cet enfant. Par contre, je suis davantage effrayé de ce qui peut arriver en essayant de nous en débarrasser que par les difficultés d'organisation lorsqu'il sera là.

— Tu sais, il n'y aura pas tant de mois où tu ne pourras pas me suivre, cinq, peut-être six tout au plus. Nous sommes jeunes, ce n'est rien. Imagine que tu te sois cassé une jambe…

— Sauf que ma jambe ne braille pas la nuit, ne demande pas le sein ou à être changée et qu'une fois réparée, elle sera comme neuve. C'est notre univers qui va changer, Robert, et ce n'est pas l'affaire de quelques mois mais de longues années… Je ne sais pas quoi faire. Tu ne veux pas que nous nous renseignions, que nous essayions de trouver une femme ou un docteur qui sait s'y prendre ? Je ne dois pas être la seule à San Francisco dans ce cas-là, tu ne crois pas ?

La négociation avait été âpre, dure, longue. Robert n'avait rien voulu savoir, il avait même proposé de prendre un travail normal pour élever le petit si besoin.

Non pas qu'il en voulût mais il refusait tout net que Colette joue sa vie à la roulette russe entre les mains d'une faiseuse d'anges.

Elle s'était laissé convaincre, mais n'avait pas abandonné toutes ses réticences. Elle avait un peu honte de presque en vouloir à cet enfant qui n'avait rien demandé. Il l'éloignait de son amour, elle ne pourrait jamais lui pardonner tout à fait…

La Ford trace sa route, soulevant des gerbes boueuses sur son passage. Ils sont déjà un peu en mer, songe-t-elle, jetant parfois un œil par la lunette arrière pour constater le sillage laissé par leur esquif à roulettes dans les flaques de plus en plus profondes qui recouvrent la chaussée.

Chapitre 13

Lundi 9 janvier 2017 - Voiture de Céleste Alvarez - 21 h 50

— Mais comment tu fais ?

Manu ne cesse de se tortiller derrière le volant. Le col de sa doudoune remonté jusqu'aux narines, il a gardé ses mitaines et son bonnet. Un chiffon à la main, il essuie régulièrement la buée qui brouille le pare-brise avant de revenir à son smartphone, relié à sa batterie auxiliaire, sur lequel il lit les infos, joue, surfe sur le Net sans réellement s'intéresser à une de ces activités en particulier.

Toutes les dix minutes, réglé comme une horloge, il se sert un petit café à la thermos de deux litres calée entre ses pieds, en propose un à sa collègue qui décline systématiquement en secouant la tête de gauche à droite sans lever les yeux de sa feuille.

Bourré comme il est de caféine, normal qu'il soit excité comme une puce, à moins que ce ne soit la potentielle proximité de l'action qui lui procure des montées d'adrénaline précoces.

Déjà deux heures maintenant qu'ils poireautent sur un parking en face de la rue des Mésanges, les yeux braqués sur l'entrée du 23, à une cinquantaine de mètres. Un portail en bois blanc et des murs en parpaings recouverts d'un crépi gris sale, certainement encore plus déprimants la journée que le soir. Un peu d'herbe mal entretenue précède trois marches et la porte d'entrée, une allée pavée de dalles menant à un garage fermé pour l'instant. Les volets ne sont pas clos et seul ce qui semble être le salon est éclairé par une ampoule jaune. Les rideaux sont tirés et rendent impossible l'identification des ombres que l'on voit parfois passer derrière.

Dès leur arrivée, Céleste s'était montrée peu enthousiaste pour cette opération.

— N'empêche, tout ça, c'est un peu faux-cul et compagnie, tu ne trouves pas, Manu ?

— Ah ? Pourquoi tu dis ça ?

— Tu sais comme moi que cette économie parallèle est essentielle tant que personne ne s'occupera réellement des jeunes en perdition dans ces ghettos… Elle constitue une soupape de sécurité et évite des émeutes ou les passages à l'acte nihilistes. C'est comme en prison, trop de sécurité et d'intransigeance entraîne des révoltes, il faut laisser un peu de mou.

— Tu préfères qu'on laisse le bordel s'installer tranquillement ?

— Mais non, pas du tout, tu n'y es pas. Je dis juste que la répression ne suffit pas. Qu'il faut donner des moyens économiques et humains pour améliorer les choses, les gangs ne fleurissent pas dans les quartiers huppés, me semble-t-il. On laisse prospérer la misère et on s'étonne qu'il y ait escalade. Évidemment qu'il faut intervenir dans ce cas, ils passent du chichon aux flingues et à la poudre, mais pourchasser sans réfléchir, c'est pas la bonne solution.

— On ne peut pas laisser s'installer la délinquance sans bouger tout de même, s'indigne Manu.

— Paradoxalement, tu sais, les trafiquants maintiennent un certain ordre. Sauvage, fascisant, mais un ordre tout de même. La pègre a toujours eu horreur de l'anarchie et du chaos, c'est mauvais pour le bizness, les deux font rappliquer les flics. J'ai toujours été impressionnée par ce film de Fritz Lang, « M le maudit », quand la confrérie des voyous piste et juge le pédophile qui met en échec la police qui multiplie pourtant les descentes pour l'appréhender. Tu l'as vu ?

— Au ciné-club du bahut, ça date pas d'hier, mais je me souviens de la scène.

— Si tu y regardes de plus près, les pratiques des dealers ne varient pas tant que ça de celles de l'économie libérale qu'on nous vend à longueur de journée comme la seule voie de salut pour l'humanité. Compare avec la jungle financière, c'est pareil, la loi du plus fort ou du plus malin règne aussi entre les barres HLM. Les petites entreprises de deal se font manger par les grosses, la clientèle fait l'objet d'une concurrence féroce, le territoire également. Oui, il y a des morts, des blessés, des victimes innocentes, des pauvres surtout, comme lors des catastrophes industrielles, comme à

Bhopal. Des maladies aussi, mais combien en regard de celles causées par les pulvérisations massives de pesticides ou par les saloperies de décharges industrielles qui polluent toutes les nappes phréatiques ?

— Eh ? Tu ne peux pas tout comparer et mélanger. Et puis, ce n'est pas pour ça qu'on est là, si ?

— Je ne mélange pas tout, je dis juste que l'exemple vient d'en haut et il m'apparaît plutôt bien suivi. Alors je me demande de quoi on se plaint.

— Oh là, oh là, *keep cool*, Céleste. Ça va pas passer, là, ton discours. Je suis d'accord avec toi sur certains points, surtout qu'on ne chope jamais ceux qui sont tout en haut de la pyramide parce qu'ils ont également un pied dans le pouvoir politique ou économique. Voire les deux en même temps. Mais on va pas refaire le monde cette nuit, on fait le job et c'est tout. Tu devrais bosser à la Financière, tu pourrais traquer du col blanc.

— Pourquoi pas, j'y ai songé mais je suis pas superdouée avec les chiffres, ils manquent de couleurs, je ne suis pas synesthète…

— Allez, surveille la rue, gauchiste !

Il a raison, Manu, pas la peine d'y penser, elle est là pour appliquer la loi, toute la loi, pas pour la refaire ; les incohérences du système, ce n'est pas son rayon, mais tout de même, ça énerve parfois d'être impuissante. Ses collègues et elle agissent à la marge, il ne faut surtout pas s'approcher trop près du cœur du problème…

Les deux flics épient d'éventuels mouvements dans les alentours induisant que la transaction prévue est en cours ou va débuter. C'est une opé des Stups au départ, Charvel s'est fait un peu mousser en annonçant qu'il en est l'organisateur. Il a plutôt été réquisitionné par le divisionnaire en appui du dispositif et ils servent d'arrière-garde.

Peu glorieux mais suffisant pour Céleste qui n'a pas la tête à charger sabre au clair ce soir. Son groupe est là en troisième rideau et c'est très bien, elle a le temps de penser et ne s'en prive pas. Mathieu, Charles et Laurent sont plantés en sentinelles rue des Merles afin de prévenir de l'arrivée des Albanais et de la livraison. Eux, comme s'ils inspiraient encore moins confiance, se tapent donc ce parking où il est normalement impossible qu'il se passe quoi que ce soit. Des silhouettes de théâtre. On aurait pu leur coller des hallebardes dans les mains mais elles ne seraient pas rentrées dans la bagnole de service.

— Ça sort !

Paf ! D'un coup ! Dans l'oreillette. Céleste redresse la tête, Manu plisse les yeux. Effectivement, deux lascars à capuche se sont tranquillement adossés à une petite rambarde qui borde le perron de la maisonnette.

Grands et baraqués, du beau bébé élevé à la fonte et aux courses-poursuites avec les flics ou les bandes rivales, sans doute des soldats venus vérifier que tout se passe bien. Ils allument chacun une cigarette, seuls les mouvements rapides de leurs têtes tournant en tous sens indiquent qu'ils ne sont pas si décontractés qu'ils veulent en donner l'impression.

Le plus grand des deux sort un téléphone de sa poche, ôte son gant et tape un SMS, bref, à l'évidence. Leurs clopes terminées, ils rentrent aussitôt, au grand soulagement des groupes d'intervention qui patientent dans deux fourgons maquillés garés à vingt mètres en face de l'objectif.

Le dispositif mis en place par Stepansky, commandant aux Stups, ne doit surtout pas se faire remarquer, le deal serait immédiatement annulé. Vendeurs et acheteurs sont reliés par des brûleurs, ces portables à deux balles achetés sous de fausses identités qui ne peuvent être mis sur écoute et sont détruits après chaque opération. Silence radio maximum donc chez les forces de police et aucun mouvement avant le top du chef. Ça a insisté lourdement pendant le briefing, la confiance ne régnait pas et Céleste avait bien senti que s'ils avaient pu se passer d'eux, les durs de durs auraient été soulagés.

Pour une fois qu'un deal se déroule en dehors d'une cité où ils se font retapisser dès qu'ils passent à moins d'un kilomètre, il ne faut pas se rater. Il leur a mis une sacrée pression, Mathieu, la même qu'il a dû prendre par le commissaire qui devait la tenir du divisionnaire. La réunion générale de tous les intervenants une heure avant de se mettre en place avait eu des allures de grand-messe, personne n'avait moufté. Ça fait deux fois que la transaction change de lieu de rendez-vous pour finalement atterrir dans cet ex-quartier ouvrier aux maisons mitoyennes abritant désormais des cadres très moyens.

— Ça caille un max cette nuit en plus ! Moins cinq ! Je pense à tous ces gens qui m'ont souhaité une bonne et heureuse année il y a moins de dix jours, grogne Manu. Ben bravo, c'est bien parti, je te le dis, Céleste, on va attraper au moins la crève. Minimum. Ou une pneumonie, un truc dégueulasse que tu finis à l'hosto en crachant tes poumons sur les draps. Envie de leur envoyer un MMS avec les stalactites qui pendent de mon nez à tous les souhaiteurs de meilleurs vœux. Regarde, la neige n'est même pas fondue et la flotte gèle sur le trottoir salé, ça va être une belle patinoire d'ici une heure ou deux.

Juste derrière, à quelques dizaines de mètres, ce sont les tours qui dominent.

Céleste ne lui répond pas. Elle est concentrée sur son dessin. Une perspective complexe de cubes et de parallélépipèdes qui se coupent, se recouvrent et s'affrontent dans la nuit déjà tombée depuis des plombes dans les cônes des réverbères et les tas de boue neigeuse amassés çà et là.

Bien sûr, ça avait gueulé un peu quand elle s'était pointée comme une fleur en revenant des Lilas, un double cheese à la main. Quarante minutes après la *deadline* de midi ! Il avait fumé des naseaux, le capitaine, un vrai taureau. Tout juste s'il ne grattait pas du sabot quand elle avait pénétré dans son bureau après que son collègue lui avait désigné la porte de Charvel du pouce avec une mimique ne laissant rien présager de bon.

Elle l'avait laissé brailler, jurer, tempêter, sans oublier de manger son hamburger et de coller des miettes sur la moquette, ce qui lui avait valu un regard missile noir accompagné d'un silence épais de reproches assassins.

Ce crime de lèse-majesté lui avait coupé l'arrivée d'air, à Mathieu. Un ange était passé, elle en avait profité aussitôt pour poser sa chaussure sur les reliefs de son sandwich. Et pour lui exposer les motifs de son léger retard, emballés avec soin et servis tout juste comme le chef aimait qu'on lui raconte les histoires : potentiellement fructueuses en résultats concrets.

Il avait été convenu qu'elle gardait la main sur le dossier et pourrait continuer ses investigations dès le lendemain.

Le reste de l'après-midi avait été consacré à préparer l'intervention du soir, ça tapait à 22 heures si tout se passait comme prévu. La bande de zonards des Genêts semblait vouloir monter en gamme, agrémenter leur shit avec de la coke pour étoffer leur étal et protéger le tout en passant du lance-pierre à la Kalach et au 9.45.

C'est un indic, un tonton, qui a mis les Stups sur le coup afin d'alléger sa biographie déjà chargée, à laquelle venaient de s'ajouter deux petits délits récents qui allaient avoir du mal à passer auprès du juge pour peu que les flics présentent le dossier par le mauvais bout de la lorgnette.

Pas l'affaire du siècle mais certainement des armes et de la came qui allaient changer de mains pour un bon paquet de fric. Trois raisons majeures et suffisantes pour intervenir en flag. L'équipe de Charvel était là en soutien, la BRI en première ligne et eux assurant la couverture et vérifiant qu'il n'y ait pas de fuyard.

Un autre groupe se chargeait de surveiller l'arrière de la maison, là où il y avait les jardinets. Propre, rapide, efficace, les maîtres-mots du divisionnaire qui dirigeait en personne toute l'intervention.

— Comment je fais quoi ? demande-t-elle au bout de quelques instants, satisfaite de l'ombre portée sur son croquis.

— Pour être aussi calme.

— Ça va mieux en t'énervant ?

— Non, mais j'y peux rien. Plus de cinq minutes sans bouger et j'ai des fourmis qui font de la varappe sur mes guibolles. Déjà enfant, je me faisais engueuler tout le temps. En classe, je te raconte pas le calvaire. En sixième, le prof de maths, il m'a menacé de me punaiser les godasses au plancher.

— Arrête de gigoter, on va se faire repérer. Joue sur ton téléphone et sois sage !

— Et comment je fais pour ne pas quitter nos gaillards de l'œil et jouer en même temps, maligne ?

— Tu te débrouilles, je m'en fous. Moi, j'ai faim, je ne dis rien, je m'occupe gentiment et tu me perturbes. Tu ne viendras plus avec les grands si tu n'es pas raisonnable, rigole Alvarez.

— Tu trouves que ça vaut un dessin, ce coin ? Je dis pas ça pour ce que tu as fait, c'est beau, bien construit, mais le décor est craignos quand même.

— Moi, j'aime bien le contraste entre ces toutes petites maisons de ville et les énormes bâtiments en toile de fond. Comme si elles allaient être avalées par un tsunami de béton mais que les lumières brillaient encore à l'intérieur.

— Mouais, je me vois pas trop ici, j'aime mieux ma campagne.

— T'aurais pas une demi-heure de trajet pour venir bosser, c'est pas négligeable. Mais je te l'accorde, c'est pas vraiment agréable. Si c'était pas pour le boulot, je ne resterais pas ici à noircir du papier.

— Hop, hop, hop… Mate, droit devant !

Des gosses à vélo, surgis de nulle part, défilent lentement sur la chaussée, comme à la parade. Ils regardent très attentivement dans chaque voiture en stationnement et viennent dans la direction de la 306 banalisée conduite par Manu. Le SMS de tout à l'heure devait leur être destiné, ils sont la dernière patrouille avant la conclusion du deal.

Ils roulent au ralenti, rien ne doit leur échapper. Des chouffeurs.

Un chien se démène et aboie à leur passage, il est furieux, se jette sur le petit portillon qui le sépare des cyclistes. Pas un dogue, plutôt genre bâtard de roquet que mémère a oublié de rentrer et qui emmerde les voisins jusqu'à ce qu'elle lui ouvre enfin pour la nuit.

Les gamins se sont arrêtés et lui balancent quelques cailloux, histoire de l'exciter un peu plus, ce qui laisse un court répit à Manu pour se glisser le plus discrètement possible hors du véhicule et s'accroupir sur le trottoir.

La décision a été vite prise par un échange de regard. S'ils restent dans la bagnole, c'est foutu, les guetteurs ne vont pas s'arrêter au bout de la rue, ils passeront également le parking au peigne fin. Ils ne remercieront jamais assez Médor pour sa diversion bienvenue qui leur a donné de précieuses minutes.

Les jeunes ont posé leurs vélos en équilibre le long du trottoir et se sont approchés du jardinet où se terre à présent le clébard.

Alvarez se faufile aussi discrètement que sa corpulence le lui permet sur le siège conducteur, coincée entre le volant, les dispositifs d'accroche des ceintures et le levier de vitesse. C'est dans ces instants-là qu'elle regrette le plus de ne pas être svelte.

Elle parvient à s'extraire presque la tête la première, son nez arrivant à quelques centimètres du bitume. Un quasi-accouchement, pense son collègue en la voyant peiner à sortir.

Manu et elle sont désormais côte à côte derrière la Peugeot. Ils cherchent désespérément un endroit où ils pourraient échapper à la sagacité des deux garçons, huit, neuf ans maxi, estime la lieutenant, mais des pros déjà.

Ceux-ci ont délaissé le clebs sans doute réfugié de l'autre côté de la maison. Il a dû filer à la première pierre ayant fait mouche, Céleste l'a entendu couiner, et ils ont renfourché leurs montures.

Elle a eu le temps d'avertir qu'ils étaient en passe d'être découverts et qu'elle se mettait en silence radio.

Un gros SUV BMW, noir, vitres teintées, arrive subitement dans la rue, les deux lascars fumeurs sont ressortis et ouvrent portail et porte à double battant du 23. Le 4x4 s'engouffre sans presque ralentir dans l'allée puis le garage. Les hommes de main referment et retournent à l'intérieur.

Le téléphone de Céleste vibre dans sa poche, un SMS de Mathieu.

« C'est parti ! »

Elle entend le bélier dans la porte, puis les cris des guerriers caparaçonnés de noir qui surgissent, voit les gamins à vélo, affolés, pédaler comme des pistards pour fuir le désastre ou prévenir des grands frères que les keufs ont tapé rue des Mésanges.

Elle se redresse, rebranche sa radio, entend des ordres confus fuser.

Manu fait de même, juste à temps pour voir la fenêtre au premier étage de la maison contiguë à celle où interviennent les policiers s'ouvrir et un grand gaillard agité en sauter prestement. Ils possèdent les deux maisons, merde ! Ils ont dû péter le mur mitoyen.

Après sa chute, le type se relève sans problème et commence un sprint vers la cité voisine.

Il vient directement vers eux tel un TGV lancé à pleine vitesse. Céleste se dresse, tente de lui couper la route, s'attend à un choc puissant, s'arc-boute.

À cinq mètres d'elle, elle le voit, comme au ralenti, sortir la main de son sweat, brandir un flingue et faire feu sans cesser de courir. C'est là que le hasard lui vient en aide : le caïd pose le pied sur une plaque de verglas au moment où il tire et part en vrille.

Une violente douleur lui cisaille la cuisse.

Elle parvient néanmoins à attraper le vêtement du type qui s'est récupéré de son double salto et qui lui décoche un coup de coude bien dosé en plein visage.

Elle est sonnée. Net.

C'est Manu qui serre le voyou d'un placage plus digne d'un hockeyeur que d'un rugbyman tant le trottoir est transformé en patinoire. Il tombe sur son bonhomme, lui appuie un genou au creux des reins lorsqu'il est face contre terre et lui passe les menottes.

Plus un léger coup de latte dans les côtes en se relevant pour faire bonne mesure ainsi que pour la balle qu'a prise sa collègue.

C'est pas trop son genre, au lieutenant, la brutalité gratuite, mais il y tient à sa coéquipière. Pas touche.

Inquiet, il scrute la rue à la lueur maigrichonne et pisseuse des réverbères. Céleste est à quelques mètres, elle ne bouge plus. Des flics sortent accompagnés d'individus interpellés, les mains liées dans le dos par des colliers Serflex, poussés dans des fourgons. Ça téléphone, parle dans les radios, s'interpelle. Il n'entend rien distinctement, focalisé sur sa collègue inanimée.

Alvarez est à terre, allongée à même le goudron, face contre le sol. Inconsciente. Un type de la BRI, qui avait également entamé la poursuite du suspect, la remet en douceur sur le dos, pose son blouson sous sa tête. Il presse la plaie sur la cuisse de la lieutenant d'une main ferme qui se couvre peu à peu du sang de Céleste. Il lui parle mais n'obtient pas une seule réaction. Une équipe médicale, chargée de matériel, se dirige vers elle en courant.

Chapitre 14

Lundi 28 octobre 1968 - Port de Québec - 1 h 10

Aux mâts de voiliers fantomatiques, faiblement éclairés, rangés méthodiquement le long des quais d'une marina, succèdent d'immenses entrepôts à coup sûr bourrés de marchandises précieuses à en voir les lourdes serrures et cadenas qui en gardent les vantaux.

Le paysage ruisselle sur les glaces arrière et Colette imagine autant qu'elle distingue les formes qui se présentent le long de cette avenue.

La silhouette d'un énorme vraquier, illuminé, en train d'être empli de grain, barre la vue vers le môle qui serait resté invisible de toute façon, masqué par la densité de l'averse. Çà et là, des panneaux jaune et noir interdisent une direction, en rendent une autre obligatoire. Des plots de béton signalent la fin d'une voie ferrée.

Les rails s'arrêtent net, comme coupés dans leur élan, foudroyés par on ne sait quelle décision divine. Puis, des immeubles de bureaux, encore des lieux de stockages, un magasin d'accastillage, des files de camions garés à la queue leu leu, attendant sans doute le matin pour être chargés et filer vers d'autres cieux.

Colette s'imprègne de tout ce qu'elle peut malgré la mauvaise visibilité, ce petit jeu lui évite de penser.

Son père leur faisait déjà compter les voitures, les vaches, les nuages en forme d'animaux et les maisons aux toits rouges ou couvertes du gris des ardoises, lorsque la famille prenait le train pour rendre visite à son oncle et sa tante qui habitaient Paris, afin de tromper leur impatience enfantine et les sempiternels « on arrive bientôt ? » qu'ils commençaient à lancer à peine partis.

Elle se rappelle les formidables bielles des locomotives fumantes, les gémissements des freins et les sifflements de vapeur. Les mécaniciens couverts de suie et de cambouis qui frappaient parfois les roues d'une espèce de grosse clé à molette, l'odeur d'huile chaude, de charbon, le grouillement des voyageurs et l'air martial du chef de gare avec son beau drapeau rouge.

Elle fronce le nez en pensant à la saleté des compartiments de seconde classe aux banquettes vertes ou grises, l'odeur âcre de tabac brun et les volutes de fumée suffocantes qui emplissaient les couloirs.

Avec nostalgie, elle revoit Pierre s'agiter, passer en courant d'un wagon à l'autre ou slalomer entre les voyageurs, lutin agaçant et piaillant, mimant déjà de terribles batailles dont il était le héros invincible.

Il s'écroulait soudain en hurlant dans le couloir, une main posée théâtralement sur le cœur, aux pieds des contemplatifs rivés aux fenêtres grandes ouvertes, occupés à regarder des ruminants impassibles, des ruisseaux ou des départementales désertes.

Les passagers devisaient, s'amusaient de peu comme, se souvenait-elle, ce tracteur fumant, la remorque pleine jusqu'à la gueule s'échinant à grimper une côte trop pentue pour lui, soudain dépassé par un cycliste du dimanche ravi d'avoir un point de mire dans ce passage difficile.

Le sportif amateur était aussitôt surnommé Fausto Coppi par le grand monsieur chauve à la grosse voix ou Jean Robic par le type avec une moustache de Gaulois, sans doute selon le degré de chauvinisme du spectateur, le style du gars sur la bicyclette ou sa morphologie.

En ce temps-là, pense-t-elle, Pierre se relevait de ses atteintes mortelles – *on dirait que j'étais même pas mort* –, reprenait avec courage, geignant comme un vrai blessé, son sabre ou son pistolet et repartait, sans tenir compte de ses plaies atroces, vaincre des ennemis supérieurs en nombre et animés des plus sombres projets d'invasion.

Une larme roule sur la joue de Colette, elle ne connaissait pas son bonheur à cette époque de pouvoir être embêtée par ce frère qui adorait la taquiner et déranger le strict alignement de ses poupées dont elle assurait la classe avec sévérité.

C'était un garnement charmant qui trouvait toujours le moyen de se faire pardonner quand elle se fâchait. Il prenait alors son air penaud et elle fondait.

Il y avait le pique-nique aussi, le moment fantastique quand maman sortait les œufs durs, le saucisson et le fromage, les belles pommes bien rouges, que papa coupait le pain avec son Opinel affûté qui ne quittait jamais sa poche, le tout exceptionnellement arrosé de limonade qui piquait le nez. Pierre s'ingéniait à la faire rire, inventant les grimaces les plus insensées, elle ne résistait pas longtemps et le liquide lui repassait douloureusement par le nez, la faisait tousser et arroser tout et tous alentour. Les parents râlaient, elle se faisait gronder pour la plus grande joie de son frangin facétieux qui parvenait à s'éclipser avant que le courroux paternel ne se retourne contre lui.

C'était déjà l'aventure pour la petite Colette, un nouveau monde pour lequel elle mettait sa jolie robe à fleurs avant de s'y hasarder, même si elle sortait du train les mains et la figure noires de crasse… Elle ne se doutait pas alors de ce qui l'attendait quelques années plus tard et avait les joies simples des enfants heureux.

Chapitre 15

Lundi 9 janvier 2017 - Ambulance du SAMU - 22h30

Sa jambe droite la lance terriblement lorsque Céleste émerge péniblement. Elle est dans l'ambulance, allongée sur un brancard, son crâne sonne comme les cloches à Pâques et elle a la merveilleuse impression de mâcher du coton hydrophile.

Son univers est tremblotant, chaotique, il pimponne à tue-tête et sa vision est floue.

Un type qu'elle ne connaît pas du tout lui enfile deux petits tuyaux dans le nez et en passe les prolongements, un par un, au-dessus de chacune de ses oreilles tout en scrutant l'écran noir sur lequel une ligne verte se brise rapidement, prise de soubresauts convulsifs, ce doit être les battements son cœur, mais elle n'en est pas sûre.

Elle tente de lever la main droite. Pas moyen ! Celle-ci semble rivée à la civière. Elle tire plus fort, sans plus de résultat. La gauche ne répond pas non plus. L'angoisse monte, elle ouvre la bouche pour crier…

— Ah ! On se réveille ? Je suis le docteur Berthou. Vous êtes blessée et prise en charge par le SAMU. Vous vous souvenez de ce qui vous est arrivé ?

Il promène une petite lampe stylo devant les pupilles de la policière en soulevant ses paupières. Il a beau être précautionneux, la gauche la fait souffrir et ne paraît pas vouloir se laisser examiner.

— Ça a l'air d'aller, annonce le dénommé Berthou à une jeune femme que Céleste aperçoit difficilement derrière elle.

Le chauffeur échange par radio avec elle ne sait qui mais Alvarez comprend qu'il est en train d'annoncer leur prochaine arrivée et la nature des blessures qu'elle présente afin que ses collègues préparent ce qui est nécessaire pour l'accueillir.

La lieutenant tente d'accommoder sa vision, tout est trouble. Elle peine à retrouver quelques images de son passé immédiat, l'agitation brouillée autour d'elle ne lui facilite pas la tâche. Sa poitrine, qu'elle sent nue sous la couverture de survie, est reliée à une machine qui bipe régulièrement.

Manu, la voiture, sa bougeotte, les gamins à vélo, mais ensuite... rien.

— Pas du tout. Qu'est-ce que je fais là ? Je suis malade ? Ma cuisse me fait un mal de chien ! Pourquoi vous m'avez attachée ?

— Comment vous appelez-vous ?

— Lieutenant Céleste Alvarez, officier de police judiciaire, et je veux savoir ce que VOUS, vous me faites et pourquoi je suis immobilisée ?

Elle laisse retomber sa tête, épuisée par l'effort.

— Vous avez été blessée au cours d'une interpellation, lieutenant. Touchée légèrement par une balle, ce qui explique votre douleur au niveau de votre membre inférieur, puis sonnée par un coup de poing ou de coude, je n'ai pas trop bien saisi les explications de votre collègue. Nous avons dû vous immobiliser le bras afin d'éviter tout mouvement involontaire de votre part et assurer le maintien en place de la perfusion qui vous a été posée. Ce n'est que du sérum glucosé avec des antalgiques, ça devrait vous soulager un peu en attendant que vous soyez examinée par les équipes hospitalières. Vu ce que vous venez de subir, il n'y a rien d'étonnant à ce que vous présentiez une légère amnésie, ne vous en faites pas.

Pas s'en faire, pas s'inquiéter, il en a de bonnes, lui !

Elle s'en fait et elle est inquiète, les deux, autant qu'elle veut, c'est pas lui qui décide...

Son cou, immobilisé dans une minerve, ne lui permet pas de tourner la tête. Son regard reste bloqué sur le toit du véhicule de secours et les étagères regorgeant de matériel médical – dont elle n'a pas la moindre idée de l'utilisation possible et encore moins envie de le tester – qui encombrent tout un côté de l'habitacle.

Elle peine à vraiment admettre ce que lui explique le toubib. Une balle ? Un coup ? Elle s'en souviendrait tout de même, elle n'est pas Rambo, ce n'est pas son quotidien...

Elle courbe à nouveau imperceptiblement la nuque pour apercevoir la perfusion implantée au pli de son coude, cette nouvelle tentative lui a donné la nausée.

— Ne bougez pas s'il vous plaît, je préfère que vous attendiez d'avoir passé un scan avant de jouer l'acrobate. Y a pas trop de bobo apparemment mais il faut en être tout à fait sûrs. Pour ça, il nous faut des images claires. Nous arrivons, nous serons bientôt fixés. La balle n'a traversé que le gras de la cuisse, le chirurgien va voir ça mais, *a priori*, un bon nettoyage et quelques points de suture suffiront. Pour le traumatisme facial, vous allez passer quelques examens afin d'être sûrs là aussi que votre boîte crânienne n'a pas été lésée dans le choc. Vous avez perdu connaissance quelques minutes, il vaut mieux être prudent.

L'infirmière, assise derrière Alvarez, a juste le temps de l'aider à se tourner sur le côté et de placer un récipient en forme de haricot devant ses lèvres avant que Céleste ne vomisse un jet de bile amère. Des spasmes douloureux lui déchirent le ventre. Trois fois en quelques minutes, des contractions de plus en plus violentes de l'estomac lui vident les tripes. Épuisant. Elle en a des sueurs froides.

Ses entrailles s'apaisent légèrement à l'arrivée aux urgences où elle est prise en charge immédiatement pour un scanner. Défilé de couloirs, de gens, d'affiches, de conversations absconses, Céleste alterne les moments de vague conscience et d'évanouissement léger si bien qu'elle ne perçoit que très confusément la suite des événements.

Elle ne reprend tout à fait ses esprits qu'en salle de suture où trois individus masqués s'affairent sur sa jambe. Du coin de l'œil, celle qui semble tricoter avec des espèces de pinces constate que sa patiente a émergé :

— Ah, vous voilà parmi nous ? Je suis le docteur Frémot et je suis en train de refermer votre blessure. Nous avons presque terminé, encore un point ou deux et nous arrêtons de vous embêter.

— Vous recousez ma jambe ? Pourquoi je ne sens rien ?

— Je vous ai fait une petite anesthésie locale. C'est très superficiel, il n'y paraîtra plus d'ici un mois quand la cicatrisation sera achevée.

Trois heures après son arrivée, la lieutenant se repose dans une chambre seule. Manu et Charvel sont passés la voir et lui ont raconté en détail ce qui s'est passé. Ils ne sont pas restés très longtemps, Céleste a une tête de déguisement pour Halloween. Elle a bien vu la surprise sur leurs visages quand ils ont découvert le sien en franchissant la porte – et ils sont attendus au poste par une montagne de travail en souffrance.

C'est un Albanais dont elle a oublié le nom qui lui a défoncé la face avec son coude et lui a tiré dessus.

— Heureusement qu'il a glissé sur une plaque de verglas providentielle, parce que, le gilet pare-balles, Alvarez, va falloir qu'on en reparle quand tu seras sortie, avait grondé le capitaine, mi-menaçant, mi-plaisantant.

Ils ont promis de repasser dans la journée, elle le leur a bien interdit. Il y a une agitation monstre au commissariat, des interrogatoires, six interpellations, des saisies de flingues, de dope : coke et diverses cochonneries chimiques en comprimés, bref pas mal d'heures encore d'investigations et recoupements pour mettre au jour tout le trafic, pas la peine qu'ils la veillent, elle est grande.

De plus, elle est exténuée. Ce soir, elle compte dormir pour sortir demain en pleine forme.

Pour l'instant, Céleste s'en fout un peu des trafics et des arrestations.

Elle a sa morte de ce matin et tout le fatras de renseignements recueillis qui tournent en boucle dans son crâne entre deux somnolences.

Elle a surtout mal partout, courbaturée comme si elle avait passé la journée dans un tambour de machine à laver. Bouger un bras ou une jambe lui paraît du domaine de l'exploit et elle se laisse sombrer périodiquement, les images de Leuliez écrasée au bas de son escalier, de cette mystérieuse madame Wensby ou de cette furie de Chardonne se bousculant devant ses yeux.

Elle clôt ses paupières et voit du rouge, du bleu et du blanc, des signes, des ombres… Sa grand-mère, les doigts tout tordus par l'arthrose, qui caresse gentiment ses cheveux indisciplinés en lui racontant des douceurs en espagnol, la pogne de son père qui l'amenait à l'école en allant au travail le matin.

Un bel homme, elle était fière qu'il l'accompagne, et, elle le sait, lui aussi était fier de sa petite qui dessinait si bien qu'elle pouvait reproduire les jardins et les oiseaux qui venaient y picorer, les maisons ou les rues où ils se promenaient en famille lorsqu'elle rentrait le soir.

Tout se mélange en un tourbillon de sensations et d'émotions, jusqu'à ce coude qui arrive à pleine vitesse vers son visage. Elle crie, se dresse, ou du moins esquisse le mouvement, bloquée par la douleur. Ce n'est que la porte de sa chambre qui vient de s'ouvrir. Plongée dans ses rêveries, elle n'a pas entendu frapper.

Ils sont deux : une jeune infirmière, les bras chargés de dossiers, et un toubib qui poursuivent une conversation manifestement commencée dans le couloir à propos de mise en attente et de lui faire penser à téléphoner à Lucas en cardio…

— Ah, notre rescapée ! Comment vous sentez-vous ?

— Pas top top encore, à vrai dire. Mes collègues m'ont raconté mon aventure mais je vous avoue que mes souvenirs ne sont pas très précis, tout est un peu dans un brouillard très opaque.

— C'est naturel, vous avez pris un sacré coup, vous avez eu de la chance de ne rien avoir de cassé. Devez être une tête dure, vous, non ?

Il n'attend pas la réponse, Céleste pense que, oui, il n'y a pas de doute, elle en est une.

Le médecin, jeune, l'air fatigué, stéthoscope autour du cou, blouse ouverte sur une tunique verte des poches de laquelle dépassent des stylos, un bip, toute une série de papiers et un paquet de clopes, lui confirme qu'il n'y a rien d'inquiétant au scanner.

— Vous allez rester la nuit en observation. Estelle, que voici, dit-il en désignant l'infirmière, va passer vous voir toutes les demi-heures pour prendre votre tension et vérifier votre état de conscience. Elle ne fait pas ça juste parce qu'elle adore empêcher les gens de dormir mais pour s'assurer que tout se passe bien pour vous.

L'intéressée affiche un joli sourire. Le praticien reprend :

— Je sais, c'est embêtant, mais c'est encore ce qu'on a trouvé de mieux pour les traumas crâniens. Vous avez eu chaud tout de même. Je vais vous prescrire un arrêt de travail d'une semaine, des antalgiques et des antibiotiques, ainsi que quelques jours d'anti-inflammatoires pour faire dégonfler l'œdème facial. Votre œil a été examiné par l'ophtalmo, il n'a rien, ne vous laissez pas impressionner par ce que vous allez découvrir dans le miroir ; dans quelques jours, il n'y paraîtra plus. Même chose pour les excoriations sur vos joues et votre menton, elles vont cicatriser tranquillement. Vous passerez refaire votre pansement ou vous préférez une infirmière à domicile ? Il est à changer d'ici trois jours, n'y touchez pas en attendant, vous pouvez prendre une douche, pas de bain. Et, bien sûr, il faudra faire ôter les fils dans six jours, ça devrait être cicatrisé. Pas d'imprudence d'ici là, beaucoup de repos et, surtout, revenez nous voir si vous avez des maux de tête persistants, des nausées, des vomissements ou même une très grande fatigue inhabituelle. N'hésitez pas.

— Merci docteur. Je peux sortir quand ?

— Je vous vois demain matin, on fait le point sur la nuit et, si tout va bien, pour midi, vous êtes dehors. Vous avez quelqu'un pour vous accompagner ? Il est hors de question de conduire avec une jambe dans cet état et le coup que vous avez reçu.

— Oui, oui, je vais demander à mon collègue de passer me chercher.

— Il faudrait également demander à quelqu'un de vous apporter des vêtements, au moins une jupe ou pantalon de jogging assez large, un t-shirt et un pull. L'équipe du SAMU a dû découper la jambe de votre jean pour examiner la blessure et le reste aussi. Le blouson est intact.

Merde, Céleste n'avait pas pensé à ça.

Elle va demander à Manu de lui acheter un pantalon de sport et un sweat, pas question qu'il mette le nez dans son appartement au milieu du bazar qu'elle y a laissé ce matin en partant.

Enfin seule, elle peut se laisser aller et se détendre.

Les murs de sa chambre sont bleu pastel, rien d'agressif ou de trop présent et, même si elle se sent toujours douloureuse, le lit médicalisé est assez confortable. Elle explore son environnement.

La poire pour appeler les soignants est à portée de la main, la télécommande pour actionner les différentes positions du sommier aussi, elle se rassure doucement, même si elle n'a toujours pas recouvré la mémoire.

Manu voulait aller lui faire installer la télé mais Céleste a décliné : ce n'est déjà pas terrible habituellement, cette nuit, ce serait encore pire.

Elle verra bien demain comment envisager la suite de son enquête et si elle se sentira d'attaque. Pour aujourd'hui, elle a son compte d'émotions et de douleurs, elle aimerait bien dormir, même si elle sait que ce sera demi-heure par demi-heure. Cette Estelle semble zélée et risque de ne pas omettre une seule des visites de surveillance préconisées.

Et cette poche de perfusion qui continue à goutter dans son bras l'agace au plus haut point. Même pas moyen de se retourner ni de gigoter, nuit pourrie, c'est sûr…

Céleste sourit comme elle peut, la mauvaise humeur revient, c'est bon signe.

Au même moment, à la Résidence des Lilas, Colette ne dort pas. Elle est fiévreuse, tousse beaucoup et a les yeux qui pleurent.

Mais ce n'est pas ce qui l'empêche de trouver le sommeil, il y a pire.

À la demande de cette policière, on l'a changée de chambre pour quelques nuits et celle qu'elle occupe habituellement est verrouillée. Il y a même les scellés. Elle l'a bien vu en passant devant.

Tout le monde est gentil avec elle, aux petits soins, mais tout de même, elle n'a pas ses affaires sous la main. Allez savoir ce qu'ils vont laisser comme désordre, ces fouineurs. Elle est inquiète, angoissée.

Elle sait que quelque chose ne va pas mais sa pauvre tête a des difficultés à se concentrer pour identifier précisément quoi.

Elle a pris sa trousse de toilette, ses vêtements pour demain, son sac à main, deux livres qu'elle n'ouvre pas mais qui lui sont indispensables sur sa table de chevet. *Sur la route* et *Pour qui sonne le glas*. Ils sont jaunis, écornés, fatigués, comme elle, ils la suivront dans la tombe ou dans l'urne, elle n'a pas encore décidé ce qu'il conviendrait de faire de son corps quand viendrait l'heure de rejoindre définitivement Rob.

Elle est prise d'une quinte qui lui déchire la gorge, s'étouffe à moitié. La perception du manque de lui, à chaque fois, l'oxygène lui fait défaut, même lorsqu'elle n'est pas malade. Un trou dans sa poitrine, un coup de poing au creux de son ventre, voilà ce qu'elle ressent.

Ce n'est pas une part d'elle qui a disparu avec son mari, c'est son univers qui s'est effondré sur lui-même.

Elle n'est plus qu'une ombre, un spectre qui attend elle ne sait quoi, elle ne croit pas en ces fariboles de vie après la mort. Ce qui n'est plus ne reviendra jamais, c'est là l'unique vérité.

Alors pourquoi tout ça ?

Les pas précipités d'une des soignantes de nuit résonnent dans le couloir, la vie a repris, les habitudes aussi, sauf pour elle qui a perdu les siennes. Le verre d'eau est difficile à attraper, il n'est pas du bon côté, pas comme à l'accoutumée sur sa gauche. Elle hésite à appeler mais se décide à se débrouiller seule. Elle n'a pas envie de parler ni de déranger, ne veut personne dans sa nuit, le seul endroit où elle est encore totalement libre.

Un camion passe dans la rue, loin, au-delà du parc. Elle entend le grondement du moteur qui reprend de la puissance après le petit virage en épingle pour attaquer la légère pente, des chats miaulent et se battent, feulent et geignent, le vent apporte quelques aboiements sporadiques en provenance du chenil voisin, elle s'apaise peu à peu et s'endort.

Chapitre 16

Lundi 28 octobre 1968 - Port de Québec - 1 h 15

— Et les chiens ? demande soudain Robert, tendu, fatigué par cette dernière étape avant l'embarquement.

Il force sa voix, se penche vers le conducteur qui s'esclaffe.

— Oh, capote pas avec ça. Là où je te vais te déposer, y en a pas. Ce n'est pas la première fois que je traîne dans le coin, faudrait vraiment pas être vernis pour que quelqu'un surveille le quai avec un clebs. J'ai eu un job sur les docks l'été dernier, c'est pour ça que David m'a demandé de vous accompagner. Les gardiens n'aiment pas trop le froid, mais la flotte, c'est encore pire. Une fois mouillé, t'en as pour la nuit à grelotter. Ils chèquent au minimum par un temps pareil et sont durs à branler. Les rondes où il faut pointer sont effectuées mais rien de plus que le strict obligatoire. Crois-moi, y préfèrent se pogner le cul au chaud. Les clébards, ils sont presque réservés à la douane ou aux quais abritant des produits de grande valeur faciles à emporter.

— Je m'emballe pas, je ne veux pas me faire surprendre, c'est tout. Ce serait vraiment trop con. Et Colette ne peut ni courir ni sauter. Pas question de la mettre en danger parce que j'ai oublié un détail.

— Les détails, c'est moi qui m'en occupe. Je suis pas tombé du nid ce matin. Vous n'êtes pas les premiers que je chauffe dans mon char. Elle n'aura pas besoin de faire ce qu'elle peut pas faire. Soyez le plus discrets possible et faites exactement ce que je vous dis. Je vous lâche pas avant la passerelle du *Sunny Boy*. Vous serez à votre appointement. Après, à vous de jouer.

— J'ai confiance en toi. Je suis juste préoccupé par ce trajet entre la voiture et le bateau, réplique Robert.

— On sera pas à découvert, il y a des marchandises partout, pas cinq mètres de quai libres, tout est encombré de tas de cargaisons. Crois-moi, ça va se passer tout seul, y a pas un branleux qui viendra nous achaler, assure Pierre avec une tape sur l'épaule de son passager.

Pas si sûre, moi, que ça se déroule si bien, songe Colette. Dès que la voiture s'arrête, moi, je pisse ! N'importe où, même sous le nez de dockers et de marins en escale, j'en peux plus.

Le Québecois opine, conciliant. Il sait l'inquiétude qui habite ses passagers pour l'avoir tant de fois vécue.

Il y a de plus en plus de jeunes Américains qui refusent de partir pourrir au fond d'une jungle hostile. L'absurdité de cette guerre impérialiste pour soutenir un régime totalement corrompu a quelque chose d'obscène. *La victoire est proche*, serine en boucle l'administration Johnson totalement discréditée par la masse des cercueils, sans cesse plus nombreux à revenir en lieu et place des *boys* pleins de vie qui étaient partis, parfois à peine quelques jours plus tôt.

Nixon a toutes les chances de gagner les élections, Hubert Humphrey ne fait pas le poids, mais ça ne changera rien au fond. Il y a même à craindre que ce ne soit pire. Non seulement il va renforcer la présence de L'US Army au Vietnam, mais son programme de « *law and order* », destiné à rassurer les classes moyennes, ne laisse rien présager de bon quant aux libertés dans le pays.

Pierre s'attend au contraire à un afflux de jeunes gens, il fera de son mieux pour les assister. Tabernacle ! Il déteste la guerre et les guerriers, les flics et l'ordre établi ! Nom de nom, ça lui chauffe le sang toutes ces histoires, comme si on pouvait pas vivre sans se massacrer…

Déjà, avec son gang, passer deux jours sans se chicaner pour des niaiseries, c'est un exploit.

Les essuie-glaces évacuent du mieux possible le torrent qui les assaille, les rares véhicules croisés, trucks énormes, fourgons ou pick-up, avancent également au pas. Aucun piéton à l'horizon.

La buée qui se forme sur le pare-brise oblige les deux hommes à passer, à tour de rôle, un vieux tricot de corps en coton afin de tenter d'y voir un peu clair.

Soudain, le gyrophare d'une patrouille de police jette le trouble dans la voiture.

Colette en oublie sa vessie, Robert baisse le volume d'autorité, les respirations se suspendent. Leur guide, nerveux, plisse les yeux pour mieux anticiper. Il ne reste qu'à peine cinquante mètres avant l'endroit où se sont garés les *cops*, toutes lumières clignotantes.

Un barrage ? Un contrôle ?

— Elle est à toi la voiture ? demande Rob.

— Oui, oui, elle est en règle. T'inquiète pas.

— T'es sûr ? Tu fais une drôle de tronche.

— C'est pas ça. On n'a rien à foutre là avec une femme enceinte. Nous deux, j'peux toujours dire qu'on va au boulot, mais pas avec elle, tu piges-tu ?

— Elle est là pour ramener la voiture ? Elle en a besoin et nous dépose au travail avant de rentrer ?

— Pas con. Ça se tente.

— OK, dit Colette. Je dois aller chez ma mère qui habite à Montréal. C'est à moitié vrai après tout, tente-t-elle de plaisanter.

— Ne donne aucun détail tant qu'ils ne te demandent rien, ça t'évitera de te couper, intervient Pierre, sentencieux.

Colette se renfrogne, il l'agace de plus en plus celui-là.

— Et s'ils nous demandent pour qui on bosse ? insiste Robert. Tu as une idée ?

— Q.I.S., répond Pierre, laconique. Québec International Stores. J'ai encore un badge dans la bagnole, il doit traîner dans le vide-poches de ton côté. Fouille voir, mon gars. J'ai fait un chantier ou deux pour eux et j'ai « oublié » de rendre ma carte.

— Mais t'en as qu'un ?

— Et alors ? T'es venu voir s'il y avait de l'embauche. Jusqu'à présent t'es pas recherché au Canada, t'as rien fait de mal, si ? M'étonnerait fort que les flics américains aient déjà lancé un mandat international sur toi. Ça s'fait pas du jour au lendemain. Pis on pas l'choix.

— Non, non, bredouille Robert qui ne tient pas à parler du vol de la Valiant.

Il se sent un peu honteux de lui cacher tout ça mais ne veut pas que l'autre renonce pour cette babiole. Et comment la police canadienne les aurait-elle identifiés ? Il devient trop méfiant avec toute cette tension.

— Pis si ça va pas, tu r'pars avec ta blonde et on n'en parle plus. Respirez, on n'est pas dans un film de gangsters, ils vont pas mitrailler mon char pour une question de paperasse. Relax, *man* !

Beaucoup de stress pour rien finalement. Les deux policiers ne tournent même pas la tête à leur passage. Impossible de distinguer ce qu'ils font mais ce n'est certainement pas la traque aux déserteurs qui les a amenés sous ce déluge à plus d'une heure du matin.

— Tu vois, je te l'avais bien dit, soupire tout de même Pierre. Y a des bandes qui pillent les camions avant qu'ils prennent la route et les entreprises sont tannées, ils font pression sur la municipalité qui envoie quelques patrouilles supplémentaires, histoire de se montrer aux voleurs qu'ils seraient inspirés d'aller travailler ailleurs pendant quelque temps…

La musique est plus douce, légèrement jazzy, Raymond Lévesque a succédé à Robert et sa clique :

« Quand les hommes vivront d'amour
Il n'y aura plus de misère
Et commenceront les beaux jours
Mais nous, nous serons morts, mon frère… »

Colette frissonne.

Chapitre 17

Mercredi 11 janvier 2017 - Appartement de Céleste Alvarez

Tourner en rond quand on ne peut pas correctement marcher n'est pas une sinécure. Toujours percluse de douleurs, Céleste rumine dans son lit ou sur son canapé. Elle est rentrée chez elle depuis hier midi, ramenée par un Manu tout fiérot de lui avoir dégoté un jogging turquoise informe dans lequel elle nage et un sweat jaune canari à hurler.

Elle a dû tirer le cordon du pantalon au maximum et faire un nœud pour éviter qu'il ne lui tombe sur les pieds lorsqu'elle s'est levée pour prendre place dans la voiture en camouflant autant que possible son invraisemblable déguisement de poussin sous son blouson sale.

Il a vraiment du goût, ce garçon. Elle n'avait pas eu le cœur de lui dire que la couleur de ces immondices à bandes latérales lui donnait de nouveau la nausée, ça n'aurait pas été gentil et il aurait été capable de la laisser là pour alerter les médecins en pensant à une rechute de sa collègue.

La voyait-il vraiment aussi grosse que ça ? Du cinquante pour le bas et XXL pour le haut, tout de même, il n'avait pas lésiné sur la quantité. Le flic était fatigué, il faut dire, la nuit avait été courte, ou longue, ça dépend du point de vue de l'observateur. Auditions, confrontations, rebelote, encore et encore, avec les mêmes ou d'autres signalés par les premiers suspects, cueillis pour témoigner ou rejoindre leurs compères en garde à vue, courir à droite et à gauche en quête d'un nouvel élément ou afin de vérifier un point de détail pouvant s'avérer important, tout le groupe avait bossé jusqu'à quatre heures du mat' et le lieutenant n'avait réussi à grappiller que trois heures d'un sommeil agité avant de venir chercher Alvarez qui ne tenait plus en place depuis son réveil.

Elle allait mieux, un peu, et ne supportait plus l'odeur, les bruits et l'atmosphère si particulière de l'hôpital, synonyme pour elle de lieu où l'on meurt depuis le décès atroce de sa grand-mère.

La première demi-journée chez elle a été consacrée entièrement au repos.

Quelques coups de fils, à ses parents, à Manu pour le rassurer, au service de livraison de pizzas à domicile également pour se remettre de la bouffe de l'hosto et bouquinage paresseux sans comprendre la moitié de ce qu'elle lisait.

Hors du temps, elle se laissait porter, contrainte par sa cuisse qui la lançait de limiter ses déplacements au minimum vital. Elle n'avait même pas bénéficié du réconfort d'une douche malgré le pansement occlusif qui le lui permettait. Encore trop chancelante, elle ne se sentait pas prête à affronter le sol glissant de l'étroite cabine.

Une chaise devant le lavabo, elle avait assuré le coup.

Chaque coup d'œil dans un miroir la déprimait. Le truc hideux qui lui couvrait toute la partie gauche du visage était en tout point semblable à un masque de film d'horreur. Elle aurait pu sans maquillage jouer une zombie dans *The Walking Dead*.

Son œil, aux trois quarts fermé, coulait et sa joue, d'un très laid mauve profond marbré de petites écorchures marron, un régal. Un Francis Bacon en vrai.

Elle a pris quelques selfies afin de se retenir la prochaine fois que l'envie lui prendrait de courser des lascars tombés des fenêtres. À conserver.

Mercredi matin, elle se sent mieux, plus sûre d'elle, moins douloureuse et peut finalement passer de longues minutes sous le jet chaud et apaisant de la douche.

Vêtue d'une jupe bleue dénichée dans un carton – pourquoi avait-elle conservé ce truc ? –, elle se sent un peu ridicule, déguisée, pas elle-même.

La plaie, sur le tiers supérieur de sa cuisse, n'est pas visible, par contre elle boite et ne peut vraiment pas se lancer dans une promenade. Surtout qu'elle n'a pas de collants – ce qui ne réglerait rien –, la blessure serait tout autant compressée qu'avec un jean –, qu'il a neigé de nouveau et qu'elle risque de mourir de froid ou de se retrouver le nez dans le caniveau.

Céleste Alvarez se lance alors dans le résumé de tout ce qui lui passe par la tête concernant son enquête.

Tout ce qui vient, sans trop de raisonnements ni de méthodes, elle mettra tout ça en ordre plus tard…

Pour le moment, c'est en mode écriture automatique qu'elle noircit des pages et des pages de son bloc-notes.

La matinée y passe tout entière, midi également – la faim ne la tire même pas de sa tâche –, elle est entièrement absorbée et ne commande une quatre saisons qu'à 14 heures bien sonnées.

Satisfaite, elle classe ses notes dans différents fichiers sur son ordinateur, garde tout de même ses brouillons et prépare sa stratégie pour les jours à venir.

L'après-midi sur Internet, elle se commande en urgence quelques vêtements chauds adaptés à son handicap – elle les recevra le lendemain – et marche dans l'appartement pour maîtriser ses déplacements.

Elle se fatigue vite, perd parfois un peu l'équilibre, se maudit d'être lourde et pataude tout en prenant un biscuit dès qu'elle passe à portée du buffet et finit par trouver que les progrès sont suffisants pour se lancer seule à l'extérieur.

Demain elle essaiera de sortir.

Elle a sa petite idée, la laisse mûrir lentement entre deux pauses sur son lit ou un thé au caramel accompagné de quelques gâteaux secs parce qu'il faut bien se retaper.

Manu l'a appelée, ils travaillent toujours sur les suites de la descente rue des Mésanges. Les Stups auraient mis au jour des ramifications assez inespérées et ont encore besoin d'aide pour traiter l'ensemble du dossier. Inutile de lui parler du cas Leuliez, il n'a manifestement pas de temps à lui consacrer, elle va devoir se débrouiller toute seule pour avancer.

Pas question d'attendre encore une semaine et sa reprise de travail pour poursuivre son enquête. De toute façon, ce qu'elle rumine depuis la nuit horrible passée sur son lit d'hôpital ne peut se faire dans le cadre légal de son travail, autant profiter de ses quelques jours de repos pour aller au bout de son intuition.

Manu ne la laissera jamais faire, elle ne veut pas le mouiller là-dedans, quant à Charvel, il lui hurlerait dessus trois jours durant à en perdre la voix s'il avait seulement vent de ses projets.

Jeudi commence à peine. Une petite neige qui ne veut pas dire son nom tombe sans discontinuer sur la ville qui semble grelotter et avoir du mal à se mettre en route pour une nouvelle journée.

La circulation est dense, 8 heures s'affichent au-dessus des panneaux d'information municipaux, en alternance avec -3° et un flocon stylisé. La policière aurait parié sur plus bas encore. Des flots de véhicules se bousculent à tous les carrefours et les conditions météorologiques ralentissent encore plus le trafic. Ici ou là, des automobilistes furieux s'échangent des noms d'oiseaux exotiques.

Une prise de bec pour une aile froissée, c'est plutôt normal, sourit Alvarez en traînant sa patte folle.

La lieutenant boitille prudemment et s'est aventurée très tôt sur les trottoirs inhospitaliers après une nuit d'insomnie – entrecoupée, il est vrai, de quelques somnolences agitées de rêves – n'y tenant plus d'échafauder des hypothèses de plus en plus farfelues dans son appartement.

Elle en avait sa claque d'être confinée, il lui fallait partir en chasse. Certes, elle n'avance pas vite, ce ne sera pas une chasse à courre, mais la station de bus est toute proche de son domicile, deux cents mètres tout au plus.

Céleste évite autant que possible les plaques brillantes et suspectes disséminées par endroits, contrainte sans cesse de calculer et d'optimiser sa trajectoire afin d'épargner ses forces.

Deux gamins, sans doute sur le chemin du collège, se lancent en hurlant des défis en forme d'improbables figures de style lors de glissades acrobatiques sur les langues de verglas.

Le plus petit rentre à pleine vitesse dans une poubelle, roule sur trois ou quatre mètres et se relève en riant.

Elle fait un large détour pour éviter de leur servir de quille, l'idée d'un choc pareil la fait frémir. La douleur irradie dans sa cuisse lorsqu'elle doit s'appuyer dessus ou lors d'un faux mouvement qui lui rappelle sa fragilité, mais, avec la tête qu'elle a, personne ne peut s'apercevoir qu'elle grimace.

Les flocons s'épaississent, on recommence à voir les pas s'imprimer en sale sur le sol blanc. Un rideau opaque et froid s'abat sur les rues. La neige s'infiltre partout au gré du vent, s'amoncelle et gèle rapidement. La progression est pénible, Céleste s'essouffle mais parvient néanmoins sans encombre notable à l'abribus.

Pas un usager. Il semble lui être réservé. Alvarez n'ose pas profiter du banc, ayant peur de peiner à se relever à l'arrivée du bus. Elle colle son épaule sur le montant de la structure, prenant garde de bien conserver le visage caché sous la vaste capuche de sa doudoune.

Le plan sur la paroi lui indique qu'elle est bien au bon arrêt. Un rapide coup d'œil – le droit, le gauche étant momentanément inapte à toute fonction – lui confirme qu'elle doit prendre la ligne 6 d'ici une dizaine de minutes, la 6, celle qui dessert la partie ouest du centre-ville, le coin un peu vieillot et cossu de la cité, celui aux rues baptisées de noms de peintres dont un des arrêts donne directement sur la rue Picasso à l'endroit où elle débouche sur celle dédiée à Georges Braque et donc proche de l'appartement de cette tout à fait passionnante madame Wensby.

Chapitre 18

Lundi 28 octobre 1968 - Port de Québec - 1 h 20

— Nous y voilà, annonce le Québecois en rangeant sa Ford derrière un amas faramineux d'énormes caisses.

La nuit est d'un noir profond, la pluie a cessé depuis une minute à peine. Un silence angoissant s'impose après le martèlement des gouttes sur la carrosserie. Pierre désigne un grillage tendu verticalement à quelques mètres de là.

— Je vais commencer à débarrer l'accès, prenez vos guenilles pendant c'temps. Faut pas non plus traîner, on n'est pas en vacances, tente-t-il de plaisanter, mais un léger tremblement dans sa voix trahit son anxiété.

Robert et Colette se chargent, lui plus qu'elle. Ils ont fait au plus juste mais tout est lourd cette nuit, même le léger sac à dos dans lequel elle a entassé les quelques bricoles auxquelles elle tient le plus et qui lui scie les épaules.

La brèche est bien avancée lorsqu'ils parviennent à la clôture. Pierre tient les lambeaux de grillage en hauteur pour laisser passer les clandestins encombrés. Il se faufile à son tour et tous trois pénètrent dans un dédale de chargements en instance.

Hauts comme dix hommes, dégoulinants, ces murs de bois et de fer semblent en eux-mêmes une menace. Ils parcourent ainsi une bonne centaine de mètres, l'oreille aux aguets, le souffle court. Leurs pieds flicflaquent et leurs chaussures s'imbibent désagréablement, des panaches de fumée matérialisent leur respiration. Colette n'en peut plus, elle implore les deux hommes de lui laisser deux minutes.

— Juste deux, promis, je ne peux plus me retenir, supplie-t-elle en désignant son ventre tel un coupable au tribunal.

Les deux hommes se collent contre une bâche au sigle inconnu recouvrant une montagne de palettes. Ils lui font signe qu'ils l'attendent.

Seule derrière un container, elle peut enfin uriner. La trouille qu'elle ressent ne lui facilite pas la tâche, elle peine à se soulager alors qu'elle se retient depuis une éternité. C'est encore accroupie qu'elle entend la cavalcade qui déboule sur la gauche de leur position.

Des cris, des « *Police* », des « *Go, go, go* » fusent, des bruits de course…

Elle se rajuste comme elle peut, coince sa robe dans son collant, s'énerve, court rejoindre les autres, paniquée.

Pierre a compris qu'une descente est en cours, qu'une bande doit être dans le collimateur des flics et que, par malchance, c'est juste cette nuit qu'elle a décidé de venir cambrioler un chargement.

— Quelle chierie ! Marde de marde !

Ça bouge devant, à cinquante mètres sur leur gauche. Des cris, des coups, des insultes. Encore des bruits de course heurtée. Une sirène dans leur dos, des portières qui claquent.

— La patrouille de tout à l'heure ! souffle Pierre.

— Bien sûr, elle était là en renfort ! s'exclame Robert. Ils vont ramasser ceux qui vont passer à travers les mailles du filet. On s'est fait avoir comme des cons !

— Filez ! dit le Québécois, le ton grave. Faut mouver, ça rigole plus. Partez par là. On va tous se faire coincer si on reste ensemble, c'est pas utile. Au pire, j'm'en crisse, j'vais passer une nuit au poste mais j'ai rien à voir avec ces abrutis de bandits. La flicaille va bien s'en rendre compte. Je vais pas aller en prison pour avoir pris une marche sur un quai. Vers la droite, d'accord. Et tout droit ensuite. Vous allez forcément tomber sur le *Sunny Boy*, il est à peine à deux cents mètres. Je m'occupe des guignols pendant que vous fuyez. Je pars sur la gauche. Ne faites pas de bruit mais restez pas à vous pogner non plus.

Les deux hommes se serrent la main, muets l'un et l'autre, un truc viril et définitif, ils ne se reverront pas et le savent. Colette ne peut se retenir d'embrasser les joues hirsutes, elle est émue aux larmes et morte de frayeur.

Alors ils se hâtent, sans courir, le cœur lourd mais le pas le plus léger possible, prenant garde de ne pas trébucher…

Sans bruit, ils zigzaguent entre les caisses, haletant, leurs cœurs dépassant largement la zone rouge, ils tapent si fort dans leur gorge qu'ils en ont mal. Ils ne voient rien, devinent, se hasardent, contraints de passer par les endroits les moins éclairés pour éviter de se faire remarquer par un flic.

Ils entendent Pierre partir en courant dans l'autre direction, des voix inconnues qui hurlent « Stop ! », « Halte ! », des injures indistinctes. Un coup de feu explose à leurs tympans, puis un autre, ils voient les flammes des tirs. Un cri. Un cri d'homme. Un homme qui pourrait être barbu et s'appeler Pierre.

Colette bloque net, les oreilles bourdonnantes, un lapin dans des phares. Elle ouvre la bouche pour un cri que Rob étouffe de sa main. Pas Pierre ! Pas lui ? Ses yeux terrifiés cherchent une assurance dans ceux du jeune homme qui ne peut lui donner ce qu'elle quémande pathétiquement. Ce n'est pas possible ! Pas deux fois ! Pas comme ça, pas à cause d'elle…

Une faute qu'elle s'accapare de façon absurde, qu'elle impute à ce ventre qui presse sa vessie, qui l'empêche de marcher vite. Si elle avait pu avancer plus rapidement, si elle ne s'était pas arrêtée, si, si, si…

Elle est anéantie, terrassée, plus rien n'a de réalité, ni de contour, tout est flou et chaotique. Elle revit la disparition d'un autre Pierre, tout remonte en elle, la douleur la cisaille brutalement sans rien pour faire un tant soit peu barrage.

Colette n'est plus qu'un bloc de souffrance pure. Robert le sait. Impuissant à juguler tant d'horreur, il la serre dans ses bras d'une brève étreinte.

Sans un mot, sans un regard en arrière, il lui prend fermement la main et la tire, la traîne, vers le salut du navire maintenant en vue.

Pour le reste, ils ne sauront jamais rien mais ce cri ne quittera plus leurs esprits.

Rien n'est pire que l'ignorance parfois.

Cette nuit sera, pour le restant de leur vie, noire de deuil.

Chapitre 19

Jeudi 12 janvier 2017 - Face à La Bookinerie - 9 h 20

Le 40 est un bel immeuble de cinq étages en pierre blanche et aux hautes fenêtres. Il fait l'angle entre les rues Pablo Picasso et Juan Gris. De beaux platanes, taillés de près pour l'hiver, ornent de larges trottoirs d'ordinaire très passants bordés de magasins et boutiques.

Un scooter déboule au ralenti, le conducteur redoute manifestement de déraper sur les petits monticules de boue neigeuse qui se sont formés sur la chaussée aux passages des véhicules. La couche blanche atteint bien deux ou trois centimètres là où les voitures et camions ne peuvent la transformer en une soupe grisâtre, et Céleste, emmitouflée dans sa doudoune moutarde, claudique vers le bistrot situé pratiquement en face de son objectif, elle l'a repéré à travers la vitre de l'autobus, il fait parfaitement l'affaire.

À la vitesse où elle marche, elle a tout le temps de regarder les vitrines, obturées par de longs bandeaux de papiers rouges ou jaunes, annonçant les soldes d'hiver dont le top départ a été donné hier matin.

Ce n'est pas la foule, il est vrai qu'il est encore tôt et que la météo a dû contrarier les projets shopping de pas mal de clients.

Quelques courageuses sortent pourtant déjà d'une enseigne prestigieuse de vêtements, les bras encombrés de sacs multicolores.

Le temps n'est pas à la précipitation, marcheurs comme voitures semblent filmés au ralenti. Rien dans ces étalages de marchandises à prix sacrifié n'intéresse réellement Alvarez, obnubilée par la mission d'observation qu'elle s'est fixée pour sa première sortie.

De toute façon, elle déteste faire ses achats au milieu de la cohue et passera comme tous les ans par le web pour renouveler sa garde-robe. Les jolies vendeuses qui opinent du chef, tout sourire dehors, en lui disant qu'elle est superbe dans ce pantalon ou ce pull alors qu'elles lorgnent ses rondeurs en espérant ne jamais attraper les mêmes, lui donnent de l'urticaire.

Un petit groupe de badauds se presse à l'entrée d'une échoppe de téléphonie annonçant des rabais fantastiques sur les derniers modèles, il n'y a qu'à cet endroit que l'on ressent quelque peu la fièvre de consommateurs en manque de bonnes affaires.

Elle les contourne prudemment et se dirige vers la porte du café à la devanture un peu vieillotte qui sera, elle l'a décidé, son poste de commandement. Elle n'avait pas beaucoup le choix, c'est le seul de la rue et il est idéalement placé pour ce qu'elle a dans la tête: s'emparer du bouquin réclamé avec tant d'impatience à son fils par cette drôle de madame Wensby.

Quatre clients au comptoir, trois petits noirs servis devant des employés se prenant deux minutes avant d'entamer la journée, un demi, presque incongru à cette heure, traîne face à un type au visage rouge cramoisi à qui les intempéries ne coupent pas la soif, bien au contraire, semble-t-il.

Le lieu pue le café froid et le vêtement humide, Céleste fronce le nez. Les personnes présentes commentent vaguement les dernières infos distillées par la télé grand écran, son coupé, placée au-dessus du bar. Les bandeaux défilants suffisent à alimenter une conversation confuse pleine de certitudes assénées, les quelques secondes nécessaires à se choisir une place lui suffisent pour s'en rendre compte. Au milieu des bouteilles, une collection de coupes, trophées, écharpes et fanions narrent sans équivoque l'amour du patron pour la pétanque ou le jeu de boules, Céleste n'y connaît rien et s'en moque.

La salle est déserte si l'on excepte la jeune fille en jean noir et pull rose fuchsia, assise sur une banquette dans le coin le plus obscur, tapant frénétiquement sur le clavier de son Mac. Une grande tasse et une théière sur la table laissent peu de place au doute sur sa consommation, les miettes de viennoiseries non plus: petit-déjeuner studieux.

Alvarez s'installe juste à côté de la baie vitrée en façade, celle qui offre une vue panoramique sur les allées et venues dans le périmètre qui l'intéresse, le 40 et ses deux voisins qui doivent être du même architecte et bâtis sur des plans identiques. Au 38, c'est un maroquinier, qui a dû remplacer l'atelier d'imprimerie, pense Céleste, puisqu'une librairie, La Bookinerie, occupe toujours les lieux dans l'ancienne affaire de Colette. L'enseigne a changé de nom mais pas de destination et il reste cette petite connotation anglo-saxonne laissant planer l'ombre de Colette Wensby sur le magasin.

L'enseigne aux couleurs de la bannière étoilée confirme que la littérature américaine en est la spécialité. À moins que, par extraordinaire, il y ait eu interversion entre les deux boutiques ? Non, elle refuse de l'admettre, la vieille dame lui paraît assez déterminée pour avoir conservé la vocation première de son local commercial si elle en est toujours propriétaire.

Les trois couleurs, Céleste, les trois couleurs, songe-t-elle, encore, toujours…

Installée sur la banquette convoitée, il lui faut bien abandonner à regret l'abri de son enveloppante capuche et de sa large écharpe cachant en partie son visage. Elle n'a pas levé la tête dans les transports en commun, ni au cours de sa marche. La surprise qui se lit dans les yeux de la jeune femme toute fine venant prendre sa commande est éloquente.

Elle écarquille les paupières et ses pupilles noires détaillent le désastre ambulant qui vient de s'asseoir. Plutôt jolie, des dents un peu grandes peut-être, mais souriante au moins. La flic la jauge également. Jean, chemisier blanc et tablier de sommelier, elle est raccord avec le décor.

Professionnelle, la serveuse ne laisse rien échapper mais Céleste voit bien qu'elle la fascine avec son énorme hématome et ses écorchures sur la joue. Elle a une tronche à poser sur les affiches contre les violences faites aux femmes, pas besoin de se grimer, elle est crédible.

— Bonjour. Que puis-je vous servir ?

La voix est presque assurée, bravo.

— Un Ceylan noir, s'il vous plaît, si vous avez, répond Alvarez avec un léger chuintement. L'œdème est descendu jusqu'à sa lèvre supérieure et la gêne pour articuler. Raté pour la discrétion, elle le savait de toute façon, ça n'a pas d'importance…

— Bien sûr, aucun problème.

— Ah, et deux croissants également, je vous prie. Faut que je me retape, essaie-t-elle de plaisanter en désignant ses stigmates. Accident de voiture. Pas trop grave mais ça arrange pas la physionomie, n'est-ce pas.

— Non, effectivement. C'est impressionnant. Ça doit être atrocement douloureux. Votre œil, je veux dire. Je vous amène votre thé tout de suite.

— Oui, il me démange en plus, c'est agaçant. J'aurais voulu un verre d'eau pas trop rempli aussi, j'ai des médicaments à faire fondre, merci.

— Oui, oui, bien sûr, je vous apporte ce qu'il vous faut immédiatement.

Céleste reprend ses observations de l'environnement de la librairie en patientant. Plus loin, une étroite galerie de peinture, affiches bariolées et sculptures en devanture incitant les amateurs à venir apprécier le dernier artiste défendu, jouxte une bijouterie. Mauvaise entame pour les soldes, songe Alvarez. Les flocons redoublent et la rare clientèle potentielle, loin de s'adonner à la flânerie propice aux dépenses irréfléchies, fuit les frimas pour aller à l'essentiel.

La jeune serveuse dépose la commande sur la table, tente un mot sur le sale temps et s'éloigne devant le peu de réaction d'Alvarez toute à ses réflexions philosophiques sur la fragilité de la société de consommation à la merci d'un peu d'eau cristallisée.

Elle est partagée, moins de monde dans les environs, c'est également moins de témoins mais c'est aussi apparaître plus à découvert pour qui s'y aventure en faisant une grosse tache moutarde foncé sur le blanc uniforme.

On n'en est pas encore là, pour l'instant : examen attentif des mouvements, prise de notes et dessin des lieux.

Céleste extirpe un carnet à spirale et deux blocs épais de son grand sac ainsi que la trousse en cuir dont elle ne se sépare jamais depuis qu'elle l'a récupérée chez son grand-père.

À l'origine, il y rangeait sa pipe et son paquet de tabac gris, elle ne quittait jamais la large poche de son bleu de travail, excepté lorsqu'il s'asseyait, fatigué, sur les marches menant à l'entrée de sa maisonnette et prenait le temps de bourrer méticuleusement le fourneau brun sombre avant de le faire rougeoyer d'une allumette qu'il cachait dans ses mains pour contrarier le vent farceur décidé à éteindre la flamme. Il tirait plusieurs bouffées rapides, fumant comme une locomotive, et répandait une odeur âcre qui imprégnait ses vêtements. Une horreur lorsqu'il pleuvait, grand-mère plissait le nez quand son mari rentrait. Nostalgique de ses goûters où pépé Juan et *abuelita* Maria rivalisaient de gentillesse envers elle, leur seule petite-fille, le centre de leur univers quand elle était chez eux…

Ils avaient eu une vie rude, alors qu'ils n'étaient que de tout jeunes enfants, faite d'exil et de peur devant les attitudes et les mines sombres des hommes armés qui les avaient accueillis de l'autre côté de la frontière. Ils lui ont raconté maintes fois le passage des Pyrénées sous la menace des balles franquistes, accompagnées d'une pluie d'eau bénite qui assassinaient à tour de bras, ceux qui rêvaient de démocratie et de liberté. Ensuite, ce furent les remarques xénophobes, l'ostracisme, la misère et un labeur harassant sur des chantiers pour lui et un travail d'ouvrière du textile pour elle jusqu'à la naissance de Paloma, l'aînée des trois filles, la mère de Céleste…

Le bistrot se remplit soudain de consommateurs sans peur ayant bravé le blizzard et ses dangers.

Le niveau sonore du troquet s'en ressent aussitôt et chasse Céleste de sa rêverie. Elle passe commande d'une nouvelle théière, hésite, mais non, raisonnable, elle ne demande pas le muffin qui lui tend les bras depuis la carte bariolée laissée par la barmaid.

Son attention se focalise de nouveau sur les abords de l'immeuble visé. À part les deux jeunes femmes qu'elle a vues pénétrer dans le bâtiment par l'entrée menant sans doute à l'arrière de la librairie et aux appartements au-dessus de celle-ci, Alvarez, depuis une heure trente, n'a rien remarqué de particulier. Il ne doit pas y avoir grand monde à loger ici, à moins que les locataires soient calfeutrés chez eux en attendant le redoux, ce qui est peu probable.

Il va lui falloir en avoir le cœur net et peut-être tenter une approche un peu plus directe du bâtiment, histoire de pouvoir jeter un œil aux noms inscrits sur les sonnettes.

Ce sera pour l'heure du déjeuner.

Elle a beau se dandiner sur son siège, ça ne suffit pas. Le thé avalé commence à produire l'effet habituel: elle doit absolument trouver le courage de se bouger pour se rendre aux toilettes situées à l'autre bout de la pièce. Dans son état, plus facile de s'asseoir que de se lever. Elle serre les dents, appuie sur sa bonne jambe et parvient à s'extirper de la banquette moelleuse. La lieutenant ne peut décidément pas se permettre de lambiner, sa vitesse de déplacement lui interdit d'attendre le dernier moment sous peine d'accident déplorable. Réduire le rythme de ses consommations déjà, Une envie de pisser peut parfois se révéler redoutable…

Se débattre dans l'étroite cabine le lui confirme.

Les minutes passent, puis les heures, les clients changent et leurs consommations également, quelques apéros font leur apparition sur le zinc, même si le petit noir reste majoritaire – le vin blanc, sodas, eaux minérales gazéifiées ou non ou la bière pression n'ont pas le succès habituel – lui révèle la jeune serveuse en lui apportant son troisième pot de thé.

— Aujourd'hui, ça va être chocolat chaud toute l'après-midi, annonce à mi-voix la jeune fille tel un turfiste pronostiquant le quinté gagnant à un ami. Plus il fait froid, plus c'est chocolat. Sauf pour les quatre sur les tabourets de comptoir: pour eux, peu importe, blizzard ou canicule, ce sera la même chose. Ils font tout un circuit et stationnent ici à heures fixes, trois fois par jour, point ravitaillement, comme ils disent. Plus de deux cent quatre-vingts ans si on réunit leurs âges, aux mousquetaires, mais ils tiennent toujours à cheval quelle que soit la météo.

— Vous servez des repas le midi, non?

— Pas vraiment des repas mais on travaille avec la boulangerie de la rue Matisse. Elle nous prépare des pizzas individuelles, des paninis, des salades et quelques autres petites choses. Et pas que le midi, je peux vous servir tout ce qu'il y a d'inscrit sur la carte toute la journée, vous savez.

Encore une qui me prend pour une goinfre, songe Céleste. Alors qu'elle s'est contentée jusque-là des deux minuscules croissants accompagnant le premier Ceylan. Les gens sont plein de préjugés, vraiment. Faut dire qu'elle, elle doit faire vingt kilos toute mouillée en sortant du bain, l'anorexique à plateau. Sympathique, ma foi, mais bon, là, elle a perdu un point, la jolie brunette. Tant pis, Alvarez a besoin de parler un peu avec elle.

— Ah, c'est bien pratique, mais ça doit tout de même plus se bousculer aux heures du déjeuner, non ? demande la policière, une petite idée germant soudain derrière sa tête.

— Oh, ça dépend. Avec cette neige, les gens sortent peu, mais les employés et commerçants du quartier viennent ici pour couper un peu la journée et manger un truc sympa plutôt que de rester dans l'arrière-boutique. L'été aussi, remarquez, il y a la terrasse, c'est relaxant. Les restaurants classiques prennent trop de temps et il y en a peu dans le coin, les fast-foods ne sont pas encore arrivés dans le quartier. Ça fait les affaires du patron.

— Effectivement, ce doit être bien plus rapide de venir grignoter quelque chose chez vous. Pourtant, les boutiques ferment entre midi et deux, non ? Les employés ont amplement le temps d'aller où ils veulent…

— Pensez-vous, c'est fini tout ça. Tout est ouvert à longueur de journée désormais. On bosse plus, on gagne moins, grimace-t-elle. Y a que la librairie que vous voyez là-bas où les vendeuses ont une heure de pause, et la maroquinerie, le reste, c'est 9 heures - 19 heures sans respirer, répond la jeune femme en débarrassant la table avant d'aller prendre la commande de quelques accros du shopping polaire frigorifiées.

Céleste en a sa claque de rester à poireauter dans ce troquet, elle n'en apprendra pas plus en s'éternisant ici…

Elle se décide à tenter une sortie. Les chutes de neige ont cessé depuis une bonne vingtaine de minutes, il est temps pour elle d'aller jeter un œil à la porte d'entrée de l'immeuble. Personne ne l'a passée, dans un sens ou dans l'autre, depuis son arrivée, excepté les deux libraires, bien entendu. Ce n'est pas le passage qui risque de beaucoup la déranger dans ses projets.

Il règne un froid humide à l'extérieur qui tranche brutalement avec la douce chaleur du bistrot. Les voitures stationnées le long du trottoir sont recouvertes d'une épaisse couche de neige. Seule la chaussée est un peu dégagée, mais à peine, salie d'une boue grisâtre où sont creusés de profonds sillons causés par les roues des conducteurs téméraires ayant osé s'y aventurer.

Céleste claudique, enfoncée jusqu'aux chevilles dans le tapis blanc. Le délicat passage des bordures, devenues invisibles, lui prend une bonne minute, à tâtonner du bout du pied pour trouver le bon appui.

Sa vitesse étant ce qu'elle est, elle s'assure de l'absence totale d'automobile aussi bien d'un côté que de l'autre avant de s'engager. Elle ne peut pas courir, elles ne peuvent pas freiner, deux raisons de ne faire aucune imprudence.

Bien entendu, c'est pile au milieu de la traversée périlleuse que son téléphone se met à vibrer puis à jouer du Primus. Le temps de le trouver, d'utiliser ses dents pour ôter son gant, l'appel est passé sur messagerie. Manu. Il attendra un peu.

Elle achève son périple en soufflant et longe les murs jusqu'à la discrète porte vert émeraude logée dans un renfoncement entre deux bâtiments. Pas de digicode, c'est déjà ça.

Alvarez fait mine d'écrire un texto, l'épaule appuyée à même la pierre. La serrure est simple, ce n'est pas Fort Knox mais la policière ne peut pas la forcer comme ça, sur le trottoir, bien trop risqué.

Elle réfléchit vite, s'éloigne de quelques pas en sens inverse. Ce sera pour ce soir, elle sait déjà comment s'y prendre. Essayer de s'y prendre en tout cas.

Retour à l'appartement, une sieste ne lui fera pas de mal, cette promenade l'a épuisée.

Depuis le bus, elle appelle son grand collègue qui voulait juste s'enquérir de sa santé et lui raconter deux trois anecdotes relatives à l'affaire qui donne tant de travail au groupe. Elle écoute d'une oreille distraite, refuse très poliment qu'il passe la voir ce soir, non, vraiment, elle se couche tôt et préférerait demain si lui peut ? Oui, oui, elle va bien, la preuve, elle est sortie ce matin et n'a presque plus mal.

Elle raccroche, un pincement au cœur de le mener en bateau.

Son après-midi sera somnolent, entrecoupé de quelques épisodes de réflexions intenses et d'ajouts à ses notes dans les différents dossiers qu'elle avait créés sur son ordinateur.

Ses recherches lui ont confirmé que la boutique ferme bien ses portes à 19 heures. Peu probable qu'une alarme sophistiquée soit installée, les cambrioleurs ne sont pas attirés par les romans, le rapport poids/valeur est rebutant comparé aux pièces d'orfèvrerie.

Elle a profité d'avoir du temps pour commencer à visiter les sites d'ameublement, suédois ou pas, à la recherche de bibliothèques dignes de ce nom et ce n'est pas une tâche facile. Les différents meubles présentés, à de très rares exceptions près, tiennent plus du présentoir à bibelots que de sérieuses étagères capables de résister au poids de centaines d'ouvrages. Elle y a vu du pratique et du sobre, pas du beau, plus des planches assemblées que du véritable mobilier si le client ne souhaite pas prendre un crédit sur vingt ans pour ranger ses romans.

Sans avoir déniché la perle rare, elle a clos sa session et lit, allongée sur son canapé, jusqu'à ce que l'alarme programmée de son smartphone la tire de sa torpeur.

18 heures, il est temps d'y aller.

Vêtue chaudement – la météo ne s'est pas aggravée mais pas améliorée non plus, et surtout la température a chuté avec le crépuscule –, elle refait le trajet de ce matin, boitille le long des murs et y parvient dix minutes avant la fermeture de la boutique de livres.

Elle se dandine afin d'éviter de geler sur ce pas-de-porte du 40. Quelques rires, des clés, des bruits de pas, féminins. Il est 19h15, la lumière s'allume dans le couloir de l'immeuble, un rai en filtre sous la porte.

Céleste recule de quelques pas, se concentre, respire à fond. Tendue et fébrile, elle entend les pas se rapprocher et retentir le petit claquement du pêne qui se libère.

Pile à l'instant où les employées passent le seuil de l'immeuble, Alvarez arrive assez vite et se glisse juste devant elles.

Elle bat des bras, tente de reprendre son équilibre, mais rien à faire, entraînée par son poids et handicapée par sa blessure à la cuisse, elle atterrit juste entre les deux femmes interloquées.

L'une d'elles pousse un petit cri de surprise, l'autre tente en vain de retenir la masse qui déboule. Elles se retrouvent toutes deux sur le carrelage de l'entrée, Céleste s'écroulant sur elles.

Tout cela n'a duré que deux secondes, tout le monde est sidéré.

Vaille que vaille, la policière se redresse au milieu des exclamations, la main fermement agrippée au chambranle. Lorsque les libraires aperçoivent enfin le visage de celle qui les a bousculées, elles deviennent livides.

Il faut toute la persuasion dont Alvarez sait faire preuve pour les convaincre qu'il ne s'agit pas d'une agression mais d'une regrettable et malencontreuse glissade sur une plaque de neige.

Après s'être confondue en excuses et les avoir aidées comme elle a pu, malgré sa blessure et en grimaçant, à se relever, Céleste entame le couplet tant de fois entendu : les trottoirs sont si mal entretenus par mauvais temps, la municipalité ne fait rien, vous savez bien, tant que ce ne sont pas les élections, pas la peine d'espérer quoi que ce soit, et rien n'est jamais prévu pour les handicapés, elle s'en rend bien compte depuis qu'elle y est elle-même confrontée…

Quant à la couleur de sa joue et sa démarche hasardeuse, rebelote avec l'histoire de l'accident de voiture, un conducteur imprudent, peut-être même ayant un peu bu, allez savoir, les flics ne sont pas des flèches et ils ne se cassent pas la tête quand on n'est pas quelqu'un d'important…

Elle parle, elle parle, elle parle, tant et si bien que les employées ne posent pas de questions et l'aident au contraire à se remettre d'aplomb. Les mains frottent les vêtements qui ont un peu souffert dans la chute, on se présente vaguement en riant maintenant de la mésaventure. Parvenues sur le bitume, on se serre la main. La plus âgée, manteau rouge et cheveux blonds, pense à regarder que la porte s'est bien refermée sur le petit groupe. Rassurée, elle décline l'invitation de Céleste de venir prendre un verre dans le bistrot tout proche, on l'attend et elle doit se presser pour avoir son bus, sa collègue a malheureusement un entraînement de judo dans une demi-heure et ne peut pas plus s'attarder.

Impeccable.

Céleste sourit. Tout s'est déroulé exactement comme prévu, sauf la chute qu'elle n'avait pas programmée.

Elle doit une fière chandelle aux gamins jouant à la patinoire de rue ce matin, ce sont eux qui lui ont donné l'astuce de la bousculade sans le vouloir.

La boulette de gaffeur costaud qu'elle a introduite subrepticement dans l'ouverture de la gâche, en faisant mine de s'y tenir, laissera l'entrée libre, tant que le morceau d'adhésif restera en place, empêchant le pêne de bloquer la porte.

Un coup d'œil à droite et à gauche. Personne ne lui prête attention. Tout le monde marche tête basse afin d'offrir le moins de prise possible au vent glacial.

Alvarez fait mine de chercher ses clés, pousse la porte et pénètre enfin dans l'immeuble. Elle ôte son dispositif, un claquement lui confirme que la serrure ferme correctement.

Sans éclairer, elle utilise juste la minitorche de son téléphone pour trouver le moyen d'accéder aux étages. Pas longtemps, un vaste escalier se dresse au bout du petit couloir.

Elle grimpe, avec un maximum de discrétion, les marches carrelées en bleu pastel qui s'élèvent entre des murs blancs. C'est lent et pénible. Son souffle est court, son cœur bat à deux cents lorsque apparaissent le palier du premier et la plaque annonçant que Colette Wensby habite derrière la porte rouge bordeaux. Enfin, habitait, corrige-t-elle.

Les trois couleurs y sont, il n'y a pas de doute.

Manu se foutrait d'elle mais il n'est pas là. Elle savoure son petit moment de pensée magique intime. Son flair à elle lui dit que la solution approche et que le chemin suivi est le bon.

Les jambes écartées, penchée à en avoir le nez au niveau de la poignée de la porte, elle trifouille quelques minutes la serrure à la seule lueur de son téléphone. Cela ne présente pas de difficultés majeures pour qui sait y faire. Sans être experte, Céleste se débrouille, s'étant fait expliquer les règles de base par un serrurier travaillant parfois pour la police quand elle était en poste dans le Nord.

De temps en temps, elle devait patienter en sa compagnie plus d'une heure pour obtenir l'autorisation d'un substitut ou d'autres formalités, autant joindre l'utile au désagréable. C'est ainsi que ce brave homme lui avait transmis le b-a ba des crocheteurs amateurs. Elle avait au fil des mois étoffé son outillage de divers éléments prélevés dans les poches de délinquants jurant sur ce qui était le plus sacré pour eux – mère, enfant, club de foot, ancêtres, Dieu quelconque, voire voiture, elle avait tout entendu –, que rien dans l'attirail présent dans leurs poches ne leur appartenait.

Céleste soupire de satisfaction lorsqu'un claquement bref lui apprend que ses efforts sont couronnés de succès. Dans un grincement léger mais perceptible, la porte s'ouvre sur l'obscurité et une forte odeur de renfermé

FLOTTER

« Je sais les cieux crevant en éclairs, et les trombes
Et les ressacs et les courants : je sais le soir,
L'Aube exaltée ainsi qu'un peuple de colombes,
Et j'ai vu quelquefois ce que l'homme a cru voir ! »
(Arthur Rimbaud – *Le Bateau ivre*)

Chapitre 1

Lundi 28 octobre 1968 - Port de Québec - 1h10

Les cris des policiers et des malfrats s'estompent, les respirations haletantes, les pulsations cardiaques sur les tympans de Colette et Robert, le flic-flac de leurs pas dans les mares laissées par le déluge les remplacent peu à peu.

Le port est immense, leur démarche de plus en plus pesante. C'est une fin de parcours dans la douleur et l'angoisse pour Colette. Un maelstrom dans le ventre, la peur et les vagues irradiantes de contractions qui l'empêchent de respirer normalement, la forcent à étouffer des gémissements et des sanglots inopportuns.

Ils ne peuvent pas tout perdre en se faisant remarquer maintenant.

Déchirée par la souffrance, elle se mord la main, la presse sur son abdomen, la passe dans ses cheveux, ne sait plus quoi inventer pour faire encore un pas, juste un, puis un encore, suivre Rob qui l'aide comme il peut, ses propres bras étirés sous le poids des bagages.

Il lui parle, l'incite à avancer, encore, juste un peu :

— On y est, c'est là, *sweetie*, un dernier effort, tout petit, on pourra se reposer ensuite, je t'en prie, ne craque pas maintenant, souffle-t-il.

Les coups de feu ne sont pas passés inaperçus et quelques marins, essayant d'en discerner l'origine à travers la fumée de leurs cigarettes rougeoyantes, sont regroupés le long du bastingage, tendus par-dessus le garde-corps, cous tournés en direction des gyrophares clignotant dans la nuit, lorsque les fuyards parviennent enfin en vue du navire.

Ils se sont faufilés d'abris en cachettes, de piles de caisses et conteneurs en tas de sacs emplis de matières indéterminées, évitant soigneusement les cônes de lumière des réverbères qui scintillent dans les flaques. Contourner ces petites étendues d'eau n'est plus dans leurs priorités, leurs pieds sont trempés et gelés, il est bien trop tard pour s'en inquiéter.

Deux rats dans un labyrinthe, effrayés, cherchant l'issue, la survie, alourdis par la charge, minés par l'anxiété, le regard fixé au sol pour ne pas trébucher sur un cordage, un débris de palette ou un défaut du quai bétonné.

Ils y sont, ils touchent au but, les énormes amarres sont tendues entre le vaisseau et les bittes, elles tracent des diagonales devant eux.

Ils se baissent instinctivement pour les franchir bien qu'il y ait largement deux mètres de marge au-dessus de leurs têtes. L'ombre de la coque énorme les recouvre instantanément.

Le jeune couple n'en est plus à se demander si cette obscurité est protectrice ou menaçante, il est des moments où la pensée ne peut plus rien, où elle empêche l'essentiel, seul le corps fonctionne, machine autonome, instinctive, primitive, mue par on ne sait quel mécanisme.

Le *Sunny Boy* est tout illuminé, des guirlandes d'ampoules pendent en travers du pont, grimpent jusqu'en haut des antennes, des feux rouges et verts achèvent de lui donner un faux air d'immense sapin de Noël abattu par un bûcheron dément et abandonné là, encore scintillant de toutes ses décorations.

Le fret est à bord depuis quelques heures d'après ce que leur a dit Pierre, il ne manque plus que la marée pour que le cargo puisse prendre le large et les emmener loin de Williams, de ses hommes et de l'US Army.

Colette renifle sans bruit, marche difficilement, ployant sous le poids de sa valise et de son petit sac, une main agrippée au bas de son ventre qui la fait souffrir, Robert, les bras pris par deux gros bagages n'est guère plus brillant, il avance parce qu'il le faut mais la rage brûle en lui, la colère le dispute à la tristesse. Ils n'ont pas eu de chance, tout se déroulait à merveille, il a fallu que cette intervention de la police ait lieu juste ce soir-là…

À mi-voix, il l'encourage toujours, la rassure, l'exhorte à se presser, flancher maintenant est totalement impossible… Pierre n'a peut-être rien, ils ne savent pas, le Québécois leur donnera certainement de bonnes nouvelles par David. Rob s'engage à le joindre dès qu'ils seront en France, lui promet-il. Robert lui parle sans cesse, l'enivre de mots noyant la cruauté de ce qui vient de se passer.

Pataugeant dans les mares interminables, ils longent la formidable coque, abîmée çà et là de plaques de rouille apparentes même la nuit, souillures un peu plus claires sur le noir de la peinture.

Ils se glissent dans la zone la moins éclairée, tout au bord du quai. Il faut enjamber les cordages énormes, l'eau de mer clapote à leur gauche, celle laissée par les pluies torrentielles partout ailleurs. Le froid, exacerbé par l'humidité, les engourdit, leurs souffles s'envolent en volutes blanches précipitées, ils suffoquent presque en arrivant en bas de la passerelle.

Un marin les attend et descend aussitôt à leur rencontre. Une casquette enfoncée sur la tête, le visage dans l'ombre de la visière, un caban foncé, bleu marine ou noir garni de galons sur les épaules, un pantalon sombre, il n'y a que la main qu'il leur tend qui fasse une tache claire dans le tableau.

Les présentations seront pour plus tard, ce n'est pas le moment de traîner. Manifestement, l'homme n'est pas tranquille, son regard balaie toutes les directions tandis qu'ils le saluent.

Il les enjoint vivement, dans un anglais guttural chuchoté, à le suivre sans tarder, inutile d'attirer l'attention de la police. Sans proposer d'aider Colette, il grimpe lestement devant eux qui ahanent, dos courbés, épuisés, en colère contre le sort, effrayés, anéantis.

Aussitôt sur le pont, l'homme les fait entrer par une petite porte dont il faut enjamber le seuil. Ils le suivent tant bien que mal dans un étroit couloir jusqu'à une sorte de bureau occupé par un officier, s'ils en croient les galons qui ornent les épaules de son pull bleu nuit.

Leur guide les quitte sans prononcer une parole.

Pas très avenant, celui qui les reçoit ne lève pas immédiatement la tête, semblant absorbé dans l'examen attentif d'une carte marine sur laquelle il manie d'étranges compas et règles. Il prend quelques notes, certainement des coordonnées, ou trace une route en fonction de la météo.

Toutes les images vues au cinéma leur reviennent, ils extrapolent, toujours sidérés par ce qui vient de se passer sur les quais, terrifiés, intimidés, pour finir, par l'attitude peu cordiale, c'est le moins qu'on puisse dire, de celui dont leur destin va certainement dépendre dans les deux semaines à venir.

L'entrevue ne dure pas longtemps, cinq minutes tout au plus. Un second officier, moins galonné que le premier, est arrivé juste après eux. Il a manifestement été convoqué pour assister à l'entretien.

Un solide Norvégien, le commandant. « Une vraie tête de bouffeur de hareng cru », dit Colette à Robert, tentant de plaisanter malgré son cœur lourd, lorsqu'ils s'enferment dans leur cabine.

Pipe au bec, un anglais impeccable bien que marmonné avec un léger accent scandinave dans une barbe d'un blanc pisseux, une caricature d'Achab ayant dominé son monstre et gouvernant à la destinée de son *Pequod* oxydé par les éléments. Les deux amoureux ont bien senti qu'il n'était pas ravi de les avoir à son bord et qu'il entendait bien qu'ils se conforment tous deux aux quelques règles strictes – pour leur sécurité et la sienne, a-t-il précisé dans un quart de sourire –, qu'il était tenu de leur imposer. Pas de balade avant la nuit noire, la zone est très surveillée, navires militaires et hélicoptères même, parfois, il ne veut pas d'un contrôle inopiné parce qu'ils auraient été repérés à la jumelle, ils n'ont vraiment pas la dégaine de matelots tous les deux. Pas d'échange avec l'équipage qui n'a rien à savoir d'eux. S'ils ont quoi que ce soit à demander, il est impératif qu'ils passent par lui, Kurt Ramsen, ou par son second, Ralf Nordmansen, norvégien également.

Celui-ci est brun, mal rasé, trapu, l'autre est massif et blond, une barbe soigneusement taillée, de beaux yeux très clairs, note Colette.

Ralf les a salués d'un simple et sec hochement de tête obligé, sans leur prêter plus d'attention, écoutant poliment son chef leur faire la leçon…

La cabine, Colette en est fort surprise. Elle s'attendait à une cache en fond de cale, dissimulée par tout un ingénieux système indétectable par les services douaniers, ses lectures de jeunesse étaient passées par là, son imagination fantasque avait fait le reste.

Au lieu de la geôle prévue, les quelques mètres carrés qui leur sont alloués – perdus dans un dédale de coursives faiblement éclairées de veilleuses anémiques et de passages étroits régulièrement coupés par des espèces de pas-de-porte qu'il ne faut surtout pas omettre de franchir en levant les pieds bien haut – s'avèrent plutôt confortables : deux étroits lits superposés peu glamour, mais bon, des lits tout de même, une douche et des toilettes attenantes, une tablette pour prendre les repas que ce joyeux luron de Ralf leur apporte.

Certes la peinture verdâtre des parois ne les enthousiasme pas, le confort des matelas est spartiate, mais cela changera agréablement du confinement dans l'habitacle de la voiture qu'ils viennent de connaître.

Colette file sous la douche pour se réchauffer. Ils prennent possession de ce qui va devenir leur univers pour les quinze prochains jours.

Home sweet home, mobil-home, tanguant et grinçant.

Le raffut infernal qui règne dans les coursives est mis sur le compte du prochain appareillage, des dernières vérifications et ultimes calages du chargement. Mais après quelques heures de mer, ils se rendent à l'évidence que les *clong*, *clang*, *ping* et autres onomatopées importunes, les grincements et couinements du métal frottant l'acier, font partie de la musique d'un cargo en route et que ces martèlements les suivront jusqu'au débarquement final. Tout comme les pas saccadés et empressés sur les escaliers de fer, les chocs des vagues, le bruit du vent épais de l'automne qui rend si pénible toute marche sur le verglas du pont.

Le bruit sourd des machines rythme leur vie claustrée, les chocs brutaux des outils et les jurons exotiques des marins philippins ou angolais la ponctuent, faisant souvent sursauter la jeune femme qui a les nerfs à vif depuis leur embarquement à Québec.

Elle ne parvient pas à laisser retomber la tension, l'angoisse sournoise qui lui noue le ventre.

L'avenir, pour la première fois depuis qu'elle a rencontré Robert, lui apparaît sombre, porteur de dangers pas encore réellement identifiés mais qui n'en sont pas moins presque concrets dans l'air gelé qui les environne.

Elle sourit néanmoins, elle se sent toujours bien dans les bras de Rob, il sera toujours temps de s'inquiéter lors de la première escale, à Reykjavik.

La douane, la police des frontières, une descente à bord toujours possible, elle a déjà tout imaginé vingt fois, tous les scénarios, parfois catastrophes, parfois plus chanceux. Elle a depuis longtemps conscience qu'unir sa destinée à celle de Robert n'est pas et ne sera jamais le choix de la facilité et d'une vie paisible. Le train-train et la sécurité, elle en est persuadée maintenant, ne sont pas pour elle, il lui faut l'adrénaline et l'incertitude, la liberté et l'angoisse de la perdre.

Chapitre 2

Jeudi 12 janvier 2017 - Appartement de Colette Wensby - 20 heures

Céleste reste immobile une poignée de secondes.

Contrairement à ce à quoi elle s'attendait, le sol n'est pas recouvert de poussière, le ménage a été fait il y a peu. Quelqu'un passe sans doute pour entretenir l'appartement, la vieille dame n'a peut-être pas totalement renoncé à rentrer chez elle et persévère à payer afin que son logis ne se dégrade pas trop en son absence.

Il fait bon, le chauffage fonctionne certainement pour tout l'immeuble, et, ajouté aux émotions, donne un coup de chaud à la policière qui ouvre sa parka. Une bonne séance de fenêtres grandes ouvertes afin d'aérer, et, autant qu'elle peut en juger dans le faisceau de sa lampe, les lieux seraient habitables sans délai.

Une desserte bois et acier assez moderne, surmontée d'un imposant miroir rectangulaire aux bords biseautés gravé de fleurs, est adossée au mur à sa droite, quelques babioles y traînent encore à côté d'une coupelle en céramique servant vraisemblablement de vide-poches. Une patère de différentes couleurs pastel pour les manteaux. Un tapis occupe la majeure partie du parquet en point de Hongrie et s'étire vers une double porte vitrée qui invite à poursuivre la visite.

Rien d'autre de remarquable à signaler dans cette entrée, à part les toilettes, du classique sobre : *a priori* pas une cache ultra-secrète, à explorer en dernier lieu si tout échoue.

Il ne faut pas s'éterniser, le fils Wensby peut se pointer à n'importe quel moment, ce serait fâcheux qu'il la découvre en train de fouiller l'appartement de sa mère.

Le salon est assez vaste, meublé en son centre de deux canapés en tissu chamarré, d'une table basse en verre et acier recouverte de magazines vieux de plusieurs années. Céleste jette négligemment un œil, des périodiques d'art, littérature, quelques catalogues d'expos photo ou peinture, un quotidien daté du 10 novembre 2014 avec en une des Palestiniens qui ont poignardé des Israéliens à Tel-Aviv et en Cisjordanie, l'affaire Jouyet-Fillon-Sarkozy, une starlette de la télé-réalité qui est suspectée d'avoir poignardé son compagnon, la Russie qui lance le média Sputnik pour inonder le net d'infos à sa convenance… Décidément rien ne change, tout cela, ou presque, occupe encore aujourd'hui une place de choix dans la presse.

L'actu va peut-être trop vite, songe Alvarez, mais ce sont toujours les mêmes qui sont en première page, et les mêmes qui ne le sont jamais d'ailleurs…

Tu fais encore du mauvais esprit, plaisanterait Manu s'il était là.

Ça l'amuse à chaque fois d'entendre sa « gauchiste de choc », comme il l'appelle, râler contre le monde tel qu'il est. Elle ne sait rien de ses opinions, par contre, il n'en parle jamais, la laissant déblatérer toute seule ou la relançant de temps en temps pour alimenter la machine. Il faudra qu'elle lui demande.

Céleste secoue la tête, ce n'est pas le moment de penser à tout ça, elle a une tâche à accomplir, vite et discrètement si possible.

Des affiches de belle facture sur la tapisserie beige, quatre toiles modernes, abstraites et pop art, dont elle ne connaît pas les auteurs, pas son style mais puissantes, de vraies œuvres, pas des décorations. Une bibliothèque, apparemment sur mesure, mange toute la cloison, elle déborde même au-dessus du chambranle. Des centaines d'ouvrages y sont empilés, pas sagement rangés côte à côte, casés là à la diable dans une absence totale de logique, une sorte de classement anarchique au sein duquel seule la propriétaire peut s'y retrouver.

Quel boulot ! La flic en sue d'avance.

Elle décide de faire le tour de toutes les pièces avant d'entamer sa recherche du fameux bouquin, il ne va pas se tirer tout seul. Mieux vaut regarder avant s'il n'est pas sur sa table de chevet ou rangé à part, ce serait vraiment stupide de s'en apercevoir après avoir fouillé ce fourbi.

Ses mains transpirent sous les gants en latex, sensation pénible de démangeaison, elle crève d'envie de les ôter, une idée débile comme une autre, elle sait qu'elle ne le fera pas, mais la tentation est terrible malgré tout.

La cuisine est fonctionnelle, noire et bois, petite mais jolie, rien ne traîne, aucun livre de recettes, pas un ustensile, madame Wensby ne devait pas être un cordon bleu. Les tiroirs et placards ne renferment que le strict minimum pour préparer des repas de base, pas de four, juste un micro-ondes, un frigo encastré, éteint, vide et ouvert pour éviter les mauvaises odeurs, une machine à laver à gauche de l'évier, quelques couverts et assiettes, une huche à pain posée sur le plan de travail et des produits d'entretien devant servir à celui ou celle qui fait le ménage. Tout est propre, rien à dire.

La chambre, à laquelle on accède par une porte au fond du séjour, n'est pas très spacieuse mais recèle deux grands meubles à étagères emplis de romans et de périodiques.

Céleste, fatiguée, s'assoit douloureusement sur le lit double couvert d'une couette dont la housse ornée de dessins rappelle des motifs amérindiens. Elle pose sa main sur sa cuisse, la douleur est vive, ses acrobaties avec les libraires ont laissé des séquelles.

Geignant, elle se relève et entame l'examen de la pièce. Le tour est vite fait, pas grand-chose dans l'armoire, deux trois vieilles robes, un manteau qui a fait son temps, table de nuit déserte, plusieurs photographies aux murs dont plusieurs d'un beau jeune homme ressemblant vaguement à Jim Morrison, d'une jeune femme qui doit être Colette Wensby, un couple plus âgé, sans doute ses parents, deux tableaux hyperréalistes : une vanité d'Audrey Flack et le détail d'une scène de piste d'aéroport de François Bricq, chacun valant certainement une fortune.

Alvarez connaît et apprécie ces peintres, leur cote est haute, pas dans les moyens d'une modeste libraire en tout état de cause. Il serait intéressant de savoir d'où proviennent les fonds ayant permis de tels investissements. Elle appuie sur l'interrupteur, tant pis, elle prend le risque. Il y a peu de monde dans la rue à cette heure, ça peut passer. Trois clichés de chaque toile et de tout ce qui est accroché, elle pourra travailler plus tard avec ces indices. Extinction des feux sitôt les images en boîte.

Reste le principal, l'objet même de cette perquisition illégale, *Howl*.

Elle tend l'oreille, attentive au moindre bruit, l'irruption du fiston est toujours d'actualité, elle n'a aucune indication sur le jour et l'heure où il doit passer chercher ce que lui a demandé sa mère.

Et s'il était déjà venu ? Elle aurait pris tous ces risques pour rien. Tant pis, c'est fait, maintenant qu'elle est là, il faut aller jusqu'au bout. Elle n'est pas du genre à renoncer avant de combattre.

À devenir dingue ! Elle est devant la meule de foin et l'aiguille doit être toute proche, peut-être juste sous son nez.

Cinq étagères par meuble, plusieurs rangées ou piles de livres sur chacune d'elles. Un travail titanesque et ingrat. Pas question de tout mettre à terre ou de se laisser aller à faire le moindre bruit. On ne sait jamais. Philip Wensby peut surgir, certes, mais elle se doit de travailler minutieusement.

L'exaspération ne l'aide pas, la rend fébrile, maladroite à écarter les volumes déjà examinés. Au fur et à mesure que les minutes s'écoulent, les titres se confondent, les soupirs s'intercalent entre deux grossièretés succédant toujours à un faux espoir.

Deux heures de fouille intensive, de jurons et de suées auront été nécessaires pour mettre enfin la main dessus.

Eh bien, il se serait amusé le fils ! Un bouquin peu épais, format poche, elle s'étonne elle-même d'être parvenue à le dénicher dans cet Himalaya de papier imprimé.

Bien sûr, il n'était pas dans la chambre, qu'elle a fouillée en premier, se disant que la vieille dame désirerait conserver un aussi précieux ouvrage dans un lieu plus intime que le salon. Curieux d'ailleurs qu'elle ne l'ait pas pris lors de son transfert aux Lilas…

Howl, Kaddish and Others Poems, une édition en anglais, récente, de Penguin, à la couverture colorée.

Alvarez tourne et retourne le livre entre ses mains gantées, ne lui trouve rien d'extraordinaire, l'ouvre et découvre que ce ne sont pas les textes d'Allen Ginsberg qui figurent sur les pages.

Elle n'en est même pas surprise, il fallait s'en douter.

Par contre, chapeau ! Un vrai travail d'imprimeur, tout est au format, numéroté. Impossible de s'apercevoir de la substitution au premier coup d'œil sans ouvrir le bouquin.

Les premières lignes intéressent au plus haut point l'enquêtrice :

« Depuis qu'elle est arrivée le soir du 24 mars 1966 chez John et Jennifer Pinkerman, dans leur ranch à une vingtaine de miles de Fallon, Nevada, tout a changé dans son existence. Elle sent la vie s'emparer à nouveau d'elle. Son père avait raison, le changement d'air a eu un effet bénéfique sur son humeur et sa façon d'appréhender son présent et son avenir. Pour le passé, il n'y avait plus rien à faire. Colette a souffert comme une damnée… »

Des mémoires ! Et pas n'importe lesquelles apparemment, celles de Colette Wensby ! Pourquoi a-t-elle donc ressenti le besoin de coucher par écrit sa vie si ce n'est pour la publier ? A-t-elle essayé ? Essuyé des refus ?

Ce n'est pas un simple journal destiné à se remémorer le quotidien, il y a un style, une recherche d'effets. Elle se raconte à la troisième personne tout en conservant son prénom, comme si elle était détachée des événements, en observatrice. Étrange.

Il y a de nombreuses questions qui seront à élucider plus tard. Il est presque 23 heures, Céleste est fatiguée, elle a faim et est pressée désormais de quitter la place.

Bien sûr, elle emporte avec elle sa précieuse découverte, pas question de la laisser là ou de la photocopier pour revenir la remettre en place. Trop dangereux et pas très utile. Un rapide coup d'œil à la fin lui apprend que le dernier récit est daté du 18 novembre 1968 et que cette date correspond au retour de Colette Wensby et de son mari en France.

Voilà qui promet d'être passionnant, peut-être pas la clé de l'énigme de l'affaire Leuliez, mais Céleste n'en est pas moins dévorée par la curiosité.

Elle prend bien soin en partant de refermer la porte. Elle ne peut s'empêcher de sourire en songeant au fils fouillant frénétiquement l'appartement à la recherche du petit livre bien à l'abri dans son sac.

Rentrée sans incident chez elle, repue d'un kebab frites acheté en passant dans une gargote sentant le graillon, encore ouverte malgré l'heure tardive, s'est confortablement installée au chaud dans son lit, un thé posé sur la table de chevet toujours aussi encombrée, qu'elle entame sa lecture.

Chapitre 3

Samedi 2 novembre 1968 - Cargo le *Sunny Boy* - Atlantique Nord

Accoudée au bastingage, Colette a froid, malgré les deux pulls et le ciré épais que lui a prêtés le commandant à son arrivée à bord, ses moufles et son bonnet de laine qui se couvrent de givre, elle ne sent plus son nez.

Elle tente d'apercevoir la houle, qu'elle imagine forte aux mouvements de balancier du cargo, à l'écume aux abords de la coque. La rouille et le sel tachent ses vêtements, elle n'en a cure, elle vit, respire, et aspire encore à s'en brûler les poumons.

L'image du Québécois se dissipe déjà légèrement, elle s'en veut mais n'y peut rien, son retour au pays occupe ses pensées et soulève tant de questions sur leur future existence en France que son esprit en est tout parasité.

Le repos la fuit, ses nuits sont aussi agitées que ses jours sont hantés, elle n'en parle pas vraiment à son compagnon, elle le sent tendu et inquiet depuis leur tragique départ et ne souhaite pas l'alourdir de ses propres soucis. Robert aime l'action, bouger, faire, rentrer dans les problèmes la tête la première. Rester bloqué dans un lieu aussi restreint l'exaspère.

Il tourne souvent en rond dans la cabine en attendant que le soleil se couche pour pouvoir se dégourdir les jambes à l'air libre. Il en arrive même à retarder cet unique bol d'air afin de regagner plus tard leurs couchettes avant de recommencer un nouveau cycle d'attente impatiente.

Les odeurs de gasoil et d'huile de moteur qui imprègnent ses narines à chaque instant lorsqu'elle est à l'intérieur du bâtiment cèdent peu à peu la place à la fraîcheur glacée, iodée et revigorante du grand large. Colette ne voit guère de la surface des flots que de faibles contrastes, des nuances d'ombre, fugaces, révélées par les feux de la passerelle.

Son esprit travaille à peupler de monstres l'immensité obscure qui l'entoure. Lovée contre Rob, tout aussi empêtré qu'elle dans un caban trop ample, deux pingouins s'approchant de la banquise, Colette laisse naviguer ses idées.

Deux hommes, porteurs de pesantes caisses à outils et devisant dans un pidgin incertain, traversent le pont au loin, plaisantant, à coup sûr, puisqu'ils se mettent à rire, se bousculent et s'invectivent tout en s'éloignant.

Ce bref intermède réchauffe le cœur de la jeune femme, toujours effrayée par la nuit sans repères du large. Elle a hâte de quitter cet univers mouvant et immobile, meurt de peur d'en sortir, comme tous ceux qui n'ont aucune certitude du lendemain, et jouent leur liberté à pile ou face à chaque tournant de leur vie.

Ces petits rituels – sortie nocturne quotidienne, repas, douche, lui avant elle – qu'ils ont institués depuis l'embarquement, la rassurent un peu.

L'avenir. C'est un drôle de mot tout de même. Ce qui est à venir, qu'en sait-on ?

— Pense à ton avenir, disait souvent son père.

Comment peut-on ?

Facile de réfléchir au passé, à ce qui est advenu mais impossible, vraiment, songe-t-elle, en ce qui concerne demain ou même tout à l'heure. Sa vie, leur vie… Le jackpot ou la ruine à chaque lancer.

Robert n'aime pas qu'elle se ronge les sangs, il s'agace de la voir s'inquiéter de ce qui n'est pas encore survenu.

— Demain n'existe pas, se plaît-il à répéter. Profite, vis, ris, chante, danse, délire, rêve, aime-moi, embrasse-moi, pleure si tu veux, mais pour de bons motifs, pas pour des élucubrations.

Il en a de bonnes, lui, ce n'est pas sa faute si les images inquiétantes se pressent au guichet de ses pensées…

Colette frissonne, ferme doucement les yeux, tente de profiter du court répit de leur sortie pour faire le plein d'optimisme et d'assurance. Son père lui a dit que tout était prêt, l'accueil, les papiers, l'hébergement quelques semaines chez un ami à lui. Elle lui fait totalement confiance, René sait ce qu'il dit. Et question clandestinité, il en connaît un rayon.

S'il ne faisait pas si froid, si le pont n'était pas régulièrement traversé par des membres d'équipage fixant des élingues ou vérifiant elle ne savait quoi, Colette montrerait à Robert combien elle a envie de faire l'amour.

Là, tout de suite, dans l'urgence.

Un défi à la précarité et à l'incertitude, sans doute.

Ses joues en rosissent de plaisir imaginé. L'angoisse, peut-être ? L'excitation due à une situation plutôt extraordinaire ? Ou plus simplement parce qu'elle est de plus en plus amoureuse.

C'est pourtant déjà leur principale occupation depuis qu'ils sont à bord. Au début, ils ont craint que le bruit de leurs ébats n'attire quelque matelot passant par là, mais ils ont vite compris que ce coin du navire où ils sont logés est tout le temps désert et que nul ne viendra ici les déranger.

Ça n'empêche, elle le désire très fort cette nuit, en plein air, tous deux enfouis dans des couches de vêtements. Robert doit le sentir, il resserre son étreinte et embrasse le peu de joue accessible entre le bas de son bonnet et le col du ciré.

Même pas un joint, rien, régime sec, la prudence leur avait recommandé de ne rien embarquer à bord. Ils se rattraperont en France.

N'empêche…

La coque plonge dans les vagues, se redresse, des paquets de mer éclaboussent le gaillard d'avant, les cabestans dégoulinent d'une eau glacée qui gèle aussitôt sur le pont. La nuit s'obscurcit encore. Colette ne savait pas que c'était possible, un noir aussi intense.

Un homme, ramasse des filins et des cordages emmêlés, fantôme bousculé par la violence des embruns, il s'agite sur une hiloire.

Mais comment tient-il en équilibre ? songe-t-elle, interdite et chancelante, alors que lui vaque tranquillement à ses occupations malgré cet environnement hostile.

Le commandant leur a expliqué que le navire fait d'abord route vers le nord afin de rejoindre l'Islande, leur première escale.

Elle imagine les icebergs rôdant silencieusement, dérivant au gré d'un courant assassin.

Soudain, elle en voit un surgir à la proue ! Plisse les yeux, totalement tétanisée, le cœur palpitant, incapable de crier ou d'avertir Rob qui semble n'avoir rien remarqué. La collision imminente, le *Titanic*, la musique sur le pont, elle ne respire plus…

Mais non, rien. Elle s'est fait peur toute seule, encore une fois, comme lorsqu'elle les croyait suivis par des mafieux ou des patrouilles de police sur la Transcanadienne.

Colette est en manque d'insouciance, orpheline de la légèreté qui emplissait les premières années de leur vie commune. Le bras de Robert se resserre autour de ses épaules, elle voit son souffle blanc se mêler au sien.

Peu importe les conditions météo, ils profitent de leur sortie quotidienne autorisée par le commandant, tant pis pour le froid, les engelures et les paquets de mer…

L'atmosphère confinée de la cabine leur devient parfois insupportable. Colette sait toutefois qu'il va être temps de regagner ce qu'elle nomme parfois leur cellule, même si la seule idée de la prison la terrorise.

La récréation est terminée, le commandant va bientôt les envoyer chercher s'ils traînent encore. Pas la peine de l'agacer, il n'est déjà pas commode quand il ne se passe rien, elle aime autant ne pas le voir en colère.

Elle a toujours peur qu'il ne les fasse balancer par-dessus bord. Ni vu ni connu.

Les vieilles histoires de pirates de son enfance refont surface. Et même s'ils sont loin de l'île de la Tortue et de Barbe Noire, personne ne sait qu'ils sont à bord, ils ne figurent sur aucun rôle d'embarquement, il n'y a pas grand risque à les éliminer. Certes, le père de Colette doit verser la seconde moitié de l'argent seulement une fois qu'ils seront arrivés et débarqués en France, mais c'est une bien maigre garantie. S'il lui vient à l'idée de se contenter de ce qu'il a déjà perçu ? S'il est saisi par la peur et décide de réduire les risques en évitant cette partie du programme ? Pourquoi ne serait-il pas lié à Williams et sa bande ? Peut-être passe-t-il de la drogue pour eux ?

La parano galope encore plus vite que la marée montante au Mont-Saint-Michel. La noyade assassine après les icebergs imaginaires. Décidément, ma pauvre fille, tu deviens dingue, se dit-elle. Ce qui ne suffit pas, loin de là, à l'apaiser.

Qu'y a-t-il de sensé dans son existence depuis son départ du ranch en compagnie de Robbie ? Rien. Du plaisir, à la pelle, du bonheur, des surprises, des découvertes, des poussées phénoménales d'adrénaline, des rires, des joies, des pleurs, oui, tout cela, oui.

Mais du bon sens, surtout pas, et elle ne le regrette pas une seconde.

— Allons-y, mon amour, il est temps.

— Attends, juste cinq minutes, nous ne sortirons plus avant demain soir. S'il te plaît…

Le pauvre, il a tellement besoin d'espace, de vent dans ses beaux cheveux bouclés, elle ne peut se résoudre à le presser de s'enfermer à nouveau dans leur réduit. Il a besoin du large, ne respire qu'à l'air libre.

— Tu es terrible, mon chéri. Même le temps, tu ne peux pas t'empêcher de le voler, rit-elle.

Colette, attendrie, pense que quelques minutes ne changeront rien à l'affaire. Et elle aime tant lui faire plaisir… Après tout, le commandant doit dormir à cette heure-là, il prend rarement le quart de début de nuit, lui a-t-il dit.

Le temps a forci et il a bien fallu rentrer, revenir aux coursives obscures et aux pulsations sourdes des machines, aux odeurs de mazout et aux claquements métalliques, leur univers clos et vibrant.

Chapitre 4

Vendredi 13 janvier - Appartement de Céleste Alvarez - 9 heures

Du sable rouge et ocre à perte de vue, pas un signe de vie, quelques cactus en forme de chandelier, un soleil blanc, terrible sur un paysage de western, il ne manque plus qu'un Apache dissimulé dans le défilé à travers lequel Céleste va être contrainte de passer pour que la distribution soit complète.

Elle marche, péniblement, ses pieds de plus en plus lourds, elle a soif, faim, son visage ruisselle de sueur qu'elle éponge régulièrement avec le foulard bleu avec lequel elle protège son crâne. L'air brûlant pénètre ses bronches, la faisant tousser, irritant un peu plus sa gorge desséchée.

Pas moyen de se souvenir ce qu'elle fait là, ni vers où elle se dirige, elle sait uniquement qu'elle doit avancer, malgré la douleur cuisante de sa cuisse, malgré la déshydratation et la fatigue.

Il n'y a rien à l'horizon que ces deux falaises à pic entre lesquelles s'avance le vague sentier qu'elle suit depuis, lui semble-t-il, des kilomètres et des kilomètres. Çà et là, quelques amas de pierres, une touffe d'herbe famélique et jaune, des boules de virevoltants lui coupent parfois la route, elle avance sans penser, l'esprit vide, claudique de plus en plus.

Une centaine de mètres avant l'étroit passage, c'est à peine si elle perçoit un glissement furtif sur sa droite, un bruit insistant, connu, qu'elle a du mal à identifier comme une crécelle, mais que ferait une crécelle dans cette immensité surchauffée ? L'idée même est absurde, elle en sourirait si elle en avait la force. La vérité lui arrive comme un coup de fouet : un crotale !

Il est là, menaçant. Un gros. Brun beige, strié de blanc, langue noire sifflante, crochets immenses, se balançant sur un rythme hypnotique.

Céleste, sidérée, trébuche et se sent tomber irrésistiblement en hurlant pile sur le serpent qui ne peut que la mordre…

La jeune femme se redresse en criant, hébétée.

Elle s'est endormie comme une masse après avoir parcouru quelques pages du livre de Colette Wensby qui atterrit sur le parquet à deux mètres du lit sous la violence du soubresaut. Céleste se souvient de la chaleur, du sable, du crotale, de la mort imminente.

Elle en suffoque encore, boit un peu d'eau, frotte sa cuisse autour de sa blessure qui lui fait mal. Va falloir songer à changer le pansement, vérifier que ce ne soit pas infecté. Il y a peu de chance, elle avale très sagement ses doses d'antibio, mais on ne sait jamais.

Elle verra ce soir pour le soin. Ni le temps ni l'envie de passer à l'hosto ce matin et de se taper deux heures minimum d'attente.

Pour l'instant, elle s'applique à respirer tranquillement pour évacuer son cauchemar, elle a toujours eu la trouille de tout ce qui rampe, grouille ou pique, c'est d'un banal affligeant mais c'est comme ça. Apaisée, elle anticipe le plaisir de son premier thé. Le second est utilitaire, il sert à avaler ses tartines.

Le petit-déjeuner passe sans que Céleste s'en aperçoive, tout entière à sa lecture de la vie mouvementée de Colette Wensby.

Quel truc de dingue ! Le texte est joliment écrit, du style, de l'humour parfois, comme si cette femme était en même temps spectatrice et actrice de sa vie, elle semble avoir toujours su garder du recul malgré les événements tragiques qu'elle a traversés.

Ce sont des moments pareils qui la réconcilient avec son métier, des rencontres improbables, des personnages fantasques aux destins si particuliers qu'on ne saurait les imaginer en les voyant.

Les pages défilent, lentement, elle prend des notes, ne voulant surtout pas corner ou souligner sur les pages. Lire ce recueil, c'est entrer dans l'intimité de cette vieille dame, une sorte de profanation qu'elle ne veut pas aggraver en ne respectant pas ces mémoires qui ne lui étaient certainement pas destinées.

Encore que, allez savoir ? Il y a tant de choses étranges dans l'existence, c'est peut-être elle que ces lignes attendaient sous les monceaux de papier qui les recouvraient ?

« Tommy The Cat » vient troubler sa concentration. Son smartphone s'allume et balance batterie et basse dans le silence absolu qui règne dans l'appartement. Manu ! Toujours quand il faut pas, celui-là. Elle laisse passer trois sonneries avant de décrocher.

— Alors la belle endormie ? On paresse ?

— Me fais pas croire que tu as lu Kawabata, toi ! Salut, Manu, comment vas-tu ?

— Et si, tu vois, j'ai eu mes périodes littéraires aussi. Ça va, ça va, c'est à toi de donner des nouvelles, tu te souviens que tu es la blessée et que je suis le collègue qui s'inquiète ?

— T'inquiéter de quoi donc ? Je suis en pleine forme et en formes pleines comme à mon habitude, cher collègue-poule. Tout va bien, la douleur n'est presque plus qu'un mauvais souvenir, quant à mon visage, ben, faut aimer, c'est très singulier. Coloré aussi, jaune, bleu, mauve, rosâtre. Mais je peux pas trop me plaindre, je n'ai pas eu de dent cassée et je peux manger sans gros problème. Y a que mon œil qui accommode encore avec difficulté, ça devrait s'arranger rapidement avec la résorption de l'œdème. Je te fais une jolie photo si tu veux ?

— Non, pas la peine. Tu te souviens qu'on déjeune tous les deux chez Maurice à 13 heures, non ? Je t'appelais juste pour te dire que j'aurai peut-être quelques minutes de retard, un dossier à boucler avant de prendre ma pause. Pas grand-chose, je pense, mais viens plutôt pour 13 h 15, ce sera plus sûr, sinon tu vas encore brailler qu'on ne peut pas me faire confiance et que je suis toujours en retard.

Merde, merde, merde. Elle a oublié ce rendez-vous. Aucune excuse ne se présente, elle vient de lui dire que tout allait bien, elle s'est piégée toute seule.

— OK, merci d'avoir prévenu. Ça n'empêche qu'on ne peut pas compter sur toi et que tu es systématiquement en retard, note bien. Tu viens encore d'en apporter la preuve à l'instant, me semble-t-il…

— Oui, bon, d'accord, faut toujours que tu aies le dernier mot de toute façon, rigole Manu. À toute.

— Ne sois pas à la bourre, a-t-elle le temps de lui glisser, perfide.

11 heures. Céleste relit ses notes, le coup de fil l'a perturbée et elle tente de se remettre dans l'histoire, organise ses remarques et les différentes recherches qu'elle s'est promis de faire.

Manu pourrait être utile mais ça ne va pas être simple de trouver un biais par lequel le lui demander. Il ne doit pas être au courant de son expédition d'hier soir. Pas qu'elle craigne quoi que ce soit, mais savoir, c'est déjà être complice et elle ne veut pas qu'il ait des ennuis ou s'inquiète à cause de ses initiatives illégales.

Pas moyen de trouver une place de stationnement sans faire douze manœuvres sollicitant douloureusement sa cuisse.

Oui, elle a repris sa voiture, oui, ce n'est pas prudent mais, vu le temps, les collisions s'effectuent au ralenti, et puis elle en a marre des correspondances de bus, des attentes dans le froid et de la marche à pied boitillante.

La Clio enfin garée comme elle a pu, en diagonale ou presque, la roue avant droite sur le trottoir, l'arrière gauche débordant de la ligne de marquage au sol. Si ce n'est pas son jour de chance, ça sent l'amende, même avec le pare-soleil sur lequel est inscrit, en gros caractères, le mot « POLICE » et qu'elle a abaissé afin qu'il soit bien visible. Tant pis, au moins, elle n'est qu'à une cinquantaine de mètres de Chez Maurice. Céleste espère que le froid et la neige découragent les contractuels de trop circuler, sans y croire vraiment.

Les doigts croisés dans la poche de sa parka moutarde, elle se dirige cahin-caha vers le restaurant où ils ont leurs habitudes.

C'est du plantureux, Chez Maurice. Du traditionnel copieux, de saison, du bon et du roboratif, produits bios, mijotés, mitonnés, caressés. Les seuls repas dignes de ce nom de Céleste depuis son arrivée dans cette ville. Pas question d'engloutir à la va-vite, le patron en serait vexé et il deviendrait tout à coup impossible de trouver une table dans son établissement. Déjeuner ici, c'est accepter que le temps cesse pour un moment de défiler comme un bolide fou, c'est reprendre goût à la vie et aux sens, savourer le parfum des épices et des aromates, vivre au rythme des *gloup gloup* de la marmite jamais pressée de livrer ses merveilles.

Les lieux ne paient pas de mine pourtant : intérieur chaleureux, bois et murs tendus de tissu orange ornés de quelques gravures à thème gastronomique ici et là. Une salle de taille moyenne, toujours comble, bruissante de couverts, de conversations et des exclamations de convives ravis.

C'est Maurice en personne qui leur propose – après les avoir salués, écouté Céleste lui relater ses exploits et expliquer sa tronche de catastrophe sans oublier sa guibole en compote – son pot-au-feu du jour.

— À tomber, précise-t-il. Mais qui ne saurait se déguster sans un pinot noir qu'un ami bourguignon me fait parvenir au compte-gouttes. Petite production mais grand pinard, pile l'attaque qu'il faut pour ce type de plat.

— Va pour une demie, commande Manu, arrivé avec quelques minutes d'avance, ce qu'il n'a pas manqué de faire remarquer à sa collègue.

— T'es sûr ? Moi, je picole pas, je suis sous antibio et anti-inflammatoires, c'est pas trop indiqué comme mélange. Je vais prendre de l'eau qui pique.

— C'est pas un petit verre de ce nectar qui va te faire du mal, intervient le patron. Je peux même sans grand risque te dire que ça accélérerait plutôt ta guérison. C'est bon pour tout, le sang de la vigne. Regarde-moi ! Soixante-cinq balais, levé à 5 heures tous les jours, couché à 23 et en pleine forme.

— Je reste sur mes bulles. Manu va se soigner tout seul, je le ramènerai s'il le faut après les soins, plaisante Alvarez.

Maurice s'éclipse en cuisine en secouant la tête devant tant d'ignorance presque blasphématoire... De la flotte sur un pot-au-feu ! C'est un crime, y a pas d'autre mot.

— T'es en bagnole ?

— Ben quoi ? T'es flic ?

— Oui, t'as raison, tu crains plus rien question dommages. Les autres, c'est moins certain quand même.

— Oh, arrête ton cirque, ça roule à trente maxi partout. Bon, raconte, qu'est-ce qui se passe à la boutique ?

— Les Stups continuent leurs investigations après la descente de lundi. Nous, on est retournés à nos affaires, maintenant, c'est du travail de longue haleine pour remonter toutes les pistes ouvertes. Là, je bosse sur un braco de bras cassés, une épicerie fine mais y a tellement d'indices laissés sur place que les mecs auraient aussi bien fait de poser une affichette avec leurs noms. Le métier se perd, j'te jure, ça devient trop facile. Rien de passionnant en fait mais, tu sais ce que c'est, ça te bouffe la journée en paperasse. Et toi ? Tu ne t'ennuies pas trop en repos forcé ?

Les deux énormes assiettes arrivent, odorantes, appétissantes, surchargées. Le dialogue se perd dans les coups de fourchette et la mastication quasi extatique des deux flics.

Céleste réussit, mine de rien, à aborder l'affaire Leuliez. Manu n'a pas eu le temps de s'en occuper mais il ne démord pas de son coup de flair, l'Américaine est impliquée dans ce merdier, il ne sait pas comment, il ne sait pas pourquoi, mais ne renonce toutefois pas à le découvrir un jour.

Alvarez lui lâche la bride, ne réplique pas, relance juste ce qu'il faut pour qu'il s'enflamme un peu et place sa première banderille :

— Tu pourrais me passer un nom aux différents fichiers, voir ce qu'il en ressort ? Robert David Hamilton.

— C'est qui ?

— Un nom qui m'est revenu en mémoire, lu sur un papier de cette madame Wensby justement, lorsque nous avons fouillé sa chambre. J'ai que ça à faire, gamberger, forcément, y a des trucs qui remontent. Je suis pas sûre de l'orthographe par contre, si tu n'as rien avec celle-là, essaie des variantes. Enfin, si tu as le temps, c'est certainement rien, ment-elle effrontément. Tu me laisses un mail si tu trouves quelque chose ? Ça me turlupine depuis hier, j'aimerais bien passer à autre chose si ce n'est rien.

— Dès que je peux, promis. Peut-être ce soir, je ne te promets rien. Tu reviens quand, au fait ?

— Aucune idée, je dois déjà me faire ôter mes fils dimanche ou lundi. Ça me fait penser que je suis en retard pour mon pansement en plus. Merde, je devais le faire changer hier. Pour ma reprise, je te dirai dès que j'ai l'avis du toubib, j'ai rendez-vous lundi après-midi.

Il est 15 heures lorsque Céleste regagne son véhicule, évidemment décoré d'une prune.

Pas assez pour entamer sa bonne humeur, Manu n'y a vu que du feu et ne lui a pas posé de questions gênantes, bien plus facile que ce qu'elle avait anticipé. Elle en vient à culpabiliser très légèrement – c'est tout de même une trahison, et il n'a marché que parce qu'il a confiance en elle – culpabilité qu'elle chasse bien vite puisque ses dissimulations sont motivées avant tout par la protection de son collègue.

Elle n'est pas du genre à s'attarder sur ces questions existentielles, l'excuse trouvée lui convient. L'amende rejoint les fatras de papiers et d'emballages entassés dans le vide-poches. Direction Les Lilas. Ce doit encore être l'heure des visites.

Chapitre 5

Mardi 5 novembre 1968 - Cargo le *Sunny Boy* - Atlantique Nord

Elle pose la main sur son ventre, sent un léger tressaillement qui la rassure. Ce bateau est vraiment le pire endroit pour accoucher d'un prématuré. Il y a tout à parier que le commandant n'appellerait pas les secours et elle ne voit pas Rob l'assister, encore moins le second, quelle horreur !

La route pour traverser le Canada a été dure, pénible, plus de quinze jours de stress, de vigilance extrême, de lits inconfortables et de motels minables. Sans oublier les cahots de la route, les longues heures confinés dans l'habitacle de la voiture. Elle en a eu quelques saignements, soigneusement cachés à son homme, inutile de s'affoler, qu'aurait-il pu y faire ?

Il était bien assez inquiet pour elle, se rongeant les ongles lorsqu'elle conduisait, elle l'avait bien vu, tout en lui distillant des propos rassurants. Il en aurait fait des tonnes, aurait insisté pour l'emmener à l'hôpital, chez le médecin, aurait renoncé à s'échapper pour la préserver. Elle le connaît bien son bel indolent, il serait devenu fou d'anxiété.

Elle sourit tendrement, un éphémère instant de douceur, elle se serre davantage contre Robert comme pour le remercier de tout ce qu'il aurait pu faire s'il avait été au courant.

En trois jours de navigation, peu à peu, les pertes avaient cessé, elle s'était lentement réconfortée, avait repris quelque peu confiance en l'avenir.

— C'est une fille, j'en suis certain, dit Robert, en voyant son geste. J'ai envie d'avoir une fille pour qu'elle soit belle comme toi, *sweetie*.

— On verra bien, lui répond-elle. Ça n'a pas grande importance pour moi, tu sais bien.

— Comment l'appellerons-nous, cette enfant ? lui demande-t-il, soudain sérieux. Choisis, je suis sûr que tu y as déjà pensé.

— Hum… Je ne sais pas trop. Non, je n'y ai pas pensé du tout, on ne sait même pas quel nom on va avoir. Faut tout de même que ça sonne bien… Si c'est une fille, Alice ? Elle aurait rendez-vous avec la Reine de cœur pour le thé…

— *Oh no* ! s'écrit Rob, les traits déformés par une terreur feinte. Elle va vouloir lui couper la tête !

— Louise ? Tu sais, comme Louise Michel, je t'en ai parlé, cette femme du siècle dernier qui a tant lutté pour éduquer les petites filles… Une vraie révolutionnaire ! Elle n'avait peur de rien. Je n'ai pas envie que notre fille ait peur, jamais. J'ai déjà trop eu la frousse dans ma vie, c'est une sale émotion.

— Louise ? Pas mal, *honey*… Louise… Je me souviens, tu m'as dit, la Commune de Paris, Rimbaud, Verlaine…

Robert fait rouler le prénom sur sa langue, le goûte, le savoure lentement.

— Ou Grace ? Oh oui, Grace, j'adore. Elle va surgir de mon ventre comme un lapin blanc du chapeau magique d'un illusionniste. Tu te souviens, Grace Slick, à Frisco, comment c'est le titre de la chanson déjà ? « White Rabbit » ? Oh oui, oui, oui, Grace.

— *Why not*… J'aime bien, « Amazing Grace », beaucoup moins, mais bon, sourit-il, se mettant à chantonner…

— À toi ! Si c'est un garçon tout de même ? Il lui faudra un prénom. Il n'y a pas que les filles qui ont un prénom, tu sais.

— Je cherche… attends. C'est une grosse responsabilité… Edgar ? Comme mon grand-père ? Tu sais, celui qui était renfrogné toute la journée, il râlait contre tout et n'importe quoi…

— Oh non, pas ça, idiot, tu te moques de moi ! Allez, sois sérieux, dis-moi ce qui te ferait plaisir.

— Philip ? Tu te rappelles ce roman de science-fiction que je lisais juste avant de partir de L.A. ? J'avais beaucoup aimé. Un livre étonnant d'un nouvel auteur qui a ce prénom, Philip K. Dick, je crois. Très très moderne, bizarre, *Clans of the Alphane Moon*, si je me souviens bien. Qu'en penses-tu ? Il sera comme nous, venu de très loin, débarqué de la lune…

— Philip… Philip, oui, ça sonne bien. *Deal*. Grace ou Philip, on saura bientôt. En France, à l'abri, enfin j'espère.

— Comment on va faire quand l'enfant sera là ? Ça va être compliqué, non ?

— Ma mère sera trop contente de le garder, elle adore les bébés. Elle va être heureuse d'être grand-mère.

— La nuit ? T'es sûre ? On va peut-être pas habiter à côté de chez eux, je ne sais pas encore comment on va se débrouiller. Il nous reste de l'argent mais il faudra bien que je recommence à travailler. Ce ne sera pas simple dans ce pays que je ne connais pas. Je n'ai aucun contact. Il va me falloir un peu de temps. Et aussi trouver une couverture à raconter à tes parents.

— On a quelques mois devant nous, ne t'inquiète pas, j'aurai accouché avant que tu ne doives te remettre à voler. Et, je te préviens, hors de question que je reste à la maison, on partage tout. Pour le reste, nous ne sommes pas si pressés, nous avons le temps de nous organiser et de réfléchir, arrivons déjà en France, mon chéri, un problème après l'autre. Cet enfant ne nous divisera jamais, je ne le tolérerai pas.

Les jours succèdent aux nuits, la houle se fait plus ou moins forte, l'escale de Reykjavik se déroule sans incident malgré l'extrême lenteur des manœuvres d'approche, de chargement et d'appareillage.

Il ne se passe rien de notoire, Robert et Colette restent évidemment cloîtrés dans leur cabine, attentifs aux innombrables bruits inhabituels.

Des voix étrangères, de nombreux pas, les grincements des grues et les heurts des marchandises entrantes et sortantes, et, plus gênant encore, les silences brusques lors des pauses.

C'est d'ailleurs lors d'une de ces périodes de calme, pendant le déjeuner, que le jeune homme se prend les pieds dans une des anses de son sac, manque de tomber et se raccroche comme il peut à la tablette où ils prennent leurs repas, faisant chuter un plateau. S'ensuit ce qui leur semble un vacarme épouvantable résonnant dans toute l'Islande. À en réveiller tous les volcans du pays.

Ils restent de longues minutes serrés l'un contre l'autre, rongés par la peur, mais rien. Personne. Coincés dans leur réduit, ils perdent la notion de l'immensité du cargo et le bruit de cet incident n'est pas du tout susceptible d'alerter qui que ce soit. Pourtant leur état de tension extrême ne leur permet plus de réfléchir logiquement.

Il est temps que la traversée se termine, temps qu'ils posent le pied en France et puissent envisager leur nouvelle vie, la fuite en avant n'a que trop duré.

Chapitre 6

Vendredi 13 janvier - Résidence Les Lilas - 15 h 30

— Ben, qu'est-ce qui vous est arrivé ? Oh là là...

L'infirmière a l'air catastrophée en découvrant le visage ravagé de la lieutenant. Mais vous boitez en plus !

— On fait un métier pas facile, y a pas que des vieilles dames en bas des escaliers aux aurores... Parfois, c'est un peu plus mouvementé, sourit la policière.

— Et vous travaillez quand même ? Ça doit pas être facile. Et votre œil ? C'est douloureux ces hématomes...

— Non, je suis en arrêt. Je passais dans le coin et viens prendre des nouvelles de madame Wensby. Elle n'était pas au mieux lorsque je l'ai quittée, un peu vite à mon goût, l'autre jour. C'est possible de la rencontrer quelques minutes ? Rien d'officiel, une visite de courtoisie.

La moue de la soignante indique clairement qu'elle ne croit pas un mot de ce que lui raconte son interlocutrice. Ses mains s'affairent sur son chariot de soins, rangent des flacons, des compresses emballées, des pinces.

— Vous auriez dû téléphoner, ce n'est pas vraiment le bon moment. Colette est malade, pas une grippe mais tout comme, un syndrome grippal qui la cloue au lit. Elle est montée à 40° cette nuit, Nadia a failli appeler le médecin de garde pour la faire hospitaliser. Heureusement, la fièvre est tombée assez vite avec ce qui était prescrit en cas d'urgence. Enfin bref, elle est contagieuse et a surtout besoin de se reposer. Y a plus rien d'anodin à cet âge-là.

— Ah mince, c'est bien ma veine. Tant pis. Vous lui transmettrez mes vœux de prompt rétablissement.

— Je dois passer la voir tout à l'heure, je lui dirai sans faute. C'est bizarre ces cochonneries de virus, si ça se trouve, demain, il n'y paraîtra plus, ou bien elle est partie pour quinze jours au lit, ou pire, la pauvre. Impossible de prédire la suite pour l'instant. Vous avez classé le dossier ?

— Non, pas du tout. Et vous pouvez constater que je n'ai pas pu travailler dessus. Je ne sais pas encore, il y a des éléments étranges tout de même.

— Cette affaire de porte fermée ?

— Oui, par exemple.

La lieutenant s'éloigne après avoir pris congé, puis se ravisant, se retourne après deux ou trois pas :

— Dites-moi, vous pourriez peut-être me renseigner. Je dois refaire mon pansement à la cuisse et je ne connais personne ici, il n'y a que trois mois que je suis arrivée. Vous n'auriez pas le nom d'une infirmière à domicile sympa et compétente à me donner ?

— Quel genre de blessure ?

— Pas grand-chose, ça fait un mal de chien mais la balle n'a fait que déchirer ma peau et mordre légèrement sur le muscle.

— Vous voulez que je vous le refasse ? Doit pas y en avoir pour longtemps. J'ai un bon quart d'heure avant de quitter mon service. Faudra pas trop en parler, je n'ai pas vraiment le droit, mais personne ne viendra nous déranger à cette heure-là. Je n'ai jamais soigné de blessure par balle, ce sera une première ! Ça va me changer des ulcères, débuts d'escarre et bobothérapie.

— Merci, c'est vraiment gentil, j'accepte. Je ne vais pas dire avec plaisir, je suis douillette, mais vous me retirez une belle épine du pied. Je n'avais pas très envie de faire la queue aux consultations ou de choisir au hasard une infirmière qui ne me conviendra peut-être pas. Mais euh… C'est en haut de la cuisse, vous voyez, il va falloir que je baisse mon pantalon…

— Bien sûr, je ne vais pas vous charcuter dans le couloir, on n'est pas des sauvages, répond la soignante en riant. Allons dans la salle de soins, on y sera tranquilles et j'aurai tout sous la main.

Annie est douée, Céleste le reconnaît, même si elle a eu des sueurs froides quand il a fallu décoller le film transparent qui recouvrait la compresse. L'estafilade est propre, nette, les sutures n'ont pas bougé malgré son salto devant la librairie. Un peu de désinfectant iodé et la soignante recouvre à nouveau d'un pansement occlusif.

— Ça ne vous semble pas étrange, cette porte fermée à clé ? demande Alvarez, une fois rajustée.

— Si, bien sûr. Mais il y a tellement de clés qui disparaissent, oubliées sur une porte, laissées dans des blouses parties au lavage ou embarquées au passage par un résident qui la plupart du temps n'a aucune idée de ce qu'il va bien pouvoir faire avec, que le plus étonnant, c'est, pour moi, que la porte ait été refermée, pas qu'elle ait pu être ouverte.

— C'est si fréquent que ça ?

— Pas tous les jours, évidemment, mais ce n'est pas rarissime. Et souvent, l'étourdi les retrouve dans les cinq minutes, je n'ai jamais entendu parler d'un accident dû à un oubli ou un chapardage de cet ordre. Je croise les doigts, je n'ai encore jamais perdu les miennes.

— Il y a un moyen de savoir qui a égaré son trousseau et quand ?

— Je pense qu'il suffit de consulter les bons de demande de remplacement. Il faut obligatoirement faire une déclaration au secrétariat, il doit y avoir des traces. Je vais nettoyer votre œil également, ça ne lui fera pas de mal, et mettre un peu de pommade sur votre joue. C'est pas beau à voir.

Céleste se laisse faire, même si c'est un défi de garder sa paupière grande ouverte lorsqu'Annie y verse le sérum physiologique, prenant soin d'éponger le surplus grâce à une compresse. Elle a toujours eu une sainte horreur des gouttes, collyres et de tout ce qui y ressemble de près ou de loin.

— Gardez la bouche ouverte, ça va vous aider à ne pas cligner de l'œil. Voiiiilà.

La policière doit néanmoins reconnaître le soulagement obtenu par ce traitement. Son œil s'ouvre légèrement plus, sa vision est devenue plus nette.

— Merci, c'est mieux. Désagréable mais efficace.

— Je vous passe la pommade maintenant ? Façon de parler, je sais bien que ça ne fera pas sauter ma contravention de mardi, j'ai bien compris.

— Je viens juste d'en prendre une aussi, on est à égalité sur ce plan-là. Et je n'avais même pas mon arme sur moi pour descendre le contractuel, je suis frustrée.

Elles rient ensemble de bon cœur. La lieutenant tente plusieurs fois d'en apprendre un peu plus sur sa suspecte, mais l'infirmière ne sait pas grand-chose, moins qu'elle, même.

Madame Wensby est un personnage singulier, brillante parfois, totalement à l'ouest à d'autres moments, certainement pas démente en tout cas. Elle semble juste ne plus habiter la même planète. Elle a eu de la chance, son accident vasculaire cérébral était bénin et elle a été prise en charge rapidement par de bons professionnels.

Son hémiplégie a très vite régressé, elle ne garde qu'une légère gêne au bras gauche, et encore, lorsqu'elle est fatiguée. Elle en joue pourtant parfois quand elle ne souhaite pas « se souvenir » de quelque chose, mais le neurologue estime qu'il n'y a pas de séquelles vérifiables sur les différents examens qui ont été pratiqués. Certes, il y a l'âge, mais quand elle est décidée, si elle joue au Scrabble ou fait des mots croisés, elle ne semble pas du tout affectée par des troubles mnésiques.

Annie est persuadée que, pour une bonne part, elle n'accorde surtout aucun intérêt à ceux qui l'entourent.

— Elle vit dans sa tête, toujours avec son mari, mort depuis des années. Je crois qu'ils ont vécu un amour peu commun, ces deux-là. Pour elle du moins. Lui, je ne l'ai pas connu. C'est l'homme de sa vie, il n'y a pas de doute, un coup de foudre définitif d'après la façon dont elle raconte leur rencontre aux USA. Ceci dit, elle est peu loquace sur lui, elle se ferme dès qu'on essaie de poser des questions un peu précises. Ce qui est sûr, c'est qu'il n'y a jamais eu de place pour leur fils. Ce n'est pas le genre de mère à guetter impatiemment le jour de la visite ou de l'appel téléphonique. Elle lui répond gentiment, mais sans plus. Et ne demande jamais à lui écrire ou quoi que ce soit. On en parle parfois en équipe, c'est troublant pour nous, cette indifférence. Les déments perdent leurs repères sentimentaux, leurs affects, mais elle ne l'est pas. Il n'y a pas de variation de ses émotions lorsqu'on évoque son enfant comme on l'observe chez les autres pensionnaires qui se souviennent qu'ils en ont. Il est comme en trop. Par contre, certains jours, elle est comme effrayée, elle observe les visiteurs ou le personnel d'un drôle d'air. Je lui ai déjà demandé si elle craignait quelque chose mais elle ne répond jamais.

Les deux femmes papotent ensuite de choses et d'autres, de leurs professions respectives, leurs petites habitudes, échangent des anecdotes. Elles ont le même âge, des références identiques et des idées politiques très proches pour le peu qu'elles ont eu le temps de les évoquer à demi-mot, ces sujets sont toujours délicats pour des inconnues.

Le petit quart d'heure prévu devient vite une demi-heure avant qu'on vienne frapper à la porte de la salle de soins.

— Ne vous dérangez pas, dit une aide-soignante qu'Alvarez ne connaît pas en pénétrant en coup de vent, après avoir été invitée à entrer. Je viens juste prendre un thermomètre, y a monsieur Delvois qui me semble chauffer un peu. T'es encore là, toi ? Y a Magali qui est déjà en poste, tu fais du rab ?

— Oh, mince, 16h10, je n'ai pas fait gaffe. Je file, mon bus va être passé, je suis bonne pour attendre. Je vais me geler, celui de la demie est toujours en retard en plus.

— Je vous ramène ? propose Céleste. Je n'ai pas grand-chose à faire en ce moment, je vous dois bien ça, sourit-elle.

Chapitre 7

Dimanche 10 novembre 1968 - Cargo le *Sunny Boy* - Atlantique Nord

Colette se repose, allongée sur sa couchette, elle lit sans vraiment se concentrer sur les mots, son esprit n'arrive pas à se fixer sur les biographies d'Henry Ford ou de Rudolph Valentino relatées dans *La Grosse Galette* de John Dos Passos. Elle a escompté terminer la trilogie USA pendant la traversée mais c'est bien mal parti.

Elle s'ennuie tout en ne sachant pas meubler la vacuité de son emploi du temps en se passionnant pour des personnages de roman. N'en sont-ils pas un peu devenus tous les deux ? Leurs péripéties, mises bout à bout, commencent à former un récit réellement romanesque !

Aucune raison de se réjouir d'être les héros de cette histoire, ils risquent leur vie ou la prison, les projets ne sont pas à l'ordre du jour et les embûches sont encore nombreuses sur leur route, à commencer par le débarquement.

— Tu crois que Williams a des hommes en France ? Tu penses que nous devrons encore le craindre une fois arrivés ?

— Je l'ignore, ma chérie. Comment veux-tu que je le sache ? Je ne l'ai jamais fréquenté, je n'ai appris son existence que lorsqu'il a tué Freddy. C'est un boss à Frisco, en dehors, je n'en ai aucune idée. Pour être aussi important, il doit avoir tout un réseau à travers le monde de la pègre. Il faudra que nous restions prudents un moment.

— C'est le pire, je trouve, de ne pas savoir d'où peut venir le danger. Les flics, on les voit venir, les barrages ou les contrôles de papiers, il y a moyen d'y échapper ou de les éviter, mais des types qui arrivent à côté de toi et te tirent dessus ou te poignardent sans crier gare, il n'y a pas de parade. C'est effrayant. Et jamais de paix, nulle part.

— N'exagère pas non plus, ce n'est pas Al Capone. Tu te montes la tête. Une fois loin de son aire d'influence, je doute qu'il perde son temps et son argent à s'occuper de ma petite personne. Ce genre de caïd compte sur ses indics. Comme nous en serons loin, je suis relativement tranquille.

— Relativement...

— Je ne peux pas te le garantir à cent pour cent, c'est impossible. Ce serait te mentir. Je dirais improbable. Les *pigs* restent nos principaux ennemis, ne dispersons pas notre vigilance.

— Viens m'embrasser, c'est de toi dont j'ai besoin pour me rassurer. Garde-moi toujours à tes côtés.

La monotonie des journées à bord se fait de plus en plus pesante, la petite heure de sortie nocturne paraît de plus en plus courte et frustrante. Colette passe de longs moments, penchée sur la tablette, à noircir les feuillets d'un bloc-notes. Robert lui demande à plusieurs reprises ce qu'elle fabrique, elle se fait mystérieuse, explique qu'elle prend des notes pour raconter un jour leur histoire ou écrire un roman lorsqu'ils seront en France. Il veut lire, naturellement, elle refuse énergiquement.

— Quand ce sera fini, ce ne sont que des brouillons. Je te dirai, promis, dit-elle systématiquement, cachant en riant ses écrits comme une écolière sur laquelle tente de copier sa voisine.

Il n'insiste pas, l'embrasse dans le cou et, retournant s'allonger sur la couchette, reprend ses interminables parties de lancers francs de boules de papier dans une petite corbeille placée à l'autre bout de la cabine qu'il ponctue parfois de petits cris victorieux ou de soupirs de déception intense.

Le *Sunny Boy* fera escale demain à Southampton puis, ensuite, tout ira très vite. Ils vont encore devoir rester confinés les trois prochains jours, faire les morts, comme dit Robert, qui cultive un sens particulier de l'humour noir en certaines occasions.

Colette pressent qu'elle va retrouver l'apathie des journées sans début ni fin dans lesquels la nuit ne vient que lorsque l'un d'eux se décide à éteindre le plafonnier. L'escale n'apportera rien de neuf, juste son lot d'ennui, et la jeune femme se morfond de plus en plus...

La surprise la plus totale provient de la visite inopinée du commandant. Ils ont appareillé depuis hier du port anglais et s'approchent des côtes françaises, lorsque deux coups secs sont frappés à la porte de leur cabine. Il est 15 heures et ils n'attendent évidemment personne, n'en ont jamais eu au cours de la traversée, hormis les brèves apparitions du second ou du bosco leur apportant les repas.

La panique se peint aussitôt sur le visage de Colette, Robert serre les poings, ils se regardent, pensent tous deux la même chose : la douane ou la police, le terme de la cavale, la fin de la liberté, le début d'un long calvaire, l'expulsion vers les États-Unis pour lui, la prison peut-être pour elle... La catastrophe du dernier instant, la pire. Les yeux de la jeune femme s'emplissent de larmes de rage.

Il se décide à aller ouvrir et reste bouche bée devant Kurt Ramsen.

Seul.

En peu de mots, il leur renouvelle les dernières consignes avant l'arrivée et le débarquement. Rien de bien compliqué : attendre aussi longtemps qu'il le faudra, se taire, éviter de faire du bruit, le suivre sans discuter quand il viendra les chercher.

Colette et Robert échangent quelques regards étonnés, se demandant pourquoi le commandant en personne se donne la peine de se déplacer jusqu'à eux pour ses recommandations qu'ils ont déjà entendues plusieurs fois depuis leur embarquement à Québec.

En quelques mots hésitants, le Norvégien les éclaire sur une surprenante proposition. Le trafic maritime est énorme, les marchandises passent en fraude d'un bout à l'autre de la planète, les humains également, et ce phénomène ne va pas se tarir demain, bien au contraire.

Depuis qu'il est dans le métier, plus de vingt ans comme officier navigant, il n'a jamais eu autant de demandes un peu particulières telles que de transporter discrètement des gens comme eux ou quelques colis ne pouvant être examinés par la douane. Pas de drogue ou d'armes – ça pas question, c'est contraire à ses principes – mais quelques livraisons sans papiers officiels, un passager clandestin ou deux, lui permettent de mettre de l'argent de côté et de se préparer une retraite dorée dans un fjord de sa terre natale.

Il s'emberlificote dans ses euphémismes et ses litotes, parvient tant bien que mal au bout d'un bon quart d'heure à leur faire comprendre qu'il a étoffé son réseau et que, maintenant qu'il les connaît, s'ils ont des affaires dans lesquelles ils peuvent avoir besoin de lui ou d'un de ses collègues, il se fait fort de trouver la solution qui satisfera tout le monde, bien entendu contre un pourcentage sur le montant de la transaction si ce n'est pas lui directement qui traite l'affaire.

Colette et Robert s'interrogent, ne sachant pas comment prendre l'intérêt soudain du commandant alors qu'il ne leur a pratiquement pas adressé la parole de la traversée.

Elle laisse passer quelque inquiétude dans ses yeux, Rob la rassure d'un battement de paupières signifiant qu'il n'y a pas là de quoi s'inquiéter, tout va bien. Enthousiaste, il accepte le deal, serre la grosse pogne de Kurt qui avait dû anticiper l'accord puisqu'il a même amené avec lui une flasque d'aquavit au lourd parfum d'épices qui arrache la gorge de la jeune femme lorsqu'elle se risque à le goûter.

Peu habitué aux alcools forts, l'Américain tousse, crache à moitié. Il a voulu faire le malin et a avalé cul sec le fond de verre que le solide Norvégien lui a versé.

Éclat de rire général, enfin, ça fait du bien, une toute petite fenêtre de légèreté où ils respirent à pleins poumons. Toute la tension accumulée se libère dans un fou rire de Colette qui gagne peu à peu ses deux compagnons, même l'austère commandant se frappe les cuisses.

La crise s'étiole doucement, poignées de main, l'accord est scellé. S'ils ont besoin de lui, il leur suffira de contacter un certain Pedro dans un bar nommé Le Rendez-vous des marins dont il leur donne le numéro de téléphone. Ils peuvent appeler chaque mardi de 18 à 21 heures, ledit Pedro leur donnera la marche à suivre.

— Bah, conclut Robert une fois le commandant reparti vers sa passerelle, ça ne nous engage à rien et il est toujours bon d'avoir des contacts, nous ne savons pas ce que l'avenir nous réserve une fois en France…

Chapitre 8

Samedi 14 janvier 2017 - 10 heures - Salle d'attente de chirurgie

— Alvarez !

— Allô ? Oui, bonjour Céleste, c'est Annie.

— Ah, salut. Un problème avec ta patiente ? Tu n'es pas encore en service pourtant.

— Non, ce n'est pas ça. J'ai repensé à notre conversation d'hier quand tu es venue aux Lilas. Je me suis souvenue d'un incident concernant un trousseau de clés survenu juste avant le réveillon du jour de l'an. Je ne sais pas si ça peut t'aider mais comme nous en avions parlé…

— Bien sûr que ça m'intéresse ! Écoute, je ne peux pas te parler tout de suite, je suis à l'hosto et ça va être mon tour, je peux te rappeler ?

— Ou mieux, passe me voir cet après-midi si c'est possible. Je suis en service à partir de 14 heures. Vers 16 heures, ce serait parfait, j'aurais un peu de temps.

— Très bien. Je serai là pour ta pause. Merci. Excuse-moi, on m'appelle. À tout à l'heure.

La consultation avec l'interne en chirurgie s'est déroulée sans anicroche. La plaie est belle, le pansement fait la veille a été remplacé après ablation des sutures. Certes, sa cuisse est toujours douloureuse, ce qui conduit le médecin à imposer à Céleste une semaine d'arrêt supplémentaire, le temps que sa jambe soit totalement rétablie et que son visage reprenne apparence humaine…

C'est un accident du travail, il est hors de question qu'elle retourne au commissariat sans être en pleine possession de ses moyens. Elle a beau maugréer, rien n'y fait, la sentence est irrévocable et elle ne peut pas se pointer au boulot sans la bénédiction du toubib, Charvel la renverrait aussitôt. Elle a pris quelques photos des couloirs de l'hôpital, des idées de dessins en tête, pas forcément joyeux mais son témoignage sur ce monde où elle a la chance de ne faire que passer.

En sortant, à la boulangerie, elle se décide pour deux sandwiches américains, afin de se remettre dans l'ambiance western, finir sa lecture des écrits de cette étrange madame Wensby. Depuis le début, elle va de surprise en surprise en découvrant ce destin hors norme.

Le temps lui a manqué hier, elle avait reconduit l'infirmière à l'autre bout de la ville. À l'arrivée, celle-ci avait invité Céleste qui avait accepté sans hésitation de monter jusqu'à son deuxième étage.

Elles y ont discuté près de trois heures, de leurs boulots, de loisirs, de sorties, évitant soigneusement d'aborder l'affaire Leuliez, et ont vite sympathisé. Alvarez ne voulait pas gâcher un moment de détente agréable et Annie n'a pas osé y faire allusion.

Toutes deux sont soumises au secret professionnel, connaissent le malaise de ne pas pouvoir répondre à une question qui demanderait de le trahir.

La théière de Ceylan noir, les biscuits noix de coco, des plaisanteries et le papotage leur avaient fait du bien, la semaine avait été difficile pour tout le monde. Le tutoiement s'était imposé sans effort.

L'infirmière sortait à peine d'une liaison compliquée avec un homme ne souhaitant pas avancer dans la relation, elle s'était lassée, la solitude lui pesait en ce moment et la présence de Céleste lui permettait de se changer les idées. Cette visite s'était terminée sur une promesse de sortie entre filles lorsque les stigmates de la policière auraient disparu de son visage.

En rentrant, Céleste s'est, comme la veille, assoupie sur sa lecture sans avoir dépassé une trentaine de lignes. Elle a été tirée de son sommeil par l'alarme de son smartphone. Elle n'a pas encore tout à fait récupéré de ses blessures et son activité débordante ne l'aide pas.

— Alors voilà, j'ai réfléchi à ton mystère de serrure qui s'ouvre sans clé et j'ai pensé aux bons.

— Les bons ? De quoi tu me parles ?

— Oui, je t'explique. Chaque demande de matériel doit être signifiée par un bon numéroté en trois exemplaires. L'un reste dans le carnet à souches, l'autre part au secrétariat et le troisième va à l'économat qui se charge de livrer le matériel manquant, ou de faire intervenir un ouvrier quand il le faut. La semaine, les soignants déposent les demandes à la secrétaire qui se charge de remplir le document et de prévenir les services concernés. En dehors des heures de présence du personnel administratif et le week-end, c'est l'infirmier ou l'infirmière présent qui se charge de la paperasse. Ce qui t'explique pourquoi j'ai accès à ces fameux carnets, enfin le dernier, celui qui est en cours d'utilisation. On devrait trouver dessus le nom de celui qui a perdu ses clés dernièrement et ça va peut-être t'aider, non ?

— Bien sûr. Mais ce n'est pas confidentiel ?

— Rien de médical là-dedans, t'inquiète pas. Une vis qui manque ou un néon cassé, c'est pas secret-défense. Pis t'es pas obligée de dire comment tu l'as su. T'es même pas vraiment flic, là, si ?

— Non, tu as raison. Motus, je saurai juste où « chercher » lorsque je reprendrai l'enquête, sourit Céleste en mimant des guillemets.

— Alors, viens, on va dans le bureau, on sera tranquilles, il n'y a personne le samedi. On va vérifier dans le dernier carnet.

Céleste peine à suivre Annie dans le dédale de couloirs menant à la partie administrative de la résidence. Elles sont tout du long sollicitées par des vieillards perdus aux demandes confuses, leur route coupée par des fauteuils roulants aux trajectoires aléatoires. L'infirmière sait rassurer d'un mot ou d'un sourire, Alvarez se sent totalement incongrue dans ce milieu, comme un corps étranger, un sentiment pénible d'impuissance à comprendre, à réagir à ce qui semble être des détresses qu'elle est tout à fait incapable d'interpréter.

Alors elle se ferme, ses oreilles se font sourdes, ses yeux fixent le trajet emprunté par la soignante.

Lorsqu'elle parvient au secrétariat, Annie a déjà ouvert la porte et fouille dans le fourbi de papiers d'un tiroir ouvert. Elle lève la tête, affichant un large sourire victorieux :

— Là ! Ça y est. Regarde ! Un bordereau pour un jeu de clés daté du 29 décembre 2016. Ce n'est pas un trousseau personnel, voilà pourquoi je n'en ai pas entendu parler. Tu vois, c'est Pierrick Villot qui l'a perdu, un temporaire. Je le connais, il prend des petits contrats en CDD de temps en temps pendant les périodes de vacances ou les arrêts maladie. Là, il devait être sur le poste de Rémi, l'ouvrier d'entretien qui a chopé la grippe en fin d'année. Normalement, il existe un rapport sur ce genre d'incident mais je n'y ai pas accès, il est sans doute archivé dans les armoires que tu vois là. Ça regarde la comptabilité, pas les unités de soins.

— Il habite dans le coin, ce Pierrick ?

— Oh oui, je ne sais pas où par contre. C'est un jeune, assez sympa, une trentaine d'années, il galère pour trouver du boulot stable, comme tout le monde ou presque. Il a pas inventé l'eau tiède mais il bricole bien et remplace également au ménage de temps en temps.

— OK, je me le garde pour la suite, il pourra m'être utile. C'est tout de même le point capital, cette clé fantôme.

— Si tu veux, je dois avoir son numéro de téléphone, on a un registre avec les coordonnées des remplaçants en cas de besoin. Il aura peut-être d'autres éléments à te fournir ?

— Ou mieux, tu ne voudrais pas me rendre un dernier service en l'appelant, s'il te plaît ? Je ne peux pas me prévaloir de ma qualité de flic, ce serait illégal, et il ne me fera pas forcément confiance en plus… S'il te connaît, ce sera plus facile d'avoir des renseignements fiables.

— Mais oui, pas de problème. Je vais lui dire que j'ai besoin de quelques précisions, un truc administratif, on en a toujours des dizaines de ces conneries qui arrivent tous les jours. Je lui téléphone depuis le poste de la secrétaire, ce sera plus discret que dans la structure, il y a toujours des oreilles qui traînent.

Annie compose le numéro du jeune homme et patiente. Elle jette à Céleste un regard où brille une certaine excitation, celle-ci la sent ravie de participer à une enquête, cela la fait sourire.

— Allô, Pierrick ? Salut, c'est Annie, l'infirmière des Lilas. Tu vas bien ?

— …

— Ah non, hélas, je ne t'appelle pas pour un contrat. Oui, je sais, c'est dur en ce moment, Chardonne limite au maximum les remplacements, on se débrouille pour faire autant, voire plus, avec moins, comme partout. Non, j'aurais besoin de petites précisions sur la perte de ton trousseau de clés le mois dernier. Non, non, rien de grave, t'inquiète, encore un formulaire à remplir pour le remplacement, comme d'hab', tu sais ce que c'est.

S'ensuit un long monologue de Villot, ponctué de petits hochements de tête d'Annie et de *hum-hum* l'encourageant à continuer. D'une main, elle prend des notes incompréhensibles et gribouille des bonshommes informes sur un bloc tout en faisant tourner le fauteuil d'un côté et de l'autre. La discussion se clôt sur un merci salut amical.

— Ah ben dis donc !

— Quoi ? Dis-moi vite, il t'a raconté quoi ?

— Des trucs qui pourraient intéresser les flics, dommage que tu sois en arrêt maladie…

— Ne m'oblige pas à employer des méthodes d'interrogatoire dont tu n'as même pas idée ! menace la lieutenant.

— OK, OK, je vais parler. Tortionnaire ! Il a perdu ses clés alors qu'il intervenait chambre 34. Madame Wensby avait coincé son lit dans une position et ne pouvait plus le débloquer. Il a dû se glisser sous le sommier pour découvrir un petit objet en plastique qui faisait obstacle au mouvement. Ça a duré quelques minutes tout au plus. Aucune idée d'où pouvait provenir le bidule qui posait problème. C'est lorsqu'il a voulu ouvrir la salle de pause pour aller boire un café qu'il s'est rendu compte qu'il n'avait plus son trousseau. Peut-être cinq minutes après, en gros. Il est retourné dans la chambre, a fouillé sous le lit, dans le couloir, demandé de l'aide mais personne n'a rien retrouvé et il a fait une déclaration de perte.

— C'était quoi le truc qui empêchait le mécanisme ?

— Il m'a dit « un bidule ». Je n'en sais pas plus et je n'ai pas pensé à lui poser la question. On va pas le rappeler, ça va faire bizarre, non ?

— Tu as raison, ça n'a pas grande importance. Je lui demanderai à l'occasion, truc ou bidule, je ne pense pas qu'il soit arrivé là tout seul... Comment est madame Wensby aujourd'hui ?

— Un peu mieux, c'est pas encore la forme olympique mais elle a moins de température et recommence doucement à s'alimenter. Juste une cochonnerie de virus parti aussi vite qu'arrivé, elle devrait aller de mieux en mieux, le gros coup est passé.

— Tu penses qu'elle sera visible demain ?

— Je commence à 14 heures, je t'appelle si c'est le cas ? C'est difficile à dire aujourd'hui, il y a de fortes chances mais on ne sait jamais.

— OK, merci. À demain alors, au moins au téléphone. Bon courage pour la fin de ton service.

Céleste n'a qu'une hâte, finir le livre, relire toutes ses notes et savoir par quel bout attaquer la conversation demain avec Colette Wensby. Quelque chose lui trotte avec insistance dans la tête, quelque chose qui lui dit que ça ne va pas être une partie de plaisir de débrouiller le vrai du faux chez cette femme.

Chapitre 9

Samedi 16 novembre 1968 - Cargo le *Sunny Boy*
Un port, en France - 23 heures

L'accostage s'est fait sans heurt.

La manœuvre a été interminable pour Colette, l'impatience faisant pulser les artères sous ses tempes. Elle mangeait les petites peaux sur ses doigts jusqu'au sang, incapable de s'en empêcher malgré la douleur et les admonestations de Robert qui lui prenait gentiment les mains et tentait de la rassurer d'une caresse ou d'un baiser sur le front.

Il n'était pas très à l'aise non plus, coincé dans la cabine aveugle, leur sort entre les mains du commandant et de son second. Aucune échappatoire en cas de problème…

Les chocs lourds du déchargement se sont tout d'abord un peu espacés, les cris des hommes se sont faits moins impératifs et urgents, et, depuis quelques minutes, seuls les pas des dockers et de l'équipage résonnent sur le pont et dans les coursives. Les deux amoureux se taisent, le commandant leur a bien précisé d'être les plus discrets possible, qu'il viendrait personnellement les chercher pour le débarquement et que tout allait bien se passer, il n'y avait rien à craindre tant qu'ils suivraient scrupuleusement ses recommandations : ne pas parler, ne pas essayer de sortir seuls, ne pas faire de bruit jusqu'à ce qu'il arrive.

Il est plus de minuit finalement lorsqu'ils posent enfin le pied sur la terre ferme, ou plutôt le ciment du quai.

Le commandant a tenu sa promesse et les a accompagnés en personne en bas de la passerelle. Il a même poussé l'obligeance jusqu'à porter lui-même les bagages de Colette, geste qu'elle apprécie, cela fait maintenant plus de vingt-quatre heures que mille suppositions tournent dans son esprit et elle ne se sent pas du tout en forme.

Il fait un froid de canard mais il ne pleut pas, c'est déjà ça. Une Estafette 1 000 Renault est garée à quelques pas du cargo, deux hommes, costauds à en juger par leurs silhouettes, les attendent, la porte arrière du véhicule largement ouverte, leur faisant signe de se hâter.

Robert et Colette serrent la main tendue du Norvégien et filent s'installer comme ils peuvent dans le fourgon. Robert effectue deux voyages, cale les valises et les sacs dans la pénombre et aide Colette à monter à bord.

Les portières claquent, pas un mot n'a été échangé, les gaillards ne semblent pas diserts. Ou alors ne veulent pas traîner dans le coin.

Le fourgon roule ainsi environ une quinzaine de minutes avant de s'arrêter soudainement. Ils entendent confusément des voix à l'extérieur, rien de compréhensible.

Leurs mains se touchent, ils se rassurent d'un baiser dans le noir, épuisés, stressés. Cela ne dure qu'une petite minute, une éternité d'angoisse avant que leur réduit ne s'ouvre et que la lumière des réverbères pénètre enfin. Elle devine que Rob se prépare au combat, bien décidé à ne pas se laisser arrêter si près du but…

— Papa ! s'exclame Colette, reconnaissant celui qui vient d'ouvrir la porte.

S'extirpant péniblement de l'amas de bagages, sa main agrippe celle de son père qui lui tend le bras et l'aide à descendre. Ils s'enlacent longuement.

Robert observe l'homme qui les a libérés, distingue une casquette grise, des moustaches en broussaille, des épaules puissantes sous le blouson en toile qui ne doit pas lui tenir bien chaud malgré l'écharpe de laine à carreaux nouée autour de son cou. Il a du mal à le détailler, tout emmêlé qu'il est avec sa fille qui pleure de bonheur dans ses bras.

L'étreinte dure de longs instants avant que la jeune femme, reniflant, ne présente sobrement son fiancé qui serre chaleureusement la paluche que lui tend sans hésiter René. Il a de la poigne, c'est franc et honnête, sans arrière-pensée.

— Bienvenue !

— Merci monsieur, bredouille le jeune homme avec son terrible accent qui fait rire le Français.

Le conducteur, depuis son siège, demande à René de bien vouloir fermer l'arrière de la camionnette. Celle-ci s'éloigne aussitôt dans un panache de fumée blanche et le grincement de changements de vitesse hasardeux.

— Des copains. Autant que vous ne les connaissiez pas, c'est plus prudent pour tout le monde. Bon, ça va ? Pas trop éreintés ? Va falloir tout nous raconter, on va attendre d'être à la maison sinon vous allez devoir le faire deux fois.

Il se tourne vers Robert qui semble un peu ahuri de fatigue.

— Tu as l'air crevé, jeune homme.

— *Yes, sir, I'm so tired… euh… sorry…* fatigay, monsieur.

— Pas de monsieur entre nous, mon gars. Moi, c'est René et ma femme, c'est Jeannette. Tu es un peu de la famille maintenant, on n'est pas chez les bourgeois, tu es chez toi ici.

Sans plus d'épanchements, il se saisit de deux valises et les enjoint de le suivre vers une Dauphine verte que Colette reconnaît au premier coup d'œil. Secrètement, elle se réjouit de voir aussi bien accueilli l'homme de sa vie.

Ses parents ont cette antiquité depuis au moins dix ans, ils la bichonnent, en sont très fiers. Il y avait peu d'ouvriers qui possédaient une voiture lorsqu'ils l'ont achetée d'occasion. Une affaire en or, à peine un an et pratiquement pas de kilomètres au compteur. Le skaï marron des sièges lui brûlait les cuisses l'été quand la voiture était restée trop longtemps au soleil, il fallait penser à poser une serviette sur la banquette avant de s'asseoir.

Des milliers de souvenirs l'assaillent soudain, de multiples émotions se pressent : le plaisir d'être de retour dans son pays, son enfance et son adolescence qui ressurgissent, les engueulades paternelles si Pierre et elle faisaient les zouaves sur la banquette arrière durant les interminables promenades du dimanche après-midi, les maladresses de son frère lors des premières et illicites leçons de conduite données sur un terrain de football désert par un René assez peu pédagogue, inquiet de ce qui aurait pu arriver à sa Dauphine chérie, malgré l'absence totale d'obstacle…

— Maman n'est pas venue, elle vous fait réchauffer du pot-au-feu, elle a pensé que vous auriez faim en débarquant. Tu aimes toujours ça ? demande-t-il à sa fille.

— Oh oui ! Et Robert va apprendre à aimer, j'en suis sûre, n'est-ce pas, chéri ?

L'Américain, assis à l'arrière, ne saisit pas de quoi ils parlent. De repas, ça, oui, mais de quel plat ? Il acquiesce néanmoins, prêt à tous les efforts pour plaire aux parents de Colette. Comme il ne comprend pas vraiment grand-chose aux discussions joyeuses se déroulant à l'avant du véhicule, ses yeux tentent d'apercevoir dans l'obscurité ce qui va désormais être le décor de son existence.

Il a le sentiment diffus de s'enfoncer dans une nuit plus noire encore que celle qui l'entoure en ce tout début de 17 novembre 1968.

Il n'a pas tout à fait tort…

Chapitre 10

Samedi 14 janvier 2017
Appartement de Céleste Alvarez - 17 heures

Sa main gribouille nerveusement des notes compréhensibles d'elle seule. Céleste se rend compte qu'elle a des milliers de questions en réserve qui dépassent largement le cadre de son enquête, c'est toute l'histoire de cette femme qui la passionne.

Même si elle est persuadée désormais, allez savoir pourquoi, que la vieille dame est impliquée d'une manière ou d'une autre dans la mort de sa voisine de chambre, elle s'est prise d'un intérêt envahissant pour ce récit d'une vie aussi étonnante, où le hasard, peut-être la destinée, le nom n'a pas d'importance, a joué un rôle aussi déterminant. Une existence jalonnée de décès tragiques ayant grandement influencé le parcours de deux amoureux centrés sur eux-mêmes.

« Tommy The Cat » résonne au milieu de sa rêverie, c'est Manu. Un samedi soir, c'est assez peu courant, elle sait qu'il n'est pas en service.

— Oui Manu, ça roule ?

— Hello, Céleste. Mais c'est ma réplique ça, c'est toi qui es allée à l'hosto ce matin, pas moi. Alors, tu es refaite à neuf ?

— Pas encore, je suis *out* pour une semaine de plus. Paraît que ma cicatrisation doit encore s'améliorer et ma tronche se normaliser avant de me montrer aux citoyens ayant besoin de ma protection. Pour tout te dire, je l'ai mauvaise, ça va être long.

— Mais non, tu vas bien te reposer et revenir tout sourire, encore plus agréable que d'ordinaire, en pleine forme pour reprendre tes dossiers où ils en étaient. Plus ceux qui se sont accumulés durant ton absence. Je te parie que d'ici dix jours tu regretteras de ne pas avoir eu encore quelques semaines à glander chez toi.

— Tu m'appelles juste pour me remonter le moral ou tu avais quelque chose à me dire ?

— Les deux, mon général. J'ai jeté un œil sur ton Robert David Hamilton, je l'ai passé à la moulinette et bingo ! Les Amerloques ont la rancune tenace et ne sont pas au courant de sa mort. Il est toujours recherché. L'ordinateur m'a sorti une magnifique fiche rouge d'Interpol. Merci qui ?

— Tu es sûr que c'est lui ?

— L'âge correspond en tout cas et il n'y a pas d'autre quidam avec le même nom et prénom dans les avis. Robert David Hamilton, né le 11 juillet 1943 à Enid, Oklahoma. *Wanted* pour désertion, mandat d'arrêt international, demandé par le FBI, et émis par l'honorable juge Westlock le 10 octobre 1968.

— Rien d'autre que cette inculpation ? Pas d'autres délits au casier ?

— Pas que je sache, pour ça faudrait contacter les fédéraux et leur demander directement, c'est le seul motif inscrit sur le mandat en tout cas. J'ai sa photo mais elle ne va pas nous être très utile. Elle date sérieux…

— OK, merci Manu. Donc, on sait maintenant pourquoi les soi-disant Wensby sont venus se planquer en France. Ça ne nous avance à rien dans le cadre de l'affaire Leuliez mais, au moins, on a la certitude qu'il y a une part de mystère chez cette dame si comme il faut.

— Ce sont de vieux trucs, ces avis de recherche. Je suis d'accord avec toi, je te le dis depuis le début, elle est pas claire cette femme. La grosse difficulté, ça va être de trouver comment relier les points entre eux sur presque cinquante ans et en quoi ces infos peuvent nous aider à piger ce qui a conduit cette madame Leuliez à faire le saut de l'ange dans les escaliers du sous-sol. On va ramer pour tout mettre dans un seul dossier. Enfin bon, on a le temps. Quand tu rentreras, on fera un point et, s'il le faut, on ira interroger plus sérieusement mamie Wensby et on fouillera plus avant dans son passé.

— Oui, tu as raison, on peut pas beaucoup avancer pour le moment tant que je ne suis pas en service, ajoute-t-elle hypocritement.

— Tu fais quoi demain ? Je pensais aller au ciné, ça te dit de venir avec moi ?

— C'est sympa mais, non, merci. Je suis encore fatiguée, je vais en profiter pour ranger un peu l'appartement et lire, j'ai un tas de romans en retard, va bien falloir que je m'y mette un jour. C'est le moment ou jamais. Invite ton aide-soignante blondinette, vous avez l'air de bien vous entendre…

— J'aurais dû m'attendre à cette insinuation sournoise que je ne relèverai pas. Tu ne dessines plus, au fait ? J'ai l'impression que tu m'en parles moins, c'est une idée ?

— Si, bien sûr, je ne pense pas que j'arrêterai un jour. En ce moment, il fait vraiment froid pour aller flâner dans les rues ou m'installer sur un muret pour tracer un croquis. On verra ça quand je marcherai tout à fait bien et que la température sera plus clémente. T'inquiète, tout va bien, conclut-elle.

Elle ne peut s'empêcher de glisser un perfide « Bonjour à Julie », sans lui laisser le temps de protester.

À peine l'appel coupé, Céleste prend note des renseignements donnés par son collègue. Rien qu'elle ne sache déjà, juste le versant juridique de l'affaire Hamilton du côté américain. Il lui faut la suite, coûte que coûte, elle ne peut pas attendre des semaines et tous les ralentissements des procédures pour en avoir le cœur net. Elle pense, avec quelques angoisses, que Colette Wensby pourrait décéder avant qu'elle ne sache le fin mot de l'histoire ; comme on le lui répète à l'envi depuis le début de cette enquête, c'est fragile, les vieux…

Chapitre 11

Dimanche 15 janvier 2017 - Résidence Les Lilas - 16 heures

Le parking visiteurs des Lilas est déjà bien encombré lorsque Céleste y parvient.

Normal, songe-t-elle, un dimanche, les familles viennent voir leurs anciens. Pour certains, même, c'est toujours la période des vœux et des chocolats.

Elle se souvient de visites dominicales à son arrière-grand-mère lorsqu'elle était petite. L'ennui de ces heures dans un monde qui lui faisait peur et qui sentait mauvais, à rester sagement assise en silence, à occuper ses mains ou inventer des histoires avec le petit jouet qu'on lui avait permis d'apporter.

— Un seul, précisait systématiquement sa mère. Et pas les poupées, elles vont être pleines de microbes, on sait jamais ce qui traîne dans ces hospices…

Ils restaient très longtemps autour du lit où agonisait l'aïeule, sans un mot. La pauvre vieille se finissait dans la démence et ne reconnaissait plus sa famille. Elle marmonnait de temps en temps un bredouillis incompréhensible. Son père, toujours debout, comme prêt à partir, n'y prêtait pas attention, sa mère se penchait pour écouter mais, ne déchiffrant rien d'utile, reprenait sa place sur le fauteuil vert dans la chambre grise où deux autres vieillardes respiraient péniblement, poussant parfois des gémissements effrayants pour la petite fille qu'elle était et qui tentait le plus possible de se dissimuler derrière ses mains, attendant avec impatience que sa maman se lève, signal immuable de l'heure du départ.

Elle glisse sa Clio entre deux berlines allemandes clinquantes qui lui font quitter ses réminiscences en lui rappelant, à coups de chrome étincelant, que cette résidence n'est pas destinée au tout-venant. Elle a dû mettre pas mal de fric de côté tout de même, la libraire, ou alors son fils finance, ça doit coûter un bras le loyer, ici.

De toute façon, ce n'est pas pour la dépouiller de trois sucres et d'une portion de confiture afin de payer ses frais de séjour que Wensby aurait buté Leuliez. Même un peu barrée, ça ne tient pas.

Si crime il y a eu, il est réfléchi, calculé, en aucun cas un acte de démence. Pour quel mobile ? Le sentiment qu'elle a eu tous les éléments à sa portée ne cesse de la tarabuster…

Son grand sac en bandoulière, Alvarez se dirige, ne boitant plus que très légèrement, vers l'entrée de la résidence.

C'est jour d'affluence dans les couloirs et les salons, des familles attentionnées entourent des pensionnaires ravis qui se gavent de gâteaux et de sucreries. Ça parle fort et lentement, en détachant bien les syllabes, des enfants se font gronder parce qu'ils courent au risque de faire tomber un des résidents qui errent sans but ici et là, tentant parfois de picorer dans les boîtes de friandises ouvertes sur les genoux de certains visiteurs.

Céleste ne prend pas vraiment garde à l'environnement et se rend directement dans la salle de soins qu'elle a maintenant bien repérée et où elle sait trouver Annie.

Celle-ci l'a appelée en début d'après-midi pour lui annoncer qu'elle pourrait passer vers 16 heures, laissant ainsi le temps à madame Wensby d'achever sa sieste et de prendre sa collation. Sa nouvelle amie lui a confirmé que sa potentielle suspecte est suffisamment remise pour avoir de la visite.

— Mais tu ne vas pas me l'épuiser, hein ? Elle est encore fatiguée et fragile. Et tu n'es pas ici en tant que flic, si ?

— Pas du tout, je suis en arrêt de travail. Je viens lui demander si elle accepte que je fasse son portrait, dit Alvarez en tirant son bloc de papier dessin de son sac. On va papoter un peu pendant ce temps si elle est d'accord.

— Je te fais confiance, tu y vas tango. S'il y a un problème, tu sonnes et j'arrive, OK ?

— Promis.

— Au fait, son fils a appelé ce matin, ma collègue m'en a parlé à la relève. Il compte venir demain et l'emmener quelques jours afin qu'elle reprenne des forces. Sophia lui a dit qu'il fallait le feu vert du médecin après l'épisode viral dont elle vient d'être atteinte. Il n'a pas protesté mais a maintenu qu'il serait là au plus tard vers 14 heures.

— Elle est au courant ?

— Bien sûr, ils se sont parlé, mais en anglais ou en amerloque, personne n'a rien capté.

— Tu crois que le toubib va donner son accord ?

— Aucune raison qu'il ne le fasse pas si elle est comme aujourd'hui. Il ne la transporte pas en carriole ouverte à tous les vents. Il me semble qu'il a une Bentley, y a pire pour voyager.

— Il ne faut plus traîner alors…

— Bonne chance. Si elle fait sa tête de mule, tu vas t'amuser. Passe me voir avant de partir, tu me raconteras tout…

— Je te montrerai l'esquisse, tu peux en être sûre, la coupe Céleste. Pour le reste, faut pas rêver non plus, dit-elle dans un sourire en s'éloignant sans écouter les protestations qu'elle entend marmonner dans son dos.

Chapitre 12

Dimanche 15 janvier 2017 - Résidence Les Lilas
Chambre 37 - 16 h 30

Son fusain court sur toute la surface de la feuille, elle trace à grands traits l'architecture du visage et quelques éléments de décor en arrière-plan. Colette, immobile, prend son rôle de modèle au sérieux, elle est attentive à ne pas modifier la perspective de sa portraitiste en glissant vers le fond du lit comme cela se produit souvent lorsqu'on est semi-assise comme elle l'est. Sans lever les yeux de son ouvrage, Céleste demande :

— Votre fils doit venir bientôt, non ?

— Oh, je ne pense pas, comme je vous l'ai dit, il est très occupé à Genève et ce n'est pas la porte à côté.

— Vraiment ? J'ai pourtant cru l'autre jour, lorsque vous étiez avec lui au téléphone, que vous lui demandiez de vous rapporter un livre de la bibliothèque de votre appartement.

— Je ne me souviens pas de cela, vous êtes sûre ?

La policière a vu pâlir légèrement la vieille dame. Elle a un sacré sang-froid, rien dans son attitude ne dénote une quelconque déstabilisation, pourtant Céleste est certaine que le coup a porté.

— D'autant plus sûre que je me suis procuré cet ouvrage, madame Wensby,

— QUOI ? Mais… mais… Comment avez-v…

— Et, pour l'avoir lu, je sais pertinemment pourquoi vous ne vouliez pas qu'il tombe entre mes mains. Il me manque cependant toute la fin de l'histoire, passionnante, je dois vous l'accorder. Accepteriez-vous de me la raconter? Les faits sont prescrits maintenant, je me moque que vous soyez entrée clandestinement sur le territoire national il y a plus de cinquante ans et que votre mari, désormais décédé, soit recherché par les autorités américaines. Le FBI ne peut plus rien contre lui et, quoi qu'il ait commis en France, les poursuites sont *de facto* éteintes. De plus, entre nous, je vous assure qu'il aurait eu toute mon indulgence pour avoir refusé de participer à cette boucherie qui n'aura servi à rien si l'on regarde objectivement le résultat…

À part, sans doute, songe Céleste, enrichir le lobby militaro-industriel, cette guerre a été aussi néfaste et stérile que nos propres campagnes d'Indochine ou d'Algérie. Retarder l'inéluctable pour laisser le temps à de grands intérêts financiers de trouver des solutions de repli afin de rapatrier leurs capitaux, ce qui ne les empêchera nullement de revenir ensuite par d'autres biais coloniser les « libérés ».

Il lui faut gagner sa confiance, la lieutenant y va franchement, elle est décidée à ne pas mentir. Aujourd'hui, en simple visiteuse, il n'y a pas de cadre légal, sa liberté est bien plus grande – même si la vieille dame peut lui demander de sortir de sa chambre à tout instant –, Céleste espère qu'il est possible de progresser vers la vérité sur l'affaire Leuliez.

Elle sent cette femme ambivalente, révulsée que le livre soit entre ses mains mais comme flattée que quelqu'un s'intéresse à son épopée. Alvarez joue son va-tout, si Wensby l'envoie sur les roses, elle n'aura plus de ressources.

Tant pis. Elle s'est soudain sentie poussée à le faire, à l'instinct. Ce n'est pas du tout ce qui était prévu, aucune anticipation dans les paroles qu'elle vient de prononcer. À vrai dire, en venant ici, elle n'a rien préparé du tout, sachant qu'il est nécessaire, dans ce genre de situation, de savoir un peu lâcher la bride à ses impulsions sans trop y mêler sa pensée rationnelle.

— Je devrais porter plainte contre vous, j'en ai le droit, non? Vous avez cambriolé mon domicile! Ne me dites pas que vous êtes habilitée à faire ce qui vous chante chez les gens comme ça, je ne vous croirai pas, fulmine Colette, les pommettes rouges, interrompant la policière dans ses réflexions.

— Oui, bien sûr, vous pourriez, mais vous ne le ferez pas.

Alvarez ne lève pas la tête de sa feuille, elle énonce une vérité simple d'un ton calme.

Elle frotte un détail du bout de son index, une ombre demandant à être éclaircie apparemment, regarde, recommence, tend le croquis à bout de bras. Satisfaite, elle ajoute quelques traits rapides et reprend la parole tandis que Wensby la fusille du regard :

— D'abord parce que je nierai tout en bloc et que cela vous sera très difficile à prouver. Je sais ne pas laisser de traces, comme votre mari. En portant l'affaire devant un juge, il va vous falloir tout autant que moi, si ce n'est plus, fournir des explications embarrassantes sur le mobile de mon effraction et ce que j'ai pu vous dérober. Ensuite, parce que vous êtes une femme très intelligente, madame Wensby, vous avez parfaitement compris que, désormais, ça va se jouer entre vous et moi et qu'il est inutile de faire entrer qui que ce soit d'autre dans la danse.

La vieille dame s'éclaircit la gorge. Elle réfléchit, pense Céleste. Puis, tout à trac, lance :

— Mon fils doit venir me chercher, il m'emmène chez lui quelque temps. Laissez-moi, je dois me reposer, j'ai un long voyage à faire demain.

— Vous m'avez menti tout à l'heure, pourquoi ?

— Je ne me souviens pas, ma mémoire immédiate n'est pas très fiable. Je vous ai menti ? Désolée, c'est tout à fait involontaire de ma part.

La policière n'en croit pas un mot. C'est un coup d'attente, la vieille dame tente de se débarrasser d'elle mais elle vient de lui fournir un bon argument pour la contraindre à s'expliquer. Elle note mentalement qu'il faudra éclaircir cette amnésie baladeuse avec le docteur Jamnet. Elle ne sait pas exactement ce dont souffre cette femme, pourtant elle doute de ses affirmations concernant sa santé mentale ou neurologique.

— Quand votre fils vient-il ?

— Demain après déjeuner. Il doit passer chez moi auparavant chercher ce qu'il n'y trouvera pas, puisque vous me l'avez volé. Parce que c'est bien de cela qu'il s'agit, soyons claires. J'ai eu Philip au téléphone ce matin. Il pense que j'ai besoin de m'éloigner quelque temps d'ici pour oublier ce terrible accident et que l'air des montagnes me fera le plus grand bien, ajoute-t-elle dans un fin sourire rusé.

— Raison de plus pour en finir cet après-midi. Je m'en voudrais de passer un coup de fil pour demander une interdiction de sortie du territoire vous concernant. Le dossier Leuliez n'est pas clos, mes collègues se feront une joie de me rendre service. Je n'aurai aucun mal à trouver un motif, ne vous inquiétez pas.

Une nouvelle fois, sa suspecte vacille, constate la flic du coin de l'œil.

— Mais vous êtes là en tant que lieutenant ? Vous enquêtez sur moi ?

Elle s'est manifestement vite reprise, un tempérament exceptionnel, il n'y a pas à dire.

— Je peux refuser de répondre à vos questions, non ? Vous ne répondez pas aux miennes, reprend Colette. Je ne sais toujours pas comment vous pouvez détenir MES écrits qui étaient soigneusement rangés chez MOI.

Colette marque bien les pronoms possessifs, elle semble outrée de l'impudence de la policière, ses lèvres sont pincées, deux traits cyanosés, ses prunelles pointent sur Céleste comme pour la transpercer, la crucifier sur son siège.

Imperturbable, Alvarez lève un œil de temps en temps de son ouvrage, ne prête pas attention aux regards de colère, assombrit ici, estompe là, reprend un trait jugé maladroit et répond du ton le plus posé possible :

— Je ne vous interroge pas, madame Wensby, nous discutons, c'est tout. Une simple conversation de dimanche après-midi d'hiver, rien de plus banal. Je ne prends pas votre déposition et je vous crois suffisamment au fait des us et coutumes de la police pour savoir que rien de ce que nous disons aujourd'hui ne pourra être versé dans un quelconque dossier, il y a des règles tout de même. Je ne suis pas en service et nous ne sommes pas au commissariat, je n'ai pas d'adjoint, pas d'ordinateur pour retranscrire vos propos.

— Pourquoi être entrée chez moi ? De quel droit ? Comment avez-vous fait ?

— D'aucun droit, je vous rassure, guidée seulement par une curiosité, sans doute excessive. Et je dois vous confesser que ce que j'ai lu dans ce recueil l'a encore exacerbée. Votre vie est un roman, passionnant, je suis là aujourd'hui pour vous demander de me raconter la fin de l'histoire. Le comment n'est pas du tout important, nous n'en sommes plus là.

La fureur de Colette ne dure pas, manifestement elle est affaiblie par sa récente infection, les cernes autour de ses yeux expriment sa fatigue et Céleste s'en veut un peu – pas longtemps, elle doit se l'avouer – de profiter de cet état afin d'en savoir davantage.

Une quinte de toux la secoue, Alvarez lui tend son verre d'eau, l'aide à en boire une gorgée. La malade la remercie, soupire longuement, une sorte de résignation muette, un aveu d'impuissance.

Pâle, Colette Wensby porte la main à sa poitrine, une main blanche et marbrée du bleu de veines sinueuses, posée sur quelques fleurs rouge vif de sa chemise de nuit.

Toujours les couleurs qui hantent cette fichue enquête, songe Alvarez, tandis que sa suspecte peine à reprendre sa respiration. Elle perçoit nettement un sifflement s'échappant à chaque expiration.

— Vous souhaitez que j'appelle quelqu'un ? Ça ne va pas ? s'inquiète la lieutenant.

Colette secoue négativement la tête.

— Ne dérangez personne, tout va bien, ne vous en faites pas. Je suis plus solide que j'en ai l'air. Pour revenir à ce qui vous préoccupe, vous n'avez là qu'une œuvre de fiction, sachez-le. J'ai eu, plus jeune, quelques prétentions littéraires, qui n'ont pas abouti. Comme je n'ai aucune imagination, je me suis servi des noms de mon entourage et d'une partie de ma propre biographie. Ce n'était pas très bon à mon avis, j'ai vite renoncé.

— Quel dommage, votre récit est palpitant. Notez que je ne crois pas une seconde à une fiction.

— Et même ? Imaginons que ce soit la réalité – j'ai bien dit, imaginons – tous ces faits sont prescrits depuis longtemps ou les protagonistes sont morts, ce qui éteint l'action judiciaire, n'est-ce pas ? dit-elle en regardant Céleste droit dans les yeux avec un air de défi.

Elle ne souhaite pas s'étendre davantage. On est loin de la petite vieille plaintive. Céleste mesure combien cette femme devait mépriser cordialement sa voisine de chambre.

— Je ne peux rien vous certifier sans en savoir beaucoup plus. Le carnet s'arrête en 1968 avec votre débarquement du *Sunny Boy*, à vous de me raconter la suite.

— Eh bien soit, soupire Colette, lasse. Je vais donc tenter de jouer les conteuses. De toute façon, vous ne semblez pas disposée à « lâcher le morceau », comme on dit dans les mauvais polars. Je vous sens obstinée, pour ne pas dire têtue. Ça peut être une belle qualité, même si c'est fatigant pour ceux qui en subissent les conséquences… Par contre, jamais je ne réitérerai ce récit devant quiconque, ni ne reconnaîtrai avoir prononcé ces mots, vous en êtes l'auditrice exclusive, comme je serai la propriétaire de ce dessin. Et je peux être aussi entêtée que vous, croyez-moi. Nous sommes bien d'accord ?

— Je vous écoute.

— Finissez mon dessin pendant ce temps, j'y tiens. S'il vous plaît, ajoute-t-elle dans un sourire.

— *Deal* ! Modigliani échangeait bien une toile contre une bouteille ou un repas, je suis flattée de l'imiter pour obtenir la fin de votre saga.

— Si je me souviens bien, dans ce roman, j'en étais restée au moment où mon père, Robert et moi arrivions chez mes parents, ma mère nous attendait avec un pot-au-feu…

Céleste sait qu'elle ne devrait pas interrompre le fil du discours, qu'à tout moment, la vieille dame peut se murer dans le silence, mais elle ne peut s'empêcher de poser la question qui la démange depuis qu'elle a découvert ces mémoires cachées :

— Avant de débuter, une question, deux en fait, me taraudent : pourquoi avoir si bien commencé et vous être arrêtée aussi brutalement ? Ce sont un peu plus que des essais tout de même, je vois bien que vous y avez travaillé !

— Je vous l'ai dit, je trouvais ces pages de mauvaise facture, mal ficelées, sans grand intérêt pour tout autre que moi. J'ai écrit la plupart de ces lignes sur le bateau, il n'y avait malheureusement pas grand-chose d'autre à faire. Après, une fois en France, j'ai repris pas mal d'activités et je n'y ai tout simplement plus pensé. Au hasard d'un grand ménage chez moi, j'ai redécouvert ces notes au fond d'un tiroir et je les ai fait imprimer et relier. À la relecture, il m'est apparu que ce n'était réellement pas très bon mais je n'ai pu me résoudre à les brûler, ces lignes faisaient partie de ma vie. Je n'y ai ajouté la couverture que peu de temps avant de tomber malade.

— Vous auriez pu les transmettre à votre fils, c'est un peu sa vie également, non ?

— Non !

Alvarez reste interdite devant la fermeté du ton. Le fusain en suspens, elle attend que son interlocutrice poursuive. C'est un de ces moments où il faut savoir se taire.

— Ce recueil, pour imparfait qu'il soit, a été ma façon de raconter notre rencontre, à Rob et à moi, le début de notre amour, et je me suis permis d'y ajouter quelques épisodes romanesques comme toutes les jeunes filles rêvent d'en vivre, le frisson du mauvais garçon et du roman noir. Dans ma banale et réelle existence, la naissance de Philip est un accident de parcours et je n'ai rien romancé à ce sujet dans les pages que vous détenez. Oui, je sais, ces mots paraissent indignes dans la bouche d'une mère, mais pas plus qu'il n'a demandé à voir le jour, je n'ai demandé à le porter. Le jugement des autres m'importe peu : *je suis comme je suis, je plais à qui je plais*, c'est un poème de Prévert chanté par Juliette Greco, non ? Il me convient tout à fait. Il évoque des enfants qui s'aiment, c'est ce que nous étions, nous n'avons jamais grandi, sommes encore moins devenus des parents. Des sales gosses égoïstes, peut-être, selon votre point de vue, certainement même, mais des mômes fous amoureux, une passion de presque quarante ans et, malgré les apparences, pas encore éteinte. Je ne pense pas qu'il soit nécessaire que mon fils lise ces pages, elles lui feront plus de mal que de bien.

— Je ne suis pas magistrate, madame Wensby, ce n'est pas mon métier, je ne suis pas ici pour vous juger. Ni pour enquêter d'ailleurs, ce qui serait plus dans mes cordes. J'ai lu quelques livres dans ma vie et je trouve, personnellement, que vous racontez très bien. Disons que je suis juste frustrée de ne pas connaître la fin du livre… Je suis avec vous pour écouter, parlez-moi donc de ce fameux pot-au-feu, je brûle de connaître ce que le destin a réservé comme surprises à votre famille…

Mourir

« Le monde entier dépend de tes yeux purs
Et tout mon sang coule dans leurs regards »
(Paul Éluard – *La Courbe de tes yeux*)

Chapitre 1

Dimanche 15 janvier 2017 - Résidence Les Lilas - Chambre 37

— Dessinez, dessinez, je vais vous raconter ce dont je me souviens, vous risquez d'être déçue, je vous préviens…

— Ah bon ? Pourquoi donc ?

— C'est long une vie, il en arrive des aléas et des coups du sort, vous en avez eu un aperçu dans ces écrits. Pour ce qui a suivi, je n'ai pas pris de notes ni tenu de journal et ne serai sans doute pas très précise. Vous croyez réellement que je peux inventer un roman comme ça, juste pour vous ? Tout ce que je peux tenter de faire, c'est de vous livrer ce qui a été conservé dans ma pauvre tête. J'ai bien peur que vous restiez sur votre faim et que le reste de mon existence, à quelques épisodes près, ne soit bien banal et ne suscite pas tant de curiosité.

— Allez-y toujours, je verrai bien.

Colette Wensby, hésitante, commence alors à raconter les événements ayant suivi leur débarquement du *Sunny Boy*.

Son récit est haché, elle passe sans cesse du coq à l'âne. Il est entrecoupé d'une toux opiniâtre et de courtes pauses pendant lesquelles la vieille dame boit un peu d'eau ou demande à Céleste de l'aider à se redresser. Elle parle lentement, pesant ses mots, dosant ses révélations au plus juste. La narratrice reste, la plupart du temps, dans un flou propice à toutes les interprétations.

La policière essaie pourtant de lui faire préciser certains faits et plusieurs dates, Colette se réfugie derrière sa mémoire déficiente, un ou deux toussotements, s'en prend à sa grippe qui l'épuise ou invoque l'ancienneté des faits…

Une sorte de jeu du chat et de la souris où il est bien difficile de définir qui est le matou.

Céleste dissèque les moindres changements sur le visage de son interlocutrice, la plus petite moue, le froncement des sourcils, elle la décrypte ainsi, persuadée qu'elle apprendra davantage de ce qui est visible que de ce qui est audible.

Les bruits assourdis de la résidence leur parviennent, des roulements de chariots, des cris, des pas traînants ou des sabots qui claquent.

Parfois un ou une pensionnaire, perdu dans l'immensité de la structure, entre sans crier gare, se trompant de chambre ou cherchant un coin pour se reposer de son errance dans les couloirs interminables des Lilas. Alvarez se lève alors gentiment pour raccompagner l'intrus ou l'intruse, dont une assez obstinée qui ne veut pas entendre raison, bien décidée à prendre possession du fauteuil où la dessinatrice a installé son matériel et son sac.

Des interruptions quelque peu agaçantes qui ralentissent encore le débit des « confessions » de Colette.

Les premiers mois en France, l'installation, quelques aveux à demi-mot de cambriolages l'année qui a suivi leur débarquement, dont un, que la vieille dame nomme pudiquement « L'accident », qui a tout de même causé la mort d'une des victimes.

Céleste ne bronche pas mais n'en pense pas moins, tout juste appuie-t-elle un peu plus fort sur son fusain.

Cette femme, juste en face d'elle, cille à peine en racontant ce qu'il faut tout de même bien appeler un homicide involontaire, assorti de délit de fuite et non-assistance à personne en danger. Et certainement d'autres chefs d'inculpation si un juge pouvait creuser l'affaire. Les faits ne datent pas d'hier, certes, mais son détachement paraît pour le moins surprenant.

La flic s'interroge avec inquiétude sur ce qu'il lui reste à découvrir.

Lorsque Wensby en vient à l'assassinat sauvage de son père, jamais élucidé par la police, Céleste est décontenancée par le décalage entre la violence de ce qui est rapporté, le traumatisme certainement subi et la froideur apparente de la narratrice.

Celle-ci ne s'explique pas les raisons de ce meurtre. Même en considérant qu'il aidait quelques clandestins en réalisant gratuitement des faux papiers, René Colson, d'après le portrait qu'en trace sa fille, n'a rien fait dans sa vie pouvant laisser augurer un tel sort.

Enfin, des émotions transpirent, son visage se ferme à cette évocation, exprime ce qui peut sembler être de la colère, une sorte de rage froide qui glace la dessinatrice.

Colette tergiverse, mêle les années, les anecdotes, obligeant Alvarez à intervenir le plus sobrement possible malgré son malaise pour recadrer le récit.

Des pans entiers de son existence sont, dit-elle, noyés dans le brouillard de sa mémoire. La preuve, elle passe d'une époque à l'autre sans tenir compte de la chronologie, se perd dans des détails inutiles, fait l'impasse sur des faits essentiels.

Les minutes s'écoulent trop vite et Céleste n'a pas vraiment l'impression d'avancer de façon décisive.

Il va lui falloir un énorme travail de recherche pour corroborer les dires de sa suspecte et le temps lui manque cruellement. Déjà faire des vérifications sur ce Williams qui semble avoir hanté les cauchemars de cette femme jusqu'à aujourd'hui. Et si elle avait raison ? Si, aussi incroyable que ce soit, le sans doute octogénaire américain avait retrouvé sa piste et qu'il y ait eu méprise ?

Si Leuliez avait été assassinée à la place de Wensby ?

Trois petits coups frappés à la porte interrompent sa réflexion.

— Entrez, répond Colette, soulagée de cette diversion.

— Tout se passe bien, ici ?

Annie entre, souriante, sûrement un peu curieuse. Elle a laissé son chariot de médicaments dans le couloir et tient une coupelle dans sa main.

— C'est l'heure de votre Efferalgan, madame Wensby. Il ne faudrait pas laisser la température remonter maintenant que vous allez devenir une célébrité grâce au portrait du lieutenant Alvarez. On peut voir, d'ailleurs ?

— Pas encore, ce n'est pas terminé, refuse Céleste, il faudra patienter.

L'infirmière aide la vieille dame à avaler son comprimé en lui passant son verre d'eau et en la maintenant en position semi-assise.

— J'allume ? Il fait sombre, non, pour dessiner ? Juste la lumière d'ambiance au-dessus du lit, ce sera plus confortable. Ne tardez pas trop, il est déjà 17 h 15, les visites ne sont autorisées que jusqu'à 18 h 00, et madame Wensby est bien fatiguée.

— Raison de plus pour que vous nous laissiez vite continuer, s'il vous plaît, demande la flic qui ne souhaite pas que Colette en sache trop sur sa proximité avec sa soignante.

On ne sait jamais, il peut être utile de conserver des cartes dans la manche.

La malade ne dit pas un mot, gémit juste légèrement lorsque Annie l'aide à se redresser, ankylosée certainement par son immobilisation prolongée.

— D'accord, d'accord, je vous laisse. Ne l'épuisez pas, lieutenant, dit l'infirmière en sortant de la pièce, ne pouvant s'empêcher d'adresser un clin d'œil depuis le couloir à Céleste qui lui sourit en retour et lui souhaite une bonne fin d'après-midi.

— Reprenons, voulez-vous, nous n'avons pas énormément progressé. Je pense que vous ne me dites pas toute la vérité, vous tracez de grandes lignes brisées, ponctuées d'une foule de détails insignifiants, mais je pense que vous me cachez encore beaucoup de choses.

— Mais non, je vous assure ! Ce sont de très anciennes histoires, je suis malade, vieille, affaiblie, je n'ai plus l'esprit aussi vif et alerte que le vôtre...

— Cette magnifique bague, par exemple, que vous portez à la main gauche, celle qui reste sous le drap depuis le début de ma visite et que vous vous gardez bien de sortir, parlez-moi donc de son origine ?

Un anneau d'or blanc serti de quatre petites tourmalines d'un bleu profond entourant un rubis rouge sang. Les trois couleurs qui jalonnent cette enquête, on y revient, a pensé Céleste en apercevant le bijou qu'Annie a dévoilé tout à fait involontairement en écartant le drap qui recouvrait la main de Colette.

— Un cadeau de mon mari. Ça ne vous regarde pas. Ce n'est pas interdit que je sache ?

— Non, bien sûr. Sauf si cet objet est le fruit d'un vol. On parle de recel à ce moment-là.

Après bien des détours et des tentatives d'évitement, la vieille dame admet que c'est tout ce qui reste de ce que Robert avait découvert dans la maison du comptable de Williams, qu'elle ne sait pas ce que sont devenues les autres pièces d'orfèvrerie récoltées ce jour maudit et qu'elle ne veut pas le savoir. Sans lui en parler, son compagnon avait conservé cette bague et la lui avait offerte juste avant de mourir. Une sorte de talisman, lui avait-il expliqué.

Elle avait été tout d'abord très fâchée de cette cachotterie absurde qui les avait mis tous les deux en danger. Mais elle avait pardonné et accepté le présent. L'état de Rob à ce moment-là rendait vain et stupide toute dispute. Il le lui avait passé au doigt puis avait plongé quelques heures plus tard dans le coma pour ne plus jamais en sortir, avant de décéder le 26 octobre.

Céleste a la certitude que, pour une fois, cette femme lui dit la vérité : elle ne savait pas pour le bijou et les larmes qui coulent sur ses joues sont sincères. Sa peine est réelle et l'évocation de la fin de son époux toujours aussi douloureuse.

— Et votre mère ? Qu'est-elle devenue ? tente-t-elle pour éviter que Colette ne s'enfonce dans le mutisme.

Continuer à la faire parler, et vite.

— Maman a très mal supporté la mort de papa. Elle s'est consacrée corps et âme à l'éducation de Philip, il n'y avait plus que lui qui comptait pour elle. Malheureusement, un cancer du sein l'a emportée en six mois. Elle est morte à l'hôpital début juin 1983. Le 8, pour être précise. Nous avons envoyé notre fils en pension en Suisse, il avait l'âge de passer au lycée. Il a été très marqué par la mort de ma mère, en pleine adolescence en plus, nous avions l'impression qu'il nous en voulait. Nous l'avons pris un moment à la maison mais nous ne nous connaissions que peu, lui et nous. Nous étions trop occupés pour gérer ses états d'âme. Nous avons malgré tout veillé à ce qu'il reçoive une bonne éducation.

— Gérer ses états d'âme ? Qu'entendez-vous par là ?

— Oh, vous savez bien, comme tous les jeunes, il se braquait pour un oui ou un non, refusait mon autorité – celle de son père, n'en parlons pas, il s'opposait à lui en tout –, bref, la cohabitation était un supplice. Il a donc intégré une excellente institution et, comme vous le savez, il est resté là-bas après ses études.

— Ce pensionnat a dû vous coûter une fortune, non ? Ce n'est pas avec les revenus de la librairie que vous pouviez vous permettre de telles dépenses tout de même ?

— Rob faisait des affaires, je ne sais pas trop quoi. Il gagnait très bien sa vie et nous nous contentions de peu. Laissez-moi maintenant. Vous avez eu ce que vous vouliez, je suis harassée. Annie va passer, les visites sont terminées. Je peux voir le dessin ?

— Comment ça ? Vous ignoriez à quoi s'employait votre mari ?

Céleste bout, elle se fait mener en bateau, balader comme une gamine par cette femme qui se moque manifestement d'elle et de ce qu'elle peut penser mais n'a aucun moyen de la forcer à collaborer davantage.

— Voilà, c'est ça, je l'ignorais comme vous le dites si bien, lieutenant. Rob était quelqu'un de secret, un solitaire…

— J'ai du mal à vous croire, vous ne vous êtes pas quittés pendant près de cinquante ans ! s'indigne la policière.

— Cela n'empêche pas de garder un jardin personnel, un lieu à soi. Je ne lui disais pas tout, vous savez, ment la vieille dame effrontément.

Tout juste si elle ne lui sourit pas ou ne lui fait pas un clin d'œil pour appuyer sa blague.

— Je peux voir, alors ?

Alvarez, indignée, furieuse, lui tend deux feuilles. Deux portraits sous des angles différents. Sur l'un, la vieille dame est fermée, comme en colère, sur l'autre, elle est presque souriante, apaisée.

— Merci. Ils sont magnifiques, vous avez du talent, vraiment.

Alvarez la regarde, soupçonneuse, se demandant si elle ne se moque pas encore une fois. Mais non, elle semble réellement ravie.

— Gardez-en un, celui que vous voulez, concède-t-elle, presque à regret, consciente que sa suspecte n'a pas tenu sa part du marché. J'ai dû soudoyer votre infirmière pour avoir ce droit de visite, je lui en ai promis un également.

— Je conserve celui où je suis sereine, j'en ai eu tant envie toute ma vie… Je vais le donner à mon fils, au moins il aura cette image de moi.

C'est ça, joue-moi l'air de la bonne maman, maintenant, pense Céleste qui supporte mal de ne pas pouvoir la pousser dans ses derniers retranchements.

— Comme vous le souhaitez, dit-elle, crispée. Par contre, moi je suis loin d'avoir eu tout ce que je désirais. Il y a bien trop de zones d'ombre, encore plus que sur mes croquis. Nous allons nous revoir, madame Wensby, soyez-en sûre.

— Rapidement alors, lieutenant. Je pars demain, sourit Colette en se calant sur ses oreillers et en fermant les yeux pour clore la conversation.

— À demain donc, reposez-vous bien, dit Céleste en quittant la chambre, frustrée.

Elle retrouve Annie dans la salle de soins en train de préparer quelques injections. Celle-ci s'extasie devant le portrait qui lui est offert, même si elle déplore l'air particulièrement sévère de sa patiente.

— Remarque elle est souvent comme ça aussi, c'est plus elle que si tu l'avais représentée tout sourire. Elle a un côté pincé qui est agaçant parfois. Tu as eu ce que tu voulais ?

— Je ne dirais pas ça comme ça. Dis-moi, as-tu conservé ici les affaires de madame Leuliez ? Je voudrais y jeter un coup d'œil. Histoire de m'assurer que nous n'avons rien négligé.

— Pas de chance, tout a été remis à sa filleule qui est passée voir Chardonne vendredi. Mais il n'y avait pas grand-chose, tu sais. Elle a dit que nous pouvions faire don des vêtements à une association et, le reste, photos, bibelots et livres, elle les a pris avec elle en partant. Tu n'avais pas demandé que nous les conservions, il me semble.

— Non, non, c'est vrai, je te demandais ça au cas où. Je vais me débrouiller, t'inquiète. Merci, je te tiens au courant de la suite. Tu travailles demain ?

— Oui, demain matin. C'est le changement d'équipe, je serai là à 7 heures, hélas…

— On se voit demain alors, je passerai sans doute voir le fiston avant qu'il ne parte avec sa mère. D'ici-là, j'ai quelques petites choses à régler.

Pendant ce temps, dans l'esprit à moitié endormi de Colette, les images reviennent, celles d'un pot-au-feu et tout ce qu'elle s'est abstenue de dire à cette policière trop curieuse…

Chapitre 2

Dimanche 17 novembre 1968 - Maison de la famille Colson - 1 heure

Ce pot-au-feu, c'est une révélation pour le jeune Américain.

Plus que le plat en lui-même, c'est toute l'ambiance de la maisonnée qu'il adore.

Le père de Colette et lui s'entendent très vite comme larrons en foire, malgré les nombreuses difficultés de compréhension contraignant la jeune femme à intervenir sans cesse, traduisant comme elle le peut le langage fleuri de René qui échappe totalement à Robert, comblant les lacunes de l'un dans la langue de l'autre, adaptant, expliquant, parfois arrangeant un peu.

Quelques verres de bon vin rouge détendent encore l'atmosphère déjà très joyeuse des retrouvailles. Une bouteille bouchonnée, pas un litre à étoiles qui fait l'ordinaire du typographe.

Jeannette, ravie de pouvoir serrer sa fille dans ses bras, ne cesse de caresser le gros ventre de Colette, anticipant le plaisir d'être grand-mère, savourant l'espoir d'une naissance qui chassera peut-être enfin le goût de mort qui flotte sur la famille depuis que Pierre n'est plus.

Personne n'a envie d'aborder le sujet ce soir-là, pas maintenant. Le temps est aux réjouissances, pas à la mélancolie. Contrairement à une habitude immuable qui les faisait dîner à 19 heures tapantes tous les soirs, les Colson ont attendu les voyageurs pour manger avec eux. Une charmante attention faisant réellement très plaisir à Colette qui ne peut s'empêcher de penser qu'ils sont de nouveau quatre autour de la table de la cuisine, ressentant tout à la fois un pincement au cœur à l'évocation muette de son frère et un grand bonheur de voir René et Jeannette aussi heureux pour la première fois depuis si longtemps.

Les deux jeunes racontent l'Amérique, ce qu'ils en ont vu, l'immensité, les buildings, la diversité et le bouillonnement culturel de la Californie, San Francisco, Los Angeles, Las Vegas, autant de noms, autant de descriptions, d'anecdotes savoureuses sur le mode de vie et les habitudes parfois cocasses des autochtones. Cela leur évite d'évoquer ce qu'ils y fabriquaient réellement.

En fin de repas, avant le dessert, René exhibe fièrement les nouveaux papiers du couple qu'il est allé chercher dans le petit atelier qu'il a réinstallé dans la cave. Il s'est éclipsé sans rien dire à personne et revient avec une carte d'identité, un permis de conduire, une carte d'assuré social, un livret de famille et tout le nécessaire administratif. Il a fait un travail fantastique, les jeunes gens sont ébahis.

— Et voilà, toi, Robert, tu te nommes Wensby désormais, mais tu gardes ton prénom, ce sera plus facile pour t'adapter. Je me suis amusé à vous faire un livret de famille mais il ne faudra pas vous en servir, c'est un petit cadeau de bienvenue.

— Oh, merci papa, tu es merveilleux ! Où as-tu trouvé ce nom ?

— Le plus simple pour faire du faux, c'est de partir du vrai. Un aviateur américain basé en Normandie, Richard Wensby, est tombé amoureux d'une jeune Française et l'a épousée à la fin de la guerre. Ils avaient légèrement devancé l'appel, comme on dit, et un enfant était né début 1945. Le pilote a été naturalisé par son mariage et son fils, Robert Lewis Wensby, en vertu du droit du sol, était automatiquement français. Malheureusement pour eux, ce Robert-là est mort pour je ne sais quelle raison en 1961. J'ai donc juste repris son numéro de sécurité sociale, son identité, et je vous ai fait de vrais faux papiers. Il a deux ans de moins que notre Robert mais ça n'a aucune importance. Cette petite ficelle du métier permet d'avoir accès à un extrait d'acte de naissance. J'ai encore pas mal de relations dans les préfectures et les administrations, des anciens camarades du Parti ou des gens croisés dans la Résistance. Pour le reste, il suffit d'un peu d'habileté, ajoute-t-il, modeste.

— Des « anciens » camarades ? Tu n'es plus membre du Parti ? Toi ?

— Non, depuis un an. J'ai hésité longtemps. La ferveur s'est éteinte peu à peu, tu sais que j'avais mal digéré ce qui s'est passé fin 1947, j'avais déjà pris mes distances. J'ai abandonné mes responsabilités une à une. J'ai ensuite rencontré André, tu le connais, Colette, Dédé Pousselet ? Mais si, tu sais bien, celui dont les parents habitaient de l'autre côté de la rue, qui était parti s'engager dans les Brigades internationales en 36, tu te souviens ? Enfin, bref, peu importe. Il m'a raconté ce qui est arrivé en Espagne pendant la guerre civile, les exécutions sur ordre de Staline de militants sincères, les assassinats d'anarchistes et les coups tordus des communistes qui ont largement contribué à la victoire de ce salaud de Franco… Je ne savais pas. Et puis je me suis mis à repenser à Budapest en 56, loin des discours officiels, j'ai fait le lien entre les deux, j'y ai vu cette même volonté d'écraser la liberté… La fin ne justifie pas tous les moyens, jamais…

— Tu y croyais tant, mon pauvre papa…

— Ce qui m'a décidé, c'est l'absence de candidat communiste à la présidentielle de 65. Se rallier à un type qui était ministre de l'Intérieur pendant la guerre d'Algérie, j'ai pas pu, c'est pas passé. J'ai quitté définitivement le Parti, la mort dans l'âme, mais je ne voulais plus cautionner toutes ces combines que nous avions tant dénoncées dans les partis réactionnaires.

— Tu as tout quitté ?

— Non, je suis resté syndicaliste actif, même si ça a été dur. Je croise aux réunions les camarades qui étaient dans ma cellule et qui l'ont mauvaise. Certains comprennent, ils sont passés par les mêmes doutes que moi, ou presque, les autres me gardent de l'estime en mémoire de tout ce que nous avons fait ensemble mais n'en pensent pas moins. Par contre, les jeunes loups, c'est autre chose. Ils ne me traitent pas encore de social-traître mais c'est pas loin. Pas devant moi en tout cas, mais je sens leur mépris. Je suis le vieux con qui n'a rien compris à la ligne éclairée du Comité central. Là-dessus, tu ajoutes les gauchistes depuis un an ou deux, mais surtout depuis les événements de mai, qui rentrent en masse dans les syndicats, trotskystes, maoïstes, libertaires, et tu imagines la mayonnaise que ça peut donner dans les réunions…

La mine assombrie, René rassemble quelques miettes éparses du tranchant de sa main en coupe avant de poursuivre :

— Pas grave tout ça, on va pas parler de moi toute la nuit. Peut-être que c'est héréditaire, je suis devenu un vieil anar comme l'était mon grand-père, du temps où ça voulait encore dire quelque chose…

Pendant quelques semaines, le couple de clandestins vit dans une maisonnette prêtée par des amis des Colson. Ils sont pratiquement voisins, deux rues les séparent.

L'argent ne manque pas encore, il leur reste un petit paquet de dollars en réserve, Colette et Rob peuvent prendre le temps de s'acclimater tranquillement. Ils ne sortent guère, Colette est en fin de grossesse et ne se déplace pas très facilement, elle passe beaucoup de temps avec sa mère à qui elle explique, par bribes, ce qu'ils faisaient réellement lorsqu'ils étaient à Los Angeles et San Francisco. Avec d'infinies précautions, des périphrases, des litotes, elle parvient au bout d'une quinzaine de jours à suffisamment enjoliver l'activité de son compagnon pour que celui-ci passe, aux yeux de sa belle-mère du moins, pour une espèce de Robin des Bois.

Elle évite toute allusion à l'affaire Lester Williams, naturellement, ainsi qu'à ce qui s'est passé le soir de leur embarquement, se refusant à évoquer Pierre, le Québécois, devant celle qui ne s'est jamais remise de la disparition de son fils. D'autant qu'elle n'a jamais rien su.

Il va falloir qu'elle rappelle à Rob sa promesse de prendre des nouvelles par David. Il a tendance à oublier ce genre de chose.

Jeannette refuse dans un premier temps de comprendre ce que lui raconte Colette, stupéfaite, par cette confession, effrayée par ce qu'a fait sa fille, par les risques encourus et le fait qu'elle ait perdu à ce point le sens de l'honnêteté.

C'est une adulte, presque mère désormais, ce n'est plus l'heure des sermons et des mises en garde. Tant qu'ils ne font que soulager les profiteurs de ce qu'ils ont eux-mêmes déjà volé… Il y a beau temps qu'à l'instar de son époux, elle ne croit plus au Grand Soir et en une vie meilleure gagnée au bout du fusil. La vie n'a pas été tendre avec elle, si sa fille est heureuse ainsi, eh bien soit, elle la protégera autant qu'elle le pourra.

N'empêche, René et elle ont dû se tromper quelque part, elle ne parvient pas à trouver où l'éducation qu'ils ont donnée à leurs enfants a failli. Elle y pense souvent des heures pendant ses nuits d'insomnie. Son fils devenu mercenaire, elle l'imagine mêlé aux horreurs que la presse raconte sur ces hommes sans foi ni loi… Sa fille qui avoue, presque sans aucune pudeur, qu'elle et son amant sont des cambrioleurs…

Certes, René a été beaucoup absent, le syndicat, le parti, le travail, mais elle ? Elle a toujours été là pour eux, elle a tout sacrifié pour sa famille, pour qu'ils ne manquent de rien, qu'ils sachent ce qui était bien ou mal, n'a pas hésité à les punir lorsqu'il le fallait. Il y a là quelque chose qui lui échappe complètement et la fait souffrir, même si elle n'en montre rien à Colette, ni à René.

René et Robert ne se quittent plus. Il suffit d'en apercevoir un pour trouver l'autre dans son sillage.

Cela amuse beaucoup les deux femmes, attendries de les voir ainsi complices malgré leurs difficultés à communiquer. L'Américain reste de longues heures avec son beau-père dès que celui-ci sort du travail ou lors des week-ends.

Un canon de rouge pour le Français, une bière pour l'Américain, et les voilà partis pour de longs dialogues, obligés parfois de recourir au mime ou à Colette lorsque celui-ci se révèle inefficace à transmettre les subtilités.

C'est Rob qui se charge, tout aussi précautionneusement, de révéler son passé au père de Colette.

Habilement, dans un mélange linguistique qui amuse toujours le vieil ouvrier, il parle de la propriété, du vol des riches envers les pauvres, de rétablir un équilibre, il emprunte d'incroyables détours avant d'en arriver à tout déballer.

— Ben mon cochon !

C'est tout ce que parvient à sortir un René abasourdi par les révélations de son gendre.

— Et tu comptes continuer ici ?

— *Why not ?*

Le typographe part d'un formidable rire qu'il ponctue d'un « Ah ben merde alors ! » sonore et réjoui.

— Crois-moi qu'il y en a un paquet dans le coin qui mériterait une visite de ta part, des qui m'énervent depuis pas mal de temps. Je sens qu'on va bien rigoler tous les deux. Le faussaire et le voleur, on dirait un titre de film.

— Tu veux continuer à faire des faux papiers, papa ? intervient Colette venue les rejoindre, attirée par le bruit que font les deux hommes.

— Et pourquoi pas ? Si ça peut emmerder les flics et aider des gens qui refusent d'aller se faire massacrer ! Ça me rappelle ma jeunesse, je revis un peu.

Robert et sa compagne se regardent. Ils pensent à la même chose tous les deux : la proposition du commandant du *Sunny Boy*. Ils ont maintenant un début de filière et le moyen de rendre à d'autres les services qu'on leur a rendus lorsqu'ils en ont eu besoin.

Mi-décembre, le jeune couple emménage rue Giraud, au 26, au rez-de-chaussée d'un immeuble vieillot, leur premier logement vraiment à eux en France.

Ce n'est pas bien grand et pas tout frais, mais ils ne peuvent rester éternellement dans la maison mise à leur disposition par les amis de René. L'hospitalité a des limites, ces braves gens refusaient obstinément un loyer sous prétexte que l'imprimeur avait autrefois sauvé la mise du mari, travaillant dans la même entreprise, en couvrant une erreur professionnelle qui aurait pu lui coûter sa place.

Philip naît le 9 janvier 1969. Un accouchement rapide, à peine trois heures après qu'elle a perdu les eaux sur le carrelage de la cuisine de Jeannette.

Douloureux, certes, mais bien aidé par une sage-femme compétente et sympathique. Colette est tellement ravie d'être enfin libérée de ce poids qu'elle en oublie très vite la souffrance. 3,158 kg, 49 cm, le nombre réglementaire de doigts et d'orteils placés là où ils doivent être, elle a fait son boulot jusqu'au bout et ce n'est pas son nouveau statut de mère qui va changer quoi que ce soit à ses sentiments.

Pour la jeune femme, le mot délivrance prend tout son sens et ne se limite pas à celui donné par la médecine.

Rob et elle, ont bricolé à la va-vite, avec deux paravents, un emplacement pour le berceau du nouveau-né dans l'appartement tandis que René et surtout Jeannette, qui avait repris ses aiguilles et ses pelotes de laine le soir afin de tricoter brassières et chaussons bleus, arrangeaient l'ancienne chambre de leur fille en nurserie. Elle était persuadée que ce serait un petit-fils, rien ni personne ne pouvait la faire douter.

Bien leur en a pris puisque peu à peu, au fil des mois, le nourrisson passe de plus en plus de temps chez eux ; ses parents, un peu poussés par le besoin et beaucoup par l'envie de reprendre leurs escapades nocturnes après tous ces mois d'inactivité, le confiant de plus en plus à une Jeannette qui ne demande que cela.

Pendant que Colette, excédée le plus souvent, pouponne malgré tout, Robert s'active, grâce aux connaissances et conseils de René qui, décidément a des relations aussi diverses que variées depuis ses activités dans la Résistance.

Il se rend à Paris à deux reprises, après avoir pris des renseignements dans le milieu local, pour y rencontrer de potentiels receleurs. Trois en tout. Son choix se porte sur un type de Belleville qui lui paraît digne de confiance, la suite lui prouvera qu'il a eu le nez fin.

Ces voyages inquiètent sa compagne, elle a toujours peur qu'il ne tombe sur une racaille envoyée par Williams. Ces gens-là ne lâchent jamais une proie… Elle craint qu'il n'ait des amis en France, prêts à lui rendre service, sans poser de question, pour peu que le caïd américain paie grassement.

Rob et Colette se remettent au travail dès la fin février. Des vols ciblés de notables aisés, des gros commerçants. Peu, mais conséquents côté revenus, à des adresses indiquées par René qui connaît parfaitement la région et ses habitants. Espèces, tableaux, bijoux, objets d'art, bons au porteur, le butin est souvent suffisamment important pour leur permettre de vivre agréablement.

Tout se passe bien jusqu'à l'accident…

Chapitre 3

15 janvier 2017 - Voiture de Céleste Alvarez
Parking visiteurs des Lilas - 18h30

— C'était bien ton film ?

— Pas mal du tout, la vie de Chet Baker, *Born to Be Blue*, du jazz à foison, un bon biopic, ça m'a changé les idées.

— Elle a aimé, Julie ?

Manu se récrie, elle éloigne l'appareil de son oreille.

— N'importe quoi ! J'étais tout seul, lieutenant, juré. Je sais que c'est pas bon pour mon alibi, mais j'ai rien d'autre en stock pour vous.

— Trêve de plaisanteries. Tu pourrais faire quelques recherches pour moi, s'il te plaît ? Je sais qu'on est dimanche mais y a une question qui me tarabuste et tu sais comme je suis, il me faut des réponses.

— Tu enquêtes en solo ? Qu'est-ce que tu mijotes encore dans ton coin ?

— Je meuble mon oisiveté en lisant, figure-toi, rien de plus. Cet après-midi, j'ai fait le tour de mes notes sur l'affaire Leuliez et un nom, donné par cette madame Wensby, m'a sauté aux yeux. J'aimerais que tu te renseignes sur un certain Lester Williams qui était apparemment un caïd de la pègre à San Francisco à la fin des années soixante. Tu penses que tu pourrais trouver quelque chose sur le Net ? Tu te débrouilles bien en anglais, mieux que moi en tout cas, et tu sais chercher là où il faut… Je mettrais des heures pour aboutir aux mêmes résultats.

— Je ne me souviens pas de ce nom-là dans les dépositions…

— C'est normal, elle m'en a parlé quand je t'ai laissé partir devant, le lundi midi, souviens-toi, je t'ai rejoint alors que tu étais déjà au commissariat. Après je me suis pris la balle et je n'ai pas tout noté dans le dossier.

— Ok, je vais voir ce que je peux faire, je ne te promets rien. Et les démarches officielles prendraient un temps fou. Je m'y mets dès que je suis rentré.

— Merci. Tu peux m'appeler, même tard ce soir, je ne vais pas me coucher de bonne heure, j'ai fait une super grasse matinée aujourd'hui. Je te revaudrai ça.

— J'y compte bien, à tout à l'heure.

— Ou mieux, j'y pense tout à coup. Si tu n'as rien prévu de plus important, passe dîner, on va se faire une orgie de pizzas, ça te branche ?

— Pourquoi pas, je suis chez toi vers 20 h 30, d'ici là, j'aurai trouvé ou alors, c'est qu'il n'y a rien d'accessible rapidement. Bon, sinon, si tu me disais la vraie vérité, pour changer ? Qu'est-ce que tu manigances dans ton coin depuis une semaine ? TOUTE la vérité, pas un petit bout.

Alvarez, interloquée par la perspicacité de son ami, ne peut reculer, – n'y pense même pas, son petit jeu perso a assez duré –, il lui est impossible de demander un service sans un minimum d'honnêteté et elle lui doit de détailler l'ensemble de ses investigations.

Elle hésite, faut-il lui parler de sa perquisition sauvage ainsi que de tout ce qui pourrait lui nuire s'il était au courant et ne la dénonçait pas ?

Finalement, tant qu'à tout déballer, autant aller jusqu'au bout, elle a confiance en Manu.

Celui-ci ponctue ses révélations d'onomatopées, de soupirs et de jurons, qu'importe, elle continue.

Céleste balance ses renseignements, ses hypothèses, ses doutes à un Manu assez mécontent qu'elle l'ait ainsi tenu à l'écart et de son comportement tout sauf professionnel.

— Tu fais vraiment n'importe quoi, tu le sais ? Rien ne tiendra devant un tribunal, tu as saccagé des éléments de preuve, tu as saboté le boulot. Je ne te parle même pas de Charvel, imagine qu'il soit au courant que tu joues les Philip Marlowe alors que tu es en accident de travail ? Passons. Revenons à l'enquête, je ne sais pas du tout comment on va rattraper tes conneries pour bâtir un dossier solide si cette madame Wensby est mêlée de près ou de loin à la mort de Leuliez…

— Oh, arrête…

— Non, je n'arrête pas ! Tu es stupide ou quoi ? Plus aucune poursuite ne pourra être déclenchée. Ta perquisition sans mandat, totalement illégale, a rendu ce bouquin d'aveux irrecevable, tu as commis des délits pour courir après des faits prescrits depuis belle lurette ! Si quelqu'un doit aller en taule aujourd'hui, c'est toi ! Pas elle. Tu es inconsciente ou quoi ?

— Stop ! On se calme ! En attendant, on bosse et on essaiera de tirer quelques conclusions intelligentes ce soir en mangeant. Tu sais pertinemment que je n'aurais pas pu recueillir tous ces éléments par une enquête classique, même si j'avais été en service. Surtout en respectant la procédure. Donc, tu te mets à ton clavier, je commande la bouffe et on fait le point tous les deux tranquillement.

Les doigts de Céleste, énervée, tapotent son volant, elle hésite. Passer un nouvel appel ou se rendre directement chez les Pierret. Doit-elle se payer le culot de se rendre à leur domicile ? Un dimanche, c'est délicat.

Assez tergiversé, ce n'est pas son habitude, elle tourne la clé de contact et prend la direction du domicile de la filleule. Ils sont peut-être passés à côté d'un indice dans les affaires de la victime, elle doit en avoir le cœur net.

En chemin, elle repense à ce que lui a raconté sa suspecte... Le bilan n'est pas fameux. Elle a certes appris certains éléments qui sont sans doute vrais mais inutilisables. Il faudrait un travail de fourmi pour tout vérifier et analyser, remettre dans l'ordre et y trouver de la substance.

Toute à ses cogitations, elle n'aperçoit qu'au dernier instant la voiture qui déboule sur sa droite et l'oblige à un freinage d'urgence. Dépourvues de système ABS, ses roues se bloquent, la Clio glisse et tangue pour s'immobiliser juste avant le choc. Heureusement qu'il n'y a pas eu une plaque de verglas pour pimenter un peu l'incident. Son cœur tape dans sa poitrine, elle est toute tremblante, peine à réaliser ce qui vient de se produire.

Le conducteur furieux lui montre le poing, frappe de l'index sur sa tempe et elle le voit lui crier sans doute quelques insanités qu'elle aime autant ne pas entendre. Il a toutes les raisons d'être en colère et elle est soulagée de le voir poursuivre sa route. Il faut qu'elle se reprenne, cette histoire lui embue l'esprit, sa lucidité s'envole.

Cette soirée avec Manu arrive à point nommé pour faire un bilan et ne plus tourner en rond.

Chapitre 4

Mai 1969

Tous ses week-ends du mois d'avril se sont passés en repérage minutieux. Robert prenait position le samedi aux aurores dans un bosquet surmontant la petite colline, vide de toute habitation, située juste au-dessus des villas, vissait ses yeux à ses jumelles et compilait sur son bloc-notes toutes les habitudes des habitants.

Il poursuivait tard dans la nuit ses observations, ne quittant son poste qu'à 4 heures bien sonnées pour rentrer se coucher, épuisé d'ennui et constellé de piqûres d'insectes.

Ce matin encore, avec Colette venue se familiariser avec le terrain à la lumière du jour, ils ont vérifié que rien ne dérogeait à la règle.

Le rituel était bien immuable.

C'était tout d'abord les voisins de gauche qui donnaient le signal de l'exode, dès 8 heures, suivis par les deux couples demeurant face à la cible, puis vers 10 heures, la cible elle-même, et, enfin, la dernière famille, de l'autre côté de la demeure visée qui tardait jusqu'à 11 heures, 11 h 30, vidant ainsi totalement ce petit cul-de-sac paisible.

— Redis-moi ce que t'a dit mon père. Je n'ai pas tout suivi, demande la jeune femme en bâillant. Qu'y a-t-il de si extraordinaire ici ?

— Le type à qui appartient la grande maison au portail en fer forgé, là, au bout de mon doigt, tu la vois ?

— Oui.

— C'est un bijoutier. Un des plus importants de la région, possédant un beau magasin renommé en plein centre-ville, gros chiffre d'affaires et clientèle huppée. Il s'est fait cambrioler ou braquer trois fois en six mois il y a deux ans, les flics n'ont jamais arrêté personne, pas plus qu'ils n'ont retrouvé les butins. Pas de chance. Il y a les assurances mais elles devaient commencer à renâcler devant la répétition. Depuis il a décidé de ramener le cash et les pierres de valeur de la boutique chez lui tous les soirs. Ça le rassure de les avoir près de lui et il pense que le risque de se les faire dérober est moins grand à son domicile. Pas très rationnel mais tout bon pour nous...

— Et comment il a su tout ça, papa ?

— La fille d'un de ses copains est vendeuse dans la bijouterie et a raconté les drôles de manies de son patron à son père qui en a parlé lui-même au bistrot où il buvait l'apéro en compagnie de René, se payant la tête des bourgeois couvant leur pognon dans l'espoir qu'il fasse des petits. Ton père a pensé que ça pourrait nous intéresser.

Le grand jour est arrivé. La grande nuit plutôt, c'est ce soir que Rob et Colette ont décidé de passer à l'action. L'obscurité est totale, un peu de fraîcheur apparue avec le crépuscule après la chaleur lourde de la journée ne fait pas de mal, les conditions sont parfaites pour ce qu'ils ont à faire.

En ce long week-end de mai, les habitants des riches pavillons de ce quartier résidentiel sont pour la plupart en week-end, à tirer des bords sur leurs voiliers par une mer idéale, comme préparée pour leur faire oublier les éternels soucis de fiscalité ou de placements plus que rentables à dénicher sans trop prendre de risques.

Ils profitent des résidences secondaires qu'il est de bon ton de posséder lorsqu'on désire faire partie de la bourgeoisie locale. On s'y croise en bermuda plutôt qu'en costume, on échange les mêmes potins que la veille mais dans une ambiance détendue et iodée. Une sorte de transhumance mondaine qui fait cohabiter, le soir venu, les voisins qui se sont salués ici le matin. Comme ils ont déjà manqué de se télescoper sur les pistes de l'Alpe cet hiver, le duo crevettes/saumon fumé remplaçant en cette saison la fondue ou la tartiflette. Tout est absolument merveilleux, naturellement.

L'éclairage public ne s'éteint qu'avec le jour, les propriétaires ont les moyens et le carnet d'adresses permettant quelques exigences hors de propos dans les quartiers populaires, comme des patrouilles de police, plus fréquentes qu'ailleurs et attentives à ceux qui peuvent circuler dans la rue. Les voitures pies passent avec régularité et Robert en a scrupuleusement noté les horaires.

Il a choisi d'opérer entre une et deux heures du matin, ce moment où il est pratiquement certain que nul ne viendra troubler la tranquillité des lieux.

La porte d'entrée ne pose aucun problème à Robert qui crochète avec dextérité des serrures bien plus complexes en moins de cinq minutes.

Éclairé par leurs lampes torches, le couple trouve aisément le bureau au bout de la vaste entrée. Un seul des tiroirs est fermé à clé. À n'en pas douter, en l'absence de coffre, c'est là que se trouve ce qu'il cherche. Un coup de pied de biche fait céder dans un craquement sec la serrure et l'Américain s'empare de deux sacs sans en vérifier le contenu : l'un recèle manifestement des billets, l'autre, plus petit, les pierres du joaillier.

Colette glisse le tout dans son sac à dos.

Ils continuent l'exploration de la pièce sans rien découvrir d'intéressant ou des choses vraiment trop encombrantes pour être emportées cette nuit.

— Allons voir en haut, on a un peu de temps, décide-t-il.

La première chambre, apparemment d'ami, ne présente aucun intérêt, meublée avec goût mais sans objet personnel ou de valeur, ils en font le tour en deux minutes et sortent sans se concerter.

À peine Colette est-elle sur le palier que le lustre s'allume. Une grosse dame en chemise de nuit, l'air ahuri, les yeux écarquillés, les regarde en alignant les « Oh mon Dieu, Marcel, viens voir, vite ! », haussant la voix à chaque mot pour finir dans un cri.

Interdite, la cambrioleuse semble figée sur place, la panique la gagne, ses pieds lui semblent rivés au parquet.

Son compagnon, plus réactif, lui attrape la main et l'entraîne à sa suite dans une fuite précipitée.

— *Come on!* lui glisse-t-il à mi-voix.

Elle se laisse guider, soulagée qu'il ait pris l'initiative et l'éloigne des vociférations qui lui vrillent les oreilles.

Les deux voleurs sont déjà presque en bas des escaliers lorsque ledit Marcel arrive, enfilant sa robe de chambre. Il se lance à leur poursuite en ordonnant à son épouse d'appeler les flics.

Mal lui en prend.

Il n'a pas descendu trois marches que son pied dérape dans sa pantoufle, son corps part en bascule, entraîné par son ventre proéminent. Un « merde » retentissant, les hurlements de sa femme, le vacarme des chocs successifs, les bruits mous de la chair heurtant le bois, tout est fini en trois secondes.

Saisis, Colette et Robert assistent impuissants à la dégringolade du bijoutier qui s'immobilise juste entre eux. Feu le bijoutier, plus exactement. L'angle du cou et de la tête ne permet aucun doute, c'est un cadavre qui gît sur le carrelage de l'entrée.

Négligeant d'appeler la police comme il lui était enjoint de le faire, la désormais veuve, les mains sur la bouche pour retenir un dernier cri d'horreur, se précipite inutilement au secours de son époux.

Robert prend la main de Colette, il la tire fermement vers l'extérieur, ils courent, courent, courent, sans parler, sans se regarder, sans réfléchir.

Arrivés hors d'haleine à la voiture stationnée près du poste d'observation habituel de l'Américain, camouflée derrière un bouquet d'arbres, ils s'étreignent toujours. Longtemps. Sans échanger une parole, ils savent que cette nuit, ils ont effectué leur dernière expédition.

Ils ont soudain conscience que ce ne sera plus possible désormais, plus jamais.

La jeune femme pleure sur l'épaule de son compagnon, tremble de tous ses membres, lui n'est guère mieux, pourtant il la réconforte comme il peut, maladroitement.

Le trajet de retour est interminable. Ils évitent les grands axes et font un immense détour par de petites départementales. Robert conduit prudemment, ce n'est pas le moment de se faire arrêter pour une broutille.

La fin de la nuit est un long cauchemar, ils ne se déshabillent pas, ne se couchent pas. Chacun dans un coin du salon, lui sur son fauteuil, elle sur le canapé, ruminent sans pouvoir extérioriser ce qu'ils ressentent. Ce n'est qu'au petit jour que Colette prend la parole en revenant de la cuisine où elle vient de préparer une nouvelle cafetière.

— C'est un accident. J'ai beau retourner ça dans tous les sens, nous n'y sommes pour rien si cet homme est tombé. Tu ne l'as pas poussé et moi non plus.

— Si nous n'avions pas été chez lui en pleine nuit, il n'aurait pas chuté, il faut tout de même le reconnaître.

— Qu'est-ce qu'il faisait là ? Tu l'as vu partir hier matin, tu as tout vérifié, ils ne rentrent jamais avant le dimanche soir très tard, voire le lundi midi…

— Je n'en ai aucune idée. Vraiment, c'est une horrible catastrophe, je ne comprends pas ce qui a pu se passer…

— Il faut arrêter tout ça. C'est trop dangereux, ça fait deux fois maintenant, chez Williams et cette nuit. Il ne faut pas tenter le sort, ça va mal finir, mon chéri.

Ils attendent l'après-midi du dimanche pour faire les comptes. Un butin conséquent en liquide et en bijoux dont Rob devra se débarrasser très rapidement chez son fourgue de Paris.

Il y a urgence, il n'en tirera certainement pas plus de quinze pour cent de leur valeur, il faudra s'en contenter.

Le cœur n'est pas aux réjouissances, ils sont juste dans la gestion, s'occupent les mains pour ne pas penser, parlent peu, l'essentiel, et encore. Ils ne comptent même pas précisément, pas envie de connaître combien rapporte la mort d'un homme. Les traits sont tirés, les yeux cernés et sombres, ceux de Colette brillent de larmes contenues.

Ce n'est que le lundi qu'ils apprennent le fin mot de l'histoire par le journal local que Colette s'est empressée d'aller acheter dès l'ouverture du bar-tabac.

Le bijoutier avait été pris d'un violent mal de tête sur le chemin de sa résidence secondaire et avait décidé de faire demi-tour, ne se voyant pas profiter de son week-end affligé d'une migraine. Il était coutumier de ces crises et savait très bien que seule une journée, allongé sur son lit, rideaux tirés, plongé dans le noir le plus complet, allégeait la douleur. La malchance à l'état pur. Imprévisible. Imparable.

La description des malfaiteurs par la veuve correspond peu ou prou à n'importe qui, elle n'a même pas remarqué qu'il y avait une femme grâce à la cagoule dont ils se couvraient systématiquement le visage.

Le journaliste brode sur un quart de page en orfèvre du conditionnel et des supputations gratuites, cite pêle-mêle, afin de donner du grain à moudre à ses lecteurs : les blousons noirs qui traînent dans les faubourgs de la ville, les bandes organisées ayant sévi dans les stations balnéaires l'été dernier, tout et n'importe quoi, appuyé en cela par l'inspecteur chargé de l'enquête qui précise, naturellement, qu'aucune piste ne sera négligée pour retrouver les auteurs de ce crime odieux – comme si la police avait l'habitude d'en négliger sur les autres affaires…

Le flic – tout heureux, semble-t-il, d'avoir les honneurs de la presse et sa photo en haut de la page –, annonce des indices accablants et que des arrestations ne sauront tarder.

— En langage clair, il n'a rien mais il faut calmer le contribuable et apaiser la ménagère… C'est du moins ce que conclut René en reposant le quotidien.

Inquiet de ne pas les avoir vus la veille comme chaque dimanche, il a enfourché sa mobylette jusque chez les jeunes, comme il dit, histoire de boire un café avant d'embaucher et de s'assurer qu'ils n'ont pas de problème.

— C'est ce que je pense aussi, renchérit Robert. On n'a rien laissé sur place et personne ne nous a vus quand nous sommes sortis. La dame était trop choquée pour être un témoin fiable.

— Va falloir se faire tout petit pendant un certain temps tout de même. À mon avis, la flicaille va être sur les dents dans toute la région, c'était un notable, la pression de la Préfecture va être forte. Toujours plus que pour un prolo, tu peux me croire.

— Ne t'inquiète pas, papa, nous avons décidé que c'est fini pour nous. Ce drame est celui de trop. Imagine qu'il ait eu un fusil, ce type ? Il aurait pu être chasseur, ou avoir un port d'arme…

— C'est lui qui est mort tout de même, ajoute l'Américain, un peu sonné, en regardant Colette.

— Viens bosser avec moi, propose René à Robert. Je t'apprendrai le métier. J'ai de la demande pour les papiers, plus que je ne peux fournir, je n'ai pas le temps de tout faire. Il y a largement du travail pour deux, je t'assure, ton commandant m'envoie souvent des clandestins d'Amérique du Sud ou du Nord, d'Afrique, même… Le monde entier fuit d'un bord à l'autre des océans, je ne peux pas suivre. Ça fait un moment que je te le propose, tu vas peut-être enfin dire oui maintenant ?

— Tu sais bien que j'ai du mal à rester enfermé des heures, je ne sais pas…

— Mais pas besoin que tu sois là à heures fixes ! Tu fais ce qu'il y a à faire et tu disposes de ton temps ensuite… Ce serait plus raisonnable, au moins pour un moment, que toute cette affaire se calme. Et si vous avez décidé de ne plus cambrioler, il faut que tu t'occupes, c'est pas bon de rien faire. Tu as là une occasion d'aider des gens qui en ont besoin, de faire quelque chose de bien, dont tu as eu besoin toi-même autrefois.

— Essaie, mon chéri, s'il te plaît. Tu verras bien.

Chapitre 5

Dimanche 15 janvier 2017 - Domicile de Caroline Pierret - 19 h 15

— Bonsoir madame. Excusez-moi de vous importuner un dimanche soir, mais comme je passais devant votre domicile et que j'ai vu une voiture dans votre allée, je me suis permis de sonner à tout hasard…

Caroline Pierret n'a pu empêcher un « Oh mon Dieu ! » de sortir lorsqu'elle a découvert le visage encore tuméfié d'Alvarez en ouvrant sa porte. Elle s'est vite reprise mais ne peut éviter de dévisager la policière.

— Bonsoir lieutenant. Vous ne me dérangez pas du tout. Mais que vous est-il arrivé ?

— Plus impressionnant que méchant, ne vous inquiétez pas, ce sont les risques du métier. J'aurais souhaité savoir si vous avez conservé les affaires de votre marraine, celles que la directrice des Lilas vous a remises dernièrement et, dans ce cas, si je peux y jeter un coup d'œil ?

— Oui, bien sûr, sans problème. C'est sans doute tout un tas de souvenirs auxquels elle accordait une certaine valeur sentimentale, je ne sais pas si vous allez tirer grand-chose de toutes ces vieilleries pour résoudre cette énigme… Je n'y ai pas touché pour tout vous dire, j'ai juste sorti ce carton de mon coffre en arrivant. Il est à l'entrée du sous-sol. Venez avec moi, je vais vous montrer. Je prends juste le temps d'éclairer l'allée et de passer un lainage, il fait un froid de loup ce soir…

Les deux femmes descendent l'étroit sentier gravillonné où subsistent quelques petits tas de neige durcie, leurs souffles se perdent en panache de fumée blanche qui s'élève vers un ciel entièrement dégagé.

— Il y a du nouveau ? Vous avez trouvé quelque chose de suspect ?

— Hélas non, je suis désolée. Nous en sommes encore à examiner toutes les pièces à notre disposition. Je vous tiendrai personnellement informée si j'ai une piste intéressante, vous pouvez compter sur moi.

— Et vous vous occupez de cette affaire même un dimanche ?

— Les policiers travaillent même le week-end, vous savez, répond Céleste avec malice. Pour être tout à fait honnête, je devais vous rendre visite demain mais, je passais devant votre maison, je me suis dit que j'allais gagner du temps, quitte à vous embêter sur votre jour de repos.

— Vous avez bien fait. Nous y voilà, dit la filleule en actionnant la télécommande d'une large porte s'ouvrant sur un vaste garage enterré où est rangée une Audi A5 noire flambant neuve. C'est la voiture de mon mari, je n'ai pas souvent le courage de descendre la mienne ici. C'est idiot, je perds un temps fou à gratter mon pare-brise le matin. Ah, ici, dit-elle en désignant un assez volumineux carton fermé par une bande de scotch marron.

— Ah oui quand même… Il est plein ? demande la lieutenant.

— Il est assez lourd, en effet, j'ai eu du mal à le décharger. C'est un employé des Lilas qui a eu la gentillesse de le porter jusqu'à ma voiture, j'ai moi aussi été surprise par le poids quand il a fallu le sortir du coffre. Je vais vous chercher un cutter. Avec un peu de chance, il y en aura un qui traîne sur l'établi, Bernard n'a jamais été très ordonné.

— Ne vous donnez pas cette peine. Est-ce que vous accepteriez de me confier ces affaires quelque temps ? Que je puisse les examiner tranquillement avec mon collègue. Je vous les restitue dès que possible, très certainement la semaine prochaine. Vous n'y êtes pas du tout contrainte par la procédure, c'est juste que ça m'arrangerait de ne pas avoir à tout passer en revue trop vite…

— Je vous en prie, je ne comptais pas regarder dedans avant un moment. Ce sont les soldes et j'ai un travail fou à cette période. Vous serez mieux installée dans votre bureau qu'à déballer ce fourbi dans le froid. Allez chercher votre voiture, je pense que la mienne ne vous empêchera pas de passer. C'est bien trop lourd pour être transporté dans vos bras jusqu'au portail. Je vais vous ouvrir.

Vraiment prévenante et sympathique, songe Céleste en remontant vers la rue.

— Un dernier détail, interroge la lieutenant en refermant son hayon arrière, le carton chargé. Vous m'avez parlé du décès de votre père qui a été brutal, me semble-t-il, vous pourriez m'en préciser les circonstances ? Il était commerçant, c'est ça ? Dans quelle branche ?

— Une boutique de vêtements, la même que celle que je continue à tenir aujourd'hui. En ce qui concerne sa mort, c'est un stupide accident de chasse, une battue qui a mal tourné, il a pris une balle destinée à un sanglier. Une erreur d'organisation et de placement ont conclu les gendarmes à l'époque. J'étais gamine, je ne pourrais guère être plus précise. Mais je ne vois pas trop le rapport avec votre enquête ?

— Il n'y en a pas, je suis une incorrigible curieuse professionnelle. Je vous laisse, merci pour tout. Je vous rapporte tout ça très vite. Bonne soirée.

Céleste est déçue, elle a cru un instant, saisie d'une brusque inspiration, pouvoir relier Wensby et Leuliez par le cambriolage tragique dont lui avait parlé la vieille dame cet après-midi, mais c'est raté.

Tant pis, il lui reste à examiner les archives et souvenirs de la victime et, espère-t-elle, trouver quelques renseignements utiles dans les recherches entreprises par Manu.

Pressée de se mettre à son travail de fouille, elle rentre directement chez elle sans passer par la pizzeria, ils commanderont par téléphone.

Chapitre 6

Décembre 1970

Une année passe, sans que l'enquête sur la mort du bijoutier n'apporte rien de neuf. La presse locale a monté l'affaire en épingle cinq semaines durant mais la conjonction de la campagne présidentielle et du peu d'éléments nouveaux aidant, les demi-pages sont devenues des quarts, puis de maigres entrefilets et, enfin, plus rien.

D'autres crimes ont eu lieu, la gauche est éliminée dès le premier tour, séquelle des désordres de mai qui ont fait si peur, le duel, sans grand suspense, Pompidou - Poher du second tour, la victoire du premier et la nomination de Jacques Chaban-Delmas au poste de Premier ministre ont occupé les unes tout le mois de juin 1969.

La culpabilité et les remords de Colette et de Robert ont suivi la même pente descendante, s'effaçant lentement pour laisser place à la vie quotidienne. Ils parviennent à se convaincre que c'est la faute à pas-de-chance, qu'il aurait aussi bien pu tomber en allant boire son café et toutes ces autres excuses que l'on sait si bien se fournir quand on refuse de se sentir responsable.

Le bijoutier est venu s'ajouter aux autres cadavres de leur placard, celui qu'ils n'ouvrent jamais, même lorsqu'ils ne sont que tous les deux.

Tous ces drames semblent glisser sur l'Américain qui parle, de toute façon, assez peu de lui et de ce qu'il ressent. Sa compagne, quant à elle, lui évite soigneusement le désagrément d'un examen trop pointilleux de leur passé et garde pour elle ses ruminations et sa défiance du monde qui l'entoure.

Pourtant, elle refuse obstinément qu'il se remette à cambrioler. Il a essayé d'en parler, une fois ou deux. Les réactions de sa compagne l'ont dissuadé de recommencer. Elle a trop peur qu'il ait un accident ou qu'il tombe nez à nez avec un fusil ou la police.

Rob se montre habile de ses mains, il apprend vite et René est surpris de sa dextérité et de ses facilités pour comprendre et appliquer les consignes.

À tel point qu'il lui laisse souvent désormais réaliser un jeu complet de faux papiers sans le vérifier sous toutes les coutures, presque suspicieusement, comme il le faisait au début de leur collaboration.

Les candidats à de fausses identités pour entrer ou sortir du pays ne manquent pas, signe de la multiplication des conflits et d'un fourmillement de groupuscules plus ou moins révolutionnaires dont les membres sont contraints, à un moment ou un autre, d'entrer dans la clandestinité ou de changer rapidement d'air.

Au tout début de l'année 1970, René apprend que Rebart, largement atteint par la limite d'âge, met en vente sa boutique. Sa fille lui ayant souvent parlé de reprendre un travail, plus particulièrement dans le domaine du livre – elle avait même démarché plusieurs bibliothèques sans succès –, il lui propose de mettre en commun l'argent de ses économies et une partie du magot dont Rob et elle disposent pour qu'elle se mette à son compte, et, peut-être bien, lui aussi. Il est allé faire un tour sur place et une idée a germé suite à cette promenade.

Pour une bouchée de pain, Colette rachète la librairie où elle avait travaillé avant son départ aux États-Unis.

L'immeuble entier, assez délabré, a été mis en vente. Son père et elle se portent acquéreurs, et un ami de son père, employé de banque, met au point le montage financier nécessaire afin que personne ne puisse venir mettre le nez dans la société qu'ils ont créée pour l'occasion. Particulièrement sur l'origine des fonds.

Ils acquièrent, par la même occasion, le local commercial attenant déserté depuis des années et en piteux état.

C'était ça le projet de René : posséder ainsi sa propre imprimerie, ce qui lui permet de quitter son emploi et de donner un travail officiel à Robert qui devient son ouvrier. Même s'il ne sera guère présent dans l'atelier, l'Américain aura un emploi, c'est mieux pour tout le monde. Toute l'activité de faussaire des deux hommes se déroulera toujours dans la cave de la maison paternelle, c'est devenu le domaine presque exclusif du compagnon de Colette.

Philip est devenu un beau petit garçon, jamais malade, qui grandit tranquillement chez ses grands-parents. Jeannette le couve, elle en est gaga et il le lui rend bien.

Colette s'en est désintéressée aussitôt après l'accouchement. Elle l'a nourri au sein, à contrecœur – sa mère avait insisté sur ce point. Elle ne pouvait pas tout refuser.

Robert ne s'en est guère plus inquiété, quelques guiliguilis, cinq minutes par-ci par-là, mais il fut vite évident, dès le passage au biberon, que Philip serait la responsabilité exclusive de sa grand-mère qui ne demandait d'ailleurs que cela. Ils ne songent même pas à lui faire une chambre dans l'appartement où ils logent désormais au-dessus de la librairie bien qu'il y ait largement la place…

Colette se spécialise dans la littérature américaine et son magasin connaît un bel essor, l'imprimerie tourne bien aussi.

Les affaires sont prospères et tout va pour le mieux jusqu'en décembre 1970. Rob s'est acheté une moto et part souvent de longues heures, Colette accrochée à lui, parcourir les départementales de la région, parfois jusqu'à l'océan où ils restent à contempler l'immensité qui leur manque à tous deux.

Lui s'ennuie souvent, l'adrénaline est une drogue puissante pour qui y a goûté et ce ne sont pas les échanges toujours un peu risqués de documents falsifiés qui peuvent lui apporter la même satisfaction que ses expéditions nocturnes d'autrefois.

Colette a été intransigeante. Il la comprend, se plie à ce qu'il considère comme une décision raisonnable mais l'excitation des cambriolages lui manque cruellement.

Il ne veut plus jamais revivre des accidents comme celui du bijoutier, mais toutes les logiques du monde ne peuvent empêcher la nostalgie de s'emparer d'un homme. Il a beau être ici en fraude, jouer sans cesse avec la loi, pour lui, il est rentré dans le rang, ce n'est que l'amour de sa compagne qui le retient de faire encore une fois son sac et de partir à l'aventure, en Afrique ou ailleurs. Oui, c'est ça, ailleurs, là où il a toujours souhaité aller… Là où demain n'est jamais joué d'avance.

La librairie attire du monde, parfois venu de loin, une clientèle en quête d'éditions originales de romans américains ou anglais difficiles à trouver ailleurs. L'atelier s'est fait une belle place par la qualité du travail de René et ses nombreuses connaissances liées au fil des années affluent afin de lui commander faire-part, tracts et affiches de kermesses ou de bals.

Le travail ne manque pas, même pour Rob qui s'occupe pratiquement seul de la fabrication de passeports et autres pièces administratives, faisant payer à la tête du client, le plus souvent une somme symbolique. Ces documents sont réservés exclusivement aux persécutés politiques, à ceux qui fuient l'oppression ou la guerre, jamais aux voyous. Exceptée cette fois-là, ce 18 décembre. Une terrible erreur.

Une vieille connaissance du père de Colette se pointe à l'atelier aux alentours de midi. Un camarade de Résistance et membre de la même cellule que lui qu'il aperçoit parfois de loin en loin lorsqu'il fait une course en ville. Peu importe, les amitiés forgées dans ces circonstances exceptionnelles et dramatiques résistent au temps et à l'usure et ne se mesurent pas à la fréquence des rencontres…

Il ne vient manifestement pas demander un devis ou un tarif puisqu'il laisse deux clients entrés après lui régler leurs affaires et attend d'être seul dans le magasin pour aborder l'objet de sa visite.

René ferme la porte, il est temps de prendre sa pause déjeuner de toute façon, et son ami lui a fait comprendre qu'il préfère s'entretenir avec lui du sujet qui l'amène au calme et sans témoin.

Maurice Lamairie travaille comme charpentier depuis des dizaines d'années dans la même petite entreprise du bâtiment d'une quinzaine de salariés. Une boîte familiale où il a été embauché comme apprenti avant-guerre et qui a prospéré lorsqu'il a fallu reconstruire tout ce qui avait été détruit pendant les quelques mois ayant précédé la Libération.

Trapu, bourru, il a ce teint rougeaud des sanguins, de ceux qui s'emportent vite; son verbe toujours haut, exprimant sans cesse une forme de colère contre on ne sait qui ou quoi, ne fait que confirmer cette première impression. C'est pourtant un brave homme pour qui le connaît, le cœur sur la main et prompt à aider un copain quand le besoin s'en fait sentir. Aujourd'hui, c'est presque penaud qu'il s'adresse à son ami René:

— Tu comprends, ça me gêne de te demander. Je sais que ce qu'il a fait n'est pas excusable, mais c'est mon fils, je ne me résous pas à lui fermer ma porte. Ma Louise, tu la connais, m'en voudrait à mort, elle est déjà effondrée et se ronge les sangs de l'imaginer en prison, voire pire. Je me doute que ça va te rappeler de sales souvenirs, rapport à ton Pierre qui a fait les mêmes conneries mais qui n'en est pas revenu…

Il tortille sa casquette dans ses grosses paluches durcies par les travaux pénibles. Un enfant avouant une bêtise à son instituteur, attendant la sanction.

— T'inquiète, Maurice, pour ce qui est de comprendre, je comprends… J'aurais presque aimé avoir les mêmes démarches à faire pour tirer mon gars du pétrin dans lequel il s'était fourré. Mais bon, comme on dit, c'est la vie. Je vais te la faire cette foutue carte d'identité.

Mais tu me garantis que c'est pas pour l'aider à continuer avec les salauds qui l'ont embringué dans leurs coups tordus ? Aussi bien pour toi que pour moi, on ne va pas se mettre à nos âges à trafiquer avec les fachos tout de même…

— Je m'en porte garant, tu as ma parole. Et tu m'as assez fréquenté pour savoir que je ne la donne pas à la légère, affirme l'ouvrier d'un ton qui ne souffre aucune discussion. Je lui ai parlé, on a mis les choses au point tous les deux, longuement, je voulais être sûr aussi. Je ne savais pas si tu pouvais encore m'aider mais je ne connaissais que toi dans ce domaine. Par contre, je ne t'aurais pas mouillé si j'avais eu un doute sur la sincérité de Michel.

— N'en dis pas plus, ça me suffit. Dis-lui de passer demain vers dix heures du soir à la maison, il ne peut pas se trimballer en plein jour, y a des flics à tous les carrefours, on sait jamais ce qu'ils ont derrière la tête ou ce qu'ils ont vu au commissariat avant de prendre leur service. Qu'il se fasse propre et se rase, faut qu'on prenne quelques photos.

Le lendemain – le 19 donc – juste avant le traditionnel dîner du samedi réunissant la famille chaque fin de semaine, René profite que Jeannette soit montée coucher le petit pour entamer un conciliabule à propos de cette affaire. Il en trace rapidement les contours.

Le fils Lamairie a suivi une pente identique à celle du frère de Colette, c'est ce qu'explique l'imprimeur, alors qu'ils sont tous trois réunis autour de la table basse du salon, attendant que Jeannette redescende pour attaquer une potée odorante qui mijote depuis le début de la matinée.

Ils dînent rarement avant 21 heures, le temps de se retrouver, boire l'apéro et échanger quelques nouvelles. Ils ne se voient pas tous les jours, loin de là, même. Chacun sa vie, c'est Jeannette qui organise ces repas pour avoir le plaisir de passer un peu de temps avec sa fille et son gendre qu'elle adore.

L'Algérie, l'OAS. Manipulé par des officiers factieux, Michel Lamairie avait été condamné à perpétuité par contumace : il aurait pu bénéficier de l'amnistie générale de juin 1968 si ce jeune imbécile n'avait été reconnu lors de l'attaque d'une banque l'année précédente à la frontière espagnole.

Sans argent, épuisé, traqué, il vient d'atterrir, totalement à bout de souffle, au domicile de ses parents. Après le braquage, il s'est caché quelque temps en Italie, principalement dans les réseaux fascisants.

Il a aujourd'hui une opportunité sérieuse de travail en Argentine, selon son père, et a besoin de papiers à présenter éventuellement pour ne pas tomber bêtement pour un contrôle de routine inopiné.

Les contacts de Robert avec le commandant du *Sunny Boy* pour passer clandestinement en Amérique du Sud pourraient lui être utiles aussi.

— Comme c'est un service personnel qui m'a été demandé par un camarade, je vais m'en occuper moi-même. Je me méfie de ce zigoto, depuis le temps qu'il trempe dans des trucs pas nets du tout, je serais surpris qu'il devienne réglo parce qu'il a retrouvé papa et maman et un travail. Faut pas me prendre pour un perdreau de l'année, non plus. Il se passe pas mal de saloperies en Amérique du Sud. Ça m'étonnerait pas qu'il aille là-bas pour autre chose… Mais j'ai bien réfléchi, tourné ça dans tous les sens, je peux pas dire non à Maurice. Il y a peut-être une chance sur cent que son garçon s'en sorte, je ne veux pas être celui qui l'en empêchera.

— Je peux faire avec toi, propose Robert.

— Pas question. Moins il en saura sur nous, mieux ce sera. Merci, mais je préfère que tu t'occupes d'organiser son embarquement lorsque je saurai exactement où il veut aller et quand il a décidé de partir. Il vient ce soir, vers 10 heures, on avisera ensuite.

— Tu ne préfères pas que nous restions un peu pour l'attendre avec toi ? demande Colette. On ne sait jamais, je ne suis pas tranquille de te laisser te débrouiller avec ce type.

— Non, ne vous faites pas de bile, tout ira bien. C'est pour ça que je n'ai pas voulu mettre ta mère au courant, elle se fait toujours du mauvais sang, encore plus depuis qu'il y a le petit. Rentrez chez vous comme d'habitude, il ne se passera rien ce soir de toute façon, il vient juste pour les photos et me dire un peu ce qu'il attend de moi.

Chapitre 7

Dimanche 15 janvier 2017 - Appartement de Céleste Alvarez - 21 h 30

Céleste vient à peine de faire l'inventaire sommaire du carton posé entre ses jambes que Manu sonne à la porte de son immeuble.

Un petit tas constitué de cartes postales à son pied gauche, un de lettres à son pied droit, quelques bibelots du plus pur style kitsch, en porcelaine de mauvaise qualité ou en plastique, disposés sous sa chaise.

Elle trie avec application les affaires de la victime en attendant son invité. Une enceinte wifi diffuse en sourdine « Soothsayer » de Buckethead. Elle a besoin de musique pour se concentrer, pour se reposer aussi de cette journée usante pour les nerfs qui est loin d'être terminée.

Le grand flic débarque les bras chargés de boîtes à pizza, un sac en papier, d'un bon poids à l'évidence, retenu par son index.

Ils se mettent aussitôt à table, un repas rapide, largement pimenté des sermons du lieutenant à sa collègue qui ne moufte pas.

Elle sait qu'il n'a pas tort même si elle ne regrette pas un seul instant tout ce qu'elle a fait cette semaine. Elle se garde bien de lui dire que, pour elle, c'était la seule solution pour parvenir à enquêter convenablement sur cette affaire. Manu s'inquiète des possibles retombées de ses frasques, ce n'est pas un intégriste de la procédure mais il a peur pour elle.

Céleste brûle de connaître ce qu'il a déniché sur Williams et de commencer l'examen des affaires de la victime. Elle a bien essayé dès qu'ils se sont assis mais Manu lui a opposé une fin de non-recevoir catégorique.

D'abord manger, ensuite travailler, il ne faut pas mélanger la pâte fourrée au fromage et les sales histoires de meurtres, ça gâte le goût des aliments, d'après lui, et gêne sa digestion.

Soit. Ne pas le contrarier davantage. Elle bout d'impatience mais s'il est nécessaire d'en passer par là…

À peine la dernière bouchée avalée, elle revient à la charge en lui proposant de raconter ses découvertes pendant qu'elle prépare thé et café. Sans trop en faire, d'un air enjoué.

Cette fois, il ne se fait pas prier, à croire qu'il avait hâte également d'étaler ses talents de fouineur.

— D'après le *San Francisco Chronicle*, le type dont tu m'as donné le nom est mort depuis mars 1969. Ça n'a pas été simple à trouver, juste un entrefilet. Il ne semble pas que ce gars ait été un gros poisson, le journal n'en a pas fait des tonnes. Il a été abattu avec plusieurs de ses complices – c'est surtout le multiple meurtre qui a retenu l'attention de la presse – et la police pensait fortement à l'époque à une guerre mafieuse comme il y en a tant. À mon avis, les flics de là-bas n'ont pas dû trop se décarcasser pour résoudre l'affaire. Les pages du canard local sont farcies de règlements de compte de ce genre et ils avaient les manifestations géantes contre la guerre du Vietnam à contrôler à la même période. Un sacré bordel partout…

— Tu es sûr que c'est le bon ?

— Non, mais il n'y en a pas d'autre. Je n'ai que son nom comme renseignement, difficile d'être certain de quoi que ce soit avec aussi peu, tu avoueras.

— Je sais bien. Donc mon scénario d'une erreur de victime cinquante ans après les faits, déjà bien bien tiré par les cheveux dès sa conception, je le reconnais, s'effondre de lui-même. Reste que je suis persuadée que Leuliez a été assassinée et que Colette Wensby est liée d'une façon ou d'une autre à ce crime. Et ne me traite pas d'obsédée, tu es le premier à y avoir pensé !

— Je ne me permettrais pas, tu le sais bien, plaisante Manu arborant un grand sourire. Allez, on fouille ? Vu le tas, on en a pour un bout de temps.

— Tu bosses demain ?

— Non, repos demain, j'avais dimanche et lundi cette semaine. J'avais besoin de récupérer, j'ai accumulé les heures sup toute la semaine dernière pour compenser certaines absences non remplacées. Peut-être non justifiées d'ailleurs, puisque ces absences te permettent d'enquêter au lieu de gémir sur ton lit de douleurs…

— Oh ça va, tu vas pas me seriner jusqu'à Noël prochain cette minuscule histoire un peu hors des clous.

— MINUSCULE ? s'étrangle le policier.

— Mais oui, allez, viens plutôt m'aider au lieu de dire des âneries. On fait un premier tri rapide en plusieurs tas : photos, courriers, cartes postales, bibelots, livres. Ensuite on se les répartit équitablement. Je sens qu'on va trouver, je le sens. Pas toi ? Tu n'as pas l'air enthousiaste !

— J'y crois moyen, mais bon, je suis là pour t'aider, on fait comme tu dis. Au boulot !

Chapitre 8

Lundi 21 décembre 1970 – L.A. Librairie

La librairie, tout comme l'imprimerie, reste fermée le lundi, c'est un jour dévolu aux courses, aux démarches et autres obligations pour lesquelles il est impossible de trouver du temps durant la semaine.

Pour celui-ci, la famille avait décidé de mettre de l'ordre dans les rayonnages et la réserve, les clients ayant tendance à feuilleter des ouvrages sans prendre la peine de les remettre en place. Les Fêtes approchent rapidement et l'afflux de clientèle augmente dramatiquement l'anarchie des étagères si bien que Colette perd un temps considérable en recherches parfois vaines.

Ils s'y mettent tous les quatre au début de l'après-midi, sous la supervision attentive de la libraire, indiquant à ses employés occasionnels les emplacements idoines des livres qu'elle découvre insérés dans la mauvaise rangée.

Jeannette s'occupe de Philip, ce qui ne l'empêche pas de mettre la main à la pâte ou de préparer le café ou le thé, pendant que René et Rob suivent attentivement les ordres.

Vers 18 heures, sa femme affairée au premier à préparer un lapin à la moutarde pour le dîner, le père de Colette – alors que celle-ci est perchée sur un escabeau à traquer les erreurs de classement –, lui annonce qu'il va devoir retourner chez lui.

Michel Lamairie doit passer prendre ce qu'elle sait d'ici une petite demi-heure, il a décidé d'y aller à pied.

Ce n'est pas loin, un peu d'air lui fera du bien après cet après-midi enfermé, il reprendra sa voiture lorsqu'il reviendra chercher Jeannette. Il décline une nouvelle fois l'offre de Rob qui se propose de l'accompagner, plaisante même, affirmant que celui-ci cherche un moyen de se défiler devant le boulot qu'il reste à accomplir. Il enfile sa canadienne, enroule son écharpe autour de son cou et file dans le froid du soir, sous le regard inquiet de sa fille.

Un peu avant 18h45, Colette s'aperçoit qu'il s'est mis à pleuvoir et que, loin de se calmer, l'averse s'intensifie. Son père va être trempé si elle le laisse revenir à pied.

Elle attrape à la hâte son imperméable et annonce à son compagnon qu'elle prend la voiture, sa belle R10 bleue toute neuve achetée un mois auparavant. Elle lui indique rapidement quels cartons lui ramener de la réserve pour regarnir la devanture et les rayons en prévision de demain. Elle en a pour cinq minutes.

La pluie redouble, glaciale, elle est contrainte de conduire très prudemment, son véhicule ayant tendance à chasser de l'arrière sur route mouillée, elle ne tient pas à emplafonner un réverbère ou une automobile en stationnement.

La rue de ses parents est quasi déserte, elle n'y trouve qu'une antique 203, celle des Riquet, la Simca 1000 bleu ciel des voisins et une 404 noire inconnue, immatriculée à Paris.

Elle peut aisément se garer sans faire une de ces manœuvres qu'elle déteste, à quelques mètres du portillon menant au pavillon familial.

Il tombe des cordes maintenant, Colette peste en s'apercevant qu'elle a conservé aux pieds les ballerines qu'elle chausse au magasin pour être à l'aise, elles vont être trempées, tant pis.

Elle traverse les trois mètres de pelouse où Jeannette s'évertue à faire fleurir crocus, narcisses, tulipes, iris et dahlias suivant la saison, prend soin de rester sur l'étroite allée gravillonnée mais, dans son empressement, tentant d'une main de ramener maladroitement son imper par-dessus sa tête tout en ouvrant de l'autre le petit portail, son trousseau de clés, suspendues à son index, lui échappe et tombe dans l'obscurité.

— Merde ! Merde, merde, merde ! ne peut-elle s'empêcher de jurer.

Accroupie, ses mains fouillent le gazon ras. Comme un fait exprès, le réverbère qui fait face à la maison est en panne.

Y a des jours comme ça, enrage-t-elle sous l'averse de plus en plus dense.

Pestant, tout affairée à sa recherche, la jeune femme perçoit néanmoins des notes jouées par des cuivres s'échappant du vasistas entrouvert de la cave qui est à un mètre d'elle, au ras du sol. Elle stoppe un instant sa recherche, tend l'oreille, interdite.

Ce sont bien les premières mesures de « L'Amérique » qui lui parviennent, suffisamment fortes pour couvrir le tintamarre des gouttes sur la chaussée et les carrosseries des voitures.

René possède bien une radio dans son atelier clandestin mais jamais il n'écouterait ces fadaises et surtout pas à un tel volume. Il ne s'en sert que pour les informations, les rares fois où il y va.

Ce soir tout particulièrement, la discrétion est de rigueur, il ne se risquerait pas à ameuter les passants aussi sottement.

Les mains tremblantes, grelottante, elle se redresse lentement. Quelque chose de pas ordinaire se trame, elle le sent, quelque chose de grave, elle en est sûre.

Sans faire de bruit, elle s'approche de la petite ouverture d'où sourd une lumière jaune.

Discrètement, elle jette un œil et ce qu'elle peut voir la saisit de terreur et d'horreur.

Son père est inanimé, attaché par des fils électriques à sa vieille chaise en bois, celle qu'il avait récupérée de l'ancienne cuisine, malgré les récriminations de Jeannette qui en avait assez qu'il stocke des vieilleries dans la cave. Son menton est appuyé sur sa poitrine dénudée couverte de marques de coups. Du sang dégouline de son nez et de son arcade sourcilière gauche largement entaillée. Sa poitrine ne se soulève plus et son teint livide ne laisse aucun doute. Son père est mort. Colette se mord la main pour ne pas hurler.

Brouillés par les larmes, ses yeux enregistrent tout de même la présence de deux hommes autour de son père.

Le premier est petit mais tout en muscles. Cheveux assez courts, blond roux, et rien sur son visage ne permet de déceler qu'il vient de commettre une atrocité. Son attitude penaude et gauche est semblable à celle d'un enfant pris en faute. Ce qui doit être son blouson est posé sur l'établi au fond de la pièce et il a retroussé les manches de sa chemise, tel un travailleur se préparant à effectuer une tâche pénible, dévoilant par là même un large tatouage que Colette identifie aussitôt comme une croix celtique bien qu'elle n'en voie pas l'intégralité, une partie restant dissimulée par le vêtement. Il frotte ses poings recouverts de gants en cuir.

Au sol, quelques taches rouges, le sang de René.

Le second est d'âge mûr, grand et sec, son chapeau à large bord empêche Colette de distinguer ses traits. Il vient certainement d'arriver, son manteau noir goutte encore. Il appuie sur le bouton marche/arrêt du transistor et interrompt la musique.

Ses mains, également gantées, rejoignent aussitôt ses poches. Vertement, il fustige son acolyte :

— Abruti ! Je t'avais dit que nous en avions besoin. Tu ne pouvais pas te retenir de faire une connerie, non ? C'est plus fort que toi ?

— Je pouvais pas savoir, mon colonel. Il avait sans doute le palpitant fragile, ce bolchévique. Désolé, vraiment. J'l'ai à peine touché. C'est p'têt' le coup sur la tête qu'il a pas supporté ?

— On avait une occasion en or d'identifier les éléments subversifs déjà entrés sur le territoire grâce à son réseau et c'est foutu désormais… T'es vraiment bon qu'à crapahuter dans le djebel et à défourailler en rafale, aucune subtilité. Tu as bien vu qu'il n'était plus tout jeune, tout de même, merde !

— Ça m'est jamais arrivé encore, mon colonel. Jamais. Pourtant j'en ai questionné un paquet, des Fels à Oran et des cocos en Italie. Je les ai toujours liquidés APRÈS avoir eu les renseignements qu'on m'avait demandé de leur faire cracher. Trois ou quatre beignes, et le voilà qui clamse, le vieux. C'est juste pas de chance, mon colonel.

Colette est trempée, incapable d'agir. Ses dents toujours plantées dans le gras de sa main, elle ne perd pas une miette de la discussion houleuse des deux brutes. Chacune de leurs paroles lui fait un mal de chien, comme autant de coups de poignard. C'est de son père qu'ils parlent, ces salauds ! Besoin pour quoi ? Qu'est-ce qu'ils racontent ? Elle ne parvient pas à raisonner. Colonel ? En quoi les militaires avaient-ils besoin de ces renseignements ? Ils ne font pas la police ! Mille questions et aucune réponse…

— On fait quoi, mon colonel ? Je peux pas rentrer chez mon père après ça, c'était un de ses copains, il est capable de me balancer aux poulets. J'ai déjà eu un mal de chien à le convaincre de me loger et de me filer un coup de main. Il va se douter que je suis dans le coup. Il est au courant que je devais passer prendre livraison ce soir…

Le fils Lamairie ! C'est donc lui qui l'a tué !

La jeune femme ne comprend pas. Alors qu'il lui rendait service ! Elle est sidérée.

L'eau s'infiltre par son col, s'insinue dans ses vêtements, elle est gelée mais ne s'en rend plus compte.

Ce sinistre officier n'est pas en mission pour l'armée française puisque ce Michel en a été chassé. Quelque chose ne va pas, l'armée n'a pas besoin de faux papiers pour exfiltrer un des siens, les services de renseignements non plus, c'est absurde. Ils auraient embarqué René pour l'interroger dans une de leurs planques discrètes, pas ici, pas en prenant tous ces risques…

L'esprit en proie à une grande confusion, elle se penche un peu plus pour ne rien perdre de l'échange, tenter au moins de comprendre et d'en savoir le maximum afin de venger son père.

Ce crime ne pourra pas rester impuni, décide-t-elle, la rage prenant peu à peu la place de l'horreur.

— Ton père est un homme sage, j'aurais dû me méfier de toi, moi aussi. C'est quoi la suite du programme ?

— J'ai rendez-vous dans deux jours, vers 23 heures au quai N° 6. Un cargo panaméen, le *Porto Alegre*, j'embarque pour Mar del Plata comme convenu. C'est ce que m'a dit le vieux bolcho en me donnant mes nouveaux papiers. Avant que vous ne veniez nous rejoindre, mon colonel. Enfin, avant que…

— D'ici-là, c'est toi qui fais le mort, le coupe l'autre. Tu te dégotes un hôtel pas trop minable, pas trop chic non plus, et tu ne fais surtout pas de vague. Efface-moi toutes les traces de ton bordel, que les flics ne remontent pas jusqu'à toi. On sait jamais, ton père la fermera peut-être. Je veux que tu me fasses un rapport détaillé en arrivant. Je veux tout savoir, absolument tout : les passeurs que tu vas rencontrer sur le port, les membres d'équipage dans la combine et ceux qui t'accueilleront là-bas. Il nous faut bloquer l'arrivée de ces gauchistes et régler le problème de ceux déjà infiltrés chez nous.

— Et le macchab' ?

— Laisse-le comme il est. Un faussaire buté par un de ses clients, c'est pas rare. Règlement de compte dans le Milieu, ça va faire dix lignes dans les journaux. Fouille partout avant, vérifie qu'il n'a pas conservé ton nom ou ta photo quelque part. Trouve son appareil, détruit ses pellicules, essuie tout ce que tu as touché.

— Le plus simple, ce serait de foutre le feu, mon colonel.

Colette sursaute. Pas le feu ! Pas la maison de ses parents, pas ça.

Elle s'apprête à aller chercher Rob lorsque la voix du plus vieux éloigne la menace.

— Non ! Il ne faut pas donner l'alerte maintenant. Pas tant que nous ne sommes pas à l'abri tous les deux. Obéis, caporal, ne cherche pas à réfléchir, ce n'est pas ton domaine. Je vais embarquer ses cartes d'identité vierges et son tampon sec, ce serait stupide de gâcher une telle aubaine. On en a besoin. Magne-toi !

Colette sort de sa torpeur. Le plus âgé des deux va sortir. Elle frissonne, comme si elle s'éveillait d'un cauchemar, son cœur tape dans sa poitrine, sa gorge est sèche.

Il lui faut s'éclipser si elle ne veut pas subir le même sort que son père.

Elle se lève d'un bond, s'apprête à partir en courant lorsque à son pied retentit un petit tintement métallique. Elle vient de manquer de marcher sur ses clés !

Colette les ramasse, fonce à sa voiture, claque la portière, indifférente au bruit que cela peut engendrer. C'est la terreur qui la pousse, la logique n'a pas de place à cet instant.

Tel un automate, elle parvient à mettre le contact et à lancer le moteur, démarre comme un bolide. Ses roues patinent dans les flaques, elle n'en a cure, c'est dans un état second qu'elle rejoint la librairie où elle s'écroule en hoquetant dans les bras d'un Robert stupéfait.

Chapitre 9

15 janvier 2017 - Appartement de Céleste Alvarez - 23h45

— Pfou… Tu parles d'une corvée ! J'en peux plus. Je vais me refaire un café, j'ai plus les yeux en face des trous. Entre les lettres d'amours défuntes et les cartes postales d'amis en vacances, j'en ai ma claque.

— Je te comprends, elle gardait tout, Odette. Même les notices de mixeur ou de rasoir électrique qui doivent trôner dans la boutique d'un antiquaire à l'heure qu'il est. Tu me fais bouillir de l'eau pour un thé, s'il te plaît, Manu ? J'en ai ras le bol aussi des photos d'inconnus à la plage, à la montagne, en ville… Je crois qu'on fait fausse route, une soirée perdue.

— On n'a pas fini, faut pas te décourager. Tu connais le boulot de flic tout de même ? Et on est mieux là qu'en planque à se les geler dans la bagnole.

— Pas faux. Regarde dans le placard, au-dessus de l'évier, il y a des paquets de gâteaux, ça va nous remettre d'aplomb. Mais tu peux rentrer chez toi si tu veux, il n'y a plus grand-chose à examiner.

— Hors de question ! Je ne te lâche plus dans la nature avec cette affaire qui t'obsède, tu serais capable d'aller faire une descente toute seule, en pleine nuit, n'importe où pour satisfaire une lubie soudaine ou suivre une idée absurde. Je te tiens à l'œil.

— OK, je te laisse finir, si tu veux bien. Je vais relire pour la vingtième fois mes notes et les dépositions, je sais qu'il y a un truc qui nous est passé sous le nez, j'en suis certaine.

Ils reprennent leur travail de moine, minutieux, ennuyeux, Manu peinant de plus en plus à soutenir son attention, Céleste ayant l'impression d'être une étudiante révisant une énième fois les mêmes cours avant un partiel capital.

Les mots se brouillent devant leurs yeux, les images deviennent floues, les pauses plus fréquentes.

Ils parlent de tout et de rien, se taquinent – Julie, bien sûr, mais pas que –, évoquent d'anciennes affaires auxquelles ils ont été confrontés avant de travailler ensemble, dont certaines leur avaient aussi donné bien du fil à retordre ou fait passer des nuits blanches.

— Ça pourrait être sympa chez toi si tu arrangeais un peu. On dirait que tout est emballé et attend les déménageurs, pas que tu es installée depuis des mois, dit Manu en s'étirant et en se massant le dos. Si tu veux un coup de main, on s'y met un de ces jours et, en quelques heures, y a moyen de bien avancer.

— Tu sais monter des meubles en kit, toi ? Je croyais que loin de ton clavier, tes petits doigts étaient pratiquement inutiles. Je ne te vois pas avec un marteau et un tournevis…

— Tu rigoles ou quoi ? Je suis d'une habileté incroyable, regarde un peu, répond Manu en se mettant à jongler avec la soucoupe de sa tasse et sa petite cuillère sous l'œil ébahi de Céleste, un peu inquiète pour sa vaisselle.

Évidemment, ce qui devait arriver arrive, et tout se retrouve par terre dans un fracas de céramique brisée. Le flic jette un regard penaud à sa collègue.

— Normalement, ça ne se termine pas comme ça… mais tu vois l'idée, c'est pas une étagère à monter qui va me faire peur, fanfaronne-t-il.

— Je pense même que c'est l'étagère qui va avoir peur de toi si tu t'y prends comme ça ! Et ne ramasse pas les morceaux avec la main, tu vas te couper, maladroit comme tu es…

— Aïe ! Merde ! jure Manu, le majeur entaillé par une des arêtes acérées qu'il tente d'extraire de sous son siège. Il presse son doigt pour en faire sortir l'esquille qu'il croit y distinguer.

— Attention, lui crie Alvarez, tu en fous partout !

— Oh mince, tu as raison, désolé.

Manu pose délicatement le livre qu'il s'apprêtait à feuilleter et qui s'est ouvert pendant ses acrobaties. Coincé entre les pages, ce qui semble être le verso d'un cliché est criblé de gouttes de sang.

La lieutenant boitille aussi vite que possible vers la cuisine et en revient avec un torchon propre qu'elle appuie sur la plaie malgré la grimace de son collègue qui tente de la repousser en braillant qu'il n'a pas eu le temps de récupérer le minuscule bout de soucoupe incrusté.

— Va te charcuter dans la cuisine, je dois rendre ces documents à la filleule de la victime, moi. Tu imagines sa tête quand elle va découvrir la boucherie ?

Elle tamponne le plus délicatement possible ce qui est souillé, évite d'étaler encore plus l'hémoglobine de Manu, revenu entre-temps, une grotesque et épaisse poupée d'essuie-tout ornant sa main droite.

— Bravo, tu as tout mélangé, regarde-moi ce travail !

— Laisse-moi faire, c'est de ma faute, je vais ranger mon bazar et te classer tout ça. Pour le coup, je suis réveillé. Tu devrais essayer la scarification, ça te dope un max, dit-il en riant.

— Avec ta blessure de guerre ? Tu passeras ton temps à te plaindre surtout, je te connais. Et tu vas tout me saloper. Regarde ton magnifique pansement, il est déjà imbibé.

— Ah oui, mince ! Tu n'as pas du sparadrap ? Je pourrais serrer un peu plus.

— Non, je n'ai pas de trousse de secours. Tu as vu mon appart', je ne suis pas vraiment outillée. Laisse tomber, il est tard et on n'a pas l'ombre d'un début de quoi que ce soit. Va te coucher, je range et je ramènerai ce carton à la filleule demain. On a fait tout ce qu'on a pu, c'était un peu mission impossible.

— Tu ne veux pas qu'on finisse ? Il n'y a plus grand-chose.

Manu est gêné de sa maladresse. Céleste le rassure, du mieux qu'elle peut, déçue elle aussi d'avoir fait chou blanc. Mais à quoi bon s'acharner, certaines énigmes ne trouvent jamais de solution, c'est ainsi, elle en a déjà rencontré et celle-ci ne sera pas la dernière de sa carrière…

Réconforté, le lieutenant part, lui souhaitant bonne nuit et l'assurant qu'il ne bouge pas demain, qu'elle peut l'appeler à tout moment.

Alvarez contemple le fouillis de paperasses devant son canapé, découragée.

Elle n'a pas entièrement relu ses notes et les copies dont elle dispose des différentes pièces du dossier. Cela attendra, ou pas, elle ne sait pas si elle aura encore l'énergie de s'y mettre après avoir remis un semblant d'ordre.

Autant s'y atteler tout de suite, il est 2 heures, elle n'en a pas pour très longtemps.

Elle commence par les piles disséminées au sol, les case le plus soigneusement qu'elle peut dans la boîte afin de les préserver durant le transport, conservant le classement approximatif qu'ils ont établi avec son collègue.

Elle écarte au dernier moment quelques griffonnages sur une feuille volante, elle allait la ranger avec les lettres.

Qu'est-ce qu'il peut être bordélique, pense-t-elle, mi-fâchée mi-amusée. C'est tout de même une crème, elle ne pouvait rêver mieux comme coéquipier. Elle parvient toujours à l'entraîner dans ses lubies et il la suit, en ronchonnant, parfois, mais il ne refuse jamais.

Le carton est pratiquement plein, elle doit trouver des interstices pour y glisser les dernières cartes postales. Satisfaite de son travail, elle s'apprête à le refermer lorsqu'elle s'aperçoit qu'elle a oublié d'y mettre le livre dont le maladroit s'était débarrassé en urgence sur un des coussins du sofa.

Un roman à l'eau de rose sans intérêt. L'image a dû se glisser à l'intérieur des pages lorsque le personnel des Lilas a tout remisé dans la boîte. Elle le retourne, rien d'autre de dissimulé dans ses pages, hormis la photo tachée que Manu a posée un peu plus loin.

Un cliché noir et blanc, brillant, aux bords dentelés comme on en faisait autrefois. Dessus, une famille souriant à l'objectif, décontractée mais très correctement vêtue, pose devant un voilier, il fait beau. Un homme, en chemisette, veste négligemment portée sur l'avant-bras droit et le gauche passé autour des épaules d'une jeune femme vêtue d'une estivale robe à pois. Celle-ci porte un bébé de quelques mois dans ses bras, une petite fille apparemment, si l'on en croit le bandeau dans ses cheveux.

Au dos, sur le papier blanc un peu passé, les traces rouges de l'hémorragie de Manu commencent à virer au brun. Un peu d'encre bleue diluée par le sang forme une auréole.

Céleste ne peut en détacher ses yeux. Immobile, elle contemple cette curieuse cocarde bleu blanc rouge aux contours troubles. Les couleurs de son enquête !

Elle secoue la tête pour s'éclaircir les idées. La fatigue est là et lui brouille peut-être les neurones. Mais non, elles sont là, toutes les trois, ça ne peut pas être un hasard.

Pas à ce stade, pas à ce moment.

Reprenant l'image, elle la détaille, situe l'époque vers la fin des années soixante, voire au tout début de la décennie suivante. Une scène de vacances ou de week-end en famille immortalisée par un de ces photographes qui hantaient les lieux touristiques pour tenter de vendre, cher, leurs productions aux amateurs de souvenirs figés. Non, sans doute non, un professionnel aurait laissé son tampon ou sa signature quelque part sur le document. Un passant aimable, peut-être ? Peu importe, ce qui compte maintenant est d'identifier ces personnages et de voir s'il est possible de les relier à son enquête.

Plusieurs essais d'éclairages différents ne lui permettent pourtant pas de discerner ce qui pouvait bien être inscrit au dos, elle ne distingue aucune lettre formée, rien qui puisse la mettre sur la voie. Céleste, fatiguée, au bout d'une heure supplémentaire à tourner et retourner le problème et le cliché dans tous les sens, abandonne.

Caroline Pierret en saura, elle l'espère du moins, davantage.

Pas de doute, il faut absolument qu'elle lui pose la question avant que Colette Wensby ne quitte les Lilas.

Chapitre 10

23 décembre 1970 - Appartement des Wensby - 20 heures

En rage, Rob avait laissé Colette tenir compagnie à sa mère qui s'était totalement effondrée à l'annonce du décès de son mari et des conditions dans lequel il était survenu, pour partir évacuer en catastrophe tout ce qui pouvait rester de compromettant dans l'atelier avant que Jeannette ne contacte les flics pour signaler le meurtre.

Les assassins avaient déjà déménagé la totalité des documents vierges et une bonne partie du matériel incriminant et, malgré le peu de contenance du coffre de la R10, un seul voyage suffit à tout rapatrier vers le local pour y être dissimulé.

La nuit ne fut qu'un long drame, un cauchemar effroyable.

Une fois sa tâche achevée, l'Américain revint à la librairie afin de ramener sa belle-mère chez elle pour qu'elle y appelle les autorités.

Colette, pour une fois, garde Philip à l'appartement.

Robert était revenu sur les lieux du drame vers 22h45. Il avait eu toutes les peines du monde à détacher les bras que Jeannette avait passés autour du corps de son époux martyrisé qu'elle refusait de lâcher, sanglotant, gémissant, embrassant le défunt.

Elle avait pourtant su réagir lorsqu'elle avait repris ses esprits. Ils mirent rapidement en place un simulacre de cambriolage : vitres cassées de l'extérieur, quelques bibelots renversés, tiroirs ouverts, traces de lutte qui permettraient peut-être d'orienter la police loin des pistes où il ne fallait surtout pas qu'elle mette le nez.

Ensuite, Jeannette avait réussi, malgré sa douleur, à contacter la police pour expliquer la découverte du corps de son mari, puis avait appelé sa fille aussitôt après afin de maintenir la vraisemblance du récit :

— Colette ne pouvait laisser le petit sans surveillance, vous comprenez, dirait-elle aux flics, c'est mon gendre qui est accouru pour me soutenir.

Le commissariat fut averti vers 0 h 15. Police secours, devant la gravité du crime, prévint la brigade des homicides et le grand cirque se mit en route. René ne fut emmené à l'institut médico-légal que deux heures plus tard, une fois les constatations effectuées.

Le commissaire Garcette n'avait pas traîné sur place. La victime, un communiste bien connu, ne manquerait pas à la société et ne méritait pas les investigations d'un personnage aussi important que lui. Il a délégué dans la demi-heure l'enquête à ses inspecteurs qui ont sans problème emprunté la piste du crime crapuleux, le vol pour mobile, le propriétaire qui surgit, et la fatalité.

Le scénario mis au point avant l'arrivée des flics collait le plus possible à la réalité. Seule différence notoire avec ce qui s'était réellement passé, René, avaient-ils tous témoigné, était retourné à son domicile pour y prendre quelques outils qui faisaient défaut au magasin, certaines étagères étant à consolider. Ce qui était la stricte et vérifiable vérité.

Aujourd'hui, plus de quarante-huit heures après les faits, les enquêteurs n'ont aucun indice et ne font pas montre d'une activité débordante pour en trouver. Les dépositions recueillies, l'absence de témoin dans le voisinage… En cette saison, les volets sont clos de bonne heure et personne ne se promène sur les trottoirs le soir venu.

Le dossier a rejoint la pile des affaires non élucidées en cours et sera bientôt recouvert par d'autres qui ne manqueront pas de survenir rapidement.

Si justice doit être faite, il ne faut rien attendre de ce côté, surtout que la famille Colson n'a aucun intérêt à ce que les flics découvrent les assassins de René.

En ce 23 décembre, Colette et Robert sont installés dans leur salon, regardant vaguement les actualités du journal télévisé de la première chaîne. Aux émeutes de la faim en Pologne, à Gdańsk et Szczecin, qui durent depuis deux jours déjà, succède l'annonce de la libération le jour même de Régis Debray par le régime bolivien après quatre années de détention pour son engagement dans la guérilla marxiste aux côtés de Che Guevara. Aucun des sujets n'arrive à capter leur attention.

Les repas ont été houleux depuis ce triste soir, tout le monde est fatigué et énervé. Jeannette leur en veut de n'avoir pas été mise dans la confidence des dernières activités de René. Elle ne peut s'en prendre à lui, c'est donc sa fille et son gendre qui subissent sans en prendre ombrage ses reproches, ils comprennent sa rancœur et son infinie tristesse. Elle les ignore le plus souvent et se réfugie dans sa relation de plus en plus exclusive avec Philip.

Le corps de René ne leur sera rendu que début janvier au plus tôt, ils auront largement le temps d'organiser les obsèques civiles du défunt, il n'est bien entendu pas question de quoi que ce soit de religieux.

Pour ce soir, le jeune couple a autre chose en tête. Même si le chagrin leur dévore les tripes, ils doivent se concentrer, n'ont pas le droit à l'erreur ou à l'imprécision.

Dans deux heures, ils devront être au port, au rendez-vous fixé par René lui-même entre Robert et Michel Lamairie, en omettant sciemment de préciser au fuyard que l'Américain qui devait l'aider à embarquer était son gendre.

Sur la table basse, le Colt .45 que le père de Colette gardait soigneusement, emballé dans un chiffon, caché dans l'armoire de sa chambre. Nettoyé et graissé, le M1911 de l'US Army est comme neuf et lourd dans la main, son chargeur est garni des huit balles qu'il peut contenir.

Ramassé lors des derniers combats de la Libération, c'était autant pour le souvenir que dans l'idée d'un hypothétique Grand Soir que l'imprimeur avait conservé l'objet.

Jeannette l'a solennellement sorti de sa cachette et confié à sa fille en lui demandant d'un ton sec de faire ce qu'il fallait pour que l'assassin de son mari ne continue pas à nuire et qu'il paie pour son crime.

Le reste, elle ne veut pas en entendre parler, ce n'est pas son affaire puisque tout le monde avait cru bon de la tenir à l'écart. Il est des comptes qui doivent se régler sans attendre une éventuelle intervention extérieure.

Rob avale un whisky pour se donner du courage, Colette préfère s'en tenir à un thé, l'alcool ne lui vaut rien lorsqu'elle est tendue comme en cet instant.

Ils ferment leurs petits sacs à dos, non sans avoir au préalable répété chacune des phases du plan qu'ils ont élaboré et, sans prendre la peine d'avertir Jeannette de leur départ, prennent la voiture et filent vers le port. Il est préférable d'être sur place très en avance pour étudier la configuration des lieux, bien qu'en cette veille de réveillon de Noël, l'activité nocturne soit, sans aucun doute, considérablement réduite.

Quai N° 6 - grue 13. 23 heures. Le clandestin est ponctuel, rien à redire. Il arrive sans s'annoncer, chargé d'un lourd sac de marin en toile kaki, chaudement vêtu, un bonnet de laine gris protégeant ses oreilles.

Rob lui tend la main. Colette, tapie derrière un container, en profite pour surgir et asséner au meurtrier un terrible coup de pied-de-biche à l'arrière du crâne. Elle craint un instant que le couvre-chef n'amortisse le choc et n'hésite pas à frapper de toutes ses forces, accompagnant le mouvement du poids de son corps. Le bruit, mat, la révulse.

Le type s'écroule sans un cri, sonné.

Ligoté, bâillonné, ils le transfèrent sur la banquette arrière de la R10 et l'emmènent à toute allure vers la forêt située à quelques kilomètres de la sortie de la ville. Un endroit tranquille, désert à cette heure, aisément accessible en voiture car coupé de nombreux et larges chemins praticables.

Il fait très froid, le sol est gelé, aucun risque de s'embourber. Colette, dopée à l'adrénaline et la haine, conduit pourtant avec prudence, la route brille sous ses phares, il s'agit de ne pas glisser sur une plaque de verglas. Bien chargée à l'arrière par le corps de leur prisonnier, la Renault est encore plus instable qu'à l'accoutumée. Ses mains crispées sur le volant, elle entend plus qu'elle n'écoute Rob qui lui indique le chemin d'une voix tendue.

Ils s'enfoncent dans les bois, prennent des sentiers de plus en plus étroits que l'Américain a souvent parcourus lors de longues promenades solitaires dans la région.

— *Stop here please, honey.*

La clairière est relativement bien éclairée par une lune énorme dans un ciel dégagé, brillant de milliers d'étoiles, signe que la température ne va pas remonter d'ici le lever du jour. Les chênes et des hêtres, pas encore tout à fait dépouillés de leurs feuilles, bruissent sous les rafales d'un vent d'est glacial. Du siège arrière montent les grognements de Lamairie, étouffés par le chiffon qui est enfoncé dans sa gorge.

Rob ouvre la portière, agrippe le manteau du type, l'extrait du véhicule et le traîne sur quelques mètres. Il le force à rester en position assise, n'hésitant pas à lui donner un coup sur la tête lorsqu'il se débat.

L'Américain lui arrache sans ménagement la large bande de scotch qui maintient en place le tissu qui obstrue sa bouche. Il les regarde, effrayé, pousse un cri de douleur, se met aussitôt à cracher et tousser. Colette se place juste derrière lui et pose le canon du Colt sur sa nuque.

— Je ne te demanderai pas deux fois, ne me fais surtout pas répéter, dit-elle d'une voix aussi glacée que l'air qui les entoure. Pourquoi as-tu torturé et assassiné René Colson ? Qui est l'homme qui était avec toi, celui que tu appelles « colonel » ? Réponds tout de suite, tu n'auras pas de seconde chance !

Michel Lamairie tourne la tête de droite à gauche, tente de voir qui lui parle. N'ose se risquer à se rebiffer. Avec les amateurs, pense-t-il, il faut se méfier. Ces deux-là ne sont ni des flics ni des barbouzes. Eux ne l'auraient pas emmené en promenade. Soit ils le voulaient mort et ce serait déjà fait, soit ils souhaitaient le faire parler et il serait pour l'heure ligoté sur une chaise ou suspendu par les poignets à des chaînes dans un local isolé et tranquille.

— Pas deux fois, insiste Colette, appuyant un peu plus l'acier de l'arme sur sa peau.

— Je n'ai jamais voulu sa mort. C'est un accident, j'vous l'jure. Je ne sais pas ce qui s'est passé. Je devais juste le convaincre de travailler pour nous.

— Qui c'est « nous » ?

— Des vrais patriotes, répond-il fièrement en redressant la tête.

— Des saloperies de fascistes, oui ! crie la jeune femme en crispant un peu plus son doigt sur la queue de détente.

— Si vous voulez, concède-t-il, pour éviter de la contrarier.

Il a senti sa haine et commence à avoir franchement peur.

— Le colonel ? Son nom ? Vite !

Rob balance soudain une gifle monumentale qui fait basculer l'assassin de René. Il le relève par le col et le contraint à reprendre sa position.

— Dis ! *Now !*

L'homme, groggy, entend pourtant distinctement le clic du cran de sûreté du pistolet.

— Un... Deux... Tr...

Chapitre 11

Lundi 16 janvier 2017 - Appartement de Céleste Alvarez - 8 heures

Ses traits sont tirés ce matin, mais ses hématomes commencent timidement à devenir un peu plus discrets. Son visage est toujours multicolore, elle note néanmoins un certain mieux.

Les trop courtes heures de sommeil n'ont pas permis à Céleste de récupérer, surtout qu'elle a tourné et retourné tous les éléments dans son esprit, tout en faisant la même gymnastique sous sa couette, ne parvenant pas à trouver le repos.

Ce n'est que vers 4 heures que la policière avait réussi à dormir.

Bâillant, épuisée mais néanmoins excitée par sa découverte de la nuit, Alvarez scrute une nouvelle fois la photographie sous toutes les coutures en avalant son petit-déjeuner.

Toujours rien de perceptible sous le luminaire de la cuisine, les moyens de la police scientifique lui font cruellement défaut.

Si besoin, en dernier recours, plus tard, pour en avoir le cœur net, elle fera appel à leurs compétences, mais, avant, elle est bien décidée à percer l'identité des personnages par ses propres moyens.

Un passage par la douche, elle s'habille chaudement, les prévisions sont glaciales, il ne s'agit pas d'attraper la crève aujourd'hui. Direction : le domicile des Pierret.

Elle connaît bien le chemin désormais et c'est au radar, l'esprit empli de constructions fragiles et d'hypothèses plus ou moins farfelues, qu'elle parcourt les quelques kilomètres qui l'en séparent. L'horloge digitale de son tableau de bord indique 9 heures pile lorsqu'elle se gare devant le portail fermé. Pas de voiture dans l'allée, c'est mauvais signe. Elle se maudit d'avoir omis de demander le numéro de portable de la filleule.

Quelle andouille, une erreur de débutante !

Pas de surprise, personne ne répond même en appuyant plusieurs fois sur le bouton de l'interphone.

La commerçante est habituellement en repos le lundi mais il est possible que, les soldes aidant, elle soit passée à son magasin. C'est à tenter, Céleste n'a rien à perdre.

Elle trouve la boutique sans trop de peine, se gare sur un emplacement handicapé – après tout, elle l'est, se justifie-t-elle.

La grille est baissée, mauvais signe à nouveau, et elle ne voit nulle part la Golf qui était hier soir dans l'allée des Pierret.

Elle essaie de percevoir une présence à travers la vitrine, mais celle-ci est en grande partie occultée par de larges bandes orange indiquant des réductions extraordinaires. Tout juste constate-t-elle que le magasin est plongé dans l'obscurité. Il n'y a aucune sonnette ou quoi que ce soit qui y ressemble à proximité de l'entrée.

À la maison de la presse jouxtant la boutique de vêtements, la commerçante lui dit qu'elle a bien vu « Caro » passer vers 9 h 10 mais qu'elle n'est restée qu'une poignée de minutes pour aussitôt ressortir, lui acheter le journal et filer dans sa voiture. Elle n'a aucune idée de sa destination.

Merde ! Je l'ai ratée de peu, peste la flic, frustrée.

— Vous n'auriez pas son numéro de téléphone s'il vous plaît ? Il faut que je la joigne rapidement.

— C'est grave ? demande la sexagénaire derrière sa caisse, curieuse. Quelque chose est arrivé chez elle ?

— Pas grave mais important. Vous pouvez me donner ce numéro ou pas ? s'énerve Alvarez, excédée par ces questions qui la retardent.

— Ah ben non, désolée, je ne l'ai pas. Elle est peut-être rentrée à la maison, elle ne travaille pas le lundi…

La lieutenant sort sans lui laisser le temps de terminer l'emploi du temps des commerces voisins. Elle retourne à sa Clio et prend le temps d'appeler Manu.

Hors de question, évidemment, de lancer un avis de recherche. Ses moyens sont limités, très limités.

Le grand flic est encore au lit, il lui répond d'une voix ensommeillée, grogne quelque chose qu'elle ne prend pas la peine de lui faire préciser.

— Il faut que tu me dégotes le numéro de mobile de Caroline Pierret, ça urge.

— Et ce sera tout pour votre service ? Qu'est-ce qui urge ? Tu as trouvé un truc ? interroge Manu, soudain tout à fait réveillé.

— Peut-être, mais il faut que je la voie pour le savoir.

Elle lui raconte alors sa découverte de cette nuit, ce qui lui apporte les remarques narquoises de son collègue sur « ses couleurs à la con » qui la poussent à réveiller les gens aux aurores un jour de repos.

Céleste laisse dire, insiste sur le caractère prioritaire de sa recherche et lui propose, un peu sournoise, puisqu'il ne dort plus de toute façon, de se rendre aux Lilas et d'essayer d'avoir un entretien avec le docteur Jamnet. Voir avec lui ce qu'il pense des facultés mentales de Colette Wensby et de ses capacités à élaborer des stratégies complexes sur plusieurs jours, voire semaines…

— Il va me faire le coup du secret médical, t'as pas plus simple ?

— Mais non, tu es sympathique et débrouillard, tu vas très bien t'en sortir. Debout, paresseux, déniche-moi ce numéro, j'attends, tu me rappelles au plus vite, merci.

Elle raccroche sans le laisser ergoter.

Les premiers clients potentiels commencent à arpenter les trottoirs de l'avenue. Il n'y a pas foule, le froid est sans doute trop vif.

Dix minutes plus tard, alors que la température dans l'habitacle de sa voiture chute au point qu'elle hésite à démarrer le moteur pour réchauffer l'atmosphère, Manu lui transmet le renseignement tant attendu.

Pas encore habillé, Manu décide de prendre le temps de boire un café et ira ensuite essayer de rencontrer le médecin de la résidence.

Les deux policiers conviennent d'un rendez-vous dans un bistrot, non loin des Lilas, aux alentours de midi pour faire le point ensemble et manger un morceau, si possible.

Il va falloir faire vite, Colette Wensby s'envolera dès que son fils aura le feu vert de Jamnet…

Il y a des jours comme ça où rien ne va. Alvarez a beau composer et recomposer son numéro, elle ne tombe que sur la voix agaçante lui signalant que sa correspondante n'est pas en mesure de lui répondre immédiatement.

Elle a laissé un message et décide de rallier le domicile de la filleule pour l'y attendre, elle va bien finir par y revenir, aucune alternative ne se présente à son esprit de toute façon.

Céleste commence à somnoler devant son volant, malgré la température, lorsqu'elle voit débouler le véhicule et la conductrice tellement espérés.

Celle-ci est désolée, son smartphone est resté chez elle, elle l'a oublié ce matin. Profitant de son jour de repos, elle est allée faire du shopping, dit-elle en désignant plusieurs paquets sur la banquette arrière.

Refusant l'invitation à entrer, la lieutenant lui présente le document qu'elle a pris soin de glisser dans une pochette de plastique transparent.

— Oh, je connais bien cette photo, lui assure aussitôt Caroline Pierret. Elle a été prise lors des dernières vacances que mes parents ont passées ensemble avant l'accident de mon père. Ma mère avait la même et en avait fait faire un double pour ma marraine. C'est une des rares où nous sommes tous les trois.

— Vous vous rappelez avoir vu ce cliché lors de vos visites aux Lilas ?

— Bien sûr, il était sur sa table de chevet jusqu'en décembre. Malheureusement, le cadre est tombé et le verre s'est brisé. Elle m'avait demandé de lui en procurer un autre mais, à ma grande honte, je dois avouer que j'ai oublié cette commission plusieurs fois. Odette la conservait dans un livre en attendant afin qu'elle ne soit pas abîmée.

— Et savez-vous ce qui était inscrit au dos ?

La femme pâlit en voyant le sang qui macule le cliché. Elle porte les mains à sa bouche.

— C'est le sien ? Vous l'avez trouvé… sur elle ?

Céleste la rassure, lui explique sans entrer dans les détails, en s'excusant pour les taches et la maladresse de son collègue. Son interlocutrice reprend un peu de couleurs.

— Non… Je ne sais pas du tout. Je n'ai jamais dû y prêter attention. J'ai la même, je vous l'ai dit, et rien n'est écrit au dos. Sans doute ma marraine y aura noté quelque chose. Je ne peux vous renseigner. C'est important ?

La lieutenant a envie de hurler que oui, c'est capital, même, mais se retient à temps.

— Pas vraiment, je m'interroge juste sur le nom effacé, mais il n'y a rien de suspect *a priori*. Je continue mon enquête en vérifiant les moindres détails. Je vous ai rapporté les affaires que vous avez eu la gentillesse de me confier hier soir. Si vous le voulez bien, je conserve juste votre portrait de famille…

— Oui, oui, bien sûr.

— Merci de votre coopération, bonne fin de journée. Je vous le rends dès que possible.

Céleste, pressée et gênée d'être contrainte de mentir à cette femme sympathique, s'empresse de filer.

Elle n'est pas plus avancée en connaissant l'identité des photographiés.

Que de temps perdu, il est plus de 11 h 30 et elle ne voit plus quelle piste explorer. Il va bientôt lui falloir rejoindre Manu et faire une croix sur la résolution de cette énigme.

Elle n'en démord pas, ils sont à ça de résoudre cette enquête, à ça…

Chapitre 12

Samedi 26 décembre 1970 - Appartement des Wensby - 19 heures

Sombre, torturée, Colette est allongée sur son canapé.

Elle a tué un homme et, même si elle a vengé son père, elle ne parvient pas pour l'instant à chasser les images qui se bousculent dans sa tête.

Ce lâche avait tout balancé. Le « colonel » est un membre éminent d'un groupe de *stay-behind* basé en France. Formés par la CIA, les membres de cette organisation secrète doivent être prêts à lutter contre les communistes au cas où ceux-ci prendraient le pouvoir. Les Américains en ont disposé partout en Europe, principalement en Italie. Des anciens nazis, des partisans de l'extrême droite, des notables, des banquiers, des policiers, on trouve de tout parmi ceux qui les composent.

Cette résistance prophylactique, vu les individus qui en font partie, sert également de prétexte à bien des exactions…

Lorsque Michel Lamairie avait annoncé à son chef qu'il quittait l'Europe pour l'Argentine, celui-ci avait été fort intéressé par la manière dont il allait obtenir ses faux papiers et lui avait demandé de contraindre René à lui dévoiler la liste de ceux qu'il avait aidés à entrer sur le territoire national et, si possible, de le convaincre de collaborer avec eux.

Un bon faussaire ne se dénichant pas aisément – ils avaient du personnel à envoyer aux quatre coins du continent –, ce serait formidable de pouvoir les doter de cartes d'identité parfaites.

Le colonel se nomme Jacques de Ballancourt, un royaliste de la mouvance Restauration nationale, rejeton de l'Action française. Ex de l'OAS, proche du mouvement Occident, anti-bolchévique viscéral, il dirige d'une main de fer une troupe hétéroclite qu'il prétend transformer en « fer de lance du monde libre ».

Le père de Colette était donc mort par hasard. À cause de la volonté opportuniste d'un type qui ne le connaissait pas. Cela la rendait folle de rage.

Le tueur ne savait rien d'autre sur Ballancourt, ni où le trouver ni comment le contacter: les communications étaient à sens unique, c'est lui qui le convoquait en cas de besoin, jamais l'inverse.

Il ne connaissait, jura-t-il, aucun autre personnage de ce réseau très fermé. Le seul à qui il avait eu affaire et qui l'avait recruté à son retour en France avait disparu de la circulation depuis plus d'un mois. C'est d'ailleurs pourquoi Lamairie avait pris peur et avait décidé de partir sous d'autres cieux.

Sous la pression de Ballancourt, il s'était présenté au rendez-vous et avait frappé René avec une matraque plombée dès que celui-ci lui avait remis ses nouveaux papiers, avant de le ficeler sur la chaise grâce à une rallonge électrique trouvée sur place.

L'imprimeur n'avait pas trahi, il n'avait livré aucun nom, aucun indice, lui avait craché au visage lorsqu'il s'était réveillé de son K.O. Son bourreau l'avait frappé trois ou quatre fois, au visage et au corps. Il ne s'expliquait pas ce qui s'était passé, le vieux avait eu un hoquet et était mort, comme ça, d'un coup.

Colette a tiré six fois. Pour le faire taire. Pour en finir. Parce qu'elle ne pouvait plus s'arrêter.

Six fois, elle a encaissé le recul dans ses bras et ses épaules, continuant, impassible, à cribler le corps allongé.

C'est Robert qui lui a ôté l'arme des mains et l'a prise dans ses bras.

Ils ont laissé le corps dans la clairière. Une charogne de plus ou de moins, la nature n'était pas à ça près.

Noël avait été épouvantable. Il avait fallu jouer la surprise et la joie devant la générosité du père Noël envers Philip. Jeannette y avait tenu, malgré son chagrin. Ce simulacre de fête avait encore renforcé le malaise de Colette qui s'était souvenue avec une douloureuse nostalgie des cavalcades de son enfance, lorsque Pierre et elle dévalaient les escaliers le 25 au petit matin, énervés par une trop courte nuit, hurlant pour être le premier à déballer les cadeaux sous le regard amusé de leur père qui buvait déjà son café dans la cuisine.

Elle avait dû plusieurs fois effacer des larmes qui naissaient au coin de ses yeux, sans oublier de s'extasier sur le tricycle rouge ou la jeep Majorette que le petit garçon peinait à sortir de l'emballage et qu'il tendait naturellement vers sa grand-mère.

Il n'y avait pas eu de repas en famille, pas de soirée, sa mère était toujours fâchée, cela lui passerait, il fallait être patient, et nul, surtout, n'avait envie d'agapes.

Colette a reçu le coup de fil ce matin. Sa mère n'ayant pas le téléphone, elle avait donné son numéro à la police pour les besoins de l'enquête. Le corps de son père était à la disposition des pompes funèbres et la famille pouvait organiser les funérailles.

L'autopsie avait montré que René était décédé des suites du coup qui lui avait été porté à la tête par un objet contondant. Ce choc très violent avait été responsable d'une hémorragie intracrânienne fatale en peu de temps. Les autres blessures n'avaient fait que hâter le trépas sans occasionner de dégâts létaux.

L'enterrement aura lieu le 28 décembre, une simple cérémonie civile au cimetière de la ville. Nul doute qu'il y aura beaucoup de monde, l'ex syndicaliste et militant communiste était connu, estimé et sa défection de ces dernières années avait été comprise par nombre de ses anciens camarades. Il y aura les porte-drapeaux, sa médaille de la Résistance sur un coussin de velours et le chagrin de tous les présents pour l'accompagner.

L'enquête n'avance pas d'un pouce, le flic qu'elle a eu au téléphone s'est contenté de lui servir une soupe de phrases convenues à base de « toutes les pistes seront explorées » et de « nous aurons le ou les coupables, ce n'est qu'une question de temps ».

Trop tard, a-t-elle songé en raccrochant. Pour l'un d'entre eux en tout cas. L'autre, on verra…

Elle écoute d'une oreille Jeannette et Robert discuter de l'avenir. Il faut réfléchir à comment ils vont s'organiser désormais. L'Américain ne connaît rien à l'imprimerie et ne peut donc ni reprendre l'affaire ni même y travailler pour quelqu'un d'autre. Elle hérite des parts de son mari, il lui propose donc de mettre l'atelier en gérance, ce loyer lui permettra largement de vivre. Colette continuera à tenir la librairie.

Le seul point noir, c'est lui. Il ne se voit pas annoncer à sa compagne qu'il reprend les cambriolages – le souvenir du bijoutier ne s'est pas estompé –, et il n'a pas les contacts de René pour renouveler le stock de documents vierges ou le matériel qui a été dérobé par le colonel, cette activité est terminée pour lui.

— Tu vas faire quoi, alors ? demande Colette, soudain intéressée, en se redressant.

— Kurt Ramsen est en France, le Sunny Boy a accosté hier au port. Il m'a laissé un message par Pedro. Je sais qu'il fait passer beaucoup de marchandises en fraude via son réseau. Il cherche des contacts pour les écouler, je peux essayer de lui proposer d'en faire partie et toucher une commission sur tout ce que je lui fourguerai. J'ai toujours quelques adresses de gens pas regardants sur l'origine de ce qu'on leur vend du moment que ce n'est pas cher et qu'il n'y a pas de taxes dessus... Je pense aller le voir avant qu'il ne reparte pour examiner ce qu'il propose.

— Tu vas devoir souvent être absent, ça ne me plaît pas du tout, réplique Colette. Ce n'est pas le moment de nous séparer, et il faut que nous retrouvions ce colonel. Papa n'est pas encore vengé, ce Lamairie n'était qu'un sous-fifre, un abruti qui obéissait aveuglément. Ne me laisse pas tomber maintenant.

— Il n'est pas question de ça, *honey*, jamais je n'abandonnerai ! J'aimais René, je veux aussi le venger. Pour le reste, je vais m'organiser, il me faut juste un peu de temps. Je ne peux pas rester à ne rien faire, tout de même, et tu sais que je ne serai pas heureux à travailler enfermé chez un patron, ce n'est pas possible pour moi.

La conversation se poursuit quelques minutes, chacun campant sur ses positions. Jeannette ne veut pas se mêler de leur désaccord, elle va mettre l'imprimerie en gérance comme le suggère son gendre, les adjure de continuer à lui confier Philip. L'éducation de son petit-fils est la seule chose qui la tienne encore debout, sa dernière raison de se lever le matin, elle en a un besoin vital.

L'un et l'autre lui assurent que rien ne va changer de ce côté. Ils n'ont pas plus aujourd'hui qu'hier le désir de s'encombrer d'un gosse qui compliquerait tout. Pour Philip, la référence est et sera toujours sa grand-mère, pensent-ils, et n'en sont pas le moins du monde attristés.

Jeannette et Philip sont ramenés en voiture par Rob qui n'a pas voulu les laisser repartir à pied par le froid qui sévit ce soir-là. Il doit maintenant affronter sa compagne qui l'attend dans le salon, ruminant depuis tout à l'heure sa décision de travailler avec le Norvégien et de renouer des liens avec des truands pour écouler elle ne sait quoi.

Et si Lester Williams retrouve sa trace cette fois-ci ? Il a eu de la chance jusque-là mais il ne faut pas trop tirer sur la corde !

Robert essaie d'argumenter, lui explique que le caïd est sans aucun doute passé à autre chose, qu'il est peut-être mort à l'heure qu'il est, dans ce genre de milieu, on ne fait pas de vieux os…

Rien n'y fait. Elle s'entête, boudeuse, obstinée, incapable de raisonner lucidement. Ils sont épuisés, traumatisés, à bout de nerfs.

Il la prend dans ses bras, négligeant le fait qu'elle essaie mollement de résister, l'embrasse, la cajole, la caresse, lui parle doucement comme à un enfant terrorisé. Colette lutte de moins en moins, ses paroles se tarissent, sa respiration s'amplifie, ses derniers mots meurent dans un gémissement sur ses lèvres alors que Rob, lui ayant relevé sa robe, ôté ses collants et sa culotte, avance la tête entre ses cuisses.

Ils font l'amour à même le tapis du salon une première fois avant de regagner le confort de leur chambre pour recommencer. Ils en ont intensément besoin. Se retrouver, se toucher, expurger les terrifiants événements de ces derniers jours, une nécessité vitale.

Pour toujours, ce sera eux et eux seuls.

Chapitre 13

Lundi 16 janvier 2017 - Aux Quatre Saisons - Midi

C'est un peu avant midi que Céleste pousse la porte des Quatre Saisons, le petit troquet où Manu l'attend déjà, attablé devant un expresso. À voir le pas sans entrain de sa collègue, il se doute que ses recherches se sont révélées infructueuses. Il est un peu au courant, puisqu'ils se sont parlé vite fait au téléphone il y a à peine vingt minutes, mais il ne pensait pas la trouver aussi déprimée.

Pire que tout, elle décline l'offre de déjeuner du serveur et commande un thé : l'heure est grave si Alvarez commence à sauter les repas.

Elle lui raconte les péripéties qui l'ont menée aux maigres résultats de la matinée.

— Voilà, tu en sais autant que moi, annonce-t-elle, avant même d'avoir touché à sa boisson. C'est-à-dire pas grand-chose si ce n'est que c'est la famille Pierret sur le cliché. Et de ton côté ? Tu m'as dit que Jamnet t'a laissé entendre que sa patiente pouvait présenter de petits épisodes de parano ? C'est ça ?

Manu, le doigt magnifiquement emballé d'un pansement digne de ce nom, avait bénéficié des talents d'Annie en attendant le toubib. Celui-ci avait eu pas mal de cas urgents à régler ce matin, un peu comme tous les lundis, aucun médecin n'étant présent le week-end. La liste des patients à examiner enflait pendant ces deux jours.

— Il a été plus prudent que ça. Il évoque de possibles épisodes d'obnubilation, avec idées fixes et un léger délire de persécution. Mais oui, pour lui, elle est capable de partir dans son monde plusieurs heures et de ne se souvenir de rien ensuite. De marcher, de parler, de faire tout un tas de choses, un peu comme une somnambule, d'après ce que j'ai compris.

— Et donc, pas de responsabilité pénale, je suppose... Quoique, de toute façon, à près de soixante-quinze ans...

— Il m'a parlé également d'une forme de déni qui la caractérise souvent, son incapacité absolue à admettre le décès de son mari. Parfois, elle peut en convenir de brefs instants, la plupart du temps, elle raconte qu'il va venir la chercher, qu'il a promis de revenir. Elle ajoute que LUI tiendra ses promesses, sans préciser quelles sont les personnes qui ne les ont pas tenues.

— Moi, je sais. Elle pense encore à son frère, je t'expliquerai.

— Au fait, j'ai vu le fils en quittant la résidence pour venir t'attendre ici. Nous nous sommes croisés. Il a pas l'air de s'en être si mal tiré, tu verrais sa Jaguar !

— Annie m'avait dit que c'était une Bentley, elle n'y connaît sans doute pas grand-chose.

— Je l'ai vu arriver, le hall est vitré. C'est bien une Jag'. Vert émeraude, pour être précis.

— Il est comment ? Physiquement, je veux dire.

— Pas mal, bel homme, costaud, la cinquantaine, costard sans cravate, brun, cheveux légèrement longs, très classe. Même sans la bagnole, tu vois qu'il ne charrie pas des sacs de ciment toute la journée.

— Il doit ressembler à son père, je pense. Je parierais gros que celui-ci lui a assuré un avenir doré en Suisse. Le trafic avec le commandant du cargo et d'autres a dû continuer et je pense que des œuvres d'art passent par ce canal et qu'il les écoule derrière la façade respectable de sa galerie à Genève. Clientèle riche et cosmopolite, prête à toutes les folies pour se procurer ce qu'elle désire...

— C'est un beau dossier pour l'OCBC, tu devrais leur en toucher un mot. Ils passent forcément par la France pour faire transiter leurs marchandises, je vois pas comment un cargo pourrait se mettre à quai à Genève.

— Je pense leur envoyer une note, il est temps que quelqu'un mette son nez dans ce marigot, ça dure depuis des dizaines d'années.

— Au fait, il s'appelle Wensby ou Colson, ce type ?

— Wensby, je crois, pourquoi ?

— Ben, je me demandais, ils ont fait tellement de magouilles avec leurs papiers. J'ai pensé qu'il avait pu prendre le nom de sa mère, elle est française et ses papiers sont en règle...

Le grand flic voit sa collègue froncer les sourcils... Comme en proie à une réflexion intense, elle porte la main à son front.

— Mais quelle conne !

— Quoi ? interroge-t-il. Qu'est-ce que j'ai dit ?

— Nom de jeune fille… Ce ne sont pas les Pierret sur la photo que tu as tachée.

Elle se lève, sort son mobile de sa poche et quitte précipitamment le bistrot, laissant un Manu bouche bée qui se demande encore quelle mouche l'a piquée.

Alvarez revient, exaltée, à peine deux minutes plus tard.

— Amène-toi, on fonce aux Lilas, je t'expliquerai en route. Fonce, on va les rater !

Il a juste le temps de jeter un billet de dix euros sur la table, elle est déjà partie.

Chapitre 14

Lundi 16 janvier 2017 - Voiture de Céleste Alvarez - 13 heures

La Clio file sur l'avenue, Manu accroché à sa portière, gyro en action, Céleste concentrée sur sa conduite que certains qualifieraient d'imprudente. Sportive plutôt, selon elle.

— J'ai appelé Caroline Pierret, son nom de jeune fille est Le Ster. Je le savais, Chardonne me l'avait dit et je n'y ai pas prêté attention…

— Le cycliste ! À droite ! crie son collègue.

Elle l'évite de justesse, il lève le poing et beugle sans doute quelques injures qu'ils n'entendent pas. Elle poursuit ses explications comme si de rien n'était.

— Sa marraine faisait rire sa mère parce qu'elle écrivait leur patronyme en un seul mot. Elle trouvait ça plus classe, le prononçait à l'anglaise. Je te parie que c'est ce qui était inscrit derrière la photo et Wensby y a eu accès à un moment ou un autre lorsque le cadre a été brisé. Ou bien Odette s'est vantée de son ami Lester, on ne le saura jamais.

— C'est pas un peu léger ?

— Pour nous, si, pas pour elle. Obsédée comme elle est, elle a cru que le caïd l'avait retrouvée. Elle a voulu protéger son compagnon, tu sais bien qu'il n'est pas vraiment mort pour elle…

Comme un pirate à l'abordage, Céleste gare sa voiture juste devant l'entrée, grimpe les escaliers de pierre aussi rapidement que le lui permet sa cuisse toujours douloureuse et pénètre dans la résidence.

Son collègue patiente dehors comme elle le lui a demandé.

Il la voit ressortir peu après, la tête basse, visiblement déçue. Ils sont déjà partis, c'est une évidence. Elle se réinstalle sur le siège conducteur. Frappe sur le volant.

— Merde, merde, merde et merde ! Putain de bordel, c'est pas possible une scoumoune pareille ! J'avais trouvé ! Fait chier, tiens !

Circonspect et compréhensif, Manu la laisse lancer encore quelques salves de jurons avant de tenter de la consoler comme il peut :

— De toute façon, on n'a aucune preuve directe. Un faisceau de présomptions tout au plus et pas récoltées de façon très orthodoxe. Elle peut nier, tu feras quoi ? On n'a jamais retrouvé la clé du sous-sol, on n'a pas de témoin, pas d'ADN, pas d'empreintes. À part des aveux… Et encore, un expert t'expliquera qu'elle roule un peu sur la jante et que ses déclarations ne valent pas le prix du papier pour les écrire. Je sais que tu as raison, j'en suis intimement convaincu, mais tu connais la musique, parfois, faut se contenter d'un lot de consolation.

— Hélas, oui. C'est vrai, mais ça me frustre. Je ne me vois pas lui passer les menottes, même si je le pouvais, et lui faire subir une garde à vue. Pourtant, même si je suis persuadée que c'est une meurtrière, je ne peux pas m'empêcher de lui accorder quelques circonstances atténuantes. Et encore, je ne sais pas tout, elle a dû me cacher une bonne partie de son passé, certainement des événements bien glauques.

— Et tes trois fameuses couleurs ? C'était lesquelles déjà ? Rouge et … tente-t-il afin de lui faire oublier sa déception.

— Bleu, blanc et rouge, mauvais patriote ! sourit tristement Céleste. En l'occurrence, il s'agit de plusieurs éléments : ce sont celles du drapeau américain, tout a démarré là-bas, celles de la France où cette affaire s'est terminée et de l'idée délirante de l'honneur du drapeau que se faisait son frère jumeau dont la mort a déclenché son départ chez les Pinkerman conduisant à sa rencontre avec l'amour de sa vie, et, pour finir, celles de la cocarde floue au dos du fameux cliché. Celui qui nous a donné la solution. Une grande histoire d'amour en tout cas.

— Tu deviens romantique, c'était plutôt une association de malfaiteurs, ces deux-là, non ? s'insurge son collègue.

— Pas du tout, tu n'y connais rien. Ils ont eu une existence étrange dans deux pays en paix traversés par des conflits coloniaux ou impérialistes. Cette saleté de guerre leur a collé aux basques sans discontinuer, une vraie glu, et les a poussés dans des retranchements compréhensibles avec un peu de recul et de sensibilité qui semblent te faire défaut, mon cher.

Il hausse les épaules, dubitatif devant les affirmations de Céleste.

— De sales mômes, elle me l'a dit elle-même, mais des gosses qui se sont accrochés l'un à l'autre pour survivre, qui se sont aimés comme peu de gens s'aiment, se protégeant, prenant soin l'un de l'autre, prêts à toutes les extrémités pour continuer ensemble. Je trouve ça beau.

— Et le fiston ? Tu l'oublies celui-là ? Eux aussi, remarque. Ils l'ont salement abandonné.

— Non, je ne l'oublie pas. Ça n'a pas dû être simple pour lui, je suis d'accord. Mais je comprends ce que cette femme m'a expliqué. Leur couple était exclusif, fusionnel, un enfant n'y avait pas sa place. Faudrait te sortir tes idées préconçues de la tête, tu sais. Les femmes ne sont pas des génitrices dans l'âme, il n'y a rien d'obligatoire. Ce sont de vrais êtres humains qui ont le droit de décider de se reproduire ou pas… Wensby n'a pas eu la chance de naître à une époque où l'avortement était légal, le destin, encore une fois. L'instinct maternel, c'est une foutaise de publicitaire, il faut du désir et des projets pour accueillir un enfant, ce n'est pas une question d'hormones ou de chimie.

— OK, OK, ne te lance pas dans un couplet féministe, je suis d'accord.

— J'ajoute, en ce qui concerne les trois couleurs dont tu passes ton temps à te moquer, la bague que j'ai vue au doigt de notre mamie meurtrière, dimanche. Je suis persuadée qu'elle provient du butin récolté chez le comptable de Lester Williams. Elle l'a sans aucun doute reçue de son Rob mourant comme elle me l'a raconté et a fêté sa victoire sur Odette, qu'elle pensait envoyée par le truand pour la tuer, en l'arborant. Une sorte de revanche sur ses années de peur.

— Oui, oui, c'est ça. En même temps, les couleurs, c'est pas ça qui manque partout, tu fais ta sauce comme tu en as envie ensuite, rigole-t-il.

— Tu crois en rien, Manu, ça te perdra. Même pas aux fées qui voient le monde comme un arc-en-ciel. Et pourtant, si tu savais tout ce qu'elles peuvent t'aider à réaliser, assure très sérieusement Céleste.

— C'est toi, la fée ?

— Ne te gausse pas, mécréant ! répond la lieutenant, faussement sévère.

— On fait quoi alors ? demande le policier redevenu sérieux et regardant sa montre.

— Rien. On ne peut rien faire. Nous avons juste la satisfaction de penser avoir résolu l'énigme bien que nous n'en aurons jamais la certitude et, que notre boulot ne débouchera sur aucune inculpation. Je vais classer le dossier en accident dès que je reviens au travail. Je te ramène ?

— Oui, je veux bien, je vais me taper une petite sieste des familles.

— Avant, on va aller manger un petit quelque chose, tu as vu l'heure ?
Alvarez démarre, semble réfléchir un instant, puis lui demande :
— Et Julie ?
— Elle est toujours blonde…
Manu sourit en lui répondant, il a retrouvé Céleste.

ÉPILOGUE

« Nous voici encore seuls. Tout cela est si lourd, si triste…
Bientôt je serai vieux. Et ce sera enfin fini. »
(Louis-Ferdinand Céline - *Mort à crédit*)

Sa mère somnole sur le siège passager, ils roulent déjà depuis trois heures et il aurait bien besoin de quelques minutes de pause et d'un café. L'autoroute est vraiment un lieu d'ennui, surtout lorsqu'elle est quasi déserte comme aujourd'hui. Il n'ose pas mettre de musique pour ne pas la réveiller, l'infirmière lui a dit qu'elle avait passé une mauvaise nuit, très agitée, comme hantée par de mauvais rêves. Sans doute les séquelles de son infection virale. Le bon air de Genève va la retaper, il n'en doute pas un instant.

Pour quel motif a-t-elle donc accepté la semaine dernière ce qu'elle a toujours refusé ? Vingt fois, il lui a proposé de la prendre chez lui : ce n'est ni la place ni le personnel qui manquent pour prendre soin d'elle. Elle lui a systématiquement opposé une fin de non-recevoir. Sans motif réel d'ailleurs. Et il ne comprend pas ce revirement.

Et cette stupide histoire de livre qui lui a fait perdre deux heures ce matin ! Il a cherché partout dans le capharnaüm des étagères sans mettre la main dessus. Elle n'en a pas paru affectée le moins du monde. Une lubie de personne âgée, pense-t-il. C'est de sa faute, il aurait dû demander confirmation au lieu de foncer tête baissée comme ça. Mais bon, il ne la connaît pas assez pour deviner si elle a des idées parfois saugrenues. Le médecin, un homme charmant, lui a d'ailleurs confirmé ce matin au cours de leur entretien qu'il ne faut pas toujours se fier à ce qu'elle dit. Que c'est à lui de faire la part des choses.

— C'est votre mère, a-t-il ajouté, vous saurez quoi faire, je n'en doute pas.

Pas vraiment, non. Il ne connaît pas cette femme.

Ce sera plus facile désormais, il va apprendre qui elle est, ce qu'elle pense, ce qu'elle a vécu, il a tant de questions... Jamais ils n'ont passé de temps seuls tous les deux. Ou alors il ne s'en souvient plus, sans doute quand il était un nourrisson... Sinon sa mère était plutôt ce que peut être une tante qui passait souvent à la maison qu'il habitait avec sa grand-mère Jeannette.

Même si son père n'avait guère été plus présent, ils avaient tout de même eu le temps de parler, ne serait-ce que pour le business qu'ils avaient monté ensemble. Pas directement, mais par téléphone et lors des rares visites qu'il leur avait rendues après les Beaux-Arts.

La Jaguar s'engage sur la bretelle d'accès à l'aire de repos. Quelques véhicules font le plein, il patiente plusieurs minutes avant de remplir son réservoir et d'aller se ranger devant la boutique vitrée.

— Tu veux quelque chose ? Tu as besoin de te rendre aux toilettes, peut-être ?

La vieille dame ouvre un œil. Lui fait répéter sa demande.

— Non, non, tout va bien, ne t'inquiète pas. Je reste au chaud. Va boire ton café. Je ne bouge pas.

Elle l'aperçoit entrer dans la station, s'approcher du distributeur de boissons, chercher de la monnaie au fond de sa poche. On dirait son père, vraiment, les cheveux un peu trop courts, mais la même allure élégante, la même façon d'occuper l'espace...

Elle a mal à la tête. Une migraine carabinée la prend soudain.

Devant ses yeux surgit l'image de la tueuse que lui avait envoyée Williams dans sa planque des Lilas. Pas une pro, ça avait été trop facile. Par chance la photo s'était envolée alors que la fenêtre de leur chambre était ouverte et elle l'avait ramassée. Elle avait eu le temps de lire et avait su réagir à temps.

Le jeune ouvrier ne s'était pas rendu compte qu'elle lui avait subtilisé ses clés, le reste avait été un jeu d'enfant.

L'autre geignarde voulait toujours manger et partir chez sa filleule. Il avait suffi de lui promettre l'un et l'autre pour la décider à la suivre entre deux rondes des gardiennes de nuit. Comme le bijoutier. Dans les escaliers.

Tu dois être fier de moi, Rob.

Mais qu'est-ce que tu fais ? Il fait froid, je t'attends.

Philip Wensby finit tranquillement son café, la route est encore longue et il doit s'arrêter chez un client avant la frontière, il a récupéré ce que celui-ci convoitait depuis longtemps lors de son passage en France. Pour une fois que c'est lui qui effectue la livraison, il faut que ce soit parfait et à l'heure.

Sa mère ! Il n'en revient pas. Cela fait des années qu'il souhaite qu'elle vive avec lui, qu'il désire trouver enfin une place à ses côtés, c'est fait.

Il regagne sa voiture, ne claque pas sa portière en constatant qu'elle a de nouveau sombré dans le sommeil. Pourtant elle se redresse, l'œil vif, à peine est-il assis.

Il la regarde tendrement. Elle paraît si fragile désormais...

— On y va ?

— *Yes*, Rob, mon chéri, *let's go !*

FIN

Playlist Peace and Death

1 - Primus - Tommy The Cat
https://youtu.be/r4OhIU-PmB8

2 - Johnnie Wright - Hello Vietnam
http://www.deezer.com/track/4210317

3 - Bob Dylan - It's All Over Now, Baby Blue
https://open.spotify.com/track/4EgKcG7aswxVfQEqa3dl8S

4 - Howlin' Wolf - I Had A Dream
http://www.deezer.com/track/121668100

5 - Buffalo Springfield - For What It's Worth
https://open.spotify.com/track/1qRA5BS78u3gME0loMl9AA

6 - Charlebois - Québec Love
http://www.deezer.com/track/70172460

7 - Raymond Lévesque – Quand les Hommes Vivront d'Amour
http://www.deezer.com/track/879923

8 - Jefferson Airplane - White Rabbit
http://www.deezer.com/track/614593

9 - Buckethead - Soothsayer
https://open.spotify.com/track/5VBwLOZDyDWInNYIUniuZG

10 - Joe Dassin – L'Amérique
https://open.spotify.com/track/0bdPQOFYpNqiGHe6yWzvcy

Achevé d'imprimer sur les presses
de Pulsio à Sofia
Imprimé en Bulgarie
Dépôt Légal : septembre 2017